언제나
극본에 의미를 부여해주시는 건,
배우분들이며, 스텝분들이며
시청자들과 독자들입니다
깊이 감사드립니다

김 영 현   2019. 7

어디로든 또 한걸음!
우리의 이야기는 이렇게 이어집니다.
함께 한 모두에게
고마움을 전합니다.

2019년 7월에, 박 상 연

아스달 연대기

II

김영현 박상연 대본집
아스달 연대기 2

초판 1쇄 발행 2019년 7월 10일
초판 2쇄 발행 2019년 10월 7일

지은이 | 김영현·박상연
펴낸이 | 金滇珉
펴낸곳 | 북로그컴퍼니
편집부 | 김옥자·김현영·김나정
디자인 | 김승은·송지애
경영기획 | 김형곤
주소 | 서울시 마포구 월드컵북로1길 60(서교동), 5층
전화 | 02-738-0214
팩스 | 02-738-1030
등록 | 제2010-000174호

ISBN 979-11-90224-02-4 04810
ISBN 979-11-90224-00-0 04810(세트)

김영현 · 박상연 대본집

아스달
연대기

II

뒤집히는 하늘, 일어나는 땅

북로그컴퍼니

차례

일러두기 · 6

기획안 Ⅱ · 7

용어정리 · 28

7부 · 29

8부 · 85

9부 · 143

10부 · 199

11부 · 255

12부 · 311

일러두기

1. 이 책의 편집은 김영현, 박상연 작가의 집필 방식을 따랐습니다.

2. 드라마 대사는 글말이 아닌 입말임을 감안하여, 한글맞춤법과 다른 부분이라 해도 그 표현을 살렸습니다. 지문의 경우 한글맞춤법을 최대한 따르되, 어감을 살리기 위해 고치지 않고 그대로 둔 경우도 있습니다.

3. 대사와 지문에 등장하는 말줄임표나 쉼표, 느낌표와 마침표 등의 문장부호 역시 작가의 집필 의도를 살리기 위해 그대로 실었습니다.

4. 이 책은 작가의 최종 대본으로, 방송된 부분과 다를 수 있습니다.

=

기획안 II

아스달 연맹 조직체계

'불의 성채' 공간 설정

아스달 장터 설정

아스달의 지물과 필기구

흰산 신성동굴과 아스달 까치동굴의 벽화 내용

=

작가 - 김영현, 박상연
보조작가 - 류상희, 김지현, 양연우
일러스트 - 양천삼

아스달 연맹 조직체계

· 아라문 해슬라 이전

각각의 부족사회로서 군장사회인 곳도 있고, 아직 아닌 곳도 있다. 즉, 새녘족의 경우는 족장이 자기 부족의 권력을 가진 채, 아들에게 세습도 하는 명확한 군장사회이다. 그러나 그 외의 곳들은 부나 군사력의 유무에 따라 완벽한 군장사회가 된 곳도 있고, 아닌 곳도 있었다. 다만, 이때는 모든 부족이 자신의 토템을 가진 채 씨족에서 부족사회로 전환되어가는 시기로 모계에서 부계로 바뀌고 있었다.

· 아라문 해슬라 시기

흩어져서 제각각 싸우던 이곳의 부족들에게 아라문 해슬라는 연맹을 부르짖으면서 하나가 되어야 한다고 하여 일단 최대 부족인 새녘족과 흰산족, 그들을 따르는 일부 부족들을 연맹으로 끌어들였다.

· 아라문 해슬라 사후 현재까지

아라문 해슬라가 죽었지만 연맹이라는 틀은 남아, 새녘족과 흰산족을 중심으로 하는 연맹체로 계속 발전해가고 있었으나, 아직 연맹은 각 부족의 모든 토템을 없애지 못한 채, 유력 부족의 신들이 하나의 신전에 모두 모셔지는 애매한 상태를 이루고 있었다.

· 해족의 도래 이후

아직 완성된 국가를 이루지 못한 연맹 상태에서 해족이 이곳에 당도했다. 거대한 농경을 이루고, 청동 무기를 바탕으로 주변 씨족사회들까지 모두 통합하여 그 어느 때보다 고대 문명국가 형성의 기운이 높아져 있는 상태이다. 미홀이 산웅을 부추겨 자기가 살던 레무스의 각종 조직 체계 등을 알려주고, 이전에 없던 연맹의 상설 군사조직이나, 회계 재정 시스템을 설치하게 된다.

아직도 각 부족의 토템이 완전히 없어지지 않아, 각 부족의 토템을 모시는 사당이 존재하며, 강력한 영능을 가졌다고 믿고 있는 흰산족의 대신전(연맹의 대신전)에도 일부 모셔져 있다.

〔 산웅과 아사론의 2인 지도 체제하의 연맹 조직도 1 〕

· **타곤 연맹장 등극 후**

타곤은 궁극적으로 왕이 되는 길을 꿈꾼다. 즉, 군사력을 바탕으로 한 세속권을 가지고 신권을 흡수하여 자신을 중심으로 한 하나의 권력을 만든다. 이래야만 세습을 전제로 한 전제왕정이 되기 때문이다. 따라서 각 부족의 토템을 모두 없애는 것은 물론, 현재 독립적인 기구로 되어 있는 대신전을 없애고, 모든 것을 연맹장 밑으로 두기 위한 조직 체계를 구성한다. 결국 혈연을 바탕으로 한 부족 중심의 사회를 없애고, 지역에 따라 사람을 나누고, 그에 기반하여 세금을 거두는 완성된 형태의 고대 국가로 나아가려는 준비 단계이다.

타곤 연맹장 or 타곤 王 시기의 8방

군검방(軍檢房) : 좌솔 무백

청원방(請願房) : 좌솔 흑갈

재정방(財政房) : 좌솔 보단

교역방(交易房) : 좌솔 쿵퉁

궁리방(窮理房) : 좌솔 태알하

지축방(地軸房) : 좌솔 초발

계구방(計口房) : 좌솔 다와

제사방(祭祀房) : 좌솔 아사론

타곤 연맹장 or 타곤 王 시기의 12원

위병단(衛兵團) : 아스달 전역 치안을 담당

중앙군(中央軍) : 왕정시대 상설로 편제된 병력 관장

마필원(馬匹院) : 병마 관리 담당

형옥원(刑獄院) : 감옥, 죄인 관리 담당

필경원(筆耕院) : 회계와 기록 담당(훗날 사관)

창고원(倉庫院) : 곡물, 육류, 각종 자재 저장의 책임을 갖고 있는 기관

통번원(通飜院) : 통역과 번역 담당 기관

바치원(바치院) : 아스달의 상인과 기술자 관리 담당

토목원(土木院) : 토목 건축 건설 담당

치수원(治水院) : 치수 관개 담당

호구원(戶口院) : 인구 수 조사 및 조세 출납의 업무

부역원(賦役院) : 토목이나 치수 관개 공사 때 노동력 동원 및 노역 부과 담당

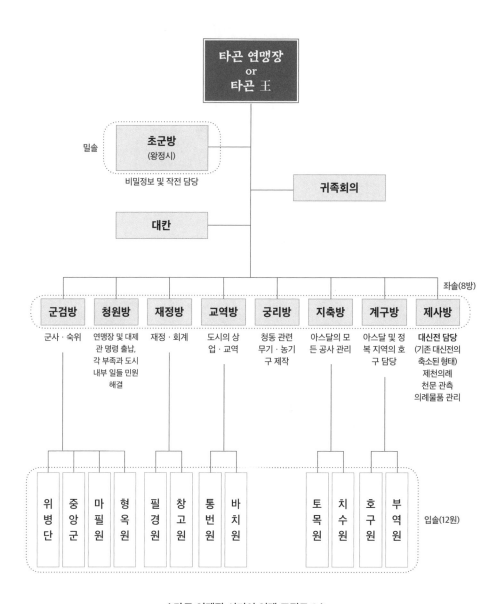

〔 타곤 연맹장 시기의 연맹 조직도 2 〕

'불의 성채' 공간 설정

해족의 불의 성채는 3개 동으로 이루어진 집합 건물로 해족의 주거지와 청동관, 필경관으로 구성되어 있다. 불의 성채로 들어서면 맞은편에는 **해족의 주거지** 건물이 있으며, 왼편에는 **청동관**이, 오른편에는 **필경관**이 위치하고 있다.

≫ 해족의 주거지

미홀의 방과 태알하의 방을 비롯한 해족들의 주거 공간이 있다.

≫ 청동관

· **외부**

생경한 느낌의 크고 높은 건물로, 건물 지붕 한쪽에는 가마에서 배출되는 연기를 빼내기 위한 커다란 굴뚝이 있다. 굴뚝은 밑에서 위로 갈수록 좁아지는 형태로, 굴뚝 하부에는 궂은 날씨에도 언제나 작업이 가능하도록 빗물막이가 설치되어 있으며, 외부에서 굴뚝을 바라보면 매일 연기가 뿜어져 나오는 모습을 볼 수 있다. 청동관 건물은 해족이 청동기술의 비밀을 철저히 숨기고자 폐쇄적으로 지었기 때문에, 건물 자체의 문이 이중, 삼중으로 되어 있어 외부에서는 청동기 제작 과정이 잘 보이지 않는다.

청동관 외부에는 채광해온 수많은 푸른색 동광석들이 쌓여 있으며, 한쪽에는 부서진 거푸집들과 고장 난 청동 무기들도 각각 한 무더기씩 쌓여 있다. 또한 수리가 끝난 청동 무기나 새로 완성된 무기들이 연맹궁으로 보내지기 위해 수레에 실려 있는 모습도 볼 수 있다.

· **내부**

외부에 있는 돌들 중에 구리 함량이 높은 선별된 선광들만 안으로 들어가게 되는데, 처음 출입구를 통해 들어서면 선돌을 잘게 쪼개는 작업을 하느라 여념이 없는 해족의 하호들의 모습이 보인다. 이곳에서 정제된 돌을 가지고 폐쇄된 문을 두 번이나 거쳐야만 비로소 가마와 로가 있는 진짜 내부 공간으로 들어갈 수 있다.

가마와 로들이 있는 곳은 **제련 공간**과 **합금 공간**이며, 다른 한쪽은 공방 같은 느낌의 **주조 공간**으로, 각 공간별 사잇길을 해족 기술자들이 분주하게 움직이고 있다. 또한 제련 공간과 합금 공간 사이에는 구리괴, 주석괴 등을 보관하는 별도의 창고가 있는데, 이곳은 해족 중에서도 한두 사람만이 드나들 수 있어, 이들만이 괴 창고의 열쇠를 소지하고 있다. 또한 이곳엔 청동 기술자들의 **비밀 회의실**이 있으며, 유사시에 탈출하기 위한 **비밀 통로**도 마련되어 있다.

제련 공간에는 배소, 용융, 동제련, 정련 이렇게 4단계의 공정이 이루어지는 가마와 로가 존재한다. 가마를 담당하는 청동 기술자들은 불꽃색에 따라 각 공정에 따른 온도를 구별해내기 위해 뜨거운 가마 안을 주시하고 있으며, 가마 옆으로는 6가지 크기의 '구리괴'와 '주석괴'를 만들기 위한 거푸집들이 쭉 늘어져 있다.

제련 공간 옆에는 청동기의 용도에 따라 각기 다른 비율로 '괴'를 녹여 합금을 제작하는 합금 공간이 있으며, 여기서 용융된 상태의 합금물을 도가니째 주조 공간으로 옮겨 각기 용도에 맞는 거푸집에 붓게 된다. **주조 공간**에는 청동검, 화살촉, 제기, 거울, 종, 방울, 편자, 박차 등등의 다양한 모양의 거푸집들이 있으며, 담금질 과정을 위해 준비된 물통이 놓여 있다.

≫ 필경관

· **1층**
천장이 굉장히 높은 형태의 홀이며, 홀의 천장이 2층 높이까지 뚫려 있기 때문에 난간으로 둘러져 있는 2층 복도에서 1층의 홀을 훤히 내려다볼 수 있는 구조다.

정보 기록실에서는 노예들이 새로 들어올 때마다 한 명 한 명씩 불러 취조하듯 문답 형식으로 그들에게서 조사한 내용들을 모두 기록하고, 분류하여 노예들을 적정한 곳에 배치한다. 이곳에서 질문하는 목적은 원래 살던 지역에는 어떤 식물 종자들이 있는지, 그 주변에는 어떤 광석들이 있는지 등을 파악하기 위함이다. 각 지역의 지형, 지물까지 모두 기록하여 이곳에서 얻은 정보들은 **지도 제작실**에서 아스달 외 이아르크 지역의 지도를 만드는 데 반영한다. 정보 기록실 옆에는 수십 종류의 돌의 표본을 정리해놓은 **광석 조사실**이 있으며, 각 돌에는 해족의 언어로 그 돌의 이름들이 쓰여 있다.

· 2층

이곳엔 해족의 어라하인 미홀이 집무를 보는 **어라하 집무실**과 해족의 바치(기술자)들이 모여 은밀한 회의를 하는 **해족 회의실**이 있다.

종자관은 아스달 주변이나 달의 평원 등의 지역에선 어떤 종자들이 살아남을 수 있는지 연구하는 곳이며, 이곳엔 각종 열매나 곡물의 이삭 견본들과 무수히 많은 종류의 씨앗 종자들이 있다. 책장에는 선반마다 각 씨앗 종자들이 담겨 있는 수많은 토기들이 있는데 모두 해족 글씨로 이름이 쓰여 있으며, 높은 곳의 토기들도 쉽게 꺼낼 수 있도록 작은 사다리들이 군데군데 비치되어 있다.

약물 실험실은 마치 채약실처럼 종자관의 식물 연구로 인해 생기는 약물이나 독들이 보관되어 있는 방이며, 때문에 종자관과 약물 실험실 사이에는 복도를 거치지 않고도 편하게 드나들 수 있는 간이 문이 있다. 한쪽에는 연구를 위해 여러 가지 식물을 끓이고 있는 청동 솥들이 있는데, 이 중에는 함부로 만져선 안 되는 독극물들이 상당수 담겨 있다.

기계 제작실은 각종 기계들을 개발하고 연구하는 곳으로, 벽면에는 온통 구상 중인 기계의 제작 설계도와 구상도들이 붙어 있으며, 실제로 개발에 성공해 사용 중인 대흑벽도르래나 하늘사다리의 작은 모형들이 제작되어 있다.

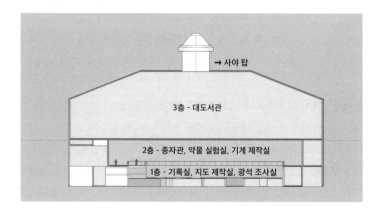

· 3층

이곳은 대도서관 서가로 모든 것의 기록실이다. 죽간과 가죽 두루마리에 적힌 기록들이 책장마다 칸칸이 쌓여 굉장히 많이 보관되어 있으며, 현자 해알영의 지휘 아래 수많은 기록들이 매일 추가되고, 분류되고 있다. 각 서가들은 미로 형태로 배치되어 있어 해족의 필경사들이 아니면 길을 잃기 쉬운 구조이다. 이곳 서가엔 은밀하게 감춰져 있는 문이 있는데, 이 문으로 들어가면 탑의 꼭대기로 올라가는 계단이 있고, 계단을 따라 올라가면 사야가 기거하는 은밀한 방이 나온다.

아스달 장터 설정

연맹이 없던 시절부터 이곳은 주변의 각 부족이 와서 물품을 교환하던 곳이다. 이유는 이곳에 휜산족의 성지 중 하나인 '꺼지지 않는 불'(현재 대신전 안 '불의 방'에 있는 불로, 천연가스가 나와 절대로 꺼지지 않는 불이기에 신성시하게 됨)이 있고, 거치즈멍이라는 거대한 암석이 있기 때문이다.

아라문 해슬라가 연맹을 세우면서 연맹의 일을 처리하는 어라아지도 아스달에서 열리게 되자, 이후 이곳에서의 교역은 더욱 활발해진다. 어느 시점부터 아주 먼 곳 아니아츠의 배도 오기 시작한다.

해족이 와서 거대한 농경에 성공하고, 그들이 산웅에게 이곳보다 훨씬 발전해 있던 레무스의 이야기를 해주면서 아스달 장터는 훨씬 커지고 활발해진다. 배를 타고 교역을 오는 상인도 많아진다.

현재 아스달은 이 장터를 기반으로 한 도시의 발달로 '부족 연맹체'에서 '전제정(왕정)'으로 나아갈 듯 말 듯한 상태. (예: 요임금, 순임금은 왕이 아니며, 자기의 아들에게 지도자 자리를 세습하지 않았다. 이미 연맹체는 만들어졌으나, 완전히 형성된 국가로 보기 어렵다. 이집트도 수메르도 세습된 왕조 국가가 만들어지기까지 수백 년이 걸렸다 한다.)

》》 아스달 장터 상점 리스트

· 악기방
주로 각종 축제에 동원되는 악공들이나 제관들이 제의 때 사용하는 악기들을 제작 판매하는 곳. 다양한 종류의 수금, 시스트룸, 쇼파르, 편종, 피리, 북 등이 진열되어 있으며, 한쪽에선 악기 바치가 새로 깎아낸 수금에 실을 매달아 묶으며 소리를 테스트하고 있다.

· 금은 세공품 판매상
아스달의 금은 세공은 해족이 들어오기 이전부터 시작되었기에 기술이 뛰어나다. 우리

츠나 아미느 상인들이 많이 구입하는 품목 중 하나다. 판금 등의 섬세한 작업을 하고 있는 금은 세공 장인들의 모습이 보인다.

· 청동 세공품 판매상

청동 무기의 경우, 해족이 은밀히 제작하여 연맹에 직접 납품하기 때문에 이곳에선 판매하지 않는다. 그 외에 청동거울이나 청동그릇 등 상류층에게 인기가 높은 값비싼 세공품을 판매하는 곳이다.

· 나룻배 공방

통나무를 파내 만든 카누나 통나무를 단단하게 엮어 만든 뗏목 등 배를 만드는 아스달의 작은 조선소. 방수 효과를 위해 완성된 나룻배에 옻칠을 하고 있는 모습이 보인다.

· 방직 공방

광목천이 개어져 놓여 있는 매대 옆으로 좀 전에 아미느 상인들에게서 수입한 비단들이 차곡차곡 쌓이고 있다. 종종 아사씨들이 찾아와 치수를 재고 의복을 주문하는 모습도 볼 수 있다.

· 염색 공방

염색터에는 각종 염색 재료들이 가득 담긴 대바구니들과 막 물들인 염색천들이 나무 기둥마다 널려 바람에 나부끼고 있다. 광목천과 가죽천을 따로 구분하여 염색이 이루어진다.

· 향신료상

별다른 조미료가 없었던 아스달에 외국 상인들이 향신료를 들여왔다. 값이 비쌈에도 향신료의 인기는 높다.

· 깃털 공방

각종 화려한 새의 깃털로 만든 장신구를 판매한다.

· 가죽 공방

저렴한 토끼 가죽부터 값비싼 호랑이, 담비 가죽까지 무두질한 각종 가죽들을 판매한다. 가죽 신발을 제작해주기도 한다.

· 수산물상
각종 바다 생선과 해산물들이 즐비하다.

· 구슬 세공방
꿍돌(궁석)을 갈아 만든 구슬을 꿰어 만든 목걸이를 판매하는 곳이다. 한쪽에는 노예들이 멍한 얼굴로 꿍돌을 가는 아주 좁은 공간이 있다. 다닥다닥 붙어 앉은 어린 노예들이 각자 갈이틀을 하나씩을 맡아 꿍돌을 갈아 구슬을 만든다.

· 술도가
각종 과일로 담근 담금주 항아리들이 가득 쌓여 있다. 나무탁자와 의자를 갖춰놓고 한두 잔씩 팔기도 한다. 특산주도 있다며 우리츠나 아미느 상인들을 상대로 호객 행위를 하는 주인의 모습이 보인다.

· 번제물용 동물상
신전으로 가는 길 부근에 위치해 있으며 아사가문에서 허락한 흰산족이 운영한다. 건강한 어린 양과 염소를 산 채로 판매하며, 신전까지 산 채로 가져간 뒤 그 피와 고기를 번제물로 바친다. (아스의 연맹인들은 개인적으로 신에게 청하려면 번제물을 바치는 희생 제의를 해야 한다. 번제물 판매 수익의 상당 부분이 아사씨에게 가므로 이에 대한 불만도 많은 편이다.)

· 동물상
닭과 돼지 등 가축들이 좁은 우리에 여러 마리가 갇혀 있다. 그 밖에도 사냥용 매, 도마뱀, 원숭이, 앵무새 등 외국에서 수입된 애완용 동물들의 모습도 보인다.

· 도축상
손님이 가져오는 동물을 그 자리에서 대신 도축하여 발골 작업을 해주기도 하고, 염장하거나 말린 고기를 판매하기도 한다.

· 석재 농기구상

돌도끼, 돌괭이, 돌칼, 돌낫 등을 제작 판매한다.

· 토기 공방
항아리와 각종 구운 토기 그릇을 제작, 판매한다.

· 가구 공방
나무를 잘라 다듬은 식탁, 의자, 선반, 수납장 등을 판매한다.

· 바구니 공방
즉석에서 바구니를 짜서 판매하는 곳. 재료는 대나무, 나무껍질 섬유 등이며 여기에 색을 물들여 다양한 무늬를 만들기도 한다.

· 과일상
아스의 과일인 산딸기, 머루, 다래와 함께 대량 재배에 성공한 복숭아와 살구가 대바구니 위에 차곡차곡 쌓여 있다. 과일 상인이 아미느 상인이 가져온 과일을 살피며 가격을 흥정하는 모습이 보인다.

· 수레 공방
짐수레를 제작해 판매하며, 바퀴만 따로 제작하거나 수리해주기도 한다.

· 사냥도구 공방
덫, 올가미, 활 등을 제작하고 판매한다.

· 노예 구역
이아르크에서 잡아온 두즘생들을 일시적으로 묶어놓은 장소. 이아르크인들의 경우 가장 험하고 힘든 달의 평원 개간 및 농사일을 맡기지만, 아스달말을 할 줄 아는 와한족은 아스달 내에 배치된다.

· 곡물 창고
곡물을 쌓아 놓은 창고.

· 소를 검사하는 사람들

소를 검사하고 세는 사람들, 회랑 안에서 기록하는 사람들의 모습.

· 하림의 약재상(은섬이 자주 등장하는 공간)

흰산족의 하림이 운영하는 약재상. 환자를 치료하고 약재를 처방하여 판매하는 곳이다. 바닥에는 약재 우린 끈적끈적한 물이 담긴 항아리들이 늘어서 있고, 벽에는 구수량부터 수백 가지에 이르는 약초와 말린 뿌리들이 걸려 있다. 천장에는 한창 건조 중인 두꺼비와 뱀, 사슴뿔, 곰의 말린 간 등이 매달려 있어 기괴한 분위기다.

아스달의 지물과 필기구

≫ 지물

아스달에서는 죽간, 목편, 겸백(비단이라 비싸서 쉽게 쓰긴 어렵지만, 비단은 7000년 전부터 존재했기에 쓸 수 없는 것은 아니다) 등을 사용한다.

≫ 필기구

필기구는 어느 한 가지만 특정되어 있지 않으며, 대나무 펜, 목탄, 철필(stylus) 등을 사용하는데, 계층에 따라 주로 사용하는 필기구가 다르다.

≫ 지물과 필기구의 조합

· 무두질한 얇은 가죽 → 대나무 펜 + 먹 : 해족만 사용

해족은 주로 무두질이 잘 된 얇은 가죽을 사용하며, 여기서의 '먹'은 그을음을 말하는데, 대나무를 깎아 만든 펜에 때맞춰 긁어모은 그을음을 묻혀 얇은 가죽에 글씨를 쓴다.

· 죽간 → 대나무 펜 + 먹 : 아스달 내에서 주로 사용

죽간은 대나무를 적당한 너비와 길이로 쪼개어 글자를 기록하고, 아래위를 가죽 끈이나 노끈으로 엮어 읽게 한 것으로 돌돌 말린 형태로 보관이 가능하다. 죽간은 연맹궁의 공식 문서 작성 시 사용되며, 흰산족이나 새녘족 등 다수의 부족들이 주로 사용한다.

필기 방법은 해족의 대나무 펜 사용 방법과 유사하다.

· 목편(나무편) → 대나무에 꽂은 흑연덩어리 숯 : 바치두레 상인들, 하층민들 사용

아스달 내에서 장터 상인들이나, 드물지만 특별히 글자를 아는 피지배층 사람들도 목편(나무편)을 썼다는 설정이다. 돌칼이나 청동칼로 나무를 얇게 잘라서 사용한다.

상인들 중에서도 약전처럼 특별히 글자가 필요한 상점의 경우, 그들은 편의상 목편과 목탄을 사용한다. 약전의 경우, 약장에 약 이름을 써놓아야 한다면 갑골문이 새겨져 있어야 한다.

〔 목편에 쓰는 필기구(대나무에 꽂은 흑연덩어리 숯(목탄)) 〕

· **밀랍판 → 철필 : 아스달 내의 필경장들과 해족의 기술자들이 사용**

밀랍을 칠한 나무판을 서너 겹 묶은 밀랍판(wax tablet)과 철필이나 나무를 뾰족하게
깎아 만든 필기구(stylus)를 사용하는데, 밀랍으로 돼 있기에 긁힌 자국을 쉽게 문질러
없앤 뒤 다시 긁어 글과 그림을 남길 수 있다는 것이 장점이다.

때문에 대대와 같은 필경장들과 해족의 기술자들은 밀랍판을 늘 수첩처럼 휴대하고
다니며 메모한다.

흰산 신성동굴과 아스달 까치동굴의 벽화 내용

≫ 흰산의 신성동굴

흰머리산 하늘못 근처에 있는 흰산의 신성동굴은 흰산의 어머니인 아사사칸이 관리하고 있는 곳이다. 흰산족 사람들은 흰머리산 정상에 있는 화산 호수인 하늘못이 아사씨의 성지이며, 그들의 주신인 물의 신 이소드녕이 잠들어 있는 곳이라고 여기고 있다. 하여, 아사씨들은 신성동굴에서 수련을 하며, 이소드녕의 신탁을 받기도 한다. 이곳에 있는 벽화는 오래전, 아사씨의 시조인 아사초하수니부터의 역사를 압축해놓은 벽화이다. 다만, 마지막 컷은 아사씨 곁쪽(방계)들이 아라문 해슬라 사후 왜곡한 이야기이다.

≫ 아스달의 까치동굴

아스달 내 '흰산의 심장'의 본거지인 까치동굴은 흰산의 심장 사람들이 비밀스레 모이는 공간이다. 이들은 200여 년 전 사라진 아사씨의 곧쪽(직계)인 아사신의 진정한 가르침을 따르는 집단이다. 그러나 아사신이 사라짐으로써 그 가르침은 끊겼고, 그들은 원래 아사 직계들이 했던 의식의 일종인 꽃분장과, 춤(꽃의 정령제)에 가르침이 있을 거라 생각하여 의식을 계속 유지해가고 있다. 이곳에 있는 벽화 또한 아사씨의 시조인 아사초하수니부터 이어지는 역사를 압축해놓은 벽화라는 점에서 흰산의 신성동굴과 같지만, 벽화의 마지막 내용은 흰산의 신성동굴 마지막 벽화와는 전혀 다르다.

≫ 흰산의 신성동굴에 들어갈 벽화 내용

1. 이소드녕, 아사씨의 시조를 만들다
흰머리산 지하세계의 이소드녕이 자신의 심장을 넣어 아사초하수니를 빚었다.

2. 이소드녕, 아사초하수니를 땅 위로 보내다
이소드녕은 현재 아스달의 8신 중 하나로, 흰산족의 주신이며 물의 신(여신)이고 뱀의 형상을 띠고 있다. 아사씨들은 자신들의 기원이 이소드녕, 즉 뱀으로부터 시작되었다고 생각한다. 이소드녕(뱀)이 아사초하수니를 바람에 실어 지상으로 올려 보낸 모습이다.

물

3. 아사초하수니, 세상을 일구다

아사초하수니가 뜨거운 물기로 가득한 세상을 일구고, 불과 연기밖에 보이지 않던 흰머리산에 하늘못이 떠오르게 하는 모습이다.

4. 꽃의 정령제를 하고 있는 아사씨들

꽃의 정령제는 아사씨의 곧쪽에게로 내려오는 의식 중 하나이며, 넓게는 모두의 축제이다. 아스달을 떠나기 전 아사신도 꽃의 정령제 의식을 했었고, 이아르크로 내려간 뒤로 유일하게 와한족에게 이어진 의식이다. 꽃으로 자신들을 꾸미고 얼굴에 횟가루를 바르는 등, 불 앞에서 춤을 추는 의식을 표현한 모습이다.

5. 새녘의 도발로 인한 전쟁

새녘족과 흰산족, 두 부족 간의 전쟁 모습이다. 흰머리산 산기슭 주변에 살며 자연에 대한 우월권과 신성성을 가지고 있는 흰산족의 지역을 흰머리산 남쪽, 아스강이 흐르는 비옥한 평원과 숲에 살고 있던, 기마술이 뛰어난 새녘족이 먼저 도발하여 쳐들어오는 모습이다. 흰산의 입장에서 그린 벽화이다 보니, 새녘족의 모습은 말을 타고 쳐들어오는 악한 존재로 표현했을 것 같다.

6. 아사신, 아스달을 버리고 떠나다

아사초하수니의 유일한 핏줄이며 적통 계승자인 아사신이 아스 땅을 버리고 떠나는 모습이다. 끊이지 않는 새녘족과 흰산족의 싸움, 탐욕으로 가득 차 초심을 잊어버린 흰산의 장로와 제관들의 이전투구에 환멸을 느낀 아사신은, 이를 바로잡을 수 없는 자신에게 무력함을 느끼며 아스달을 버리고 떠나게 된다. 떠나는 아사신을 붙잡으려 애원하는 사람들의 모습도 보인다.

7. 전화에 휩싸인 아스달

5번 벽화가 단순히 새녘족과 흰산족, 두 부족 간의 전쟁이었다면 7번 벽화의 느낌은 아스 모든 부족의 전쟁 같은 모습이다. 아스 땅 전체가 전화에 휩싸인 혼돈의 상태이며, '새녘족 영향력 밑에 있는 군소 부족들 vs 흰산족 영향력 밑에 있는 군소 부족들'과 같이 더 거대한 전쟁의 모습이다.

8. 아사신의 사자, 아라문 해슬라 등장

아스달을 버리고 떠난 아사신이 아스달로 자신의 사자인 아라문 해슬라를 보냈고, 아스달에 등장한 아라문 해슬라는 한 손엔 금은화, 다른 한 손엔 바람의 망치를 들고, 칸모르를 탄 채 등장한다.

9. 아라문 해슬라의 연맹 결성

새녘족과 흰산족, 두 부족을 화해시킨 데 그치지 않고 나아가 아스의 여러 군소 부족들을 통일시킨 아라문 해슬라의 모습이다.

10. 하늘로 승천하는 아라문, 재림을 이야기하다

스스로 승천하여 아이루즈의 곁으로 가는 아라문 해슬라가 떠나기 전, '자신이 언젠가 다시 이 땅에 재림할 것'을 이야기하는 모습이다.

》》 까치 동굴에 들어갈 벽화 내용

1번부터 9번까지의 벽화 내용은 휜산의 신성동굴에 들어갈 벽화 내용과 같습니다.

10. 아사씨로부터 살해당한 아라문, 재림을 이야기하다

방계 아사씨로부터 살해당하는 아라문 해슬라가, '아사신이 숨겨놓은 별방울을 찾는 자가 아라문을 재림시킬 것'이라는 이야기를 하는 모습이다. 휜산의 심장은 아사신의 가르침을 따르는 것과 함께 '아라문 해슬라는 이그트였고, 하늘로 승천한 것이 아니라, 방계 아사씨에 의해 살해되었다'고 믿고 있다. 해서 벽화의 마지막의 내용이 휜산에 있는 신성동굴과는 전혀 다르다.

S#	장면(Scene)을 의미하며 같은 장소, 같은 시간 내에서 이루어지는 일련의 행동이나 대사가 한 씬을 구성한다.
ins.cut.〉	인서트 컷(insert cut)의 줄임말로, 삽입 장면을 의미한다. 주로 한 장면이 짧게 삽입되는 경우를 가리킨다.
플래시컷	화면과 화면 사이에 삽입하는 빠르게 움직이는 화면. 화면의 속도를 높이거나 시각적인 충격 효과를 만들려 할 때 사용된다.
(NA.)	내레이션(narration)의 줄임말로, 장면을 해설하는 목소리나 등장인물이 말로 하지 않는 목소리를 말한다. 등장인물의 생각을 표현할 때 자주 쓰인다.
(E)	효과음(effect)의 줄임말로, 등장인물은 보이지 않고 소리만 나는 경우에 쓰인다.
C.U.	클로즈업 피사체를 크게 찍는 근접촬영을 의미한다.
F.O.	페이드아웃(Fade-Out). 화면이 처음에는 밝았다가 점점 어두워지는 상태.
(cut.)	장면을 중지한다는 의미. '한 장면'을 뜻하기도 한다.
cut. to	한 장면에서 다른 장면으로 특별한 효과 없이 넘어가는 것을 의미한다.
(OL)	오버랩(over lap)의 줄임말로, 앞 장면에 겹쳐서 다음 장면이 나오는 기법. 대사에서 OL은 호흡을 주지 않고 앞사람의 말을 끊고 말을 할 때 쓰인다.
dis.	디졸브(dissolve)를 의미하며, 하나의 화면이 사라짐과 동시에 다른 화면이 점차로 나타나거나, 블랙이나 화이트 화면과 기존 화면이 겹칠 때 사용된다.
몽타주	따로따로 촬영한 화면을 적절하게 떼어 붙여서 하나의 긴밀하고도 새로운 장면이나 내용으로 만드는 일, 또는 그렇게 만든 화면을 의미한다.
F.I.	페이드인(Fade-In). 어두웠던 화면이 점차 밝아지는 상태를 말한다.
줌 인	카메라의 위치는 고정한 채 줌 렌즈의 초점 거리를 변화시켜 피사체에 가까이 가는 것처럼 보이게 하는 촬영 기법.
팬	카메라 높이는 고정시킨 채 좌우로 움직여 촬영하는 행위. 광장 등 넓은 광경을 포착하거나 움직이는 피사체를 포착할 때 자주 쓰인다.
틸 업	카메라를 밑에서 시작해 위로 움직여 나가는 기법.

세상 모든 전설의 시작

7부

S#1. 필경관 탑 꼭대기 방(밤)

탄야가 놀라 보고 있는 거울의 사내! 은섬과 똑같이 생긴 사야다.
경악하는 탄야.
거울 속의 커튼 밖으로 얼굴을 내민 사야가 놀란 듯 신기한 듯
설레는 듯 겁먹은 듯 보고 있다. (6부 엔딩 지점)
놀란 얼굴의 탄야와 역시 놀란 듯 그런 탄야를 보는 사야.
탄야, 놀라 뒤돌아본다. 커튼 뒤의 사야도 놀라, 탄야를 본다.
사야의 얼굴을 확인한 탄야, 뒤로 엉덩방아를 찧듯 주저앉는다.
그러자 사야, 커튼으로 자신의 얼굴을 얼른 가려, 숨는다.
탄야, 놀란 채 그런 사야를 보는 데서..

S#2. 불의 성채 돌담길 밖(밤)

달새와 북쇠가 가지 않고 머뭇거리자
은섬, "어서!!" 하며 소리를 지른다.
양차 앞의 은섬, 쓰으..! 하는 소리를 내며,
천천히 칼을 뽑는다. 은섬의 짐승 같은 눈빛! (6부 엔딩 지점)

달새, 북쇠의 손을 끌고 슬금슬금 뒷걸음치고,

양차, 은섬을 향해 청동추를 내리친다! 빠르게 피하는 은섬!

양차, 무심히 더 빠르게 청동추를 내리친다! 더 빠르게 피하는 은섬!

멈추지 않고 점점 더 속력을 높이며 청동추 공격을 하는 양차!

은섬, 계속 양차의 공격을 피하지만 결국 담벼락 쪽으로 몰린다.

양차, 그런 은섬을 몰아붙이며 은섬 쪽으로 다가오는데

순간 은섬, 담벼락을 한 발로 디디고 날듯이 양차의 목을 공격!

그러나 양차, 순간적으로 피해, 은섬의 칼은 양차의 귀를 스친다.

양차, 무심히 자신의 귀를 만지자, 피가 묻어난다.

그리고는 보면, 은섬은 어둠 속으로 도망가고 있다.

그러자 양차, 어느새 뒤쪽에 서 있던 대칸 거매, 홍술에게 쫓으라는
수신호를 한다.

거매, 홍술 양쪽으로 흩어지고, 양차 역시 쫓는다.

모두가 사라지고 난 뒤, 그들이 사라진 반대쪽에서 도착하는 무백!

헉헉거리며 주변을 보는데 아무도 없다.

집중하는 무백! 뛰는 소리가 들린다. 그쪽으로 움직이는 무백!

S#3. 필경관 탑 꼭대기 방(밤)

아주 천천히 사야 쪽으로 걸어가고 있는 탄야.

탄야의 시선으로 보이는 커튼! 작은 떨림이 있다.

ins.cut.〉커튼 뒤의 사야, 어찌할 바를 모르고 몸을 떨고 있다.

탄야, 아주 천천히 커튼을 잡아 걷는다. 드러나는 사야의 모습.

사야는 탄야 쪽으로 고개를 돌리지 못한 채, 시선을 내리깔고 있다.

탄야, 찬찬히 사야의 모습을 뜯어본다.

사야의 옷! 사야의 눈! 사야의 귀! 마지막으로 사야의 입술!

무엇을 바른 듯 은섬의 입술과는 달리 붉은색이다.

탄야, 자신의 손가락을 사야의 입술로 가져가자 사야가 움찔, 피한다.

그러나 탄야, 엄지손가락으로 사야의 입술을 문지르자,
붉은색이 묻어나며 보라색 입술이 나온다.
사야, 그제야 천천히 고개를 돌려 탄야를 똑바로 본다.

탄야   (떨려) 너.. 누구야..?
사야   ....

S#4. 필경관 1층 넓은 공간(밤)

벽횃대에 불을 붙이고 있는 박량풍. 공간은 밝아지고..
이미 잡혀 있는 아사론이 타곤과 단벽을 차갑게 바라보고 있다.

단벽   대제관 니르하를 정중히 모셔라.
아사론   (보며) 타곤, 단벽.. 자네들이 이걸 감당할 수 있겠는가..?

하고 나가는 아사론. 뒤따르는 위병들. 보는 타곤.
단벽, 위병들과 함께 나가려는데,

타곤   고맙다..
단벽   전, 아버지의 아들로서, 해야 할 일을 했을 뿐입니다.

하고는 나가는 단벽. 그런 단벽을 보는 타곤.
이때 기토하와 무광 등 대칸 너덧이 급히 타곤에게 온다.

기토하   미홀과 흘립이 보이지 않습니다!
타곤   청동관. 청동관에 있을 것이다.
(E)   (가마관 문 열리는 소리)

S#5. 불의 성채 가마관(밤)

문이 열리고 미홀이 급히 들어온다.
불이 뻘겋게 얼비치는 거대한 가마와, 거푸집, 한쪽에 쌓인 청동괴(塊)
더미, 자료를 써놓은 가죽 뭉치 등이 어지럽게 흩어져 있는 가마관.
일하고 있던 해까닥, 해때문을 비롯한 기술자들은 아무것도 모른 채
"어라하" 하면서 예를 취한다.
미홀, 해까닥과 해때문을 뺀 나머지 기술자 셋을 베어버린다.
경악하는 해까닥, 해때문!

해까닥   (겁먹어) 미홀님.. 어찌 이러십니까!
해때문   난 아직 어립니다.. 살려주셔요!
미홀   (비장) 이제부터 너희들은 여길 빠져나간다...!

          ins.cut.〉 이들을 보고 있는 누군가의 시선.

해까닥   ...!!!
미홀   우리 해족은 저 서쪽 멀리 레무스에서
          간신히 살아남아 동쪽 끝... 이곳 아스까지 왔다.
          우리가 왜 하필 이곳 아스에 정착했느냐..!
해까닥   거치즈멍에 새겨진 손가락 그림 때문이었습니다..!
미홀   그 손가락 그림을 방패에 새긴 알 수 없는 문명이...
          우리의 고향을 폐허로 만들었다.. 이곳 아스달은 분명.. 그것과 관련이 있다.
          우린 그 비밀을 풀어야 한다..! 어디에 있든 사명을 기억해라..!
해까닥   예, 어라하!
미홀   가라...! 살아남아야 한다. 반드시.. 살아남거라..!
해때문   (어리둥절 모르는 듯) ...
해까닥   .. 예..

          하고는, 해까닥은 아들 해때문을 데리고 문처럼 보이지 않았던 벽의
          한쪽을 연다. 그리고는 급히 나가는 해까닥과 해때문.
          미홀이 다시 문을 닫으면 그냥 벽이 된다.

그리고는 미홀, 가마관에 있던 얇은 가죽 뭉치와 자료들을
닥치는 대로 가마에 처넣기 시작한다. 불타는 자료들.
타는 자료들을 보는 미홀. 이때! 문 벌컥 열리면서
무광과 기토하 등 대칸들 뛰어 들어오고 뒤이어 들어오는 타곤.
미홀, 태연하게 다가오는 타곤을 본다.
타곤은 가마관을 처음 보는 듯, 몇몇 개의 가마. 거푸집. 그리고는
죽어 있는 기술자의 시신, 이어 불타고 있는 가마 안의 자료를 본다.

무광   (역시 본 듯 대칸들에게) 야!! 저거.. 태우네!! 막어!!

하면 대칸들 가마 쪽으로 달려가지만, 이미 타고 있는 자료들.
타곤, 천천히 미홀을 보자,

미홀   (여유 있는 목소리로) 이제 이 아스달에 청동의 비밀을.. 아는 것은 나 하날세.
타곤   (그런 미홀 보며 쓴 미소) 괜한 짓을 하셨습니다. 태알하에게 무릎 한 번
꿇으면 될 일을, 이 귀한 바치(자막: 기술자)들을 죽이시다니..
(하고는 싸늘해지며) 데려가..

대칸들, 미홀 연행하고 타곤, 곤두선 표정으로 타는 자료를 본다.
이때, 기토하, "이런 쥐새끼를 봤나!" 하며 열손을 끌고 나온다.
보는 타곤.

기토하 (끌고 가며) 와한족 놈이 그새 여긴 어떻게 들어왔대..

열손, 끌려가면서 한 곳을 놀라운 눈으로 본다. 가마 앞의 풀무다.
타곤, 그런 열손의 시선을 본다.

타곤   (가는 열손에게) 뭘 보는 거지?
기토하 .. 예? (하며 돌아보는데)
열손   (쇳물을 경이롭게 보며) 이거... 이거 설마.. 돌을 녹인 건가요?
타곤   (약간 놀라며) 두즘생이 한 번 보구.. 제법이구나..

열손	(점점 가마 쪽으로 가며) 어떻게.. 어떻게.. 돌이 불에 녹을 수 있죠?
타곤	글쎄.. 이제부터.. 알아내봐야지..
열손	(가마 쪽으로 더 가까이 가, 풀무를 들어 보며) 이건가..?
무광	야! 뭐하는 거야! 만지지..!
타곤	(손 들어 무광 제지하고)..

열손, 풀무를 살피더니 앞의 가마에 대고 풀무질을 해본다.
그러자 불이 무섭게 일어난다. 놀라는 타곤과 무광, 기토하.
경이로운 기쁜 표정의 열손!

열손	(환희에 차, 풀무를 보며) 이거구나.. 바람!
	그리고 더 뜨거운 불! 더 더! 뜨거운 불!
	엄청 뜨겁기만 하면 돌이 녹고.. 물이 되고.. (청동괴를 보며) 다시 굳고!!!
타곤	(그런 열손 보고) ..
무광	(역시 올! 하는 표정으로 보는데)
기토하	(분위기 파악 못하고 열손의 뒷덜미를 확 채며) 나와 이 새끼야!!
타곤	아니. 충분히 보게 해줘. (하고 나가는 타곤)

S#6. 필경관 1층 넓은 공간(밤)

"여기 있습니다!" "일루 와! 이 새끼야!" 등등 소란스러운 가운데
해족과 와한족 등을 잡으며 분주하게 움직이는 대칸과 위병단들.
이때 타곤, 그런 상황들을 파악하며 들어온다.
그러다가 순간! 타곤, 놀란 눈으로 어딘가를 본다.
반쯤 열린 작은 문이 보인다. 탄야가 올라갔던 그 문이다!

타곤	(혼잣말처럼) .. 설마.. (하고는 그 문으로 뛴다)

S#7. 필경관 탑 꼭대기 방(밤)

탄야와 사야가 경악한 채로, 문 쪽을 보고 있다.
보면, 대칸13이 들어와 있다.

대칸13   (탄야 보며 픽) 여기 숨었었네..

하다가는 사야의 입술을 본다. 탄야가 문지르는 바람에 드러난
보라색 입술.

대칸13   이.. 이그트..!?

S#8. 필경관 탑으로 올라가는 계단(밤)

짜증난 모습으로 다급히 계단을 오르는 타곤의 모습.

S#9. 필경관 탑 꼭대기 방(밤)

사야, 어쩔 줄 몰라 하는데
이때 대칸13, 공포에 질리며 칼을 뽑는다!
탄야와 사야는 더욱 당황하며 대칸13을 보는데
이때 쾅! 문이 열리며 들어오는 타곤!
사야, 탄야, 대칸13, 타곤 넷 모두 놀라 멈칫!
사야, 타곤을 놀라 보다가 드디어 알아보곤 살짝 미소가 번진다.

대칸13   (침묵을 깨며) .. 타, 타곤님.. 여기 이그트가..
사야   (거의 동시에) .. 아.. 아부지..
대칸13   (사야 보며 어리둥절) ???

타곤, 미치겠다는 듯, 짜증이 있는 대로 솟구치며

'삐에제에에뜨!!!!' (자막: 비젯트: 아고족의 욕. 제기랄) 외치고 대칸13을 죽인다.
경악하는 탄야, 사야!!
타곤은 말없이 탄야의 머리채를 확 잡고 끌고 내려가려는데,

사야   .. 아버지..!

타곤, 신경질적으로 탄야를 내동댕이치고는
사야에게 다가와 먹살을 확 잡으며

타곤   너 땜에.. 내가 내 형제 몇을 죽여야 되는 거냐..!
사야   .....!

하고는 타곤, 놀라고 있는 탄야의 어딘가를 치자,
탄야, 기절한다. 타곤, 기절한 탄야를 들쳐 메고 나간다.
남은 사야, 그렇게 가는 타곤을 본다.
(기대했던 아버지와의 만남은 이런 것이 아니었는데)

S#10. 필경관 2층 복도(밤)

1층에서의 소란스러운 소리가 아직 들리는 가운데
기절한 탄야를 들쳐 메고는 신경질적으로 가는 타곤, 잠시 멈칫.
타곤, 뭔가 이상한 듯 뒤를 잠시 본다. (사야의 얼굴 언젠가 본 느낌)

S#11. 장터 거리 일각1(밤)

은섬이 미친 듯이 뛰고 있는데, 이때!
오른 손목이 청동추의 사슬로 확 감긴다.
당황하는 은섬, 반대편을 보는데 이때, 왼 손목도 사슬로 확 감긴다.
두 팔이 모두 감겨서 대자로 묶인 은섬!

이때, 양차가 은섬 앞으로 그대로 달려가며 청동추를 던지면
긴 청동사슬이 은섬의 목을 확 감는다!
양차가 차양의 대 위로 뛰어오르자, 사슬은 은섬의 목을 더욱 조이고.
양차의 사슬은 차양의 긴 나무대 위로 걸쳐지고,
뛰어올랐던 양차는 은섬의 뒤쪽에 착지한다.
그러자 은섬, 도르래처럼 목이 감긴 채 차양 위로 끌려 올라간다.
은섬, 목이 졸려오자 곧 죽을 듯이 괴로워한다.
사슬에 감긴 양팔도 당겨져 십자로 공중에 매달린 모습이다.
죽을 것 같은 은섬!!
이를 악물며 터질 듯한 얼굴로 괴성을 지르며 양팔에 힘을 준다!!!
당장 터져버릴 것 같은 은섬의 팔뚝과 어깨의 근육들!!
결국 양 손목에 묶인 청동사슬이 팍! 하고 깨져버린다.
입가리개를 쓴 양차의 경악하는 눈!! 거매, 홍술 역시 경악!!!!!
그런 사이, 은섬은 차양의 대 위쪽으로 뛰어올라 백 텀블링을 하면서
차양의 대 반대쪽으로 떨어지며, 동시에 뼈칼을 뽑고는
그 아래쪽에 있던 양차에게 그대로 세게 낙하한다! 그리고 격돌!
양차, 순간 은섬의 공격을 막아내다가 힘에 밀려 나가떨어지며,
그 바람에 입가리개 벗겨진다.
은섬, 간신히 일어나 목의 사슬을 풀려는데 왼팔이 안 움직인다.
당황하는 은섬, 왼팔이 고통스럽다.
겨우 오른손으로 목의 사슬을 풀고는, 왼쪽 어깨를 감싸 쥔 채,
고통으로 일그러진 표정으로 뛰기 시작한다.
양차 역시 벌떡 일어나고, 거매, 홍술, 튀어나온다.

거매   (놀라) 저 새끼 사람 아닙니다!
홍술   그렇다고 뇌안탈만큼 강한 건 아냐!
거매   .. 그럼..? 이그트..!!!

하며 셋이 서로 본다. 이윽고 양차가 침착하게 쫓으라는 손짓하자,
뛰는 양차와 거매, 홍술.

S#12. 장터 거리 일각2(밤)

뼈칼을 쥔 오른손으로 왼쪽 어깨를 쥐고 고통스러운 표정으로
죽어라 뛰는 은섬! 그리고 그 뒤를 쫓는 양차와 거매, 홍술.

S#13. 장터 거리 일각3(밤)

뛰던 은섬이 가죽 공방으로 확 들어간다.
뒤늦게 온 양차와 거매, 홍술.
양차, 손짓하자, 거매, 홍술, 흩어져 각각 다른 가게로 들어간다.
양차, 서서는 가게 하나하나를 유심히 본다.

S#14. 가죽 공방 안(밤)

들어온 은섬, 오른손의 뼈칼이 깨져 있다.
난감한 은섬, 주위를 두리번거리자, 가죽 재단용 청동검이 보인다.
청동검을 들고는 한쪽에 숨는데, 이때!
문이 열리며 들어오는 양차! 긴장한 채 숨어 보는 은섬!
입가리개를 벗어 얼굴이 모두 노출된, 잘생긴 양차의 날카로운 눈빛!
이때, 뒤에서 공격하는 은섬! 공격을 피하는 양차!
양차, 이어 바로 공격하려 청동추를 돌리는데, 실내라서 청동추가
다른 물건에 걸린다! 은섬, 이때다 싶어 청동검으로 양차를 공격!
청동검을 향해 주먹을 날리는 양차. 부딪히며 불꽃이 튄다.
보면, 양차는 청동사슬장갑을 끼고 있다.
양차, 은섬이 휘두르는 청동검을 오른손으로 잡아내고는,
왼손으로 자기 칼을 꺼내 은섬을 찌른다! 팍 튀는 보라색 피!
양차, '역시..!'다. 그리고는 주먹으로 은섬을 가격하고,
처음으로 소리를 내어 기합을 지르며 은섬을 잡아 던진다.

ins.cut.〉가죽 공방 앞 거리, 달리던 무백. 기합소리에 멈칫!

은섬, 그 바람에 창문을 부수며 밖으로 내동댕이쳐진다.

S#15. 가죽 공방 앞 거리(밤)

소리 난 쪽을 보는 무백! 이때,
창문이 부서지며 튀어나와 바닥에 내동댕이쳐지는 은섬!
놀란 무백, 은섬의 얼굴을 본다.

ins.cut.〉3부 4씬 중,
도우리와 함께 돌진해오는 은섬의 얼굴. (cut.)

무백과 은섬, 아주 잠깐 눈이 마주친다.
그러나 은섬은 바로 일어나 도망간다.
뒤이어 급히 나오는 양차. 무백을 보고 놀란다.

| 무백 | 뭐야? 어떻게 된 거야? |

이때 거매, 홍술 "무백님!!!" 하며 급히 온다.

무백	이거 뭐냐고!
거매	저 새끼 산웅 니르하 죽인 두즘생 놈입니다.
무백	..!!!

하면 양차, 바로 뛰고, 거매, 홍술, 무백 다 같이 뛴다.

S#16. 몽타주(밤)

#. 어깨를 부여잡고 고통스러운 모습으로 뛰는 은섬.
#. 쫓는 양차와 무백, 거매, 홍술.
위 모습들이 음악과 함께 긴박하게 교차로 보여지다가,

S#17. 숲속 일각(밤)

음악, 확 멈추며 동시에 우뚝 멈춰 서는 무백의 모습.
양차와 거매, 홍술도 멈춰 선다. 무백, 양차에게 한쪽 가리키며
손짓하고 거매, 홍술에겐 다른 쪽으로 지시하자,
빠르게 흩어지는 양차와 거매, 홍술.
그 후, 무백, 눈을 감고, 집중한다.
고요하다. 약간의 바람소리와 약간의 풀벌레소리 등이 들리는 가운데
아주 작게 '똑.. 똑. 똑.' 소리가 들린다.
천천히 눈을 뜨는 무백. 뒤돌아 한 곳의 어둠을 본다.
그리고는 칼을 뽑으며 순간 확! 일직선으로 날아가 그 수풀을
덮친다. (수풀 뒤는 깃강으로 떨어지는 절벽)
보면, 은섬이 걸어놓은 윗도리에서 피가 똑똑 떨어지고 있다.
경악하는 무백! 클로즈업되는 보라색 피!!!
이때 무백의 뒤에서 들어오는 칼! 숨을 헐떡이는 은섬이다.

무백   이... 이그트... 라고...?
도티   (E) 달새 수수!

S#18. 아스달 길 일각(밤)

놀라 보는 달새와 북쇠! 보면 앞에 도티와 스천 있다.

북쇠   도티다...!!

달새	(보며) 도티야.. 니가 어떻게..?
도티	(다급하게) .. 은섬 수수는..?

S#19. 숲속 일각(밤)

은섬, 고통스러운 채 무백의 뒤에서 칼을 들이댄 상태로,

은섬	.. (아픔을 참으며 거친 숨) 난 산웅을 죽이지 않았다...
무백	(마음의 소리 E) 이그트라니..? 어찌..
은섬	... (고통, 거친 숨) 타곤이...
무백	(긴장)
은섬	(고통, 거친 숨) 타곤은..
무백	(긴장)
은섬	.. (마음의 소리 E) 타곤이 이그트란 걸 말하면... 와한도 죽을지 몰라..

무백, 이때 확 돌아서며 칼을 피하고 은섬을 가격하여
쓰러뜨리고, 재빨리 은섬에게 칼을 겨누는 무백.
은섬 옆엔 바로 절벽이다.

무백	타곤이.. 뭐?

은섬, 강물을 한번 바라보고 무백을 바라보며

은섬	(마음의 소리 E) .. 탄야야..

S#20. 타곤의 옛집 1층 거실(밤)

정신을 잃은 채 바닥에 널브러져 있는 탄야.
그 앞에 보고 있는 태알하와 타곤, 해투악.

태알하	... 뭐야.. 이건?
타곤	(해투악에게) 사야 방에 대칸 시신이 하나 있다.
	조용히 처리하고, 사야도 당분간 여기 둬.
해투악	.. 예..? .. 예..!
태알하	뭐냐니까!
타곤	.. 이년이 사야를 봤어. (하며 탄야를 본다)
태알하	...!!!

S#21. 숲속 절벽 앞(밤)

절벽 끝에 서서 깃강을 내려다보고 있는 무백, 양차, 거매, 홍술.

거매	여기서 뛰어내렸다구요..?
무백	(깃강에 시선 고정한 채 긍정의 끄덕) .....
홍술	그놈 이그트 맞죠?

깃강을 바라보는 무백. 그 옆의 양차. 깃강의 강물이 도도하게 흐른다.

S#22. 타곤의 옛집 2층 창고(새벽)

창으로 뜨는 해의 어슴푸레한 빛이 들어오고 있는 가운데,
기절 상태로 쓰러져 있는 탄야.
정신이 드는 듯, "으..." 신음소리를 내며 묶인 채로 눈을 뜬다.
상체를 일으켜 주위를 살피는 탄야. 그러다가 문득,

ins.cut.〉 7부 1씬 중,
신기한 듯 탄야를 보던 사야의 모습.

탄야   (마음의 소리 E) 분명 은섬인 아니었어.. 그냥 닮은 건가?

       ins.cut.〉 7부 3씬 중,
       탄야, 엄지손가락으로 사야의 입술을 문지르자,
       붉은색이 묻어나며 보라색 입술이 나온다. (cut.)

탄야   (황당, 마음의 소리 E) 설마... 말로만 듣던 배냇벗인가?
       (자막: 배냇벗: 와한에서 쌍둥이를 가리키는 말)

       ins.cut.〉 6부 54씬 중,
       사야의 방 안 곳곳을 둘러보는 탄야. 그 위로,

탄야   (마음의 소리 E) 거긴 분명 은섬이의 꿈속이었어..
       (생각하다 문득) 그럼.. 은섬이가 꿈에서 본 건... 자기가 아니라..
       (놀라움으로) 그 아이..?!
태알하 (E) 살려두자고?

       그 소리에 놀란 탄야, 밖의 소리에 집중!!

S#23. 타곤의 옛집 2층 복도(새벽)

       태알하와 타곤 있다.

태알하 그 애가 사야가 이그트인 걸 알았다며?
타곤   그 두즘생 놈을 잡을 때까진 어쩔 수 없어.
태알하 아냐 이건.. 그놈과 뭔 거래를 했든, 이건 다른 문제야.
       (고개로 탄야 있는 쪽 가리키며) 쟤 입은, 막아야 해.
       죽이는 게 그러면 혀를 자르자..
타곤   (골똘하며) ....
태알하 (재촉하듯) 타곤..!

타곤	(멍하게) 사야.. 그 눈빛.. 어디선가 본 거 같애...
태알하	..? 뭔 소리야? 당연히 그렇겠지! 10년 전에 봤었잖아?
타곤	(그런가 싶다) ...
태알하	아, 타곤..! (짜증내며) 이러다 해 뜨겠다...!

ins.cut.〉 창고 안, 위기감이 엄습하는 긴장한 탄야의 얼굴 위로,

| 태알하 | (E) 죽여? 아님, 혀 잘러? |

태알하	(이젠 감정 누르며) 타곤.. 우리 지금, 이런 걸로 싸울 때 아냐. 지금부터가 중요하다고..
타곤	....
태알하	연맹궁 회의도 가야 하잖아.. 그냥, 죽이자..!
탄야	(하는데 이때 안에서 들려오는 E) 내가 죽으면.. 그 아이는 죽는다!

타곤, 방문 쪽을 본다! 태알하 역시 본다.
그리고는 탄야가 있는 창고 문을 여는 태알하.

S#24. 타곤의 옛집 2층 창고(새벽)

들어오는 타곤과 태알하. 보면 앉은 채 묶여 두 사람을 보는 탄야.

태알하	너 지금 뭐라 그런 거니?
탄야	(단호하게) 내가 죽으면.. 그 아이는 죽어..!
타곤	...
탄야	(완전 떨리는 마음의 소리 E) 그래 걸어보자.. 재밌잖아, 은섬아.
태알하	(기가 막혀) 내가 죽이자고 했지? 우리가 지금 저딴,
탄야	(OL, 차분한) 어젯밤.. 꿈을 만났다.. 흰늑대할머니가 오셨어. 내가 탁해빠져서 다는 못 알아들어도.. 그건 알아들었어. 내가 죽으면.. (힘주어) 그 아이도 죽어!
태알하	(어이없어) 하..!

탄야	(떨며, 마음의 소리 E) 내 생각이 맞다면..! 은섬이가 꿈에서 본 게..
	자기가 아니라, 정말 모두 그 애였다면..!
타곤	(그런 탄야 보다가 피식) 그 어줍잖은 재주로 살아보려고 애쓴다.
	너.. 저번에 초승달이 어쩌구 하면서.. 무광한테 누군가가 산 채로
	심장을 꺼낸다고 했다며? 걔 아주 멀쩡하게 잘 지내고 있어..

태알하, 천천히 걸어가 손으로 탄야의 목을 들어올리며

태알하	(서늘하게) 더 떠들면.. 혀부터 뽑고 생각할 거야..
탄야	(태알하를 똑바로 보며) ...

ins.cut.〉 새로 찍는 회상, 와한족 은섬의 나무집 안(낮)

은섬	어젠.. 꿈에서 어떤 계집애 봤어. 이름이.. 이름이...
탄야	(OL) 잘하는 짓이다. 이젠 잘 때도 딴 계집애를 만나네..
은섬	아, 이름이 새나랜가.. 그런데..
	내가 새나래랑.. 도망가려고.. (하는 순간 탄야가 은섬을 헤드락 걸며 cut.)

탄야	(똑바로 보며) 새나래...!
타곤	....?
태알하	(경악하여, 뒤로 물러서며) .. 무... 뭐..?
타곤	(태알하를 본다)
태일하	뭐.. 뭐라 _L랬어 지금?
타곤	(의아한) 뭐야.. 너 알아? 새나래?

ins.cut.〉 새로 찍는 회상, 와한족 은섬의 나무집 안(낮)

은섬	그리곤 꿈이 이어지질 않아서 잘 모르겠는데..
	내가.. 새나래란 이름을 부르면서 막 울어.. (cut.)

태알하	(탄야에게 다가오며) 니가 새나래를 어떻게 알아?
탄야	(그런 태알하를 측은하게 보며) 그 아이에게 더 이상 아픔을 주지 마라...
태알하	(경악) ...!!!!

타곤	(태알하 보며) 무슨 일이냐고..!
태알하	가만.. 가만 좀 있어봐. (하고는 탄야 보며) 또.. 또 해봐.

ins.cut.〉새로 찍는 회상, 와한족 은섬의 나무집 안(낮)

은섬	(슬픈) 그리곤.. 다른 여자가 와서..
탄야	아주 계집 천지구만!
은섬	(슬프게) 내 손에 그걸 쥐어줬어.. (cut.)

탄야	피 묻은 팔찌..
태알하	(경악) ...!!!!!
타곤	(태알하의 표정을 보며 뭔가 있다 싶은) ....
탄야	새나래가 죽을 때, 그 아이와 나의 운명은 그렇게 지어졌다... (말하면서도 이게 될까..? 떨면서) 내가 죽으면.. 그 아이도 죽는다.
태알하	...!!!!
타곤	....
탄야	그 아일 지킬 소명을 받았다. 난.
태알하	(믿기도 안 믿기도 힘든) 말도 안 돼.. 이게.. 이게 말이 돼..?
타곤	뭐야..! 아는 얘기야?
태알하	(탄야를 놀랍게 보며 시선 고정한 채) 그.. 그런 일이 있었어.. 쟤가 절대로 알 수 없는.. 나랑 해투악밖에 모르는..

타곤, 그런 태알하를 보다가 탄야를 보는데서 dis.

S#25. 아스달 전경(낮)

대대	(E) 어젯밤 위병단 총관 단벽이,

S#26. 장터 상징물 앞(낮)

제화단 위에 선 대대가 문서를 들고 읽고 있고,
대대의 주변엔 복창꾼 3명이 서로 다른 방향을 보며 서 있다.
그 밑엔 단 주위를 빙 둘러서서 경비를 서는 위병단들과 소당, 길선.
그들 앞으로 단 주위를 잔뜩 에워싸고 기다리고 있는 군중.
울백, 트리한, 라임을 비롯한 바치두레 사람들과
제관복을 입은 대신전 제관들,
해족 특유의 복장을 한 사람들과 해족 병사들 등등이 있다.

대대　연맹장 산웅의 죽음.. 그 진실을 밝히기 위해..
복창꾼들　(모선을 섞어가며 큰 소리로 복창)
대대　해족의 어라하 미홀과 대제관 아사론을 추포하여 연금하였다!
복창꾼들　(모선을 섞어가며 큰 소리로 복창)

군중들, '연금하였다' 소리가 끝나자마자 크게 '술렁' 한다.
보는 소당과 길선, 긴장하는데..
이때, 제관들 쪽부터 자신의 두 손을 가슴에 모으고는 연신 머리를
조아리며 '를를를를를' 하는 소리를 낸다.
이어, 군중들도 모두 같은 모선을 하며 '를를를를' 주문을
외기 시작한다. 보는 소당과 길선, 긴장하고, 위병단도 긴장!!
대대와 복창꾼들도 당황하는데.. 군중의 주문소리는 더 커진다.

울백　(불안하여 옆에 있는 라임에게) 아사씨의 피가 아스 땅에 떨어지면
　　　재앙이 일어난다고 했는데..
라임　(간절히 주문 외다, 울백에게) 어서 비세요.. 어서.. (하고는 다시 주문 외고)
울백　(열심히 주문 왼다)

그런 연맹인들을 보는 소당과 길선, 우려스러운데
위병단도 보면 그들도 경비를 서면서도 입으로는 주문을 외고 있다.
어느새 사람들 틈에서 보고 있는 스천과 채은. 그 옆의 모명진.

채은　(불안한, 마음의 소리 E) 와한족의 목을 벤다더니 어떻게 된 거지..?

모명진	어째서.. 갑자기 대제관을.. (하며 채은 본다)
채은	그러게요.. (하며 모명진과 의미심장한 눈빛을 주고받는데)
아사못	(E) 대제관 니르하를!

S#27. 연맹궁 대회의실(낮)

단벽과 아사못, 아사욘, 흘립과 여비, 기타 관리들 등..
10여 명 정도의 사람들이 모여 있다.

아사못	당장 풀어주세요..! 그렇지 않으면, 이소드녕의 진노가 이 아스 땅에 떨어질 겁니다...!!!
단벽	(침착하게) 사흘 뒤.. 모든 씨족과 부족의 어라하들이 모이는 어라아지가 소집되었습니다. 그 자리에서, 산웅 니르하 죽음의 진실이 밝혀지겠지요.
아사못	죽음의 뭐요? 진실? 위병단도 타곤도 산웅 니르하를 지키지 못했고 결국 죽게 만들었다는 진실이요?
흘립	맞소..!! 더구나.. 위병단도 대칸도 지금까지 그깟 두즘생 놈 하나를 못 잡고 있어요..!
타곤	(E) 잡을 겁니다..!

모두 돌아보면, 타곤이 연발과 무광, 기토하를 대동한 채
위풍당당한 모습으로 들어온다.

아사욘	언제요! 맨날 그 소리!!
타곤	(좌중을 보며 위엄 있게) 어젯밤.. 대칸의 형제인 무백과 양차가 그 두즘생 놈을 쫓았고.. 그놈은 큰 상처를 입은 채 깃강으로 뛰어들었습니다.
모두들	...!!!
타곤	지금 무백이 대칸들을 이끌고 찾고 있으니.. 곧 찾아낼 겁니다, 또한!
모두들	....

타곤	(좌중 보며) 그 두즘생이 잡히면, 진실이 밝혀지겠지요.
	여러분께서 두려운 게 없으시다면 (단벽을 보며) 단벽님을 믿고 기다리시지요.
모두	....

타곤, 단벽을 쓱 본다. 단벽도 타곤을 보는 데서

S#28. 장터 거리 일각4(낮)

단벽과 소당, 편미가 걷고 있다.
거리의 사람들, 단벽을 보며 수군거리기도 하고, 주문을 외기도 한다.

소당	(그런 시선을 느끼며) 단벽님.. 분위기가 심상치 않습니다..
단벽	... 각오한 일이다.
편미	몸조심하셔야 합니다.
단벽	.. (보는데)
편미	단벽님이 표적이 되고 있습니다.

하는데 어디선가 단벽에게 진흙이 날아온다.
단벽, 진흙을 팍 잡지만, 진흙이 단벽의 얼굴에 튄다.
소당, 편미, 바로 칼을 뽑으며,

소당	어떤 놈이냐!! (하고는 사람들 쪽으로 가려는데)
단벽	... 됐다... (하고는 가던 길을 가는 단벽)

S#29. 연맹궁 노대(낮)

타곤, 홀로 생각에 잠겨 있다.

ins.cut.〉 새로 찍는 회상, 대칸의 막사 안(새벽)

타곤	(무백에게) 그놈.. 죽으면서 다른 말은 없었나..?
무백	말을 하고 그럴 상황이 아니었습니다.. (cut.)
거매	근데.. 그 두즘생 놈이 이그트였습니다...! (cut.)

타곤	(마음의 소리 E) 이그트.. 이그트였다고..? .. 어찌 몰랐을까.. 어찌..

이때, 길선이 다가온다.

길선	대제관이 추포된 것 때문에 아스달 분위기가 심상치 않습니다.
	대제관이 그걸 모를 리 없고.. .. 어떻게 하실 겁니까..?
타곤	(쓱 길선 보며) 가서 빌어보지 뭐.
길선	(놀라) 예에..?

S#30. 연맹궁 어느 방(낮)

미홀, 앉아 있다. 문이 열리고 단벽이 들어와 미홀 앞에 앉는다.

미홀	저를 죽이고서 청동 없이 다시, 돌도끼.. 뼈칼만 쓰며 사시겠습니까?

단벽, 탁자 위에 탁 뭔가를 놓는다. 태알하의 "새한마높" 편지다.
뭔가 싶어 집어서 읽어보는 미홀, 어이없어 피식 웃는다.

단벽	태알하의 필체가 맞습니까..?
미홀	(미치겠는) 하... 이건 모두 타곤의 계략입니다..!
단벽	타곤의 계략으로, 태알하가 타곤을 죽이러 갔단 말이오? 말이 됩니까?
미홀	.. (미친다) .. 후우...
단벽	여기 이 글발의 새한마높이 아사론 니르하겠지요?
	그러니 내게 아사론 니르하를 연맹장으로 만들자 했을 테지.
미홀	(속 터지는 심정) 태알하.. 태알하를 잡아오시오.
단벽	미홀님..!

미홀　　　(버럭) 태알하를 데려오란 말이오..!!

S#31. 연맹장의 집무실(낮)

아사론, 뒷짐을 진 채 창을 보며 서 있고 그 앞에 타곤 있다.

아사론　　내 이곳에 있어도 밖이 다 보이는구나.
　　　　　연맹인들이 술렁이겠지..!

타곤, 이때 뒷짐 진 아사론의 손을 보면 약을 하지 못해서인지
떨리고 있다.

아사론　　아사씨의 피가 아스달에 떨어지면 어떤 일이 일어날까..? 그러면서..
　　　　　두려워하겠지..! 그 두려움이..! 새녘족의 잡놈 둘을 향할 테고!
타곤　　　(그런 아사론을 보며) ...
아사론　　(돌아서 타곤에게 점점 다가가며) 불안한가, 타곤...
타곤　　　...
아사론　　절벽으로 떨어진 그 두즘생을 찾고 있다고? 당연히 시신으로 나오겠지?
　　　　　그 두즘생 놈이.. 니가 아버지를 죽이는 걸 봤을 테니..!
타곤　　　(아사론 보다가 심드렁하게) ..... 그놈만 본 게 아닙니다..
아사론　　...?
타곤　　　아버지의 목이 반이나 떨어져 나가는 걸.. 저도 봤답니다..
　　　　　제 손에.. 칼이 들려 있더군요.
아사론　　(경악하여) ...!!!
타곤　　　변명하려는 것이 아닙니다. 예.. 제가 죽였습니다. (미소)
아사론　　(뒤로 물러서며) 아빌 죽였다고... 네놈이 지금 자복하는 것이냐!
타곤　　　(일어서 점점 다가가며) 니르하께선 영민하시니 이미 생각이 미치셨을 겁니다.
　　　　　아.. 이런 엄청난 비밀을 이야기하는 걸 보니..! (얼굴을 확 들이대며)
　　　　　이놈이 지금...! 나를 죽이겠구나..! 다시 연합하시겠습니까? (싱긋)
아사론　　(미친놈이구나) ...!

타곤	저는 연맹장이 되고.. 니르하께선 계속 아스달의 신을 모시는 것이지요.
아사론	....!
타곤	아, 거절하실 수 있습니다. 제가 니르하를 죽이게 되겠지만요.
아사론	...!!
타곤	(점점 목소리 커지며) 연맹이 깨지든..! 제가 니르하를 찌르고 도망가다 죽든..! 용케 살아나가 대칸을 이끌고 흰산과 대전쟁을 하게 되든!
아사론	...
타곤	지금의 전, 이 방을 나가기 전에 니르하를 죽이는 수밖에 없지 않겠습니까? (눈을 희번덕거리며) 제가 아버질 죽인 걸 아셨으니...!
아사론	(공포) ...
타곤	어쩌시겠습니까..?
아사론	(두려워하다 갑자기 미소가 번진다) ...
타곤	(아사론을 보며) ...?!
아사론	(이 악문 미소로) 네놈은 역시 재앙의 씨앗이다... 그래... 네놈이 여기서 날 죽이면.. 네놈은 쫓기다 죽는다. 살아 나가도..! 네놈은 연맹의 적이 된다.. 내 죽음이.. 타곤이라는 재앙의 씨앗을 거둘 수 있다면, 그 또한 괜찮을 것 같구나..!
타곤	...!!!
아사론	(미소로 노려보며) ...
타곤	(역시 지지 않고 보다가 미소) .. 그럼 우리에겐 두 개의 길이 있네요.. 니르하와 저.. 둘 다 죽는 길이.. 그 하나..
아사론	(보면)
타곤	아니면.. 둘 다 사는 길.
아사론	(떠는 손을 안 떨려고 잡으며) .. 둘 다 사는 길이라..?
타곤	.. 예.. 원하시는 걸 말씀해주시지요.. 말씀하시고.. 어서 가셔서.. (다가가 떨고 있는 아사론의 손을 잡으며) 신성한 연기를 마시고 신을 만나셔야지요..
아사론	....!

S#32. 연맹장의 집무실 앞 복도(낮)

문 앞을 지키고 서 있는 위병 4명. 나오는 타곤.

타곤　　　경비를 더욱 강화하거라..

위병들　　예!

하는데, 단벽이 온다. 복도를 걷는 둘.

단벽　　　아사론 니르하는 어떻습니까..?

타곤　　　증좌를 가져오라며 한 마디도 하지 않았다.. 미홀님은..?

단벽　　　모든 게 음모라며, 태알하를 데려오라고.. 그러더군요.

타곤　　　(보며) 태알하는 찾았느냐..?

단벽　　　그게.. (난감) 해투악마저 그 난리통에 사라졌습니다. (멈추며) 형님.

타곤　　　(돌아보며) ...

단벽　　　태알하가 어디 있는지.. 정말 모르십니까..?

타곤　　　비취산을 들고 왔던 이후로 보지 못했다..

단벽　　　(날카롭게 보며) 태알하를 잡는다면.. 죽여도 됩니까.

타곤　　　(보는)

S#33. 타곤의 옛집 2층 사야의 방(낮)

태알하, 의자에 앉아 생각을 하고 있다.

ins.cut.〉 7부 24씬 중,

탄야　　　새나래..! (cut.)

탄야　　　(단호하게) 내가 죽으면.. 그 아이는 죽어..! (cut.)

태알하　　(마음의 소리 E) 말도 안 돼.. 정말 그 계집한테 영능이..?

사야　　　(E) 태알하님...

태알하 보면, 앞에 사야 서 있다.

사야   아버지.. 저한테.. 화나셨죠..?
태알하   ...
사야   모르는 사람이 올라와서.. 당황했어요..
        알아서 처리했어야 하는 건데.. 제가 많이 잘못한..
태알하   (말 끊으며) 새나래.
사야   ...!
태알하   요즘도 생각나고 그러니?
사야   ...
태알하   ... 나 원망해..?
사야   ...
태알하   ...
사야   ... 그땐 원망도 했었는데.. 지금은 괜찮아요.

태알하, 앉은 상태에서 오라는 듯, 손을 내민다.
사야 다가가 무릎을 꿇으며 태알하가 든 손에 턱을 올린다.
태알하, 사야 머리를 쓰다듬다가, 일으키고는 안아준다.

태알하   그 일은.. 미안해..

태알하의 품에 안겨 있는 사야의 얼굴에서.

S#34. 몽타주(회상)

#. 사야의 방(낮)
사야, 3년쯤 전인 듯 어린 모습이다. 앞에는 새나래가 있다.

사야   달이 질 때, 깃강에서 보자. 오늘 밤 같이 도망가는 거야..!
새나래   어떻게 되든.. 후회하지 않을 거예요 사야님.

사야, 자신의 팔찌를 빼서 새나래의 팔에 채워준다.
새나래를 꼭 끌어안는 사야.

#. 사야의 방(밤)
창밖으로 보이는 달을 살피는 사야. 달이 천천히 지고 있다.
이미 챙겨놓은 짐을 꺼내려는데, 이때, 누군가 올라오는 소리.
짐을 급히 숨기는 사야. 숨기자마자, 문을 열고 태알하가 들어온다.

사야   (표정 급히 바꾸며) 태알하님..!
태알하   응..
사야   (괜히 미소 지으며) 안.. 주무세요?
태알하   그냥.. 우리 사야 뭐하나 하고..

태알하, 방 안을 천천히 걸어 다니며 살핀다. 사야, 긴장한다.

태알하   갇혀 있으니까.. 답답하지..?
사야   이제 적응이 돼서요.. 가끔 투악이랑 나가기도 하니까 괜찮아요.
태알하   ... 새나래가 안 보이는구나. 매일 여기 있더니..
사야   부르면 올 거예요. 자러 갔어요.
태알하   (계속 방 살피며) 그래..?
          (하고는 사야 향해 싱긋 웃으며) 그럼 잘 자.
사야   네. 태알하님두요..

하면 문 쪽으로 향하는 태알하, 사야 안도하는데,
태알하, 나가려다가 "아 참.." 하면서 뒤를 돈다.
뭔가를 꺼내 드는 태알하. 보면 사야가 새나래에게 준 팔찌다.
팔찌 클로즈업. 피가 묻어 있다. 사야, 경악하여 얼어붙는다.
사야의 손목을 덥석 잡아 팔찌를 끼워주는 태알하.
사야, 덜덜 떨기 시작한다. 보면 팔찌에 피가 묻어 있다.

태알하	(손목 잡은 채로, 피를 보며, 미소로) 잘 자...

이를 부딪칠 정도로 공포에 떠는 사야의 얼굴. dis.

S#35. 타곤의 옛집 2층 사야의 방(낮)

다시 태알하의 품에 안겨 있는 사야의 얼굴.

사야	(품에 안긴 채) 괜찮아요.. 걱정 마세요 태알하님.
태알하	(안은 채) 아니야 미안해..
	(안은 거 풀고 정면으로 보며 진짜 진심) 나도... 후회해... 진심이야..
사야	(물끄러미 보며) ...
태알하	해투악...!

하면 문이 열리고 해투악이 떨고 있는 탄야를 데려온다.
시녀 옷으로 갈아입혀진 탄야, 묶인 채로 긴장하여 서 있다.
그런 탄야를 보는 사야. 사야와 태알하를 보는 탄야.

태알하	(사야에게) 새 몸종이야.
사야	...!
해투악	(경악) 앨 몸종으로 쓰신다구요?!
탄야	(마음의 소리 E) 몸종..? 몸종이 뭐지..?
태알하	니가 잘 교육시켜봐. (탄야 보며) 두즘생인데.. 뭘 알겠어.
탄야	(마음의 소리 E) 교육..? 교육은 또 뭐지..?

아직 어리둥절한 탄야. 사야, 그런 탄야를 본다.

S#36. 타곤의 옛집 야외 계단(낮)

태알하, 해투악 계단을 내려가고 있다.

해투악	진짜 저 두즘생을 교육해요?! 아 아가씨이..!
태알하	좀 시끄러워..! 타곤은, 타곤은 아직 안 왔어?
해투악	예.. 아직 안 오셨어요.
태알하	하.. (마음의 소리 E) 잘하고 있는 거겠지 타곤..?

S#37. 대칸의 막사 안(낮)

타곤, 앉아서 고민하고 있다.

ins.cut.〉새로 찍는 회상, 7부 31씬 연결.

타곤	.. 예.. 원하시는 걸 말씀해주시지요.. (cut.)
아사론	(떨며, 미소 지으며) 아사씨와..! 혼인하시겠는가..? (cut.)

타곤	(한숨처럼 마음의 소리 E) ... 태알하..

이때, 연발, 양차, 거매, 홍술 등이 우르르 들어온다.

연발	못 찾았습니다... 깃강 아래쪽부터 다시,
타곤	(말 끊으며 짜증) 아니, 찾은 걸로 해...
모두들	....?
타곤	못 알아들어? 우리가 죽었고...! 시신도 찾은 거야..!
	상처가 깊어 살기 힘들 거라며? 적당한 놈을 골라와..!
	어차피 얼굴 제대로 본 사람도 없어. 같은 분장을 시키면 되겠지..

하고 나가는 타곤, 서로 보는 거매, 홍술과 연발, 양차.

도티	(E) 죽었지?

S#38. 하림의 약전(낮)

달새, 북쇠 앉아 있고, 그 앞에 도티 서 있다.

도티　　(달새, 북쇠를 살피다가 눈치챈 듯 울먹) 울 엄마 죽었지..? 엄마 죽은 거지..?
달새　　(괴로운 표정으로) ...
도티　　(흐르는 눈물 비장하게 훔치며) 이 씨.. 다 죽여버릴 거야..

하면서 도티, 안쪽에서 은섬의 작은 가방을 들고 나온다.
가방 안에 있는 슬링 꺼내려는데, 이때 바닥에 툭 떨어지는 무언가.
옆에 있던 달새, 주워보면 아사혼의 목걸이다.
이때, 약전 안으로 들어오던 채은, 달새 손에 들린 목걸이를 본다.

채은　　(놀라) 야! 이거 어디서 났어?
도티　　이거 은섬 수수 엄마 건데..
채은　　말도 안 돼.. 이건.. 아사가문의 표식이야.
북쇠　　그거 맞는데, 은섬이 엄마 거.. 아산지 뭔지 모르지만.
채은　　(황당하게 보며) 똑바로 안 얘기해? 어디서 났어!
도티　　진짜야.. 은섬 수수 엄마 거... (달새 보며) 이름이 뭐더라?
달새　　몰라, 내가 어떻게 알아..
도티　　아 생각났어..!

S#39. 아스달 성 외곽 산 일각(낮)

누군가의 시선으로 걸어가고 있는 무백이 보인다.

무백　　(마음의 소리 E) 분명 이그트...
와한족.. 그들이 아사신과 리산의 후예라면..
어찌 그놈이 이그트가 될 수 있는가...

첫 번째 천부인. 칼의 아이... 그러한가.. 아닌가...

그 앞에는 하림의 약초방이 보인다.
약초방 건물 지붕과 연결된 차양 아래로 빨랫줄에 걸려 있는 약초들,
마당에는 고추를 널듯 약초를 말리는 모습도 보이고
한쪽에는 약초를 찌는 듯, 끓고 있는 큰 토기들도 보인다.
그리고 그 토기 앞에서 불을 살피며 목검을 들고
무술 연습을 하는 병약하고 창백한 느낌의 소녀, 눈별이다.
눈별, 토기의 불을 살피며 특정한 동작 A로 목검을 휘두른다.
특정동작 A는 멋있고, 화려하고 강력해 보이나, 힘이 없는 느낌이다!
그런 눈별과 다가오는 무백을 바라보는 시선, 도우리다.

무백   (E) 검술을 배우느냐..?

돌아보는 눈별, 걸어오는 무백을 발견한다.

눈별   (고개 숙이며 헉헉거리는) 오셨.. 어요.. 무백님..
무백   안에 계신가?
눈별   (헉헉) 예..
무백   (들어가려다) 칼놀림이 꽤 그럴듯하구나..

하고는 안으로 들어가는 무백.
눈별, 무백의 말에 기분 좋은지 살짝 미소를 짓더니
다시 집중하려는 듯 목검을 쥐고는 특정동작 A를 해본다.

S#40. 하림의 약초방 안 (낮)

들어오는 무백. 약초방 벽에는 약초들이 걸려 있고,
가운데에는 짚으로 만든 침상 같은 것이 있다.
그곳에 누워 있는 은섬. 그 앞에는 하림이 서 있다.

무백, 하림의 뒤에 서서 은섬을 보는데,
고통에 괴로운 듯 찡그린 채 식은땀을 흘리는 은섬.
웃통이 벗겨져 있고 온몸에 광목을 감은 모습이다.
무백, 은섬의 광목에 배어 있는 보라색 피를 본다.
그리고 둘러보면, 주변에도 튀어 있는 보라색 피.

무백   살겠습니까..?

하림   (한숨 푹 쉬고) 이그트는 처음이라 모르겠소...
              (하다가 확 돌려 무백 보며) 대체 어쩌려는 거요?

무백   ...

하림   이그트가 이 아스달에 어떤 것인지.. 잊어버렸소?

무백   잊을 리가 있겠습니까? 당신과 내가.. 몰살시킨 뇌안탈의..
              (피식) 오즈바리(자막: 교잡종)죠.

하림   ...! (무백 노려보다가, 확 고개 돌리며) 데리고 가시오..

채은   (멍하게 E) 그 아이...

무백, 하림 돌아보면 어느새 들어온 채은.
채은 멍한 상태로 은섬 쪽으로 다가오더니, 품 안에서
아사혼의 목걸이를 꺼내 보인다.

채은   (멍한) 이 아이의 어머니 거래요..

하림   ...!!!

무백   ...!!!

하림   그게.. 무슨 소리야? (채은이 들고 있는 목걸이 보며) 이건..
              아사씨의 문장이지 않느냐?

무백   (목걸이를 낚아채며) 이건.... 아사혼 겁니다..!

하림   (경악) ...!!! 니가 이 아일 어찌 알아?

채은   (멍한) 이름은 은섬.. 거루크미혼의 아이예요..!

하림   ...!!!

무백   ...!!!

무백, 누워 있는 은섬의 얼굴을 보는데

ins.cut.〉새로 찍는 회상, 숲속 샘물 일각(낮)
땀범벅이 된 젊은 무백이 조롱박으로 물을 벌컥벌컥 마시고 있다.
다 마시고는 옆을 보니 살구가 담긴 작은 소쿠리가 있다.
무백, 소쿠리를 집은 채, 주위를 둘러보는데, 이때 나는 '쿵' 소리!
가보니, 아사혼이 돌부리에 걸려 넘어져 엎어진 채로 있다.

무백   (놀라) 아사혼님..?
아사혼   (크게 당황하여 일어나며) 아니.. 저기.. 그게 그냥..

무백, 보면, 아사혼의 옷에 흙이 잔뜩 묻은 데다
넘어지는 바람에 아사혼의 목걸이는 깨져 있다.

무백   아사혼님.. 목걸이가..
아사혼   (흘낏 깨진 목걸이 보고는) 이건 뭐.. (하다가 무백 손에 들린 소쿠리를
          턱으로 슬쩍 가리키며) 살구를 따다 보니.. 너무 많이 따서.. 드십시오.

하고는 재빨리 도망가는 아사혼.
무백, 멍한 채 그런 아사혼 보다가는 씨익 피어오르는 미소.

ins.cut.〉새로 찍는 회상, 숲 일각(밤)
급히 뛰어오는 무백!! 출전 준비로 바쁜 전사들에게로 온다.

무백   (다급) 아사혼님은?
무광   이미 낮에 출발했어요.
무백   ...!! 그게 무슨 소리야! 내가 호위해서 같이 가기로 했는데..!
길선   넌 여길 맡아, 산웅 니르하의 명이야!
무백   ....

현실의 무백, 상념에서 깨어 나와 은섬을 본다.

해투악   (E) 앉아!

S#41. 타곤의 옛집 부엌(밤)

해투악, 나무 회초리를 든 채 부엌 의자에 거만하게 앉아 있다.

해투악   일어서.

그제야 보이는 탄야, 마지못해 일어난다.

해투악   앉아.
탄야   (마지못해 앉는다)
해투악   일어서.

ins.cut.〉 부엌 밖
지나가던 사야, 소리가 들리자 몰래 부엌 안을 본다.

탄야, 마지못해 일어나며 해투악을 쳐다보는데
그러자 해투악, 나무 회초리로 살이 드러난 탄야의 팔뚝을 때린다.
'아!' 하면서 해투악을 노려보듯 쳐다보는 탄야.

해투악   보지 말랬지. 노예는 주인님이 보라고 하기 전까진,
         눈을 내리깔고 있는 거야.
탄야   주인님이 뭔데요?
해투악   주인님? 니 목숨줄 쥐고 있는 사람. 니가 무조건 따라야 하는 사람!
         다시! 앉아.
탄야   (다시 마지못해 앉으며 중얼) 내 목숨줄을 대체 누가 쥔다는 거야?
해투악   (일단 참으며) 일어나.

탄야, 일어나며 '후..' 하고 한숨을 푹 쉰다.
해투악, 나무 회초리로 다시 탄야를 찰싹! 때리는데

탄야	안 봤잖아!
해투악	한숨도 쉬지 마. 앉아.
탄야	(앉는다)
해투악	일어나.
탄야	(일어나지 않고 해투악을 노려본다)
해투악	(회초리로 탄야를 다시 찰싹 때리며) 아니 우리말 할 줄 안다더니 아예 말귀를 못 알아듣네?

하고는 해투악, 나무 회초리를 바닥에 집어 던지고는
"아 태알하님! 나 얘 못하겠어요!" 하며 뒤돌아 나가려는데

탄야	(E) 야..
사야	(흥미진진하게 보는)
해투악	(뒤돌아보며 황당하게) 뭐..? 야?
사야	(더 흥미진진하게 보는)
탄야	(옆에 있던 그릇을 하나 팍 깨서 쥐며) 너 일로 와봐.
사야	(이제 짜릿하게 보는)
해투악	(그 모습이 어이없어서 웃고는) 뭐?

하고는 해투악, 다가가는데
탄야, 깨진 그릇 조각을 해투악에게 던진다.
그러자 해투악, 눈 깜짝할 새에 허리춤에 있던 칼을 뽑아
그릇 조각들을 쳐낸다.
놀라는 탄야, 이번에는 옆에 있던 젓가락을 던진다.
해투악, 날아오는 젓가락을 두 손가락으로 잡더니
바로 탄야를 향해 던진다. 탄야 옆의 벽에 꽂히는 젓가락..!
해투악, 그대로 다가와 탄야의 멱살을 잡으며 바닥에 메친다.
그리고는 주먹을 들어 탄야의 얼굴을 치려는데

탄야	(태연하고 침착하게) .. 졌다..
사야	(웃음이 터지며 흥미롭게 보는)
해투악	(황당한) 이 미친년이 진짜!

하면서 탄야를 패기 시작하는 해투악. 이어서 들리는 탄야의 비명.

S#42. 타곤의 옛집 1층 거실(밤)

태알하 심각한 상태로 앉아 있다.
이때, 부엌에서 탄야의 비명과 해투악의 욕지거리가 들리자
짜증나는 표정으로 부엌 쪽을 본다.
이때, 박량풍 들어온다.

태알하	타곤님 왔어요?
박량풍	타곤님께서 반디숲으로 오라고 하십니다.
태알하	반디숲..?
박량풍	예.. 그 왜 어라아지 하는 곳 옆에 있는 숲 말입니다.

S#43. 아스달 거리 일각1(밤)

태알하, 걸어가고 있고,
그 옆으로는 해투악이 횃불을 들고 따라가고 있다.

해투악	(열받는 듯) 아우 씨.. 걔 진짜 증말.. 아오..
태알하	(심각) ...
해투악	아, 나중에 말씀드릴게요.
태알하	(그러든지 말든지)
해투악	(아무래도 안 되겠다는 듯) 아이 씨 걔 있잖아요..!

태알하	(OL) 나중에 얘기한다며.
해투악	(시무룩) 네.. (다시 반색하며) 근데 타곤님은 왜 갑자기.. 반디숲을.. 그게 신성한 곳이기도 하지만..! 두 분이 막 응? 어렸을 적에, 응?
태알하	(반응 없고 왠지 불안) ...

S#44. 반디숲 일각(밤)

태알하, 길게 늘어뜨려진 나뭇잎들이 마치 천장을
덮고 있는 듯한 예쁜 숲을 홀로 걷고 있다.
앞에 반딧불이가 모여 있는 곳으로 가까이 다가가는 태알하.
그러자 여러 그루의 나무들이 연리지처럼 한데로 얼기설기 섞여
마치 하나의 둥그런 비밀스런 방처럼 보이는 장소가 드러난다.
태알하, 두 개의 나무가 서로 얽혀 있는 입구 사이로 들어가자
비밀스런 방 안에 놓여 있는 큰 나무원탁이 보인다.
큰 원탁 위에는 술과 잔이 놓여 있다. 그 앞에 앉아 있던 타곤,
태알하가 들어오자 일어난다.

태알하	(이상한 분위기 감지하고 괜히 웃으며) 뭐야 이건?
타곤	....
태알하	(앉으며) 우리 아버지하고 얘기했어?
타곤	그럴 필요가 없었습니다. 내일의 해족 어라하는.. 태알하님이 되실 테니..
태알하	(경악으로 타곤 보며 얼어붙은 표정) ...!!
타곤	...
태알하	(떨리며) 아사론과... 얘기가 다 됐구나... 조건은...?
타곤	연맹의 관례대로.. 아사씨와... 혼인..

하는 순간, 태알하, 원탁으로 번개처럼 튀어 올라가
맞은편에 있던 타곤의 목에 칼을 들이댄다.

타곤	수련도 안 하면서 칼은 더 빨라졌네.
태알하	마음속에선 칼을 놓은 적이 없으니까. 왜 안 막아? 못 죽일 거 같애, 내가?
타곤	(차분히 어둡게 바라보며) 아사론을 어찌할 수가 없어.
	흰산이 가만있지 않을 테고, 그럼 아스달은 내전이야..
태알하	(타곤 보며) 그 옛날 리산은 세상이 어찌 되든,
	마음에 품었던 아사신과 멀리 도망갔었지..
타곤	내가 리산처럼 다 버리고 도망가자 하면.. 네가 따라나설까..?
태알하	...!!! (하더니 피식)

태알하, 그런 타곤을 노려본다. 타곤 차분히 마주 본다.
태알하, 노려보다 눈물이 그렁해진다. 그러다 칼을 내린다.

태알하	역시.. 날 너무 잘 알아.
타곤	그래서 이 숲에서 우린 연인이 됐었지.
태알하	... (슬프게 보며)
타곤	마음에 품은 사람을 잃는 건 너만이 아니다. 진심이야...
태알하	... (눈물이 날 것 같다) ..
타곤	나두..
태알하	(OL, 말 끊으며) 우리 둘 다 아직 다 이룬 건 아니에요.
	그렇게 생각할게요. 내일의 연맹장님.
	아, 근데 우리 계속 연인일 수도 있는 건가요?
타곤	저는 바랍니다.. 태알하님께서도 그러시길 원합니다.

그러자 태알하, 타곤에게 키스한다. 아름답게 키스하는 둘.
점점 격해지는 둘의 몸짓, 그러다 옆에 술잔을 잡는 태알하,
떨어지면서 타곤의 얼굴에 술을 확 끼얹는다. 타곤 정신 차린 듯 피식.

태알하	근데 연맹장의 마놀하(자막 : 연맹장의 부인을 높여 부르는 말)로,
	아사못은 너무 못생기지 않았어..?
타곤	(피식) ...
태알하	아, 근데.. (돌아서며) 잠자리는 어떻할 거야,

(작은 소리로) 이그트..

타곤   뭐.. 어둠 속에서.. 옷도 제대로 안 벗고.. 그렇게 되겠지.

태알하   아휴, 그러다 확 걸렸으면 좋겠네. 그래야 니가 (미소로) 아사뭇을 죽일 테니..!

하고 휙 나가버리는 태알하.
얼굴에 흐르는 술을 닦아내며 피식하는 타곤.

S#45. 타곤의 옛집 1층 거실(밤)

급히 들어오는 태알하, 뒤에는 해투악이 따라 들어온다.
태알하, 어딘가로 가더니 서랍을 열어서 비취산을 꺼낸다.

해투악   (놀라) 그 끔찍한 걸 왜 꺼내세요! 비취산 아니에요..?

태알하   아사론을.. 죽이겠어..

해투악   (경악) ..!! 아니... 타곤님 말 따르기로 한 거 아니에요?

태알하   (흥분한 채 성질내며) 그랬지! 다 알아들었지! 완벽히 이해했어!
         날 이해시켰어! 역시 날 너무 잘 알아, 타곤은!

해투악   (의아) 근데 왜요? 왜 아사론 니르하를...

태알하   ... 할 수 있는 게 남아 있을 때... 난 멈추는 사람이 아니니까.

해투악   아가씨!

태알하   아사론을 조용히 암살하고 단벽에게 뒤집어씌울 거야.
         분노한 흰산에게 단벽을 산 채로 던져주면 돼.
         그러면 전쟁은 일어나지 않고, 나랑 타곤은 혼인하는 거지. 평화롭게..

해투악   그러다 잘못되면..

태알하   길선을 불러..!

어느새 온 사야가 놀란 눈으로 보고 있다.
태알하, 시선을 느끼자 어색하게 사야를 보다가
휙 하고 밖으로 나간다.

이를 어리둥절하게 보는 사야.

이때, 해투악도 한숨 쉬고는 태알하를 따라 나간다.

그러자, 태알하가 탁자에 놓아둔 비취산을 보는 사야.

S#46. 타곤의 옛집 2층 사야의 방(밤)

사야, 멍한 표정으로 약간은 바보처럼 천천히 왔다 갔다 하면서,

작게 읊조리고 있다. 처음엔 내용이 잘 안 들리다가

카메라 다가가면 들리는 소리

사야   (작게 읊조리는) 조용히.. 아사론을 죽이고... 단벽은 산 채로... 흰산에게.

단벽은 살아 있어야 하고, 아사론은... 죽어야 하고...

길선   (E) 부르셨습니까?

S#47. 타곤의 옛집 타곤의 방(밤)

태알하 있는데, 길선 들어와서 예를 취한다.

태알하   타곤님을 위해서... 무엇까지.. 할 수 있죠..?

길선   (긴장) ...! (바라보다가 결심한 듯) ... 뭐든지.. 할 수 있습니다.!

태알하   ... 만약.. 그 일이.. 당장의 타곤님 뜻과 달라도...?

길선   (긴장) ... 그 일이.. 정말 타곤님을 위하는 일이 맞다면 하겠습니다..!

태알하, 결연한 표정으로 뭔가를 꺼내 내놓는다.

비취산 병이다. 의아하게 보는 길선.

태알하   아사론... 죽여야겠어요..

길선   (경악) ..!!!

S#48. 연맹궁 전경(낮)

아사못   (E) 어쩌실 겁니까..!!!

S#49. 연맹궁 위병 총관실(낮)

단벽과, 흘립, 아사못이 있고 소당과 편미는 단벽 뒤에 서 있다.

아사못   단벽님께서 지금... 연맹을 깨트리려는 겁니까!
소당   말씀 함부로 하지 마십쇼! 단벽님이 연맹을 깨다니!
아사못   (OL) 이대로면 깨져요!!
단벽   (심각) ...
소당   ...
아사못   (확 다가오며) 이건 우리 아사씨의 문제만이 아닙니다..
    (의미심장하게) 만약... 흰산에서 전사들이 아스달로 진군한다면...
모두들   ...!!!
아사못   저도 이제 막을 수가 없다는 얘깁니다. 누가 이길진 모르지요... 허나
단벽   (보며) ..
아사못   그것으로 이미 연맹은 깨지는 겁니다. (하고 나간다)
단벽   (어두운 표정) ...
편미   단벽님, 사실입니다. 흰산은 물론, 새녘족 출신의 위병들도...
단벽   (OL) 내가 제화단에 올라 연맹인들에게 직접 모두! 말하겠다.
    채비하거라.
소당   ... (침 꿀꺽 살피고) 위험할 겁니다.
단벽   (결연) 채비하라 이미 일렀다..!

S#50. 연맹궁 복도(낮)

소당과 편미가 걸어온다.

편미   대놓고 단벽님을 죽이겠다는 놈들도 있다던데..
소당   어쩔 수 있어? 우리야, 명령대로 호위에 더 힘쓰는 수밖에...
길선   (앞에서 헐레벌떡 오면서) 단벽님이 제화단에 오르신다고?
소당   호위하러 나가야 되는데, 너희 3단도 좀 쓸게.
        넌 이쪽을 맡아줘...
길선   ...! 아.. 알겠어..

하고 가는 소당, 편미. 의미심장하게 보는 길선.

S#51. 연맹궁 부엌 문 앞(낮)

길선, 멈춰 서서 심호흡한다. 긴장된 표정이다.
문을 열고 들어가는 길선.

S#52. 연맹궁 부엌 안(낮)

길선 들어오니, 나오려던 위병2가 길선을 본다.

길선   (짐짓) 너 지금 여기서 뭐하고 있어?
위병2   아, 이거 아사론 니르하께..
길선   너 1단 아냐? 제화단으로 집결이야! 이 자식 정신 못 차리고!
위병2   아.. 그렇습니까?
길선   빨리 안 가..!
위병2   예!

하고 위병2, 급히 나간다. 길선 의미심장하게 차려진 상을 본다.
그리고는 품 안에서 비취산을 꺼내, 물잔에 타는 길선.

S#53. 연맹궁 회랑(낮)

상을 들고 가는 길선의 긴장한 얼굴.

S#54. 연맹장의 집무실(낮)

문이 열리며, 길선이 들어온다. 아사론, 추위, 금단증세로 떨고 있다.

길선   (눈치 보며 테이블에 놓고 보자기를 걷으며) 진지입니다.

아사론   (초조 불안) 타곤은? 타곤은 왜 오지 않느냐..?

길선   오.. 오실 겁니다.

비취산이 든 물을 벌컥벌컥 마시는 아사론. 긴장하여 보는 길선.

편미   (E) 군이 이러실 필요가...

S#55. 장터 밥집(낮)

탁자에 앉아 있는 단벽. 그 앞 소박한 밥상이 차려져 있다.
소당과 편미 등 주변에 5명의 위병이 둘러싸고 호위한다.

편미   있습니까?

주변을 보면, 사람들이 단벽을 힐끔거리며 수군거린다.

단벽   위병단의 총관이 연맹인이 두려워 장터 끼니조차 먹지 못한다면...
이 자리에 있을 이유가 무엇이냐... (하고 숟가락을 드는데)

소당   (다급히) 잠시만요.

하고는 젓가락으로 음식 몇 개를 집어 마당에 던지면
닭들이 모여들어 쪼아 먹는다. 보는 모두들. 아무렇지 않는 닭들.
단벽, 그런 소당을 보며 한심하다는 듯 미소 짓고 먹기 시작한다.

S#56. 장터 밥집 뒤쪽 좁은 골목(낮)

단벽이 골목에 오픈된 뒷간에서 소변을 보고는 돌아서는데,
골목 맞은편에서 어떤 요염하고 머리가 긴 여인이 걸어온다.
(단벽은 얼굴을 보나, 카메라엔 여인의 뒷모습만)
단벽, 좀 의아하게 보는데 그 여인이 다가와 자신에게
호리병 하나를 주고는 빠르게 지나간다.
단벽, 보면, 호리병에 갑골문으로 쓰인 글씨!
"이미 독에 당했습니다. 해독제입니다. 독은 비취산"
놀라는 단벽!

단벽   (마음의 소리 E) 말도 안 되는 소리.. 닭에 먹이기까지 했는데..

하고, 호리병을 버리려다가, 멈칫하고는 급히 간다.

S#57. 장터 밥집 마당(낮)

닭들이 떼로 죽어 있다. 주인이 나와서, '이게 어찌 된 거야!'
하며 놀라고 있다. 보고 놀라 서 있는 단벽.

단벽   (마음의 소리 E) 물은 맑았고 냄새도 색깔도 괜찮았다. 어찌..!

단벽, 손에 들린 호리병을 본다. '비취산'이라는 글자!

ins.cut.〉6부 46씬 중,

타곤   비취산..! (자막: 무미, 무색, 무향의 독) (cut.)
타곤   (둘러보며) 냄새도.. 맛도.. 빛깔도... (cut.)

단벽   ...!! (마음의 소리 E) .. 새로운 독을 만든 것이냐, 미홀..!

하고는 호리병을 바라보는 단벽.

S#58. 장터 상징물 앞(낮)

제화단에 오르는 단벽. 소당과 편미 앞에 서고 위병단들은
주위를 둘러싸 호위한다. 사람들은 웅성웅성하며 그 앞에 모여든다.

단벽   나, 새녁족의 자제이며, 산웅 니르하 으뜸아들, 또한 연맹인을 살피고,
        지키는 위병단의 총관인 단! 벽! 연맹인들에게 지난 일을 알리고자 한다..!
모두들 ...
단벽   아스달의 어른이시며, 흰산족의 어라하이자, 아스달의 여덟 신을 모시는
        대제관..! 아사론 니르하를 연금하였다...!
모두들 (웅성웅성) ...
트리한 (나서서 다가오며) 어떻게 그리할 수 있소! 신벌이 내릴 것이오!!

그런 트리한을 위병단이 제압한다. '아사씨에게 불경한 자에게
이소드녕의 저주가 있을 거요!' 소리치며 끌려 나가는 트리한.

단벽   연맹인들이여, 그대들이 따르고 아끼던 연맹장, 나의 아버지이며..!
        새녁족의 어라하이신 산웅 니르하의 죽음은 벌써 잊었단 말인가...!
모두들 (놀라) ...
단벽   아사론 니르하가 거룩한 신성재판에 더러운 음모를 꾸미고...!

이때, 소당은 군중 쪽만 주시하는데 갑자기 군중들의
표정이 이상해진다. '어?' 하는 느낌! 소당 뒤돌아보는데
단벽, 코피를 흘리고 있다. 소당, 편미 놀라 보는데

단벽   (코피를 보고 약간 당황하더니 소매춤으로 닦고는) 음모를.. 꾸몄으며,
        나의 아버지 산웅이 하늘로 돌아가던 그날 밤에도...!

하는데, 코피가 비 오듯 쏟아지고, 이젠 입에서도 피가 솟구친다.
사람들 모두 당황하고, 단벽 결국 비틀거리다 쓰러지자,
소당과 편미, '단벽님!' 외치면서 달려들고 사람들은 경악한다.
누군가 '신벌이다!'라고 외치자, 몇몇이 따라 외친다. '신벌이다!'
단벽, 쓰러져 하늘을 보며 몸을 덜덜 떨고 있다. dis.

S#59. 연맹궁 복도(낮)

길선이 미친 듯이 뛰고 있다.

타곤   (E) 허무하군요.

S#60. 연맹장의 집무실(낮)

아사론, 향로에서 나오는 연기를 자기 손을 살랑살랑 흔들며
흡입하고 있다. 이제야 기운이 오르는지, 몸을 떠는 아사론.
앞에는 타곤이 앉아 있다.

아사론   허무라?
타곤   그 많은 일이 있었는데.. 그냥 원래대로 돌아가는 것이니.
아사론   (몽롱하게) 모든 게 원래는 아니지. 연맹장이.. (미소로) 바뀌지 않나...

이때, 문이 벌컥 열린다. 들어오는 길선.

보는 아사론과 타곤.

길선, 경악한 눈으로 아사론을 본다. 그리고 타곤을 본다.

타곤	무슨 일이냐?
길선	그게... 저... 단벽님이... 제화단에서 쓰러지셨는데, 위독하답니다..
타곤	(벌떡 일어서며) 뭐?

S#61. 아스달 거리 일각2(낮)

길선, 또 뛰고 있다. 뛰는 길선의 절박한 표정 위로,

길선	(마음의 소리 E) 어떻게 된 거지? 비취산을 먹은 아사론은, 멀쩡하고.. 왜 갑자기 단벽이??
태알하	(E) 뭐?

S#62. 타곤의 옛집 타곤의 방(낮)

태알하 경악해서 해투악을 보고 있다.

해투악	예.. 지금 밖에 난리가 났어요!! 단벽님이 쓰러졌는데.. 죽었다는 말도 있고...
태알하	(멍해서) ... 그게.. 무슨 소리야? 단벽이 왜?
해투악	모르겠어요.. 제화단에서 연설하다가... 아니 근데 아가씨.. 지금 단벽님이 죽어버리면 안 되는 거 아니에요? 아사론 니르하가 죽으면 단벽님한테 다 뒤집어씌우려고 한 건데...
태알하	(경악했으나 침착하려 하며) ...
해투악	죽은 사람한테 범인이라고 할 순 없잖아요..???

이때, 문이 열리며 길선 튀어 들어온다.

길선	태알하님, 뭔가 잘못된 것 같습니다...!
태알하	단벽이.. 죽었다구?
길선	죽은 거까진 모르겠는데... 위독합니다.
태알하	(확 다가가 따지듯) 왜! 어떻게!!
길선	들은 바로는, 코피를 흘리다가 입에서.. 피를 쏟고..
태알하	...!!! 몸을 바들바들 떨고...?
길선	... 예..!
태알하	(경악) !!! (마음의 소리 E) 비취산의 증상...!!
길선	(넋 나간 듯한 태알하 보며) 더... 이상한 일은...
태알하	(확 보며) ...
길선	아사론이 살아 있습니다, 멀쩡하게.. 분명... 먹는 걸 봤는데..
태알하	(더 경악) ...!!!

태알하, 뭔가 생각하다가 깨달은 듯하더니,
확 나가버린다. 해투악, '아가씨!'

S#63. 타곤의 옛집 야외 계단 + 2층 마당 (낮)

태알하, 떨리고도 당혹스러운 얼굴로 거친 숨을 몰아쉬며
계단을 오른다. 분노와 당황, 공포가 뒤섞인 태알하의 얼굴.
계단을 다 올라 2층 마당을 가로질러 실내로 들어간다.

S#64. 타곤의 옛집 2층 사야의 방 앞 복도 (낮)

얼굴이 멍든 탄야, 껄렁하게 사야의 방문 앞에 서 있다.
급히 오는 잰 발걸음 소리에 놀라 자세를 똑바로 하면,
태알하가 저쪽 복도에서 거친 숨을 몰아쉬며 오고 있다.

탄야	아, 태알하.. 님..

하는데, 태알하 탄야 확 밀치고 들어간다.
뭐야 싶어 보는 탄야.

S#65. 타곤의 옛집 2층 사야의 방(낮)

어수룩하고 착한 얼굴로 탁자 앞에 앉아
나무를 조각하고 있던 사야, 문을 쾅 여는 태알하를 보고 일어선다.
태알하, 문을 열고 들어온 채로 사야를 노려본다.
사야, 영문을 모르는 표정으로 겁먹은 듯이 태알하를 본다.
태알하, 알 수 없는 눈빛으로 사야를 보며,
사야가 앉아 있던 탁자 건너로 천천히 다가가서는,
두 손으로 탁자를 짚으며 사야에게 얼굴을 가까이 한다.

사야	(어수룩, 착한) 왜... 왜 그러.. 세요? 무슨 일 있어요...?
태알하	(미치겠는 심정으로 사야 보며) ...
사야	(어수룩) 왜.. 요?
태알하	(사야를 보는 눈빛이 떨리고 숨이 거칠어진다)
사야	괜.. 괜찮아요?
태알하	(결국 눈물이 그렁해지더니, 눈물이 뚝 흐른다)
사야	(착하게 놀라며) ...!
태알하	... (거친 숨을 참고 이를 악물며 탄식하듯) 너... 니?
탄야	(문밖에서 보며) ...?
사야	(놀라서 보다가 착한 표정으로 고개를 숙인다) ...
태알하	너... 야?
탄야	(뭐지 싶어) ...?
사야	(착하게 숙인 고개를 들며) 그.. 그럼...
태알하	(미치겠는 표정으로 보며) ...

사야	(풋! 하고 웃음 터지며 미소) 그럼 누구겠어요?
태알하	(쿵)!
탄야	...?!

ins.cut.〉 새로 찍는 회상, 7부 45씬 연결.
비취산을 빈 호리병에 따르는 사야. (cut.)

사야	(작게 읊조리는 E) 단벽은 살아 있어야 하고, 아사론은... 죽어야 하고...

ins.cut.〉 새로 찍는 회상, 7부 46씬 연결.
앞 씬에 안 보였던 cut. 카메라 풀로 빠지면
그런 사야의 앞 탁자에 놓인 호리병.

사야	(걷는 것을 멈추고 호리병 보고는 씨익 웃으며) 그 반대면?

ins.cut.〉 새로 찍는 회상, 장터 밥집 근처(낮)
누군가 닭들을 향해 뭔가를 뿌리자 닭들이 모이를 쪼아댄다.

ins.cut.〉 7부 56씬 중,
골목 맞은편에서 머리가 긴 그 여인이 걸어온다. (cut.)
단벽에게 호리병을 주고는 확 골목을 돌아가는 여인. (cut.)

ins.cut.〉 새로 찍는 회상, 7부 56씬 연결.
골목 모퉁이를 돌더니 급히 뛰는 여인.
멈춰 확 가체를 벗으면 나타나는 화장을 곱게 한 사야의 얼굴.
숨을 몰아쉬며 뒤돌아보며 씨익 웃는다.

태알하	(입술이 떨리며) 정말... 너야?
사야	(미소로) 예에.. .. 이제 서로 주고받은 거죠...
태알하	(황당, 당혹) 주고받아?
사야	태알하님께서도... 제가 마음에 품었던 사람... 내가 그리 바랬던 사람...

　　　　　　　 잃게 했잖아요.

태알하　　　(쿵) ...!!! 설마... 너.. 새나래 때문에...?

탄야　　　　...??

사야　　　　이제... 아버지는 그 아사씨 여자랑 혼인할 테니..

　　　　　　 태알하님도 잃으셨네요. 그리도... 바랬던 사람을...

태알하　　　(떨리며 본다)...

분노, 당혹, 공포로 떨며 사야를 보는 태알하.
그런 태알하를 보는, 사야의 환하고 따뜻한 미소에서 END.

"해족, 아스달에 이르다" from 산웅

화면 가득 웅장한 아스달의 전경 보이고, 점차 불의 성채로
클로즈업되는 카메라, 불의 성채에서 올라오는 연기가
화면 가득 메워진다. 그 위로, 산웅의 내레이션.

산웅   (NA.) 200여 년 전, 아라문 해슬라에 의해 우리 아스달 연맹이 만들어졌다.
그리고 50년여 전, 우리의 연맹은 눈부신 도약을 하게 됐어.. 어떻게..?

연기 사라지며, 새녘족의 몇몇 청년들이 높은 곳에서 바다 쪽을
바라보는 뒷모습. 카메라 그들 위로 넘어가면, 다가오는 거대한 배
한 척이 보인다.

산웅   (NA.) 해족.. 그들이 왔지. 멀고 먼 서쪽 레무스란 곳에서 여기 아스달에!

전사들이 둘러싼 가운데, 연맹장(산웅의 부)과 대제관(젊은 아사론)
옆엔 젊은 산웅이 있고 그들의 앞엔 100여 명의 꿇어 앉은 해족들이
거지 떼처럼 지친 채 굶주려서 눈만 반짝이고 있는데 해족의 청소년족장인 미홀이 무언
가를 젊은 산웅에게 올린다. 보리다.

산웅   (NA.) 보리... 보리였지. 보리가 뭐? 우리도 보리를 키우고 먹는데...
하지만... 그 보리는... 달랐다...

밑에 내레이션 대로 그림이 나오면서 그 위로,

산웅   (NA.) 우리의 보리는 줄기 꼭대기에서 자라면 이내 곧 그 줄기가 흩어져버려
　　　　　보리 알곡이 다 땅에 떨어져버렸지.
　　　　　(경이롭게) 근데.. 이 보리는... 다 자라도... 줄기 꼭대기에 보리 알곡이
　　　　　다 매달려 있는 거야...! 오... 다라부루시여..

　　　　　줄기 꼭대기에 그대로 매달린 보리를 보면서 놀라는 사람들의 모습.
　　　　　줄기 꼭대기에 매달려 있는 보리를 수확하는 사람들의 모습.
　　　　　한 손에서 다른 손으로 계속해서 수확물을 받아 넘기는 모습.
　　　　　점점 더 커지는 농토의 크기. 거대한 땅이 보리밭으로 변해간다.

산웅   (NA.) 이때부터 아스엔 거대한 농경이 시작됐고, 우리츠와 아미느와의 교역도
　　　　　폭발적으로 늘었고...
　　　　　적어도 아스달 성내에는 굶주림이 없었고, 다른 모든 땅의 부러움을 샀지.
　　　　　허나, 해족이 가진 어마어마한 것들 중 가장 눈부셨던 건..

　　　　　두드림 작업과 담금질 작업을 하는 격렬한 손의 움직임 보여지고,
　　　　　그 칼에 비친 청년 산웅의 번뜩이는 눈. 청동검 날을 손으로 만지자, 쓱 피가 배어 나온다.
　　　　　경이로운 눈빛으로 청동검을 이리저리 보는데

산웅   (NA.) 청동..! 내 손에 쥐어진 그 단단하고 날카로운 불의 숨결은 그야말로
　　　　　아스달에 내린 거대한 손시시였다. 물론 아사씨, 그들에겐 아니었겠지.

　　　　　광석의 용융물이 흐르는 모습. 거푸집 모양 따라 붉은 용융물이 채워지자, 드러나는 이소
　　　　　드녕의 형상!

산웅   (NA.) 아사씨의 보이지 않는 영능은, 구리와 주석을 녹이는 보이는 영능에겐
초라한 것이었다. (소리와 함께 시스트룸을 흔드는 아사론 뒷모습)
신을 만나는 소리마저도 (그러다 확 던져지는 시스트룸)
해족의 신 에차빕의 불길에서 만들어진 청동방울에서 울렸으니.. (웃음)

연맹장에 등극한 듯, 의자에 앉아 있는 청년 산웅의 모습.
카메라 점차 뒤로 빠지자, 좌측엔 아사론이 있다. 비어 있는 우측.

산웅   (NA.) 나다. 내가 모두의 반대를 꺾고 해족을 받아들였다. 누군가 그러더군.
아사씨를 견제하려 내가 기어이 이방인을 들였다고.. 멍청한 소리! 나 산웅은
새녘의 어라하로서 더 크고 강한 아스달을 꿈꿨을 뿐이다..

산웅의 우측에 채워지는 미홀의 모습. 3인 비춰지며.

산웅   (NA.) 뭐.. 마침 아사씨가 영 슬까스럽긴 했었지만 말야. (피식)

세상 모든 전설의 시작

8부

S#1. 타곤의 옛집 2층 사야의 방 (낮)

사야   이제... 아버지는 그 아사씨 여자랑 혼인할 테니..
        태알하님도 잃으셨네요. 그리도... 바랬던 사람을...

태알하   (떨리며 본다) ...

        분노, 당혹, 공포로 떨며 사야를 보는 태알하.
        그런 태알하를 보는, 사야의 환하고 따뜻한 미소. (7부 엔딩 지점)

하림   (경악하여 E) 단벽님이 쓰러지시다니?

S#2. 하림의 약초방 밖 (낮)

        하림, 채은, 무백이 경악하여 있고, 앞엔 스천이 있다.

스천   말 그대로예요!! 얼른 가셔야 해요!

하림, 채은   ....

무백   (의미심장) ....!

S#3. 타곤의 옛집 2층 사야의 방(낮)

(1씬 연결)
탄야, 문밖에서 뭔 상황이지 싶어 슬쩍 보는데..

사야	그래도 태알하님은 저보다 나아요. 다음을 노려볼 수 있잖아요.
	우리 새나래는... 다시 볼 수도 없는데... (아쉬운 미소)
태알하	미안하다고 했잖아... 나도 후회한다고 했잖아!!
사야	(차분, 미소) 네.. 미안해요. 저도 나중에 후회할 수도 있겠죠...
태알하	...!
사야	(기지개 켜듯) 아.. 생각보다 허무하다.. 디게 후련할 줄 알았는데...
	근데... 태알하님에 대한 마음은.. 깨끗해졌어요.
	정말이에요. 이제 다른 마음은 없어요...
태알하	(분노로 보며) ...
사야	우리.. 다시 잘해봐요. 이제 제가 필요하실 거예요...
태알하	(여전히 분노한 마음이 풀리지 않는)

태알하, 노한 표정으로 사야를 본다. 그리고는 숨을 고르며
방을 한 바퀴 천천히 돈다. 열린 문 앞에 탄야가 있자, 문을 닫는다.
태알하를 보는 사야. 태알하 차분해져서 사야를 돌아본다.

태알하	니가 필요할 거라구? 내가 뭘 원하는지.. 내가 뭘 두려워하는지 알아?
사야	어느 정도는요.
태알하	(그런 사야를 의미심장하게 보다가는) .. 그럼 이제부터 어머니라고 불러.
사야	(피식) ... 우리가.. 몇 살 차이 난다고...
태알하	몇 살 차이도 안 나는 내가, 그 어린 나이에, 널 받았고..
	목숨을 걸고 키웠어.. 그 정도면 자격 있지.
사야	.. 예.. 그러네요. (하다가는) 그럴게요.. 어머니..

하는 순간 태알하, 사야의 뺨을 치려는데,
사야, 태알하의 손을 잡는다. 태알하 차가운 미소로 본다.

사야　　　다른 사람은 몰라도, 어머닌 날 이해하잖아요.
　　　　　자기를 키워준 사람한테.. 복수!
태알하　　...!
사야　　　그 어린 나이에, 여마리 짓을 하느라, 아버지 같은 사내와 살을 섞고..
태알하　　(차갑게 보며)
사야　　　자길 키워준 아버지는, 마음에 품은 사내를 죽이라는 명을 내리고.
태알하　　(이를 악물며 미소) ......
사야　　　오늘은 복수의 날이네요. 난 이렇게 이미 했고,
　　　　　이제 어머니 차례니까...
태알하　　(자신의 손목을 잡은 사야의 손을 감싸 쥐며 내리고는 미소) ...
사야　　　(역시 다른 손으로 손을 맞잡으며) 가서 복수하세요..
태알하　　.. (미소) ..

S#4. 타곤의 옛집 타곤의 방(낮)

뛰어 들어오는 태알하, 술을 꺼내 벌컥벌컥 마시는데,
눈물이 뚝뚝 흐른다. 그 위로,

ins.cut.〉 4부 16씬 중,
태알하의 뺨을 때리던 미홀 (cut.)

미홀　　　(눈높이를 맞추고 태알하의 턱을 거칠게 잡고 흔들며) 이게..
　　　　　이게 뭐야 이 한심한 것.. 정말.. 타곤을 바라기라도 한 거야? (cut.)

눈물이 나는 태알하.

태알하　　(이를 악물며) 그래.. 이제 내 차례지...!

S#5. 하림의 약전(낮)

하림이 천을 걷자 드러나는 단벽의 얼굴. 얼굴이 시꺼멓다.

타곤	.. 독이야..?
하림	.. 알 수가 없습니다.
타곤	....
하림	독이든.. 병이든.. 연맹인들은 이소드녕의 신벌로 여깁니다.
채은	(바로 옆에서 양손으로 구球를 그린 후 맞잡으면서) 이실로브 세그마..
	(자막: 신의 뜻이니, 어쩔 수 없다는 옛 횐산어의 관용구)
	(하고는 비장하게) 신벌이 내려진 경우에.. 장례를 치를 수 없습니다.
타곤	(그런 채은을 보다가 한숨 쉰다) .....
하림	제가 외롭지 않게.. 이소드녕께 바치겠습니다.
타곤	그래.. (하고 나간다)

타곤이 나가자, 숨어 있던 무백이 나온다.

무백	정말 살릴 수 없는 겁니까?
하림	(고개를 가로저으며) 이미 시체에 가까워요. 애는 써보겠지만..
무백	어쨌든 단벽님을 아스달 밖으로 빼내야 합니다. 여기선 무조건 죽습니다.

S#6. 하림의 약전 앞 거리(낮)

타곤, 걷는다. 뒤에 박량풍과 대칸 두엇이 뒤따르고 있다.

타곤	(마음의 소리 E) 단벽... 분명 아사론 그놈 짓일 테지.. 뱀 같은 놈..
	신벌...? 아사론, 어떻게든 영능을 지켜내는구나...
	(하고는 멈추며, 박량풍에게) 미홀을 풀어줘.. 그리고

(품에서 죽간을 2개 꺼내며) 이건 미홀에게, 이건 태알하에게...

박량풍   예..!

S#7. 군검부 마당(낮)

소당, 편미, 길선과 위병단 간부들 20명 정도 있다.

편미   (불안) 나한테두 신벌이 내리면 어쩌지? 아사론님 밧줄로 묶은 게 난데..
소당   (역시 걱정스러운 표정이다)
길선   (바람 잡으며) 지금 신벌이 문제냐?
편미   그럼 뭐가 문제야?
길선   다음 연맹장을..! 이제 새녘족 어라하가 누구야? 나린님이야... 고작.. 열세 살...
소당   .. 타곤님이 다음 연맹장이 될 거다?
길선   당연하지.. 그러니까,

하는데, 무광, 양차의 호위를 받으며 들어오는 타곤.
위병단들, 모두 조용해지며 차렷 자세로 서는데..

타곤   (위압적인 모습으로 보다가는 소당, 편미를 보며)
　　　　　너희 둘은 단벽을 지키지 못한 책임을 진다..
소당, 편미   .....
타곤   (길선 보며) 이제 위병단은 네가 맡는다.
길선   예!! (살짝 미소)
타곤   (모두에게) 위병단은 이 모든 일에 책임이 있다. 각별히 자중하라, 알겠는가!
모두   예!!!
미홀   (E) 나가라고?

S#8. 연맹궁 어느 방(밤)

미홀 있고, 그 앞에 박량풍 있다.

박량풍   예.. 석방입니다.
미홀   .. 어째서..?
박량풍   단벽님이 죽었습니다..
미홀   ...!!!

박량풍, 타곤이 준 죽간을 전하고
멍한 미홀, 죽간을 받아 보는데..

S#9. 불의 성채 중앙마당(밤)

들어오는 미홀. 그 위로,

타곤   (E) 올라가선 안 되는 곳까지 올라가면, 떨어지는 법이고,

S#10. 필경관 1층 넓은 공간(밤)

미홀, 천천히 들어가 모퉁이를 돌자,
해족의 기술자들과 그 외 해족들이 2열로 양쪽에 도열해 있다.
그 모습을 보며 천천히 그들의 가운데로 걸어가는 미홀.
해족 기술자들이 어색하게 살짝 고개만 숙여 인사한다. 그 위로,

타곤   (E) 해서는 안 되는 일까지 하게 되면, 후회가 남는 법입니다.

S#11. 필경관 어라하의 방(밤)

들어오는 미홀. 미홀의 시선으로 보면, 정중앙에 태알하 있다.

바로 옆에 해투악 있고, 여비, 흘립, 알영, 가온이 태알하 옆에
머리를 조아리며 서 있다. 미홀, 태알하 본다.
이젠 태알하의 시선으로 걸어오는 미홀이 보인다. 노려보는 태알하.
태알하, 갑자기 미소를 지으며 앞으로 나아가 미홀의 손을 잡는다.

태알하	고생 많으셨어요...!
	아버지가 아니었다면 그런 꾀를 누가 냈겠어요.
미홀	...!?
태알하	(모두를 보며) 아버지께선 모든 경우를 대비해,
	우리 해족의 살길을 준비하셨답니다.
미홀	...
태알하	산웅이 이긴다면 아버지께서, 타곤이 이긴다면 저 태알하가,
	이렇게 해족의 어라하를 맡는 것이지요.
미홀	.. (노기를 띠기 시작하는데)
태알하	(그런 미홀을 보며 생긋 웃으며) 부족하지만.. 해보겠습니다.
	아버지께선 이제 푹 쉬시면서 청동관을 잘 맡아주세요.

미홀, 그런 태알하를 노기를 띤 채 보고,
모두는 미홀과 태알하를 번갈아 보며 그들의 긴장감을 느끼는데
해투악만이 여비를 보며 씨익 웃고 있다.

S#12. 필경관 1층 넓은 공간(밤)

여비, 문 앞에 서 있는데, 해투악이 "언니" 하며 껄렁껄렁 온다.
여비, 그런 해투악 보는데 해투악은 여비 앞을 얼쩡거리며 얘기한다.

해투악	내가 새 어라하님을 잘 모실 수 있을지 모르겠네에..
	조언 좀 해봐..
여비	.. (무표정) ...
해투악	(픽 웃며) 매혼제였던가, 그거? 그거 먹일 때 숟갈로 입을 찢는 게 나아

아님, 나뭇가지로 찢는 게 나아? (하며 얼굴을 확 들이대자)

여비, 해투악의 얼굴에 침을 퉤 뱉는다.
해투악, 어이없어 '하!' 하며 얼굴에 있는 침을 손으로 닦아서 보더니
바로 칼을 뽑는 해투악. 여비, 역시 빠르게 칼을 뽑는다.
둘이 아주 빠르게 몇 합을 주고받는데,

흘립   (작고 낮은 소리로) 뭐하는 짓들이야, 어르신들 얘기 중이신데!!

하면, 여비와 해투악 서로 보며 씩씩대기만 한다.

S#13. 필경관 어라하의 방(밤)

태알하와 미홀 둘만 있다.

미홀   (노한) 널 여마리로 키운 건, 나 살자고 한 일이 아니었다. 우리 가문..
태알하   (분노로, 씹어뱉듯) 그 어린애를 여마리로 써야지만 살아남을 가문이면
        그냥 멸문하는 게 낫지 않았을까?
미홀   (더 격해져서는) 산웅을 죽인 건 분명 타곤일 게야!
태알하   (역시 받아치며) 당연하죠! 내가 평생을 얼마나 부추겼는데!!!
미홀   ....!! (노려보는데)
태알하   (톤 확 낮춰서) .. 내 옷을 만들어주라고 하신 날.. 기억나세요?
미홀   ....
태알하   여비한테 그러셨죠. 세상에서 가장 예쁜 옷을 나한테 만들어주라고..
미홀   ....
태알하   (피식 웃음을 흘리면서) 그날부터.. 난 여비 옆에 딱 붙어 있었어요.
        천을 고를 때도.. 옷감을 자를 때도.. 바느질을 할 때도..
        너무 예뻐서.. 너무 설레서.. 한 순간 한 순간이 다 너무 좋아서..
미홀   ....
태알하   그걸 입혀주는 사람도.. (이 악물고 울컥) 벗기는 사람도 산웅인 줄은 모르

고..

미홀 　.. 그거 때문에 아비를 버리고 타곤을 택했니?

　　　(절박, 설득 조) 타곤은 결국 연맹을 깰 거야. 왕이 될 거라고!

태알하 　예에! 그리되겠죠! 그리고 그 왕을 갖고 있는 건 나, 태알하구요..!

　　　어차피 연맹은 깨져요! 아스달은 이미 연맹이란 그릇에 담기기엔,

　　　너무 커졌으니까..!

미홀 　...!!! 너... (한숨) ... 그럼 우리 해족은..?

태알하 　해족이라는 울타리를 고집하면 해족은 작아질 뿐이에요.

　　　이제 부족 따윈 중요하지 않아요. 더 큰 하나..!

　　　그 하나의 꼭대기가 될 거예요.. 나와 타곤이...!

　　　(노려보다가 나가려는데)

미홀 　(비웃듯) 혼인은? 타곤이 혼인을 너랑 하겠다니?

　　　아니겠지 아사씨랑 하겠지?

태알하 　(확 뒤돌아보며) 예에!! 당연히 지금은 그래야죠. 내가 그러라고 했어요!

　　　그래야 연맹장이 되니까!!

미홀 　그리고 버림받게 될 거야.

태알하 　버려도.. 내가 먼저 버려요. 아버지도 먼저 버린 저예요..!

미홀 　...!

태알하 　이제 내가 있을 곳과 내가 갈 길! 좋아할 사람과 버릴 사람, 모두!!

　　　(감정을 실어) 아버지 당신이 아니라 내가 정해요!

　　　왕이 될 사람까지도!!

미홀 　...

태알하 　내가 정한 타곤을..! 내가 왕으로 만들 거야!!

S#14. 아스달 전경(밤 - 여기부터 연맹장 등극식 몽타주 분위기)

　　　태알하의 소리의 여운을 물고 달이 뜨고 지는 모습이 이어지는데

S#15. 대신전 기도실(낮)

어둡고 좁은 방에 햇살이 광선처럼 들어온다.
한 줄기 광선을 받고 있는 타곤이 회한에 젖은 듯 눈을 감고 있다.
길선과 무백 들어온다.

길선   나가셔야 합니다.
무백   ....

그제야 보면, 앞에 자그마하게 꾸며진 기도 제단이 있다.
타곤, 한숨을 푹 쉬고 일어난다. 그리고는 나가는 타곤.

S#16. 몽타주(낮)

\#. 일각 고문실, 비명소리! 기토하에게 혀가 뽑히는 가짜 은섬!
어버버거리며 피를 쏟고 고통스러워한다.
\#. 대신전 안, 여덟 신상 벽 앞
제단 밑에서 경건한 표정의 타곤에게 연맹장 예복을 입히는 제관 2명.
다 입은 타곤, 무릎을 꿇고 제단을 바라보고 숙인 후,
제단 위로 올라가서 바닥에 부복하여 제단에 입을 맞춘다. 이때!
멋진 술잔과 술잔을 받친 받침대를 쟁반 위에 들고 오는 제관과
그 옆의 아사온! 이미 무릎을 꿇고 있는 타곤의 앞으로 온다.
아사온, 쟁반 위의 술잔을 높이 들고는 "이것은 연맹을 세우신
아라문께서 내리는 지혜이다. 용기이다. 의지이다. 그대 받들라."
하며 술잔을 타곤에게 내린다. 타곤, 술잔을 받아 마신다.
일어나는 타곤, 흥분된 표정을 감추며 천천히 걸어 나간다.
\#. 일각 고문실, 묶인 가짜 은섬에게 은섬 분장을 시키는 여인들.
(*은섬이 산웅을 납치했을 때의 모습)
\#. 대신전 복도
양쪽으로 늘어선 대칸들(무기 없음) 사이를 지나가는 타곤.
양쪽으로 뒤따르는 무백과 길선!

타곤이 지나갈 때마다 특유의 동작으로 인사하는 대칸들!

"긴 것의 끝! 깊은 곳의 바닥까지!"

이 말이 여기저기서 계속 울려 퍼지며

긴 복도를 지나가는 타곤의 표정.

저 앞에 밝은 빛이 보인다. 그 빛을 뚫고 나가는 듯한 타곤.

#. 연맹궁 단상 + 광장

빛을 뚫고 나오자 단상에 선 타곤!

광장의 수많은 사람들의 환호성이 터진다. '타곤', '타곤!'

군중 속 채은, 하림, 스천, 도티, 해투악, 여비, 트리한, 라임 등의 표정.

타곤, 손을 들어 환호에 답하고는, 뒤돌아 아사론 앞에 무릎 꿇는다.

아사론, 타곤의 몸에 줄 달린 향로로 신성한 연기를 뿌리고는

시스트룸을 흔들자, 흰산의 제관들이 북을 친다!!!

아사론은 '검'이 놓인 쟁반을 들고 옆에 서 있던 아사욘에게서

검을 받아, 무릎 꿇은 타곤에게 준다.

받은 타곤 일어나, 군중을 향해 검을 뽑아 높이 치켜든다!

조용히 보던 군중들의 환호가 터지면서 "연맹장 타곤!"을 연호한다.

맨 앞 귀빈석의 태알하, 초발, 나린, 울백, 미홀, 대대, 흘립 등의 표정.

타곤, 들었던 검을 칼집에 넣고는 예쁜 옷을 입고 서 있는

아사못에게 손을 내민다. 그 손을 잡는 아사못.

맨 앞 귀빈석에 있던 태알하의 표정!

타곤과 아사못, 이제 단상에 마련된 연맹장의 좌석에 앉자!

군중 사이로 난 길로 기토하가 모는 말이 나온다.

말 끝에 매달려 오는 가짜 은섬! 군중들의 야유소리!

무광과 대칸들이 묶인 은섬을 마련된 대 위에 묶어 올린다.

그 아래의 펄펄 끓는 커다란 솥! 매달린 채, 몸부림을 치는 가짜 은섬.

가짜 은섬의 시각에서 본 펄펄 끓는 물! 이때 북소리가 나고,

군중들의 야유와 '죽여라'는 함성이 고조되자

타곤, 앉은 채 한 손을 든다. 모든 것이 고요해지고,

타곤이 손짓하자, 무광이 줄을 끊는다.

가짜 은섬의 외마디 비명소리와 함께 비명소리가 확 멈춘다.

끓는 물로 들어간 가짜 은섬! 군중들의 환호성과 함께 기토하의 외침!

'산웅 니르하의 원수를 갚았다!!!!' 군중들, '이소드넝이 원수를 삼켰다!!'
이를 보는 타곤. 아사론, 미홀, 태알하, 기토하, 무광, 연발, 무백,
하림, 채은, 등등이 각자의 입장에 맞게 표정 짓는데
광장 일각에서 쉬마그를 두른 채, 이를 지켜보며 씨익 웃는 사야!

아사론   (E) 8방 12원?

S#17. 연맹장의 집무실(낮)

아사론, 타곤을 본다.

아사론   200년 전, 아라문께서 연맹을 만드실 때 있던 체계를 부활시킨다..?
타곤   .. 예.
아사론   그럼 8방 12원의 좌솔은 누가 맡아 하고?
타곤   (아사론의 표정 살피며) 각 부족의 어라하들을,
     아스달로 불러들여 맡기려 합니다.
아사론   .. (고개를 끄덕이며) 어라하들이라..
     (수긍하듯 픽 웃으며) 딴생각을 못하게 하려는 게로군..
     연맹장 좋을 대로 하세요.. (하고는 앞에 놓인 차를 마신다)
타곤   (미소, 공손하게 예를 취하며) 예, 고맙습니다.. 니르하..
타곤   (E) 저 연맹장 타곤은..

S#18. 반디숲 어라아지장(낮)

빽빽한 숲 사이의 공터. 천장이 없이 커다란 원형으로
비단 휘장을 둘러 벽을 쳐놓은 어라아지 장소.
그 주변으로 여러 그루의 나무들이 연리지처럼 한데로 얽혀 있다.
타곤과 태알하가 은밀한 만남을 가졌던 반디숲 일각의 입구도 보인다.
비단 휘장 안에는 의자들이 가운데를 비워둔 채,

큰 원의 형태로 배치되어 있다.

태알하, 초발 등등 약 40여 명의 어라하들이 앉아 있다.

어려 보이는 나린은 상석에 앉아 있다.

그 원의 한쪽에 위치한 연맹장석의 타곤이 일어서 있고,

연맹장석의 180도 맞은편엔 아사론이 앉아 있다.

타곤	(모두를 보며) 아라문 해슬라 말씀.. 그대로 따르려 합니다.
모두	(집중해서 본다)
타곤	모든 씨족에겐 높음과 낮음이 없다.
모두	(집중)
태알하	(그런 어라하들을 본다)
타곤	하여, 전 연맹장으로서, 각 부족의 어라하들 모두!
	저와 함께 연맹의 일을 할 것을 제안합니다..!
모두	....??? (웅성거리며)
아사론	(그런 모두를 보며 빙긋 웃는데)
초발	(일어나) 어떻게요? 어떻게 그렇게 합니까?
타곤	방과 솔!
다와	아라문께서 연맹을 세우실 때 만들었다던 그걸 말하는 겁니까?
나린	(똑 부러지는 말투로) 어떤 일을 가장 잘하는 자를 '솔'이라 했고,
	그가 맡은 무리를 '방'이라 했었지요.
모두들	(어린애가 너무 똑 부러져서 감탄) ...
타곤	새닉족의 새 어라하께서 어린 나이에도 아주 잘 알고 계십니다.
나린	어라아지에서 어라하의 나이가 무슨 상관이 있겠습니까?
	거론치 마시길, (일어나 멋지게 예를 취하며) 니르하..!
타곤	(나린 보며) 예, 제가 실수했습니다. 사과드립니다.
	예!! 그것을 다시 만들려 합니다. 연맹의 일을 살피기 위해,
	여덟 개의 방과 그 방을 돕는 열두 개의 원이 필요합니다.
모두	....
타곤	허니.. 여기 계신 어라하들께선, 아스달로 올라오시어,
	방과 원의 좌솔과 입솔을 (고개 숙이며) 맡아주십시오!!
아사론	(보며) ...

모두들	(보며) …
태알하	(마음의 소리 E) 역시 산웅을 닮았어. 거짓꾸밈 하나는 오달지다니까.
초발	(벌떡 일어나더니) 호피족의 어라하 초발!! 연맹장의 뜻을 따르겠소!!
다와	까치놀족의 어라하 다와! 맡겨만 주십시오!!!

하며, 소수부족들의 어라하들이 흥분하여 일어난다.

아사론	(일어서며) 흰산의 어라하, 아사론..!
	이는 신의 뜻에 어긋남이 없음을 연맹장께 이미 알려드렸소!

하면, 모두들 고무되어 웃고 웅성이는데

타곤	(웃으며) 그럼, 필경장 대대는 맡으실 일을 말씀 올리거라.

하면, 대대가 죽간 두루마리를 들고 나온다.

대대	(죽간 두루마리를 펼쳐 들고는) 먼저.. 교역방입니다.
	좌솔은 바토족의 어라하 쿵퉁님..
쿵퉁	…! (좋아하며) 온힘을 다해보겠습니다.
대대	다음은 궁리방입니다. 궁리방 좌솔에, 해족의 어라하, 태알하님.
태알하	(일어나 인사하며) 마음을 다하겠습니다.
아사론	(고개 끄덕이며 미소)
대대	다음으로 제사방의 좌솔에..
아사론	…?
대대	흰산의 어라하, 아사론님.
아사론	(미소 가시며 경악) …!!!

S#19. 반디숲 어라아지장(낮)

아사욘과 대대만이 남아 언성을 높이고 있다.

아사욘	아사론 니르하를 뭐 좌솔?
대대	하시던 일을 하는 것이고, 이름만 바뀌었을 뿐입니다.
아사욘	아니지! 연맹장의 밑에 둔 것이지!
대대	어찌 이러십니까? 아사론 니르하께서도 '그러마' 하신 일입니다!

S#20. 대신전 복도(밤)

빠른 걸음으로 걷는 아사론.

아사론	이놈! 타곤.. 이놈!! (하며 집무실로 들어간다)

S#21. 대신전 아사론의 집무실(밤)

들어온 아사론 보면, 아사사칸이 아사못과 마주 앉아 있다.

아사사칸	(붉으락푸르락 아사론 보며) 얘기.. 들었어요.. 큰일이 아닙니다, 대제관.
아사론	하오나, 어머니시여..
아사사칸	(말 자르며) 신을 우리가 쥐고 있습니다!
아사론	...!
아사사칸	아사씨에게 신의 영능이 있다고 연맹인 모두가 믿는 한!
	타곤은 우리에게서 아무것도 빼앗아 가지 못합니다.
	지난 천년이 그랬고, 또 앞으로의 천년도 그럴 겁니다.
아사론	(그래도 분이 안 풀리는데) ....
아사사칸	(달래듯) 그것만 잊지 마세요.. 대제관..
아사론	(할 수 없이) .. 예.
아사사칸	(끄덕이며) 그래요.. 그래야지요...
	(아사못을 보며) 못아... 타곤과 초야는 이루었느냐?
아사못	(갑작스런 물음에 얼굴 붉어지며) 예에.. 그리하였습니다.

아사사칸	하루빨리 우리 아사씨와 연맹장의 피를 받은 아이가 나와야 한다.
아사못	.. (자신이 없는) 예에... 그리하겠습니다.
아사론	....

S#22. 아스달 전경(아침)

태알하	(E) 어라하들 말야..

S#23. 아스달 주변 일각(아침)

말을 타고 산책하듯 가고 있는 태알하와 타곤.

태알하	지네가 앞으로 뭐가 될지도 모르고.. 아주 좋아 죽드만 다들..
타곤	문젠.. 아사론이지..
태알하	어차피 판은 못 깨. 참.. 탄야란 애 애비 말야.. 열.. 손인가?
타곤	열손? 그놈이 탄야 애비였어?
태알하	그 계집 허튼짓 못하게 하려면 그 애비가 필요해.
	그냥 죽일까 싶다가도.. 왠지 찜찜하고, 내쫓는 건 더 불안하고.
	불의 성채에 잡아둘래. 괜찮지?
타곤	... (잠깐 생각하다 피식) .. 그러던가..
태알하	새녘족 새 어라하가 아주 당돌하더라?
타곤	단벽이 딸을 잘 키웠어... 아직 앤데 잘 달래줘야지.
태알하	(확 돌아보며) 니 애는?
타곤	...?
태알하	(고삐 당겨 말 멈추며) 사야! 사야는 안 볼 거야?

S#24. 사야의 집 2층 사야의 방(아침)

청동거울 앞에 사야를 세워놓고는 비단옷을 몸에 대보고 있는 해투악.

해투악   (신나서) 인제 타곤님이 사야님 딱 데려가서! (모션 하며) 내 아들이다.. 짠!
사야   (뭔가를 보며 풋 웃음 터트린다)

해투악이 보면, 탄야가 바느질 도구가 담긴 쟁반을 두 손으로 든 채
오른쪽 발로 왼쪽 종아리 긁다가 걸려, 그 상태로 멈춰 있다.
해투악, "야!" 하는데, 이때, 타곤이 들어온다. 사야, 벌떡 일어나고..
해투악은 "오셨어요!" 하며 탄야를 끌고 나간다.
타곤, 사야를 본다. 어색하다. 사야, 역시 타곤을 보지만 어색하다.

타곤   ... 이제 어른이 됐구나
사야   .. 예.. 어른.. 이죠.

하고는 타곤도 어색한 듯, 사야를 가운데 둔 채 천천히 걸으며
사야의 방 가득 놓여 있는 책을 본다. 그런 타곤을 보는 사야.

타곤   .. (가죽 책을 하나 펴보며) 해족 필경관의 책을 다 읽었다지..?
사야   .. 그거 말곤.. 달리.. 할 게..
타곤   (다른 책을 또 집어 본다)
사야   (그런 타곤 보며) .. 그날은.. 제.. 실수예요..
         그곳에.. 모르는 사람이.. 처음 들어와서..
타곤   (고개를 돌려 사야를 보며) 벗어봐..
사야   ...!!

천천히 겉옷을 벗더니 뒤를 도는 사야.
타곤, 천천히 사야의 등 쪽으로 온다.
그리고는 등을 살핀다. 껍질이 떨어졌다. 그런 타곤의 표정을
청동거울로 살피는 사야. 안도인지, 처음 보는 이그트의 흉터가 신기한
것인지 모르겠는 타곤의 표정이다. 타곤의 시선으로 보이는 사야의 등 위로,

타곤	(E) 껍질이 다 떨어졌구나.. (옷을 올려주며) 이젠 돌아다녀도 되겠다,
	허나 들키지 않도록 조심하거라.
사야	걱정하지 마세요, 아버지.
타곤	(나가려는데)
사야	근데.. 아버지..
타곤	(돌아본다)
사야	그렇게 훌륭하게 아라문이 되셨는데, 왜 밀어붙이지 않으셨어요?
타곤	...!?
사야	200년 전, 아라문 해슬라가 신이 된 건 아사씨가 인정했기 때문이에요.
	아버지도 그때 밀어붙였어야. 아사씨도.. 마지못해 인정을..
타곤	(OL) 그게 아니어도 연맹장에 올랐다.
사야	연맹장은.. 왕이 아니잖아요. 왕이 되시려는 거잖아요.
타곤	...!!
사야	아스달 사람들은 아사씨를 무서워해요, 아버지는 좋아하구요.
	그러면 왕이 되지 못해요. 왕은 재난 같은 지도자여야 해요.
	재앙을 만난 것 같은 공포를 줘야 해요!
타곤	근데?
사야	아버진 너무 좋은 사람이 되려고 해요.
	아사씨의 피가 떨어지면 재앙이 닥친다! 그게 신성이죠!
	아버지도 그렇게 하셔야 해요.
타곤	내가 왜 그래야 하지?
사야	.. 이그트는 사람보다 훨씬 뛰어나잖아요. 그러니까
	아버진 왕이 되시고.. 전 물려받고.. 우리가 그렇게 신이 되어서..
	세상에 당당히 이 보라색 피를..!
타곤	(경악) ...!! 당당히.. 뭘..?
사야	.. (이 반응은 뭐지?) ...?
타곤	(그런 사야를 보다가) 지금 보니 너야말로.. 공포에 대해 모르는구나.
사야	....?
타곤	이그트에 대해 배운 게 없어!!
사야	....?
타곤	어렸을 때 동무 한 놈이 내 피를 봤다.

　　　　　　　나도 일곱 살이었고, 그 아이도 일곱 살..
　　　　　　　그 아이에겐 열한 살짜리 누나가 있었고, 열세 살짜리 형이 있었다.
사야　　　　....
타곤　　　　그 애 아버지도 있었고, 어머니, 그리고 삼촌도 같이 살았지. 아 할머니도 한
　　　　　　　분 계셨어 근데! 아버지가 그 사람들을 모두 몰살했다.
사야　　　　....!!
타곤　　　　그다음부턴, 들키면 내가 죽었어.
　　　　　　　왜냐면, 내가 거기서 그 사람을 죽이지 않으면,
　　　　　　　그다음 날은 그 사람이 하루 동안 만난 모든 사람을 죽여야 하니까.
사야　　　　....!
타곤　　　　그게 이 아스달에서의 이그트야. 근데 뭐?
사야　　　　....
타곤　　　　전장에 가면 너같이 공포에 무지한 전사들이 간혹 있다..
　　　　　　　친해져본 적이 없어. 왜? 너무 빨리 죽으니까.
사야　　　　...!!!
타곤　　　　공포를 배워라. 못 배우면, 결국 내가 가르치게 돼.
　　　　　　　내 아버지처럼.. (하고 나가려는데)
사야　　　　.... (당황) ... (망설이다 가는 타곤의 뒤에 대고) 아.. 버진..!
타곤　　　　(멈칫) ...
사야　　　　이그트인 게.. 이그트인 게.... 아.. 아니에요.. 명심하겠습니다..

타곤, 나가고 보는 사야.

　　　　　S#25. 사야의 집 2층 사야의 방 앞 복도(낮)

나오는 타곤. 나오다가 다시 방 안쪽을 노려보며

타곤　　　　(마음의 소리 E) 부끄럽냐고? 이그트인 게.. 부끄럽냐고...? 하..

하고, 다시 심각한 얼굴로 걷는 타곤, 그 위로,

ins.cut.〉 새로 찍는 회상, 일각. 어린 타곤이 산딸기와 오미자를
산더미처럼 쌓아 놓고 먹고 있다. (cut.)
#. 일각, 어린 타곤이 막 뛰어가더니, 수풀 속에서 주변을 살피고는,
칼을 꺼내 팔뚝을 그어본다. 나오는 보라색 피. 한숨이 나온다.

회상에서 돌아온 현실의 타곤.

타곤   (마음의 소리 E) 아니, 혐오했지.. 혐오해..

하고 걸어가는 타곤의 뒷모습.

S#26. 사야의 집 부엌(낮)

태알하, 탄야와 단둘이 마주 보고 있다.

태알하   어때? 이제 좀 적응돼?
탄야   살아야 하니까요.. 무슨 일이든 다 할 거예요.
태알하   (피식) 죽는 게.. 무섭긴 한가 보네.
탄야   살아야 할 까닭이 있는 사람한텐 어떻게 사는지,
           어떤 고통을 겪는지.. 그런 건 아무래도 괜찮으니까..
태알하   뭐? (하고는 깔깔 웃으며)
탄야   ....
태알하   (웃음 멈추며) 넌 오늘부터 사야의 모든 걸 감시해서,
           나한테 말해.
탄야   (이해가 안 되는) ...?
태알하   당연히 비밀. 사야는 물론이고, 타곤이나 그 누구에게도
           이야기해선 안 돼. 알았어?
탄야   그럴게요...
태알하   만약... 니가 허튼짓했다.. (미소로) 그럼 니 아버지부터 죽일 거야.

탄야	.. (놀라) .!!! (떨린 목소리로) 우리 아부지.. 아부진 어디 있어요?
태알하	불의 성채. 우리 노예가 될 거야. 그니까 내 말, 잘 들어야겠지?
탄야	(고개를 끄덕이며) 네.. 네.. (마음의 소리 E) 아부지...
(E)	(와한족들의 흐느낌 소리)

S#27. 군검부 훈련장(낮)

열손, 둔지, 검불, 아가지, 뭉태, 터대와 그 외 4~5명의 와한들,
대칸들이 경비를 서는 가운데, 묶인 채로 울며 이야기하고 있다.

터대	(흐느끼며) 은섬일.. 어떻게 끓는 물에.. 그렇게 처참하게.
아가지	(울음 터뜨리며) 사람도 아니야.. 여기 사람들은..
뭉태	다들 울지 마요! 이게 뭐라고 울고 앉았어!
터대	야! 뭉태.. 말을 왜 그렇게 해?
뭉태	(버럭) 은섬이가 뭐라고!! 우린 안 처참해?
	(하고는 터대 보며) 달새랑 북쇠..! 걔들 우리 버리고 그냥 갔어.
터대	(보며) 그거야..
뭉태	(배신감에) 내가 진짜 억울한 게 뭔지 알아?
	내가 먼저 못한 거야. 달새 북쇠가 먼저 날 저버린 게 너무 분하다고..!!

이때, 무광과 대칸 몇 명이 다가와서 와한족들을 나누기 시작한다.

무광	(둔지와 아가지를 떼어놓으며) 이 둘은 궁석 공방!
	(뭉태와 터대의 체격을 쓱 보더니) 이놈들은 돌담불..!
	(검불과 나머지 와한들에) 나머진 바치두레에 전부 넘긴다!
	우리말 하는 놈들이니까 값들 제대로 받아!!
와한들	(모두 겁에 질린 채 울며불며 대칸들에 끌려간다) 아부지..! 열손아부지..!!
열손	(혼자만 남게 되자 두려움에 떨며 무광에게) 저.. 저는.. 어디로..

S#28. 불의 성채 밖 일각(낮)

열손, 대칸들에 의해 혼자 어딘가로 끌려가고 있다.
어리둥절한 열손의 표정. 그 위로,

ins.cut.〉 새로 찍는 회상, 군검부 훈련장(낮)

무광	거기 가서 니가 보고 듣는 모든 걸, 나한테 전해!
열손	....?
무광	은밀하게..
열손	...?
무광	허튼짓하면, 니 딸년은 펄펄 끓는 물에 들어갈 거야. 알아들었지?
열손	(놀라 알겠다는 듯 고개를 세차게 끄덕인다)

이때, 다 왔는지 불의 성채의 웅장한 문이 열린다.

S#29. 필경관 1층 정보기록실(낮)

열손, 해가온의 뒤에 서서 긴장한 채 쭈뼛거리며 따라 들어온다.
열손, 얼빠져 보면, 큰 공간에 가운데에는 커다란 탁자가 있고,
탁자 위엔 죽간과 얇은 가죽이 잔뜩 펼쳐져 있고,
갑골문과 해족 문자가 어지럽게 쓰여 있다.
탁자 가운데 자리에는 흘립이 앉아 있고,
보조하는 필경사들 두 명이 흘립의 양쪽으로 앉아 있다.
3면의 벽 중 한 면엔 주석석, 공작석 등 많은 돌 샘플이 있고,
또 한 면엔 곡물이나 약재, 꽃 등 식물 샘플들이 놓여 있다.
가온은 곡물 쪽 면에 있고 그 외에 다른 기술자들은 자기 분야의
벽면 쪽에 서거나 앉아 있다.
총 10명 정도의 사람들이 바쁘게 뭔가를 적거나 살피고 있다.

흘립	이리 와 앉아..

열손, 눈치 살피며 와서는 의자를 살핀다. 놀라는 열손.
등받이와 팔걸이를 만져본다.

열손   (놀란, 마음의 소리 E) 등을 기대고 팔을 거는 것이구나..!
왜 이런 생각을 못했을까..!

그러더니, 조심스럽게 앉는 열손. 그런 열손을 흥미롭게 보는 흘립.
이번엔 열손, 필경사를 본다.
대나무 펜을 들었고, 밑에는 얇은 가죽이 있다.
뭔가를 열심히 적는 필경사. 열손, 너무도 신기하다는 듯 본다.

흘립   이름은?
열손   열손입니다.
흘립   지금부터 니가 아는 건 모두, 얘기해야 한다.
열손   예..?
흘립   니가 지내던 곳은 어디며, 어떤 풀이 자라고.. 어떤 짐승이 사는지..
           땅은 어떠하며.. 날씨는 어떻고.. 어떤 돌이 많은지..
가온   너희 와한족에 대해서도.. 샅샅이 꼼꼼하게 모두..!
열손   .. 모두 다요..? 왜.. 그걸..?
흘립   (필경사 가리키며) 우린 그걸 다 적을 거다.
열손   적어요..? 적는.. 게.. 뭡니까..?

S#30. 필경관 1층 정보기록실 밖 복도(낮)

가온, 열손을 데리고 나온다. 멍한 표정의 열손. 그 위로,

ins.cut.〉 새로 찍는 회상, 8부 29씬 연결.
흘립   (얇은 가죽의 글자를 가리키며) 이것이 글자라는 것이다.
           니가 말한 게, 이렇게 글자로 바뀌지.

(픽 웃으며) 니가 여길 나가서도. 아니 니가 죽는다고 해도..
(얇은 가죽 흔들며) 이것이, 너 대신! 우리에게 떠들어주는 것이지.

다시 현실의 열손, 계속 멍한 표정이다.

열손   (멍한, 마음의 소리 E) 내가 그곳에 없어도... 그 이상한 그림이..
나 대신 떠들 수 있다고..? 그럼 그 글자라는 것이 나란 말인가...!

S#31. 사야의 집 부엌(낮)

탄야, 앞에 놓인 작은 토기들을 빤히 보고 있다.
토기 속에는 분디(산초), 겨자, 초(식초) 등등 조미료들이 들어 있다.

탄야   (토기 속 조미료를 차례차례 보며) 이건 분디(자막: 산초).. 이건 겨자..
이건 초(자막: 식초)..? 이건 음식이 아니고 음식에 맛을 더하는 거..
(하다 말고는) 맛을 더해..? 무슨 말이야 대체?!

하면서 탄야, 식초가 담긴 토기를 들어 냄새를 맡아보는데 역하다.
'으웩..!' 하며 탁자에 놓고는 그 옆에 겨자가 담긴 토기를 들어
'이건 겨자' 하며 겨자 냄새를 맡아본다.
겨자는 그나마 식초보다 괜찮은지, 맛을 보려는 듯 숟가락을 푹 푼다.

S#32. 사야의 집 마당(낮)

해투악이 사야의 앞에서 간단한 무술 동작을 시범 보이고 있는데

사야   (시큰둥하게 보며) 난.. 영.. 흥미가 없어.. 몸 쓰는 거에

하는데 이때, 갑자기 안에서 탄야의 비명소리가 들린다.

그러자 사야, 해투악 놀라서 보는데.

S#33. 사야의 집 부엌(낮)

탄야, 코를 감싸 쥐고 난동을 부리다가, 도저히 못 참겠는지 '물!' 하며
급기야 좀 전에 탁자에 놓아 둔 식초 토기를 들이켠다.
그러자 이제는 비명을 지르며 바닥을 데굴데굴 구르며 괴로워하는데
이때, 뛰어 들어오는 해투악, 이 광경을 황당하게 본다. 주위를 보면,
바닥에 떨어진 숟가락과 토기며 깨진 그릇이 난장판인 모습이다.

해투악   (버럭) 야! 너 뭐하는 거야!!
탄야   (뒹군 채로 숨을 헐떡이며) 저것들 다 독이죠...! 저게 먹는 게 맞아요?
해투악   이게 진짜.. 안 일어나!! (엉망이 된 부엌을 보며) 이걸 다 어떡해!

탄야, 눈물콧물이 범벅이 된 얼굴로 간신히 일어나
깨진 그릇들을 치우려는데

해투악   (짜증) 됐어! 나가서 사야님 지키고 있어! 빨리!

하자 탄야, '네..' 하고는 눈물콧물을 닦으며 나간다.

S#34. 사야의 집 마당(낮)

괴로운 표정으로 밖으로 나오는 탄야, 그런데 마당에 사야가 없다..!

탄야   (당황) 어? 이러면 안 되는데..? (두리번거리며) 사야님!!
해투악   (안에서 튀어나오며 버럭) 뭐야 또!!
탄야   (불안) 사야님이.. (하면서 콜록콜록)
해투악   (마당 두리번거리며 보다가) 아 씨.. (심각) 야 찾아! 빨리!!

그러자 급히 뛰어나가는 탄야, 해투악.

S#35. 사야의 집 앞(낮)

뛰어나오는 탄야와 해투악.

해투악 (고갯짓하며) 넌 저쪽으로 가!

하고는 해투악은 반대쪽으로 급히 뛰어간다. 뛰는 탄야.
뛰던 탄야, 저 앞에 사야인 듯 보이는 사람이 코너를 돌아가자,
그쪽으로 급히 따라간다.

S#36. 아스달 거리 일각 몽타주(낮)

#. 장터 일각
사람들이 있는 가운데, 사야를 놓친 듯 두리번거리는 탄야.
이때, 장터 한쪽 끝을 보는데, 쉬마그를 두른 사람이 지나가고 있다.
그 사람의 신발을 스치듯 보는 탄야, 묘한 느낌에 다시 자세히 보면
사야의 신발이다..! 탄야, 급히 쫓는데
#. 불의 성채 근처 숲 입구
숲 안으로 들어가는 사야. 잠시 후, 뒤에서 쫓아오던 탄야가
여기가 맞나 싶어 두리번거리다 숲 안으로 뛰어 들어간다.

S#37. 불의 성채 근처 좁은 숲길(낮)

탄야, 아주 급하게 좁은 숲길 안으로 뛰어 들어온다.
인기척을 느끼려 앞쪽을 유심히 보는 탄야.

이때, 누군가 뒤에서 두 손으로 탄야의 양볼을 감싼다. 사야다.

사야   (E) 왜 이렇게 따라와?

탄야, 사야가 손에 힘 준 탓에 고개를 돌리지 못한 채 앞만 보고 있다.

탄야   사야님..?
사야   도망가면 되잖아, 지금.
탄야   ...
사야   여긴 해투악도 없고 태알하도 없어.
탄야   ... 못 도망가요.
사야   왜?
탄야   도망가면 아버지를 죽인댔어요..
사야   아버지가 어딨는데?
탄야   태알하님 사는 데요... 그 연기 나던.. 불의.. 성채라던가..?

사야, 그제야 탄야의 얼굴을 잡고 있던 손을 내린다.
돌아서서 사야를 보는 탄야, 사야 보다가
사야 어깨 너머의 어느 공간을 보며 경악하고 있다..!
이끌리듯 사야를 지나쳐 그쪽으로 걸어가는 탄야.
보면, 이아르크에 있던 은섬의 나무집과 똑같은 나무집이다.

탄야   (경악) 이게.. 이게.. 뭐예요..?
사야   (탄야 뒤로 걸어와 나무집을 보며) 나는 꿈을 만나..
        꿈이란 게 뭔지 잘 모르겠지?
        난 갇혀 있는데, 난 태어나서 내내 갇혀 있었는데,
        꿈에선 저런 곳에서 살아..
탄야   (뒤돌아보며 경악) ...!!!
사야   들판을 막 뛰어다니고 사냥하고.. 굉장히 빠르고 강해, 꿈에선.
탄야   (마음의 소리 E) 설마.. 얘도 꿈에서... 은섬이를 보는 거야?
사야   (탄야가 보자, 고개 숙이며) 근데 꿈이란 건 항상 희미해.

	(허탈한 미소로) 꿈속에서 선명한 것도, 깨어나면 다 흩어져.
탄야	(사야 보며, 떨리는 마음의 소리 E) 정말..
	꿈으로 이어져서 서로를 보는 거였단 말야..? (하고 다시 나무집을 본다)
사야	(탄야의 옆모습을 보며, 설레는 마음의 소리 E) 널 본 거 같애, 꿈에서..
	근데 모르겠어.. 너 맞는 거야?

S#38. 비밀통로 몽타주(밤)

\#. 지하 수로
탄야의 손을 잡고 어두운 지하 수로를 앞장서서 걷고 있는 사야.

탄야	근데 어딜 가시는 거예요..?
사야	보여줄 게 있어. (우쭐해하며) 나만 아는 비밀통로야.

탄야, 사야의 손에 이끌린 채 복잡한 표정으로 걷고 있다.
반면, 사야는 신나는 듯 설레는 듯 힐끗힐끗 탄야를 본다.

탄야	(마음의 소리 E) 은섬의 배냇벗... 그럼 애도.. 그날..
	푸른 객성이 나타난 날, 태어났겠지.. 같은 날 태어난 우리 셋..
	정말 초설 어머니 말대로 뭔가 있는 걸까..?

계속 사야를 따라 수로를 걸어가는 탄야의 복잡한 표정.
여전히 탄야의 손을 잡고 걷는 사야, 이쪽이라는 듯
탄야의 손을 더 꽉 쥐며, 살짝 자기 쪽으로 당긴다.
탄야는 여전히 복잡한 표정으로 사야의 손에 이끌려 가고,
사야는 그런 탄야를 뒤돌아보고는 몰래 미소 짓는다.

탄야	(사야의 미소를 보며 은섬 생각나서, 괜히 부르듯 마음의 소리 E) 은섬아..
사야	(탄야를 몰래 보려다가 눈이 마주치자, 싱긋 웃는다)
탄야	(사야 따라 미소 짓다가는 슬퍼져서, 마음의 소리 E) 보고 싶어..

너무너무 보고 싶어.. 은섬아..

\#. 필경관으로 가는 비밀통로
아까 수로와는 조금 다른 분위기의 비밀통로를 걷고 있는 둘.
계속 손을 잡은 채 걷고 있다. 멈추는 사야.

사야	다 왔어. 여기야..

하고는, 통로 벽을 연다. 문이 열리자 놀라는 사야. 놀라는 탄야!
보면, 문 앞에 뒷짐 지고 서 있는 해투악이다..!

S#39. 필경관 탑으로 올라가는 계단 일각(밤)

해투악이 서 있고, 탄야와 사야가 문을 열고 놀란 얼굴로 나온다.

해투악	일루 오실 줄 알았어요..
사야	...!
탄야	(난감) ...
해투악	(탄야 보며, 살벌하게) 넌 이따 나 좀 보자?
사야	잠깐이면 돼. (하며 해투악을 지나치려는데)
해투악	(막으며) 안 돼요. 태알하님 오기 전에 (손목 잡으며) 빨리 가셔야 돼요.
사야	(OL, 손목 뿌리치며 약간 싸늘해진 목소리로) 아니, 잠깐 해야 할 일이 있어.
해투악	(당황) 무슨 일이요?
사야	애 아버지가 여기 노예로 있어. (단호) 내가 만나게 해주고 싶어.
탄야	(놀라 사야 보며) ...!!
해투악	(피식) 말도 안 되는 소리 하지 마시고.. (다시 사야의 손목 잡으려는데)
사야	(뿌리치며, 차갑고 낮은 목소리로 돌변) 여기서.. 소리 한번 질러볼까?
해투악	예?
사야	여기 이그트가 있다! 내가 타곤의 아들이다! 한번 해봐?
해투악	(피식) 아이.. 장난하지 마시고요.

사야	(눈 희번덕거리며, 이를 악물고 눈 벌개진 채, 미소로) 장난.. 같애?
탄야	...!
해투악	...!! 사.. 사야님...
사야	(점점 광기 어린) 여기서 내가 혀를 확 깨물고 난동을 부리면 어찌 될까?
	날 기절시켜서 니가 날 업고 갈 순 있겠지만,
	여기가 온통 보랏빛 피범벅이 되면 그건 어떻게 할 거야? 못할 거 같애?
해투악	(처음 보는 사야의 모습에 공포를 느끼는데) ...!!!
사야	(다가가며) 해투악. 니가...
해투악	(공포로 약간 뒤로 물러서며)
사야	그때... (무서운 말투지만 눈물 그렁해지며) 새나래.. 죽였지...?
해투악	(경악) ...!!!
탄야	(경악한 채 사야 보며)...!!!

S#40. 필경관 일각(밤)

해투악 좀 전의 사야 생각에 공포를 느끼며 걷는다.
탄야, 뒤에서 따라간다. 어느 문 앞에 서는 해투악.

| 해투악 | 잠깐이야. 얼굴만 보고 튀어나와..! |

탄야, 벌써 눈물이 그렁해져서 "예.." 하고는 들어간다.
남은 해투악, 한숨 쉬며 다리가 후들거리는 듯하다.

S#41. 필경관 작은 연구방(밤)

열손, 얇은 가죽을 돌돌 말아 정리하고 있다. 탁자 위에는
해족 문자와 갑골문이 쓰여 있는 얇은 가죽과 죽간 등이 펼쳐져 있다.
열손, 돌돌 만 가죽을 옆에 있는 나무 상자에 차곡차곡 넣는다.
열손, 가죽을 말다가 말고 빤히 본다. 적혀 있는 글자 클로즈업.

심각하게 보는 열손.

열손   이게 글자란 말이지.. 글자..

탄야   (E) 아부지..

열손   (소리에 경악하여 천천히 뒤돌며) 타.. 탄야야..

탄야, 달려가 열손에게 안긴다. 열손, 탄야를 안아준다.

열손   (눈물 그렁해져 탄야 살펴보며) 다친 덴 없는 거야? 응!?

탄야   (웃어 보인다) 예. 전 멀쩡해요.. 아버지는요..?

열손   나도 괜찮다.. 니가 왔으니.. 이제 다 괜찮아..!

탄야   와한 사람들은요?! 다들.. 잘 있는 거죠..?

열손   달새하고 북쉰 잘 도망친 거 같고.. 그래.. 잘들 있을 거야.
        흩어지긴 했는데.. 나처럼 이렇게 일을 시킨다고 했어..!

탄야   (미소, 열손의 손 꼭 잡고) 아부지.. 은섬이 소식 들은 건 없어요..?

열손   ...!!

탄야   (그런 열손의 표정을 보며, 미소) ... 왜요..?

열손   너.. 모르고 있었구나..

탄야   ... 제가 뭘 모르고 있어요..?

열손   ......

탄야   (손 내려놓으며) 아부지.. 왜요.. 뭐냐구요..

열손   ...... 은섬이...

탄야   ...

열손   ... 죽었다..

탄야   (멍) ...!

S#42. 사야의 집 2층 사야의 방(은섬의 꿈속)(밤)

은섬(사실 사야)이 탄야를 바라보고 서 있다.
탄야는 은섬을 바라보지 않는다. 점점 희미해지는 탄야의 얼굴.

S#43. 하림의 약초방 안(밤)

은섬의 시야가 점점 또렷해진다. 은섬, 천천히 눈을 뜬다.
낯선 장소다. 당황하여 일어나는데 상처가 아픈 은섬, 찡그린다.

눈별   어.. 그러면.. 상처가 벌어지는데..
은섬   (깜짝 놀라) 누구야..!
눈별   난.. 눈별, 채은 언니 동생.. 너. 언니가 여기 있으랬어..
은섬   채은이..? (하다가 문득 생각나) 우리 와한족은? 와한족은 어떻게 됐어?
       내가 나타나지 않으면 와한 사람들 목을 베겠다고 했어!
눈별   아니 아니.. 아니야.
은섬   그럼..?
눈별   넌 이미 죽은 걸로 됐고, 와한은 무사하댔어. 채은 언니가..
은섬   ......
눈별   그리고 밖에 니 동무들 두 명도 와 있어.

하고는 나가는 눈별. 어깨 통증에 팔을 잡으며 따라 나가는 은섬.

S#44. 하림의 약초방 밖(밤)

은섬, 눈별 따라 나오면 북쇠와 달새 쪼그려 앉아
뭔가 이야기하고 있는 게 보인다. 은섬, 이게 어찌 된 건지
현실감 없이 멍하다.

은섬   달새..?

달새와 북쇠, 은섬 보고 일어나서는 반가운 얼굴로
달려온다. 부둥켜안는 셋.

은섬	어떻게 여기로 왔어!?
달새	도티를 만났어..! 그리고 채은인가 하는 사람이 우릴 도와줬어!!
북쇠	(기분 좋은) 살았다!! 은섬이도 살고! 우리 살았어!!
눈별	몸이 성치 않으니까... 가만있어야 해. 약 마저 달여 올게. (하고 간다)
은섬	(눈별 보다가) ... 다른 사람들은?!
달새	(안고 있던 팔을 풀며 가라앉는다) ...
북쇠	(보다가) ..우리 말곤 다시 잡힌 거 같아.
	그나마 잡힌 사람들은 뿔뿔이 흩어졌대고..
	그래도 다들 무사하긴 하다고.. 채은인가 하는 사람이 그랬어.
은섬	(조심스럽게) 탄야.. 는? 탄야도 잡혔대..?
북쇠	....
은섬	(간절) ....
달새	.... 탄야는 전혀 알 수가 없대.. 그니까.. 어쩌면...
은섬	(OL) 아니, 탄야는 무사할 거야.
달새	...?
은섬	방금.. 처음으로 꿈에서 탄야를 만났어. 그러니까 탄야는.. 잘 있을 거야..
	(라고 말은 하지만 걱정스런 표정) .. 내가 찾을 수 있을.. 거야.
북쇠	근데 은섬아.. 뭉태랑 터대가 멀리 끌려간대.
달새	그래서.. 우리가 구해내려고..!
은섬	...! 어떻게?
달새	같이.. 할래..?
은섬	(탄야를 찾고 싶은 마음에 망설인다)
북쇠	(그런 은섬의 마음을 느끼듯) 야.. 은섬이 몸도 이 모양인데..
은섬	아니야. 나도 같이 가.
	(하고는 입술연지를 꺼내 입술에 바른다)
북쇠	뭐야 그건?
은섬	여기선 이게 불길한 뭐 그런 거래.
달새	나도 뭐 그게 길하고 그러진 않았어. 사람 사는 데 다 마찬가지네.

피식하는 은섬, 역시 피식하며 보는 달새.

S#45. 아스달 후미진 일각(밤)

사야, 걷고 있고 탄야, 옆에서 밝은 표정이다.
해투악, 뒤에서 이상하다는 듯 탄야를 보며 따라간다.

사야　　(탄야 보고는) 왜 계속 웃어? 아버지를 본 게 그렇게 좋아?

탄야　　(배시시 웃으며) 그럼요.. 고맙습니다. 사야님..

사야　　(뿌듯해서 피식) 그럼.. 앞으로 나한테 더 잘해라.

탄야　　(배시시) 예...

사야　　(그런 탄야를 보며 기분 좋다)

해투악　(보며, 마음의 소리 E) 하... 저거 미친년 아냐, 진짜..?

ins.cut.〉 새로 찍는 회상, 8부 41씬 연결.
열손, 해투악 앞에 무릎을 꿇었다.

열손　　(간절하다) 우리 탄야.. 잘 좀 봐주십시오..
　　　　　어려서부터 마음에 품었던 벗이 죽었어요..
　　　　　제가 얘기해줬습니다.. 바보같이..
　　　　　그 은섬이라는 놈.. 그놈이요..

해투악　은섬..? 아, 산웅 니르하 납치한 그 두즘생?!

열손　　예에.. 지 탓이라면서.. 끔찍한 생각을 할지도 모릅니다.. 부디..

다시 해투악, 또 배시시 웃는 탄야를 본다.
사야, 그런 탄야 힐끗 보더니 피식 웃는다.

해투악　(그런 탄야를 바라보며 마음의 소리 E) 마음에 품었던 벗이 죽었다는데
　　　　　저 웃는 거 봐라.. 미친년 맞네.

S#46. 아스달 성문 전경(낮)

S#47. 아스달 성문 앞(낮)

성문을 들고 나는 사람들이 보이고, 길선과 위병단들이
와한을 비롯한 이아르크 노예들을 데리고 있다.
노예들, 손이 묶여 있고 묶인 끈은 서로 연결되어 있다.
뭉태와 터대, 불안해하는 표정이 역력하다.

뭉태 아까 저놈들이 하는 말 들었어..? 우리 살아서는 못 온다는 말?!
터대 (절망, 공포) ... 들었어..
뭉태 (울듯이 혼잣말처럼 읊조리듯) 이럴 수는 없어.. 이럴 수는...

그런 그들의 뒤쪽으로 길선과 무광이 있다.

무광 얘네 우리말도 한다구.. 진짜 비싸게 팔아줘야 돼요..
　　　　떼먹을 생각 하지 말구..!
길선 아따.. 그 자식 진짜.. (하고는 위병단을 향해) 출발!!!

하면 모두 출발한다.

S#48. 숲속 일각(낮)

노예들, 앉아서 쉬고 있고 주변에 위병단들이 경계를 서고 있다.
뭉태와 터대, 절망적인 얼굴이다. 이때, 터대 앞으로 던져지는
작은 돌. 터대, 보지 못하고 계속 절망한다. 다시 던져지는 돌.
뭔가 싶어서 주위를 두리번거리는 터대.
이때, 수풀 사이로 고개를 드는 은섬, 달새, 북쇠.
터대, 놀라서 보면 달새, 쉿! 하는 모션을 한다.

터대, 눈치를 보며 옆에 뭉태를 툭 치자 뭉태, 본다.
슬쩍 귀엣말을 하는 터대, 뭉태 경악하여 주위를 둘러본다.
은섬, 뭉태와 눈을 마주친다. 놀라는 뭉태.

길선   (E) 출발한다..!

하면 후다닥 사라지는 셋. 보고 있던 뭉태, 긴장된 표정으로
일어서다가 결심한 듯, 갑자기 "아이구 배야!" 하며 구른다.
터대 놀라서 뭉태를 본다.

뭉태   못 걷겠어요! 잠깐만요.. 잠깐만요..
위병1   (발로 차며) 야! 안 일어나?!

뭉태 계속 데굴데굴 구르며 "으악." 비명을 지른다.
서로 묶여 있는 상태여서 출발하지 못하자,
위병1, 투덜대며 뭉태의 줄을 끊고 나머지를 먼저 출발시킨다.
그런 뭉태를 뒤돌아보며 뭔가 불길함을 느끼는 터대.

S#49. 숲길 일각1(낮)

묶여서 가고 있는 노예들.

ins.cut.〉 근처 일각
그걸 보고 있는 일각의 누군가의 시선. 은섬과 달새다.

은섬   (작은 소리로) 뭉태가 없어..! 분명 터대 옆에 있었는데?!
달새   어쩌지..? 멈춰? 아니면 터대만 구해?!
은섬   하.. 북쇠가 앞에서 불을 지를 텐데... (결연) 어차피.. 시작됐어..!

하고는 은섬과 달새 눈빛을 교환하고 뼈칼을 든다. 비장한 표정.

수풀을 나가려는데 이때, 뭔가를 느낀 은섬이 위를 확 보면 갑자기
위에서 떨어지는 그물! 경악하는 은섬, 달새! 그물에 얽혀 허우적거리며
빠져나오려는 둘. 이미 매복하고 있던 위병들이 튀어나와
그물에 얽힌 은섬과 달새에게 창과 칼을 들이댄다.
달새, 목청껏 소리를 지른다.

달새   북쇠야!! 도망가!! 북쇠야!!

S#50. 숲길 일각2(낮)

북쇠, 은밀한 곳에서 눌비비로 불을 붙이려 하고 있다.

달새   (E) 도망가!! 북쇠야!!

북쇠, 소리를 듣고 경악하여 일어나 뛰기 시작한다.

S#51. 숲길 일각1(낮)

결박당한 채 무릎 꿇려 있는 달새와 은섬. 당황한 표정이다.
위병단에게 둘러싸여 있는데 좌우로 갈라지더니 길선이 나타난다.

길선   (비웃듯) 두즘생들이 그래도 정이 있어... 동무 구할라고?
달새   (노려보며) ...
길선   궁금하지? 어떻게 우리가 미리 알고 매복했는지?
은섬   ...?

결박당한 뭉태가 위병 몇에게 끌려온다.
뭉태를 보고 놀라는 은섬과 달새. 이때, 위병1이 달려온다.

위병1	도주한 놈은 놓쳤습니다..! 병력을 더 보낼까요?
길선	됐다. 노예가 둘로 늘었으니.. (뭉태 툭 치며 피식) 네 덕분이구나..

하고는 가는 길선. 상황을 파악하고 충격으로 얼얼한 은섬.
위병단, 뭉태를 다시 끌고 가려는데 뭉태, 힘으로 버텨 안 끌린다.

뭉태	(달새 보다가) 그때.. 온통 깜깜해졌을 때.. 그렇게 널 불렀는데도.. 계속 손을 내밀었는데도.. 넌 북쇠 손만 잡고 가버렸어..
달새	(뭉태 안 보고) ...
뭉태	내가 귀찮았지..?
달새	...
은섬	...
뭉태	니가 먼저 등졌어.
달새	...
은섬	....
달새	(눈물 그렁해지더니 결국 터진다) 그래서!!! (울먹) 구하러 왔잖아...
뭉태	(그런 달새 보며) .... 그래봤자.. 뭐 안 되잖아... (그런 은섬 보며) .. 너두.. 우리 구한답시고.. 그런 짓 하다가.. 결국은.. 우루미 누이도 죽고.. 돌돌이도.. 오류이도 죽고.. 어차피.. (울컥) 안 되는 거야..

뭉태, 그제야 위병단들에게 끌려간다.

뭉태	(끌려가며 마음의 소리 E) 난 안 미안해.. 안 미안해..

달새와 은섬, 그런 뭉태의 뒷모습을 슬프게 본다.

ins.cut.〉 일각, 그런 그들을 몰래 숨어 보는 북쇠의 시선.

S#52. 숲길 일각3(낮)

길선의 손에 가죽 주머니 하나 쥐어져 있고, 쇼르자긴과 거래하고 있다.

길선   통역까지 할 수 있는 놈이 무려 셋이라니까! 근데.. 장난해?
       그만두자.. 평생 노예나 팔아먹고 살아라. (하고는 가려고 하면)
쇼르자긴 (얼른 붙잡으며) 왜 이러세요.. 총관님.. 제가 언제 싫다고 했어요?
       그 정도 가지고 되겠냐 그랬지.

       하면서 자기 가방에 있는 다른 가죽 주머니 하나를 꺼낸다.
       그러다가는 주머니 하나를 더 꺼내며

쇼르자긴 (한 주머니 주며) 이건 노예값이고..
       (또 하나 길선에게 주며) 이건 위병단 총관님께 드리는 제 마음!
길선   (좋아하면서) 아.. 이 새끼.. 진짜..
쇼르자긴 저.. 아스달로 올라갈 수 있게.. 힘 좀..! (90도 인사) 써주십쇼!
길선   (하는데 벌써 돌아서 간다)

S#52-1. 물가 일각(낮)

뛰어오는 북쇠, 헉헉대며 더 이상 못 뛰겠다는 듯
탈진하여 엎어신다. 땅에 뺨을 대고 멍한 북쇠.

북쇠   (읊조리듯) .. 달새야... 은섬아.. (울먹) 미안하다.. 미안해.

이때 쓰러진 북쇠를 가리는 두 개의 그림자. 북쇠 놀라서 본다.
보면 때문과 까닥이 쓰러진 북쇠를 빤히 보고 있다.

해까닥   도망친 노예로구나..?
북쇠   ... 사.. 살려주세요..

해때문	어? 우리도 아스달에서 도망치는 건데..?
북쇠	...??!!
뭉태	(경악, E) 뭐라고요!

S#53. 숲길 일각4(낮)

위병들 몇이 있고, 그 앞에 무릎 꿇고 있는 뭉태가 묶인 채로,
황당하게 그들을 보고 있다.

뭉태	(당황) 야.. 약속했잖아요? 난 거기로 안 보낸다고! 살려준다고..!!!
위병1	(비웃듯) 누가 두즘생이랑 한 약속을 지키냐? 일어나 이 새끼야.
뭉태	...!!! 말도 안 돼! (억울해서 눈물이 흐른다) 내가 동무들 다 저버리면서!

하고 으아! 악을 쓰며 그대로 일어서 위병1을 들이받는다.
놀라는 위병들. 뭉태 묶인 채로 난동을 부리는데,
예사 힘이 아니다. 뭉태의 큰 몸이 부딪히는 대로 나가떨어지는 위병들.
위병들 간신히 올가미를 걸고 허벅지를 찌르고 제압하는데,
이때 오던 길선, 흥미롭게 본다.
뭉태, 땅에 얼굴이 옆으로 눌린 채, 제압당해 억울한 눈물을 흘리는데
길선, 다가온다.

길선	(피식) 그렇게 억울해? 너 구하러 온 친구들 다 배신해놓고...
	뭐가 그렇게 억울해?
뭉태	(울먹이며) 살고 싶었어... 살고 싶어서... 그랬어...
길선	(비웃듯) 살 수 있으면 다 해?
뭉태	(울먹이며) 뭐든지.. 뭐든지 할 거야.. 살 수만 있으면...
길선	(피식) 이 자식 나랑 딱 닮았네. 힘도 예사 힘이 아니고...
뭉태	...!
길선	살려주면... 해볼래 나랑?
뭉태	(이를 악물며) 뭐든지..!!

터대   (얼이 빠진, E) 뭉태가..?

S#54. 숲길 일각5(낮)

이젠 위병단은 없고, 쇼르자긴과 그의 수하들에 의해
줄줄이 엮여 끌려가는 노예들의 행렬. 행렬 중간에
은섬과 달새, 참담한 표정. 옆의 터대가 얼이 빠져 있다..

터대   뭉태가... 그랬다고...? (망연자실) ... 뭉태가...
달새   (그런 둘 외면하며, 작은 소리로, 은섬에게) 너 이거 못 끊겠냐..
은섬   ... (묶인 줄 보며) ... 안 돼...

ins.cut.〉7부 11씬 중,
괴성을 지르며 양팔에 힘을 준다!!! (cut.)
결국 양 손목에 묶인 청동 사슬이 팍! 하고 깨져버린다. (cut.)

은섬   (마음의 소리 E) 어떻게 그걸 끊을 수 있었지...? (하고 묶인 팔을 본다)
달새   (작은 소리로) 아.. 어떻게든 탈출해야 돼..
터대   (멍하다) 뭉태.. 그럴 수 있겠네...
은섬   뭐?
터대   그럴 수 있겠어... (하고 날새를 본다)
달새   뭐?
은섬   (뭔 소리인가 싶어 둘 보며) ...!
터대   (멍하게, 달새에게) 너두... 나한테 그랬잖아..
은섬   ...!!! 무슨 소리야?
달새   (터대 보다가, 다시 앞을 보며 비감한 마음에 입술 깨물며) ... 맞아. 그랬어.
        탈출할 때.. 뭉태랑 애 깜깜한 데서 헤매는데, 못 본 척하고.. 그냥 빠져나왔어.
은섬   (보며) 니가? 사냥할 때 흑곰 앞에서도 뭉태만 챙기던 니가?
        (고개 돌려 외면하듯 앞을 보며) 말도 안 돼.
달새   자신이 없었어.. (눈물 그렁해지며) 흑곰 앞에선 자신이 있었는데

	여기선 자신이 없어. 뭉태를 챙길 자신이 없다고..!
터대	변명하지 마.. 뭉태 겁 많구.. 난 약하니까.. 귀찮았던 거잖아..
달새	(눈물이 날 것 같다, 울컥) ... 야...!
터대	아냐..? 버렸.. 잖아..

달새, 미칠 듯한 마음으로 터대를 보다가 으아! 소리 지르며
터대를 들이받는다. 이때 달려온 수하 2명이, '이 새끼가!'
하며 서로 달려드는 달새와 터대를 채찍으로 때린다.
은섬, 막으려고 다시 수하에게 달려들고.
그러자 놀란 수하2가 은섬을 채찍으로 때린다. 그러다가!!
은섬의 보라색 피가 채찍에 튄다! 경악하는 수하2!!

수하2	이그트다!! 이그트!!!

하는 순간, 은섬의 목에 올가미가 던져지고, 그 위로 그물도 던져진다.
이미 달려온 수하들이 그물에 잡힌 은섬을 집단으로 발로 차고
몽둥이로 두드리고 난리법석이다!
큰일 났다 싶어서 보는 달새와 터대의 당황한 모습 등등.

쇼르자긴	왜 이 법석들이야!!?
수하2	(패다가는 멈추고 헥헥대며) 이 새끼.. 이거.. 이그트예요..!!

하면 쇼르자긴 경악하여 은섬에게로 다가간다.
옆으로 피해주는 수하들.
다가간 쇼르자긴 칼로 은섬의 어깨를 긋는다. 보라색 피가 흐른다!

쇼르자긴	(경악) ..!!! 와!!! 이거.. 이그트네.. 더구나 딱 반반씩 진짜배기!
은섬	....!
쇼르자긴	(은섬의 흐르는 피를 보며) 와.. 피가 진짜 보래. 완전 보래.
수하1	이거.. 죽여야겠죠?
쇼르자긴	(확 쩨려보며) 내 피 같은 보석이 얼마나 나갔는데!?

수하1   그럼 어쩌려구요?

쇼르자긴   어차피 깃바닥 들어갈 텐데. 일은 잘하겠지!

(짜증난 채로 고민하다는) 일단 조져! 힘 못 쓰게! 얼른!!!

하면, 수하들 묶여서 제압당한 은섬을 몽둥이로 패기 시작한다.

꼼짝없이 맞는 은섬.

달새와 터대, "은섬아!" 하면서 소리만 지른다.

ins.cut.〉 주변 일각

도우리가 맞고 있는 은섬을 보고 있다.

도우리   (마음의 소리 E) ..약한.. 사내다... (하고는 천천히 돌아서 가는 도우리)

S#55. 사야의 집 전경(낮)

탄야의 콧노래(E).

S#56. 사야의 집 2층 사야의 방(낮)

청동서울을 정성스럽게 닦고 있는 탄야. 밝은 표정이다.

닦고 난 청동거울 보는 탄야. 씨익 하고 웃어 보인다.

좀 떨어진 곳에서 보는 사야, 그런 탄야 보고 흐뭇하다.

S#57. 사야의 집 1층 거실(낮)

고개를 갸우뚱하며 걷는 해투악.

해투악   (걱정스러워) 쟤 정말 미친 거 아니야..? 아 저거 미치면.. 어떡하지..?

사야	(E) 누가?
해투악	(놀라 뒤를 돌아보며) 아이구 깜짝이야! 아휴 놀래...
사야	누가 미쳐?
해투악	탄야요.
사야	왜?
해투악	아... 그날요.. 그날 재 애비 만났잖아요..
사야	근데..?

S#58. 사야의 집 야외 계단(낮)

차갑고 굳은 얼굴로 계단을 올라가는 사야. 이를 악문 듯하다.

S#59. 사야의 집 2층 사야의 방(낮)

탄야, 여전히 밝은 표정으로 콧노래를 부르며 청동제품을 닦고 있다.
사야가 확 들어온다.

탄야	(하던 일을 멈추고 미소 지으며) 오셨어요, 사야님.
사야	(노려보며) ...
탄야	뭐 시키실 일이 있나요?
사야	(계속 보며) ...
탄야	(이상한 듯 보다가) ... 사야님...
사야	(차갑게, OL) 뭘 기다리는 거야?
탄야	예? 기다려요?
사야	(OL, 빠르게) 뭘 기다리길래 아직 안 죽는 거냐고?
	너 죽으려고 그러는 거잖아?
	나도 그랬어. 새나래 죽었을 때, 아무렇지 않은 척,
	미소 지으면서 웃으면서 즐겁게 기다렸어. 태알하를. 그 앞에서 죽으려고..!
탄야	....?

사야	넌 뭘 기다리면서 안 죽는 거야?
탄야	(어색한 미소) .. 주인님.. 전 무슨 말인지.. 잘.. 모르겠어요.....
사야	그게 아니면 마음에 품었던 옛 동무가 죽었다는데..
탄야	.. 누가 죽어요? 은섬이요? 아니에요..
사야	.. (현실을 부정하고 있구나) ..!!
탄야	(다시 미소 띠며) 은섬인.. 절 구하러.. 올 거예요.. 제가... 오라고 했거든요.
사야	(서늘 OL) 걘 죽었어.
탄야	(보다가) .. 아니에요...
사야	(OL) 죽었다고!
탄야	(울먹, 그러나 미소) 아니라니깐요...
사야	(OL) 내가 봤어... 아니, 온 연맹인들이 다 봤어..
탄야	....
사야	(싸늘한 표정으로 탄야에게 들이대며) 혀는 뽑힌 채로,
	어버버 비명을 지르면서..!
탄야	.....
사야	(더 들이대며) 펄펄 끓는 물에 산 채로 삶아져서! 죽었어..
탄야	(울음 터지며) 아냐..!! 아니라고!!
사야	(버럭 큰 소리로 OL) 모두가 손뼉 치며 소리를 질렀어! 원수를 갚았다!!
탄야	(멍하게) ..!!!
사야	우리가 드디어 산웅 니르하의 원수를 갚아냈다!
탄야	(입술이 떨리며) ...!
사야	그 천하고! 더럽고! 벌레 같은! 두즘생을... 삶아버렸다!!

하는 순간 탄야, 으아! 비명을 지르면서 달려와 사야를 들이받는다.
사야, 그대로 넘어지고, 뒹굴며 싸운다. 탄야, 계속
"아냐!", "아니라고!" "은섬인 안 죽었다고!"라고 외치며 악을 쓰는데,
이때 소리 듣고 들어온 해투악, "저런 미친년이!" 하면서
달려들어 탄야를 확 떼어내어 가격하지만
탄야는 "은섬인 안 죽었다고!" 하며 투악에게 계속 달려들고,
사야는 얼굴에 상처가 난 채, 헉헉대며 본다.

S#60. 숲길 일각6(낮)

이아르크인들 끌려간다. 그 맨 뒤에 쇼르자긴이 말을 타고 가고 있고,
말 뒤쪽에 묶여서 끌려가는 은섬.
은섬은 목에 줄을 감았고 발목도 묶여 있어 보폭을 크게 하지 못한다.
힘겹게 끌려간다.
말을 탄 쇼르자긴, "아무래도 불안해" 하면서 말에서 내린다.
그리고는 은섬에게 간다. 그러더니 칼로 은섬의 허벅지를 푹 찌르며

쇼르자긴   내가 겁이 많아서..

비명을 지르는 은섬! 튀는 보라색 피.

쇼르자긴   (튄 피에 질겁하며) 에이! 아.. 근데 진짜 보래.. 피 봐 이거.
        (하고는 자신의 말로 가다가는 뒤를 돌아보며) 야..
        앞으로 니 이름은 보래로 하자 보래!

은섬은 완전히 피투성이가 된 얼굴로 그런 쇼르자긴을 본다.

탄야   (E) 은섬아...

S#61. 사야의 집 2층 창고 안(밤)

어두운 창고 한구석, 탄야 묶인 채 쪼그리고 앉아 묶인 손으로 가슴을
누르며 어쩔 줄을 몰라 하고 있다. 이제야 은섬의 죽음을 실감한 것.

탄야   (중얼거리듯) 은섬아.. 넌 내가 죽였어.. 훨훨 날아갈 사람,
        내가 (울먹) 바보같이.. 주문으로 묶기까지 했어..
        (눈물 흐르고 꺽꺽 소리 나며) 불길한 년 주문에 걸려서.. 그리.. 참혹하게...

ins.cut.〉 새로 찍는 회상, 몽타주

#. 어린 은섬이 마을 한쪽에 숨어서 부러운 듯 어딘가를 보고 있다.
와한 아이들이 나무굴렁쇠를 굴리며 자기들끼리 놀고 있다.
굴러가던 굴렁쇠를 딱 막아서는 누군가. 돌도끼를 들고 있는 탄야다.
그런 탄야를 보며 인상 쓰는 어린 달새. 탄야, 달새의 굴렁쇠를 뺏더니
은섬에게 준다. 은섬, 눈치 보며 굴렁쇠를 굴린다. 탄야, 웃는다.
다른 아이들도 금세 은섬과 함께 굴렁쇠를 굴린다.
#. 금은화 꽃밭. 아사혼이 죽은 자리에 누워 있는 은섬.
"엄마..." 하며, 눈물을 흘리고 있다. 어느샌가 온 탄야가 은섬의 옆에 눕는다.
그리고는 손으로 은섬의 눈물을 닦아준다.
#. 어린 탄야, 혼자 춤 연습을 하다가 잘 안 되자 짜증내며 앉아버린다.
몰래 보고 있던 은섬. 말없이 다가오더니, 다음 동작을 한다.
놀라는 탄야. 말없이 같이 춤을 춘다. 탄야, 보며 웃자 은섬도 웃는다.

S#62. 사야의 집 2층 창고 밖 복도(밤)

문틈 사이로 탄야를 보고 있는 사야.
손에는 호리병과 보리 덩어리를 들었다. 탄야의 흐느낌이 새어 나온다.
돌아서는 사야, 화가 난 듯한 표정. 호리병과 보리 덩어리를 한번 보고는
다시 문을 열려고 하다가, 멈칫. 그리고는 확 돌아서서 가버린다.

S#63. 사야의 집 2층 창고 안(밤)

사야가 왔다 간지도 모르고, 여전히 꺽꺽대며 있는 탄야.

S#64. 아스달 전경(낮)

S#65. 사야의 집 2층 창고 안(낮)

밤새 몸부림을 치며 운 탄야, 이젠 멍한 채 쪼그려 앉아 있다.
이때 문이 열리며 들어오는 사야, 손엔 먹을 것이 있다.
조용히 내려놓고는 나가려다 탄야를 보는 사야.

사야	... 살아야 할 이유가 있는 자에게.. 어떻게 사는지는 안 중요하다..
	그 은섬이란 애가.. 그 이유였어...?
탄야	...
사야	...
탄야	(목은 쉰 채 멍하게 OL) 왜 우리들은... 이런 일을 당하는... 거죠?
사야	.. (본다) ..
탄야	(멍하게) 올미.. 그 어린애가 왜 죽어야 하고.. 우루미 언니는 왜 그렇게 되고..
	은섬이는... 왜.. 그렇게 잔인하게.. 아니, 애초에..
	왜 우릴 잡아와서.. 이러는 거죠?
사야	(보다가) 여긴 일손이 많이 필요해. 씨를 뿌려서 길러야 하고,
	어마어마한 집도 지어야 하고, 화려한 옷과 많은 보석도 필요하고.
탄야	(멍한) 왜요? 왜 그렇게 많이 필요하죠? 우린 그러지 않고도 잘 살았는데...
사야	...
탄야	멧돼지 한 마리면.. 스무 명도 넘게 먹을 수 있잖아요.
	여기 사람들은 멧돼지 한 마리를... 한 사람이 다 먹나요..?
	아니면, 여기선 하루에 다섯 끼, 열 끼씩 먹나요...?
사야	배를 채우려고 먹는 게 아냐.. 마음이야...
탄야	...!
사야	여기 사람들의 마음은 일백 근의 황금으로도, 천 마리의 흰말로도..
	채워지지 않으니까...
탄야	(멍하게) ...
사야	그래서 끊임없이 마음이 고파.. 항상...
탄야	(울먹) 정말.. 하나도.. 하나도 모르겠어. 정말 모르겠어...
사야	... 그래 모르겠지... 니가.. 힘이란 걸 가져보고..

아무리 가져도 마음이 고픈, 그런 자리에 오르지 않으면.. 알 수 없겠지..
그래, 결국 모른 채로 죽겠구나...

탄야   ...!

사야   너희 씨족이 왜 그런 일을 당했는지,
자기가 왜 죽는지.. 살아야 할 이유였던 동무가 왜 삶아졌는지..
아무것도 모른 채... 그렇게 죽겠네..? (위악스런 미소)

하고는 마지막으로 비웃듯 미소 지으며 나가는 사야.

S#66. 사야의 집 2층 창고 밖 복도(낮)

문을 닫고 나오는 사야. 비웃던 미소 싹 가시고,
미치겠는 표정. 침을 꿀꺽 삼킨다. 복도를 걸어가는 사야.

사야   (마음의 소리 E) 어쩌지.. 어떡하지... (돌아보며) 저러다 진짜 죽는 거 아냐..?

S#67. 사야의 집 2층 창고 안(낮)

멍하니 있는 탄야. 그 위로,

사야   (E) 니가.. 힘이란 걸 가져보고..
그런 자리에 오르지 않으면.. 알 수 없겠지.. (cut.)

사야   (E) 아무것도 모른 채... 그렇게 죽겠네..? (cut.)

탄야   (마음의 소리 E) 자리... 힘... 이유... 은섬아.. 은섬아..

S#68. 숲길 일각7(낮)

피투성이가 되어 끌려가는 은섬의 모습.

S#69. 사야의 집 2층 창고 안(낮)

탄야, 여전히 멍하게 있다. 그 위로,

ins.cut.〉새로 찍는 회상, 이아르크 일각(낮)
우루미가 어린 탄야에게 돌끈 던지기를 가르친다. 바닥에 돌끈과
여러 형태의 돌들이 놓여 있다.

우루미   (큰돌을 집으며) 이런 돌은 너무 커. 잘 날아가지 않아.
         (돌 하나 집으며) 새 잡기엔 이 정도 돌이 적당해.
         근데 멧돼지는 이런 거.. 양쪽이 뾰족한.. (돌 집으며) 요런 돌을 걸란 말야.
어린탄야   멧돼지는 가죽이 두꺼우니까?
우루미   그렇지! 자 그럼.. 만약에.. 우리 이러고 있는데
         갑자기 저기서 호랑이가 확 튀어나왔어. 그럼 어떤 돌을 집어야 될까?
어린탄야   (펼쳐진 돌들을 바라보며) 음....

현실의 탄야, 뭔가 표정이 결연해지는데.

S#70. 사야의 집 2층 사야의 방(낮)

사야, 들어와서 왔다 갔다 안절부절못하고 있다.

사야   (마음의 소리 E) 에이 씨.. 나랑 무슨 상관이야!
         저 더러운 두즘생 년 죽든 말든.. 아무 상관없어!
         (하곤 돌아보며 목소리 떨리는) 아... 근데 왜 이렇게.. 미치겠지..?

S#71. 사야의 집 2층 창고 안(낮)

탄야, 멍한 얼굴이 뭔가 또렷해져 있다.

탄야   (마음의 소리 E) 은섬아, 미안해... 난 살겠어..! 그 자리로 가겠어.. 그래서..
       너에게 벌어진 일, 우리에게 닥친 일.. 지금의 난
       하나도 모르겠는 이 모든 일. 다 알아내서... 언젠가 (울먹) 너한테 들려줄게.

ins.cut.〉 새로 찍는 회상, 8부 69씬의 인서트 연결.

어린탄야 음.. (돌 하나 들며) 이 뾰족한 돌?

우루미   (진지하게) 아니, 갑자기 호랑이가 확 튀어나오면... (하다가 웃으며)
       그냥 젤 가까운 돌을 들어야지! (하고 까르륵대면)

어린탄야 (함께 웃으며) 아 뭐야! 엉터리!!

다시 현실의 탄야, 또렷해진 표정에 살짝 미소가 번진다.
이때, 확 열리는 문. 빛이 들어오면서 사야가 씩씩대며 들어온다.

탄야   (사야 보며, 이를 악문 듯 마음의 소리 E) 젤루 가까운 돌...!
       그래, 너로 정했다.. 내 첫 번째 무기..!

사야   (씩씩대며) 너...

탄야   ... (사야를 보며)

사야   (씩씩대며) 너.. 너... 말야.

탄야   (고개를 조아리며) 용서해주세요...

사야   ...!

탄야   제 동무가 죽어서, 제가 미쳤나 봐요.

사야   ....!

탄야   (이젠 무릎 꿇으며) 용서하시고... 절 살려주세요.
       탄야는 당신의 것입니다. 주인님..

사야   주인님?

탄야   (고개를 더욱 조아리며) 예, 당신은 오직 하나뿐인 탄야의 주인이십니다.

사야   ...!!

탄야   제가 필요하실 겁니다. 힘을 다해 모실게요, 주인님!

사야   ...!

탄야   (고개 살짝 들며 눈빛을 빛내며, 마음의 소리 E)
        나 와한의 탄야, 너에게 주문을 건다. (이를 악문 듯)
        주인... 누가 주인이 될지.. 어디 한번 내 주문을 받아봐라, 사야..!

        사야에게 보이지 않는 탄야의 차가운 미소와
        놀란 듯 탄야를 바라보는 사야의 모습에서. END.

"**꿈**" from 아사못 & 로띱

뱀 모습의 이소드녕이 아사초하수니를 빚어, 아사초하수니의 귀에 숨을
훅 불어넣는 모습 위로,

아사못　　(NA.) 먼 옛날, 이소드녕께서 최초의 사람, 아사초하수니를 빚어
　　　　　세상에 내놓으시고, 걷게 하시었다. 그 시절 우리 사람은
　　　　　이소드녕의 목소리를 직접 듣고 직접 말씀을 올렸으니...
　　　　　신과 함께한 세상이었더라. 그땐 그저 해야 할 일을
　　　　　이소드녕께서 왼쪽으로 미리 알려주시고
　　　　　오른쪽으로 행하면 되는 것이었도다.
　　　　　하지만... 두개의 달이 뜬 이후로...

각종 신들을 앞세워 거치즈멍으로 몰려오는 부족들의 모습들.
전쟁을 벌이고 있는데, 땅이 흔들리고 용암이 터져 나오면서
하늘못 안에 있던 뱀 모습의 이소드녕이 나와서는 하늘로 올라간다.
하늘에 있던 두 개의 달 중 하나를 에워싸고는 하늘못으로
다시 들어가는 이소드녕의 모습 위로,

아사못　　(NA.) 다른 곳에서 다른 신을 모시는 자들이 흘러들어오더라.
　　　　　흰산의 땅을 유린하고 이소드녕을 모욕하는, 교만과 자만이 흘러넘쳤으니,
　　　　　산들이 고함치며 불을 토해냈고! 이때 이소드녕께서 두 개였던 달 중에
　　　　　'귓것'(자막 : 악령)을 잡아내어 하늘못으로 돌아 들어가시니..
　　　　　땅과 사람이 평온하더라.

사람들의 마음에 교만을 불어넣었던 것이 거짓 달.

저것이 귓것이었음이라..

로띱   (뇌안탈어 NA.) 거짓말..! 달이 두 개였던 적은 없다..!

로띱이 나타나 분노하여 꾸짖는데, 가리키는 곳을 보면,

소리가 들리지 않아 당황하는 사람들의 모습.

깊은 숲속에서 수련하는 아사씨 제관들의 모습.

고추 즙으로 눈 비비기 높이 매놓은 줄 위에서 춤추기.

숯을 먹고, 불 위를 걷기 등등

로띱   (뇌안탈어 NA.) 모두가 지어낸 이야기다..!

아사못   (NA.) 허나 그날 이후, 이소드녕께선 사람에게 직접 말하지 아니하시고,

오직, 아사초하수니의 곧쪽(자막 : 직계 혈족)에게만 속삭이시니,

사람들은 귀를 잃고 눈을 잃은 것처럼 고통스러웠도다.

그들 가운데, 영민하고 의지가 있는 자들이,

끊임없는 수련과 간구를 통해 이소드녕의 말씀을 듣고 만나자 하니,

그가 잠든 새 찾아오셔서 자태를 보이시고, 말씀을 들려주시니,

훗날 그것을 꿈이라 부르더라.

로띱   (뇌안탈어 NA.) 이 또한 거짓말. 꿈은 그런 것이 아니다.

자면서 꿈을 꾸는 뇌안탈의 모습. 꿈을 꾸며 웃기도 하고,

놀라기도 하고 소리도 지른다.

아사못   (NA.) 헌데.. 뇌안탈과 이그트는 아무 간구도 없이 꿈을 만난다 하니,

그들의 꿈에 나타나는 건 이소드녕도 신도 아니니라. 그것은..!

이소드녕께서 벌하신 가짜 달의 환영..! 바로 귓것(자막 : 악령)이니.

뇌안탈은 신과 이소드녕을 부정하고, 스스로를 정령과 동등하다 여기는도다.

하여 그 교만이 끝간 데를 모르는 불길한 존재이니.... 태울... 지어다...!

로띱   (뇌안탈어 NA.) 역시 거짓. 오로지 거짓 위에 거짓을 쌓은..

그곳이 이곳 아스달이다!

세상 모든 진실의 시작

9 부

S#1. 8부 엔딩 하이라이트 몽타주

#. 사야의 집 2층 창고 안(낮)

탄야	(사야 보며, 이를 악문 듯 마음의 소리 E) 젤루 가까운 돌...!
	그래, 너로 정했다.. 내 첫 번째 무기..! (cut.)
탄야	(고개를 더욱 조아리며) 예, 당신은 오직 하나뿐인 탄야의 주인이십니다.
	(cut.)
탄야	(고개 살짝 들며 눈빛을 빛내며, 마음의 소리 E)
	나 와한의 탄야, 너에게 주문을 건다. (이를 악문 듯)
	주인... 누가 주인이 될지.. 어디 한번 내 주문을 받아봐라, 사야..!

사야에게 보이지 않는 탄야의 차가운 미소와
놀란 듯 탄야를 바라보는 사야의 모습. (8부 엔딩 지점)

사야	주인님..? 왜..? 왜 마음을 바꿨지?
탄야	.. 살려구요.. 죽기 싫어요.. 잘못했습니다.
사야	그게.. 다야..?
탄야	(보다가) ... 제가 필요하실 거예요.

사야	내가 뭘 바라는지.. 뭘 두려워하는지 알아?
탄야	자유로운 걸 바라시고.. 갇히거나 감시당하는 걸 두려워하세요.
	근데 사야님을 하루 종일 감시하라고 했어요, 태알하님이..
	하지만 전, 사야님이 원하는 대로 얘기할게요.
사야	(피식) 태알하를 얕보지 마.. 그러다가 죽어..
탄야	저는 죽지 않아요...
사야	장담하지 마..
탄야	(OL) 저는 새나래가 아니에요.

사야, 뭔가 알 수 없는 기분으로 탄야를 본다.
탄야도 사야를 보는데, 은섬의 얼굴이 겹쳐지며 울컥한다.
사야, 역시 빠져들듯 탄야를 보다가, 문득!

사야	(고개 돌리며) 나도.. 죽었다는 니 동무가 아니야.
탄야	....!?
사야	다시는 그런 눈빛으로 날 보지 마.

하고는 나가는 사야. 닫히는 문. 닫힌 문을 보는 탄야.

S#2. 사야의 집 2층 창고 앞 복도(낮)

나오는 사야. 가슴이 쿵쾅거리는지 자기 가슴에 손을 대본다.
그리고는 창고 쪽을 보는 사야.

S#3. 야영지1(밤)

퉁퉁 붓고 피떡이 진 은섬, 어딘가를 보며 침을 삼키고 있다.
쇼르자긴과 수하1, 2가 모닥불에 고기를 구워 먹으며 웃고 떠들고 있다.
이아르크인들은 먹지도 마시지도 못한 듯 힘들게 보고 있다.

터대, 달새 역시 침을 꼴깍꼴깍 넘기며 본다.
쇼르자긴, 고기를 열심히 씹다가 고개를 돌려, 뼈를 휙 뱉는다.
자기를 보고 있는 두즘생들과 눈이 마주친 쇼르자긴.
목이 너무 말라서 힘들어하는 이아르크인들.

와비족1   (와비족말) 우리도 먹어야 한다. 물이라도 달라.
쇼르자긴   (다른 두즘생 훑다가 터대 보며) 뭐라는 거야?
터대   먹어야 한다구요.. 아니면.. 물이라도..

하자 쇼르자긴, 피식 비웃으며 먹던 뼈를 내려놓고는,
말없이 일어나 은섬에게로 간다.
옆에 있던 수하1, 2도 자연스럽게 먹던 거 계속 씹으며,
몽둥이를 들고 쇼르자긴을 따라간다. 보는 이아르크인들.

쇼르자긴   (묶여 있는 은섬에게) 따라 해..
은섬   ....?
쇼르자긴   내 이름은 보래입니다.
은섬   ....?
쇼르자긴   어떤 더러운 것과 괴물 새끼 뇌안탈이 붙어먹어서 나온 이그톱입니다.
은섬   ....!!!
쇼르자긴   따라 하라고!
은섬   (안 한다)
쇼르자긴   안 해? 자.. 내가 이그톱니이.. '다', 하는 순간 바로 따라 해.
은섬   ....
쇼르자긴   나는 어떤 더러운 년과 괴물 새끼 뇌안탈이 붙어먹어서 나온 이그톱니이이..
         (하고는 은섬에게 따라 하라는 손짓하며 마지막 말) 다.

순간, 쇼르자긴, 손짓하며 돌아서면 수하1, 2 확 달려들어
은섬을 몽둥이로 패기 시작한다. 비명이 터지는 은섬.
이를 보는 이아르크인들!! 터대.. 달새.. 등등의 모습들!!
계속 맞던 은섬이 기절하여 널브러지고,

쇼르자긴은 미소 가득한 경쾌한 모습으로 이아르크인들에게 온다.

쇼르자긴   (이아르크인들 앞에 서서 터대에게 미소로) 내 말 전해.
터대   (공포로 보며) ...
쇼르자긴   (미소) 난 사람, 너희들은 짐승인 두즘생, 저놈은 짐승보다 아래인 이그트야.
터대   (쇼르자긴이 말하는 동안에 와비족말로 빠르게 통역)
쇼르자긴   자.. 물은 위에서 아래로 흐르잖니? 말.. 응.. 우리가 떠드는 말도 그래..
           위에서 아래로만 흘러.
두즘생   (터대가 통역하는 걸 듣는 표정들)
쇼르자긴   그니까.. 니네가 지껄이는 말은 나한테 올라올 수가 없어..
           그냥 밑으로만 내려가는 거야. 그러니까...
           (갑자기 광기 어림) 너희들은!!! 나한테 물을 달라고 할 수가 없어!!!!
           (악을 쓰듯) 어?!! 따라 해!!!!!
터대   (공포로, 통역)
쇼르자긴   나는..!! 두즘생이다!!
터대   (무서워하며, 어리둥절)
쇼르자긴   두즘생이란 두 발로 걸으면서 날지도 못하는 짐승!!
터대   ....
쇼르자긴   바로 너희들과 닭이지! 너희들은 짐승! 난 사람!
터대   ...!!!!!
쇼르자긴   빨리 안 전하고 뭐해?
터대   (공포에 질려서 빠른 말로 통역)
두즘생   (모두 듣고 놀란다) ...!!
쇼르자긴   자, 모두 함께 외친다! 나는 두즘생이다!

달새도 노려보고, 와비족 등의 이아르크인들도 모두 노려본다.

쇼르자긴   (미소로) 안 해? 그럼 물은 없어. 얼마나 버틸지 궁금은 하네.
           물은, 사흘만 못 먹어도 지 어미 피를 빨아 먹는다던데.. (미소)

하고는 가버리는 쇼르자긴. 보는 이아르크인들.

쓰러진 채 처참한 몰골로 이쪽을 보는 은섬의 모습. 그 위로,
쇼르자긴의 수하들이 부르는 노랫소리가 들린다.

S#4. 돌담불 가는 길1(낮)

뜨거운 태양이 내리쬐고 있다. 두즘생들의 끌려가는 행렬.
목말라 미치는 사람들. 얼굴도 바싹 마른 모습들.
은섬이도 더 피폐해졌고, 터대, 달새, 역시 괴로운 표정이다.
쇼르자긴은 노랫소리에 맞춰 휘파람을 불며 간다.

S#5. 사야의 집 1층 거실(낮)

옷은 갈아입었지만, 얼굴엔 아직 상처가 남아 있는 탄야!
열심히 청동제품을 닦고 있다. 이마엔 땀이 송골송골하다.
숨이 찬지, 한숨을 내쉬고는 기름걸레를 들고 나간다.

S#6. 사야의 집 2층 복도(낮)

걸어와 사야의 방문 앞에 멈춰 서는 탄야. '똑똑..'

S#7. 사야의 집 2층 사야의 방(낮)

들어오는 탄야. 사야는 얇은 가죽으로 된 책을 읽고 있다.

탄야	저.. 거울을 닦아야 해서..
사야	(책에만 눈길을 준 채) .. 해..
탄야	.. 예.. (하고는 거울 쪽으로 간다)

사야, 그런 탄야를 한번 흘낏 본다.
탄야 역시 그런 사야를 느끼며 가서는 거울을 닦기 시작한다.
거울을 닦던 탄야, 슬쩍 사야를 본다. 사야, 그냥 책 보고 있다.
탄야, 다시 고개 돌려 거울 닦으면, 이번엔 사야가 탄야를 슬쩍 본다.
탄야, 거울을 닦다가 다시 사야를 슬그머니 보는데,
책을 보는 줄 알았던 사야가 멍하니 창밖을 보고 있다.
탄야, 보면 사야는 창밖에서 빙빙 날고 있는 새를 보고 있다.
새를 보는 사야의 눈빛이 차갑다. 그런 사야를 보는 탄야.

ins.cut.) 새로 찍는 회상, 와한족 은섬의 나무집 안(낮)

탄야　새? 꿈에선 새를 미워한다고? 왜?
은섬　난 갇혀 있는데, 새는 너무 날아다니니까..
　　　잡고 싶은데, 꿈에선 난 암것도 못해... 그래서 울기도 하구..

현실의 탄야, 새를 바라보는 사야를 보며

탄야　저기... 저 새.. 제가 잡아드릴까요?
사야　.. (놀라 본다) ..!!!

S#8. 사야의 나무집 일각(낮)

자기 옷의 한 부분을 쭉 찢고 있는 탄야. 보는 사야.
찢은 옷의 한쪽 끝을 매듭지어 손가락이 들어갈 고리를 만든다.
그리고는 적당한 돌을 집어서 슬링 중간에 거는 탄야.
신기하게 보는 사야. 이때, 탄야가 새소리를 내기 시작한다.

사야　(신기해서는) 새소리도 낼 줄 알아?
탄야　(쓱 보며) 뭐.. 한 열댓 종류 정도는.. (하고는 또 새소리를 낸다)

그런 탄야를 보는 사야. 이때! 새 두어 마리가 날아온다.
그사이 탄야는 다 만든 슬링을 돌리기 시작한다.
사야, '어!' 약간 무서워하면서 뒤로 물러난다.
탄야는 더욱 가속을 내며 빙빙 돌리다가, 새가 가까이 오는 것을
노려 확 던진다. 집중해서 보는 사야. 새가 픽! 맞고 떨어진다.
먼저 달려가 떨어진 새를 보는 사야!!

사야   (너무 신기해) 이런 거 첨 봐.. 활도 아니고 돌로...

달려온 탄야가 새의 머리에 손을 대고는 경건하게

탄야   당신의 몸을 내어주시어, 우릴 기르시는 새의 정령이시여..
          (가슴에 두 손을 대며) 우리의 감사를 당신께 드립니다. (손을 올린다)
사야   (그런 탄야를 황당하게 보며) 뭐.. 하는 거야???
탄야   우릴 기르시기 위해 우리에게 잡혀주시는 거잖아요.
사야   (황당, 피식)... 하.. 말도 안 돼.. (하고는 돌끈 보며) 근데 대단하다 너..
탄야   (자기 돌끈 보이며) 돌끈 던지기예요 (씨익 웃으며) 제가 좀 잘하죠?
사야   (부러운) ...
탄야   해보실래요?
사야   (살짝 당황) .. 내가..?
탄야   에에.. 제가 가르쳐드릴게요.
사야   (설레는 표정)

S#9. 숲 일각1 몽타주(낮)

막대를 한쪽에 세워두고, 막대 위에 사암 돌맹이가 얹어져 있다.
그 앞 10미터쯤 앞에서 탄야가 사야에게 슬링 방법을 알려주고 있다.
탄야가 줄의 한쪽 고리에 사야의 오른손 검지를 끼워주는 컷.
탄야가 줄의 다른 쪽을 사야의 오른손으로 같이 잡게 하는 컷.
슬링을 돌려보는 사야 컷. 한쪽을 놓는 사야. 날아가는 돌 컷.

얼떨결에 목표 지점의 사암 돌멩이를 맞혀서 좋아하는 사야 컷. 등등
그렇게 배우며 흘낏흘낏 탄야의 얼굴을 보는 사야.
싱그러운 탄야의 모습에 매료되는 느낌의 사야 등등 그 위로,

사야　　(E) 야!! 이런 걸 어떻게 먹어?

S#10. 사야의 나무집 일각(낮)

잡은 새 서너 마리를 꼬챙이에 끼워, 모닥불에 굽고 있다.
까맣게 탄 부분을 툭툭 털어내고는 사야에게 준다.
사야, 싫은 표정으로 받아서는 먹어본다.

사야　　(표정 밝아지며) 생각보다 맛있는데..
탄야　　(다행인 듯 웃고는) 뭐.. 여긴 이런 거 아니어도 맛있는 게 너무 많을 테니.
　　　　(하다가는) 여긴 어쩌다가 이 모양이 됐어요?
사야　　(황당, 웃음) 이 모양? 어떤 모양인데..?
탄야　　그냥.. 먹을 건 너무 많고, 집들은 너무 크고, 사람들도 너무 많구...
사야　　(역시 먹으며) 뭐.. 첨엔 여기도 니가 살던 데랑 같았겠지.
　　　　아라문 해슬라께서 연맹을 만들고 나서.. 이렇게 됐대.
탄야　　(무심히 먹는 척하며) 근데.... 그... 연맹? 연맹이란 게 뭐예요?
사야　　(피식).. 니가 알아들을까 모르겠는데.. 연맹이란 건..

S#11. 사야의 집 부엌 안(밤)

털을 벗겨낸 닭의 목을 칼로 무심하게 툭 하고 내려치고 있는 탄야.
표정이 앞 씬과는 전혀 다르게 싸늘하다. 뭔가를 중얼중얼거린다.

탄야　　부족장들이 모두 모이는 어라아지. 어라아지에서 연맹장 선출.
　　　　연맹을 만든 사람은 아라문 해슬라. 아라문 해슬라..

ins.cut.〉1부 39씬 중,

아사혼　　껍질이 떨어지면 이곳으로 돌아가거라.. 아라문. (cut.)

탄야　　　(일 멈추고, 마음의 소리 E) 아라문 해슬라..? 혹시 그 아라문...?
　　　　　(일하며 다시 중얼) 300개가 넘는 부족. 숫자가 젤 많은 건 새녘족,
　　　　　그다음은 흰산족. 타곤, 산웅은 새녘. 아사론은 흰산.
　　　　　(싸늘한 마음의 소리 E) 하... 먼저 알아야 해. 모두, 다.. 그게 시작이야.
쇼르자긴　(E) 자 다시..!

S#12. 야영지2(밤)

처참한 몰골의 은섬. 그 앞에 쇼르자긴 있다.
한쪽에서 멍하고 괴로운 표정으로 은섬을 보는 터대. 고갤 돌린다.

쇼르자긴　나는..! 어떤 더러운 것과 짐승보다 못한 괴물 새끼 뇌안탈 사이에서 나온,

하는 순간 은섬이 쇼르자긴의 얼굴에 침을 뱉는다.
무너지는 터대의 표정.
쇼르자긴, 픽 비웃으며 침 닦아내고는 수하들에게 손짓한다.
그러자 옆에 있던 수하1, 2가 은섬을 팬다.
쇼르자긴은 옆에 있는 물 한 동이를 들고 이아르크인들에게 간다.

쇼르자긴　(두즘생 앞에 서서는) 자! 외치면 물을 먹을 수 있다! 나는 두즘생이다!

카메라는 이아르크인들 모두의 표정을 훑고 지나간다.
굴욕감을 느끼면서도, 물을 보며 눈을 빛내는 이중적인 모습이다.
절박한 터대의 모습도 보인다. 그 위로,

ins.cut.〉9부 3씬 중,

쇼르자긴   물은, 사흘만 못 먹어도 지 어미 피를 빨아 먹는다던데.. (cut.)

터대, 눈빛이 이상하다. 초조 불안으로 이가 덜덜 떨리는 터대. 이때!!

와비족1   (어눌한 말투로) 나는 두즘생이다!
터대   (획 고개 돌려 와비족1을 본다)
쇼르자긴   너 나와!

와비족1이 나오고, 쇼르자긴은 나오는 와비족의 얼굴에 물 한 바가지를
뿌린다. 얼굴에 묻은 물을 손으로 닦아서 먹는 와비족1.
자기 팔의 물, 몸의 물, 바닥의 물까지도 핥아 먹는 와비족1.

쇼르자긴   봤지? 저게 짐승이라는 거야. 자, 또!

하자, 너도나도 "나는 두즘생이다!"를 외치며 나오는 사람들!!
쇼르자긴은 물을 뿌리려고 다들 얼굴의 물이든 바닥의 물이든
핥아댄다. 일어나는 터대! 그런 터대를 잡는 달새. 터대, 본다.

달새   (피폐하고 멍한, 작은 소리로) 우리까지 저버리면.. 은섬인.. 어떡해..
          다친 몸으로 괜히 우리 도와주러 왔다가.. 저렇게... 됐는데..

터대, 은섬을 본다. 너무도 처참한 모습이다. 터대, 눈물이 터진다.
결국 다시 앉아 입술 깨물며 흐느낀다. 터대를 보는 달새, 미치겠다.

S#13. 돌담불 가는 길2(낮)

그래도 전날보다는 나은 느낌으로 가는 이아르크인들.
그러나 물을 안 마신 달새와 터대, 은섬은 더 피폐하고 앙상하다.
달새, 가다가 넘어지니, 같이 묶인 은섬과 터대도 우르르 넘어진다.

수하1   (돌아보며) 안 일어나!! 이 새끼들이!!

하면, 터대와 은섬, 일어나고. 달새도 일어나는데,
달새, 일어나면서 땅에서 가늘고 단단해 보이는 나뭇가지를 집는다.
다시 일어나서 가는 달새와 터대, 은섬.
달새, 터대를 본다. 터대, 어딘가 노려보고 있다. 눈엔 핏발이 서 있다.
의아한 달새, 터대의 시선을 따라가면, 멍하고 괴로운 은섬이다.

무백   (놀란 E) 그게 무슨 소리야?

S#14. 하림의 약초방 안(낮)

보면 무백과 하림이 어딜 다녀온 행장으로 채은을 보고 있다.

채은   .. 은섬이랑.. 와한 애들이.. 사라졌어요..

무백, 놀라 보면, 은섬이가 있던 침상에 식은땀을 흘리며 누운 눈별.

하림   (놀라 다가가며, 다급) 이게 어찌 된 일이야..!
채은   눈별이가 약을 가지러 간 사이에 셋이 없어졌고,
         (눈별 보며) 아마 자기 탓이라 생각해서 온 산을 뒤진 것 같아요..
무백   (흥분) 어린 계집이라 하나, 어찌 그것 하나 제대로 못한단 말이야!!
채은   (OL) 제 실수예요. 제가 눈별이한테만 맡겨놓고.. 약전에 가 있는 바람에...
하림   (걱정) 이 일을 어쩝니까...?
무백   (황망한 표정인 데서)

S#15. 군검부 내부 은밀한 일각(낮)

무백이 무광을 끌고 온다.

무광	(짜증스럽게) 아.. 왜 이래?
무백	거매에게 들었다. 니가 와한족 사내들.. 팔았다면서..!
무광	(짜증) 근데 그건 왜?!
무백	(아랑곳 않고) 어디로 보냈어?
무광	(흥분) 왜 묻냐고!!
무백	하... 대답 안 할 거야?
무광	길선 형님이 쇼르자긴가 뭔가한테 팔았대서. 이미 대가도 받았고!
무백	쇼르자긴...? 알았어. (확 돌아서서 가려는데)
무광	.. 형님 흰산 갔었어요?
무백	(멈칫하고는 돌아본다)

ins.cut.〉 일각
지나가던 연발. 무백과 무광이 큰소리를 내며 싸우는 듯 보이자,
멈춰 본다.

무광	(무백 표정 보다가) .. 갔었죠..? 갔었지..?! 아사사칸 만났지?!
무백	.....
무광	(어이없다가 분노 치미는) 맞네.. 왜 갔어? 대체 뭐하고 다니는 거냐고!! 설마 아사론하고 붙어먹으려는 거야? 지금 타곤님이 아사론 때문에 얼마나..
무백	(OL) 그런 거 아냐.
무광	(이 악물고 진심으로) 형 진짜 타곤 니르하한테 딴생각하고 있는 거면.. 그만둬. 나도 느끼는데 니르하께서 못 느낄 거 같아?

ins.cut.〉 한쪽에서 이들을 보고 있는 연발.

연발	(E) 저... 무백 형님이..

S#16. 연맹장의 집무실(낮)

타곤, 앉아서 죽간을 보고 있다. 앞에 연발이 있다.

타곤 　... 아 무백, 이따 올 거야. 돌아왔더구나..
연발 　예.. 돌아왔는데.. 그게... 그러니까.. 무백 형님이 좀...
타곤 　(고개 들어 보며, 의아) ....?
연발 　(에라) 무백 형님이 대칸 배신할 그런 사람은 아니잖습니까?
타곤 　(피식 웃으며) 뭔데..?
연발 　형님이.. 이아르크 다녀온 다음부터 좀 이상했어요..
타곤 　... 뭐가?

S#17. 하림의 약전 안(밤)

무백, 스천 있다.

스천 　(놀라) 돌담불 쇼르자긴이요? 아이구 그럼 늦었을지도 모릅니다..
무백 　늦다니?
스천 　이그트 좋아하는 사람 별로 없지만.. 쇼르자긴이 이그트를
　　　정말 안 좋아하거든요.. 벌써 뭔 일이 났지 싶은데...
무백 　...!! 어쨌든 가봐라..
스천 　예.. (하고는 간다)

그렇게 가는 스천을 보는 무백. 안타까운 심정이다.

S#18. 야영지3(밤)

떨어진 한쪽에 여전히 먹지도, 마시지도 못한 채
나무에 쓰러지듯 몸을 기대어 있는 달새, 터대. 발이 짧게 묶여 있다.
눈을 뜨기도 힘들어 보이는 터대의 시선을 따라가면,

다른 이아르크인들은 소량이나마 물과 음식을 먹고 있다.
터대, 그 모습 보자 더욱 목이 메는 듯, 마른 침만 겨우 삼키며
힘겹게 헐떡거린다. 옆의 달새는 쇼르자긴과 수하들의 눈을 피해
나뭇가지 하나를 돌에 문질러서 끝을 뾰족하게 갈고 있다.

터대	(멍하게 웅얼) 나는 두즘생이다.. 나는 짐승이다.. (픽 웃으며) 이게 어려워..?
달새	(보며) ...!
터대	(제정신 아닌 듯) 짐승인 게 뭐 어때서..? 짐승보다 못한 이그트도 있는데.. 그냥 우리는 짐승 하고, 은섬이는 짐승만도 못한..
달새	(터대 먹살 잡으며, OL) 그따위로 말하지 마!
터대	(고개 돌려 달새 멍하게 보며) 너, 사실... (미소) 나도 버리고 갔었잖아..
달새	(쿵) ....!!!
터대	뭉태만 버린 게 아니라.. 나도 버렸잖아.. (미소) 근데.. 은섬인 왜 못 버려..?

달새, 터대를 노려보지만 어느새 눈물이 그렁해지는데,
터대, 그런 달새의 손을 확 걷어치우고는 뒤로 돌아눕는다.
이때, 또 매타작을 당한 은섬이 수하들에게 질질 끌려와
달새와 터대가 있는 나무 옆에 묶인다.
은섬, 고통에 고개도 들지 못하고 푹 떨군 채로 괴로워하자
달새, "은섬아! 괜찮아?" 하며 갈고 있던 나뭇가지를 놓고
은섬에게 기어간다.
이를 보던 터대, 달새가 갈던 뾰족한 나뭇가지를 몰래 잡는다.

S#19. 야영지3 은섬 묶어 있는 곳(밤)

모두가 잠든 듯 고요하다. 은섬, 여전히 나무에 홀로 묶여 있다.
이때, 묶인 발 종종걸음으로 맨발! 틸 업 하면 눈에 핏발이 선 채
제정신이 아닌 터대다! 손엔 뾰족한 나뭇가지를 쥐고 있다.
한 발 한 발.. 드디어 은섬의 바로 앞에 온 터대, 은섬의 목젖 아래를
멍한 표정으로 찌르려 겨누는데..! 멈칫! 망설이는 터대!

이때, 고개 숙이고 있던 은섬, 고개를 천천히 든다.
그리고는 자신을 향해 나뭇가지를 겨누고 있는 터대를 보는데..

터대   (멍한 미소) 그냥 말해..
은섬   ....!
터대   (멍한 미소) 그냥 저 새끼들이 하라는 대로 해...
        (점차 흥분) 너는 그냥 어떤 더러운 것과 짐승보다 못한 뇌안탈이 붙어먹어서
        나온 이그트고! 보래고! 나는 짐승 같은 두즘생이고!
        나도 저 사람들이 하라는 대로 할 거니까 너도 하라고..!!
은섬   (힘겹게 찌그러진 얼굴로) .. 내가 하면.. 너두 할 수 있을 테니까...?
터대   (눈빛이 떨리며) ....
은섬   (힘겹게 내뱉는) 해.. 너는.. 근데 난.. 안 돼.. 너도 알잖아..
        내 이름은.. 주문이잖아.. 엄마와 탄야의..
        난 그것밖에 없는데.. 이름은.. 못 버리겠어..
터대   (눈물이 그렁해져 활짝 웃으며) ... 그래.. 잘났다 이 새끼야.
        넌 끝까지 우리랑 다르다 이거지.. 나랑 달새가 겪는 거 따윈
        너한텐 아무것도 아니지..? 너한텐 그 잘난 이름이 다다 이거지?
은섬   (그런 터대 보며 어쩔 수 없다는 듯 미안한 마음에 글썽이며 보는데) ...
터대   (눈물이 뚝 흐르고, 미소를 짓고는 뒤로 한두 발 물러나며)
        그래.. 잘났다 이 새끼야.

은섬을 향하던 나뭇가지로 자신의 목젖 아래를 확! 찌르는 터대!
은섬의 얼굴에 피가 튀고, 경악한 은섬 "안 돼!!" 하며
묶여 있는 줄을 끊고 달려가 터대를 말리려 하지만, 끊어지지 않는다.
은섬, 계속 "터대야!!" "안 돼!!" 손을 뻗으며 발악을 하는데
터대, 목에서 계속해서 뿜어져 나오는 피로, 숨을 헐떡거리다가는
결국 은섬 앞에 고꾸라진다. 경악해서 말도 안 나오는 은섬의 표정.
은섬, 발악하며 계속 "터대야!! 안 돼!!!" 하며 비명을 지르는데
이 소리에 하나둘씩 깨서 보는 다른 이아르크인들, 쇼르자긴,
그리고 그중에 넋이 나가 멍하게 서 있는 달새.
눈앞에서 죽은 터대를 보며 무너지는 은섬의 모습에서. dis.

탄야   (E) 글자... 요?

S#20. 사야의 나무집 안(낮)

탄야와 사야가 있다. 사야, 죽간으로 된 두루마리를 본다.
주변엔 죽간 두루마리들과 무두질한 얇은 가죽들, 바둑판과
바둑돌, 횟가루와 분, 나뭇가지, 꽃가지 등이 있다.

사야   (피식) 사람의 말을 그려놓은 거야.
탄야   말을 어떻게 그려요?
사야   (글자를 보이며) 이렇게.. 이게 글자야..
탄야   (알 듯 모를 듯한 표정인데)
사야   이건 오래도록 남아서.. 나보다 먼저 살았던 사람.. 나보다 경험 많은 사람..
          나보다 똑똑한 사람.. 그 누구든 만나지 않고도 그들 얘길 다 들을 수 있어.
탄야   (신기하다는 듯이 사야 보다가) 주인님은 이런 걸 많이 봤어요?
사야   이런 걸 책이라고 하는데, 불의 성채엔 책이 어마어마하게 있지..
          다 봤어, 몇 번씩. 할 게 없었으니까..
탄야   ...!! (감탄과 동시에 불쌍하게 보다가) ...
          그 수많은 사람의 얘기 중에.. 누구의 얘기가 제일 좋았어요..?
사야   (질문에 신이 난 듯) 타메르..! 해족은 멀리 레무스에서 왔는데,
          거기에 유명한 장군이었데. 몇십 년 전에 죽은 사람이지만, 나에게
          자기가 겪은 전쟁 얘기, 그리고 전쟁에서 싸우는 법을 알려줘.. 볼래?

          하고는 바둑판을 꺼내고 바둑돌을 놓는다.
          탄야, 호기심에 눈이 반짝하는데,

사야   (바둑돌을 놓으며) 난 까만색, 넌 하얀색. 이 돌들끼리 전쟁을 하는 거야.
탄야   이게 왜 전쟁이에요..??? 이걸.. 던지는 거예요?
사야   전쟁을 작게 그려놓은 거야. 아무리 큰 산이라도 작게 그릴 수가 있잖아?

이 돌들의 움직임이 바로 전쟁의 움직임이라고..

탄야   ...? 무슨 말인지 하나도 모르겠어요.

사야   봐봐.. 이 돌 하나가 대칸 한 조야. 그리고 이렇게.. (돌 놓으며)
         진이라는 걸 치는 거지. 너두 방어를 해야 하니까, 자.. 이렇게
         (하면서 탄야의 돌을 놓아주는데) 진을 치는 거지..

탄야   (너무 재미있어하는 사야의 얼굴을 보며, 은섬을 생각한다) ......

사야   아, 진이라는 걸 모르지? 타메르의 진법은 열두 가지가 있고,
         그걸 여덟 가지 지형과 여섯 가지 날씨에 맞게 바꿀 수가 있어.
         이런 걸 병법이라고 하는 건데..! 물론 이런 돌로는, 다 표현할 순 없어!

탄야   (미소로) 디게... 재미있으신가 봐요..

사야   그럼! (신나서) 난 갇혀 있는 세월 내내, 이걸 가지고 혼자 놀았어.
         그 책의 내용들을 하나하나 머릿속에 그리면서..

탄야   ....

사야   (신이 난 듯) 내가 이런 진일 때, 상대는 이런 진이고,
         지형은 내가 높은데, 병력은 내가 적어. 눈을 감고 하나하나 그리는 거지.
         그러다 보면 싸움의 결과가 딱 나와! 오백일흔여섯 가지 경우를
         다 해봤다니까!

탄야   (사야 말하는 동안, 멍하게 은섬을 생각하며, 사야를 본다) ...

사야   (혼자 떠들다 탄야의 시선 눈치채고) ... 재미없어, 넌?

탄야   (은섬 생각하다 정신차린 듯) ...! 아.. 그러게요... 재미가.. 없네..
         무슨 병인가 봐요... (하고 슬프게 미소)

S#21. 교역방 좌솔 집 앞 (낮)

대칸 4명이 좌솔의 집 대문 주변으로 경비를 서고 있고,
그 앞엔 기토하 있다. 이때, 안에서 나오는 쿵퉁.

쿵퉁   (미소로) 대칸이 여긴 어쩐 일이오..?

기토하   예, 쿵퉁 좌솔님! 오늘부터 좌솔님의 집과 가족분들은 저희가 호위합니다.
         (하고는 우하하하 웃으며) 타곤 니르하 명입니다..!

쿵퉁	(역시 웃으며) 고맙긴 한데, 여긴 우리 바토족 전사들이 지킬 테니 돌아가세요.
기토하	(단호) 바토족 전사는 이제 못 들어옵니다. 이 또한 타곤 니르하의 명입니다.
쿵퉁	..!!!

S#22. 연맹궁 대접견실 앞 복도(낮)

쿵퉁, 따지러 가는 듯 급히 가고 있고
뒤로는 대칸 두 명이 감시하듯 딱 붙어 따라간다.
연맹궁 대접견실로 들어가는 쿵퉁.

S#23. 연맹궁 대접견실(낮)

들어오는 쿵퉁, 어라아지와는 사뭇 다른 배치에 당황한다.
타곤은 중앙에 앉아 있고, 대대는 밀랍판을 들고 타곤의 옆에 서 있고,
타곤의 뒤에는 양차와 거매, 홍술이 서 있다.
좌솔들은 양쪽으로 마주 본 채 서 있다. 몇몇 자린 비어 있다.
좌솔들 뒤로는 그들의 경비를 맡은 대칸들이 각각 2명씩 서 있다.
쿵퉁, 위압적인 분위기에 눈치를 보며 타곤의 앞으로 와 서고는
타곤에게 고개를 숙여 예를 취한다.

쿵퉁	(조심스럽게) 연맹장 니르하.. 마련해주신 집이 아주 좋습니다...
	그런데.. 집의 호위는 우리 바토족 전사들이 하기로..
타곤	(엄숙하게) 자리로 들어가시지요.
쿵퉁	예? 자리요?

하면 빈자리가 몇 개 있고, 쿵퉁은 눈치를 보며 대충 빈자리에 선다.

| 타곤 | 얼마 전 우린, 산웅 니르하를 고작 두즘생 따위의 손에 잃었소. |
| | 무장한 전사가, 아무 때나, 성내에 드나드는 바람에 벌어진 참사였지요.. |

태알하	(고개를 끄덕이는)
타곤	(위엄 있게) 앞으로는 오직 위병단과 대칸만이...!
	아스달 성내에서 무기를 들 수 있을 겁니다.
모두	.....!!
쿵통	...!!
타곤	(쿵통을 보며) 바토족의 어라하라는 신분은 이제 사사로운 것이고,
	쿵통님께선 이제, 연맹의 교역방 좌솔입니다!
	연맹의 좌솔은, 연맹의 대칸과 연맹의 위병단이 보호할 것이오!
쿵통	아니 그렇다 해도...
태알하	(말 끊으며) 연맹장 니르하의 배려에 깊은 감사를 드립니다.
쿵통	.....
모두	.....
태알하	우리 불의 성채도 위병단이 경비를 맡게 되어, 아주 든든합니다.
	헌데 (쿵통 보며) 바토족 어라하께선.. 군이 바토족의 전사를 고집하시니..
	혹.. 무슨 다른 생각이 있으십니까..?

당황하는 쿵통. 그런 그를 보는 타곤과 태알하.
다른 좌솔들의 표정과 뒤의 대칸들의 위압적인 모습들에서.

S#24. 대신전 건물 앞 일각(낮)

곡물 자루와 어린 염소, 비단 등등 신께 바칠 물건을 들고 온
연맹인들이 대신전에 들어가려 길게 줄을 서 있다.
연맹인1이 제관1, 2에게 물건을 바치면, 제관1은 무언가를 적고,
제관2는 연맹인1에게 안쪽으로 들어가라는 손짓을 한다.
그곳을 지나가는 아사론과 아사못.
사람들은 아사론을 보자 모두 예를 취한다.

아사론	(피식하며 아사못에게만 들리게) 이제야 다들 비로소 타곤에 대해
	알게 되겠지.

아사못	(위기감에 불안해하며) 처음부터 모든 게 타곤의 계획인 듯합니다.

S#25. 대제관의 집무실(낮)

들어오는 아사론과 아사못.

아사못	그렇다 해도 타곤을 그냥 둘 수는 없는 게 아니겠습니까?
	아사사칸님께서는.. 자꾸 타곤을 도우라고 하시는데.. 전 불안합니다..
아사론	(피식 웃는데) 그럼 어찌할까..? 어떤 흠을 잡아 공격을 해야 할까..?
아사못	저도... 생각해봤지만, 타곤은 연맹에 잘못한 일이 없습니다..
아사론	전장만 돌아다녔으니, 아스달에 잘못할 짬도 없었지.
아사못	예에.. 연맹인들 입장에선 흠잡을 건 없고, 잘한 일뿐입니다!!
	그러니.. 이러다간.. 우리 아사씨는..
아사론	(OL) 그 잘한 일을, 가장 잘못한 일로 만들면 어떻겠느냐?
아사못	예?

이때, 아사욘이 들어온다.

아사욘	준비가 됐습니다..!
아사못	..? 무슨...?

S#26. 사야의 나무집 일각(낮)

하늘을 날고 있는 새. 이때!
돌멩이 두 개가 동시에 날아와 하난 빗나가고 하나는 명중한다.
떨어지는 새 컷.

사야	(너무 신나) 내가 맞혔어!! 드디어 맞혔다고! (하고는 뛰어간다)
탄야	(혼잣말로 구시렁) 내가 맞힌 건데.. (하고는 따라간다)

S#27. 숲 일각1(낮)

사야, 놀라서 새를 보고 있다.

탄야   (뒤따라 와서 새를 보며) 흰별삼광새네요.. (살짝 회한에 젖으며)
       이아르크에서 수련할 때 부르던 샌데....
사야   ....?
탄야   (사야의 표정이 이상하자) 왜 그러세요? (하며 탄야도 사야가 보는 걸 보면)

흰별삼광새(별삼광조)의 꼬리에 푸른색 깃털이 자라나 있다!

탄야   어? 왜 꼬리가 파랗지?
사야   (심각) ...
탄야   (갸우뚱) 누가 물들였나?
사야   아니... 이건 물들임이 아니야.. 이런 빛깔로 깃털이 자란 거야...
탄야   ....?
사야   (중얼거리듯) 오래전 이소드녕의 말씀...
       흰별삼광이 다른 빛깔의 옷을 입는 날.. 재앙이 이르리라.
탄야   재앙... 이요?
사야   아사론...!? (불안과 흥분으로) 뭔가... 시작된 건가....!

하며 사야가 고개를 획 돌리는 순간!!

(E)   (사람들의 비명)

S#28. 염색 공방 앞 거리(낮)

모여든 사람들, 뭔가를 보며 몹시 놀라고 있다.

길선과 위병1, 3, '비켜!' '비켜!' 하면서 사람들을 헤치고는
골목으로 들어간다. 보면, 술도가 주인인 가르간이 염색 공방 주인인
모명진 앞에서 칼을 들고 설치고 있다.

가르간   (칼을 들고는 낄낄 웃으며) 하늘이 뒤집혀.. 땅이 일어나고
         세상은 춤을 춘다고..!
모명진   (침착하게) 이봐.. 나야. 나 날 못 알아보는 거야?
가르간   (화내며) 아스달이 흔들린다니까! (하다가는 공포에 젖은 듯 부들부들 떨며)
         세.. 세상이 쪼개져.. 다 부숴지고 있다고! (힘겨워하며) 가슴이 죄어들어....
         아.. 아.. 목이 타.. 아... 살려주세요.. 잘못했습니다! 이소드녕이시여...!

         하다가는 다시 웃어젖히면서 눈엔 핏발이 선 채 칼을 휘두르자,
         사람들, 겁에 질려 물러난다.

길선   (다가가며 진정시키는) 왜 이러는 거야, 대체.. 진정해, 진정해..

         하다가 확 달려들어 제압하는 길선.
         그러자 위병1, 3이 달려와 길바닥에 엎드린 채 제압당한 가르간을
         옴짝달싹 못하도록 줄로 묶고 있는데..

가르간   (제압당한 채 계속 낄낄거리며) 이소드녕께서 피를 원하신대.
         신이 노하셨어.. 너희 모두 다 죽을 거야...
길선   잠깐!

         갑자기 체포된 가르간의 가슴팍을 확 젖히는 길선.
         보면, 푸른 반점이 군데군데 있다. 길선 놀라는데
         옆에 있던 모명진이 얼른 가르간의 이마를 짚어본다.

모명진   (길선 보며) 뜨겁습니다. 분명 오늘 아침까지도 괜찮았습니다.
길선   ....!!!

하는데 갑자기 가르간, 경련하듯 온몸을 덜덜 떨기 시작한다.
놀란 길선, 이게 뭔가 싶은 당황한 표정으로 보는데..
저쪽에서 또 비명이 들린다.

S#29. 장터 밥집 일각(낮)

길선, 위병1, 3과 달려온다.
환각노(노인)가 밥을 먹다가 식탁과 함께 쓰러졌는지,
뒤집어진 식탁과 엎어진 음식들 사이로 바닥에 누워
온몸을 떨고 있다. 그 앞에 아들로 보이는 사람(환각자)이,
너무 태연하게 주저앉아 그런 환각노를 보며 낄낄대며 웃고 있다.
그 주위로 웅성웅성하며 모여드는 사람들.
길선, 연이어 벌어진 이상한 상황에 이게 대체 무슨 일인가 싶은데,
환각노의 팔뚝에도 푸른 반점이 있다! 놀라는 길선.
이때, 길선과 쓰러진 환각노를 둘러싸고 있던 사람들 사이로
한 여자(환각모)가 칼을 든 채 멍하게 걸어온다.

| 환각모 | 다 죽여야 해... 이소드녕께서 명하셨다... |
| 아이1 | (울면서 환각모에게 다가가는) 엄마.. 왜 그래! |

길선, 긴장한 채 그 상황을 주시하고 있다.
아이1이 다가오는데도 전혀 알아보지 못한 채 칼을 휘두르는 환각모.
사람들의 비명이 터진다. 잽싸게 달려들어 아이를 보호하는 길선.
위병들이 환각모를 체포한다.
아이를 안은 채, 얼이 빠진 듯 이 광경을 지켜보는 길선의 멍한 표정.

S#30. 연맹장의 집무실(낮)

타곤, 들어오는 무백을 보고는 일어서며 반갑게 맞는다.

타곤	돌아왔구나.
무백	예, 하림과 다녀왔습니다. 단벽님은.. 잘 모셔드렸습니다.
타곤	(다가가 어깨 잡으며) 고맙다.. 내가 할 일인데..
	(하며 탁자로 가서 술을 두 잔 따르고는 한 잔을 무백에게 건네준다)
무백	(잔을 받는다)
타곤	(마시고는) 이게.. 얼마 만이야. 너랑 술이라도 한잔하는 게..
무백	예.. 그새 너무 여러 가지 일들이... 있었습니다..
타곤	(아무렇지 않게) 칸모르 잡으러 갔었다면서?
무백	아... (괜히 미소) 예. 혹시나 해서 쫓았는데.. 아니었습니다..
타곤	그랬겠지.. 자그마치 이백 년 전 전설인데..
무백	예..
타곤	(발랄하게) 하..! 니가 칸모르를 잡아서 타고 돌아왔으면
	니가 아라문 해슬라가 됐겠어? 응? (하고 웃는다)
무백	(웃으며) 받들기 어려운 농담을 하십니다.
타곤	(웃으며) 그랬으면 재밌었겠네.
	니가 칸모르를 잡았는데, 그게 사실 똥말인 거야.
	넌 것두 모르고 확인한다며 흰산에 가서 아사사칸을 만나구.. 응?
무백	...!!

순간 무백의 표정을 보는 타곤. 무백의 살짝 놀란 얼굴. 그 위로,

ins.cut.〉 9부 15씬 중,

무광	(무백 표정 보다가) .. 갔었죠..? 갔었지..?! 아사사칸 만났지?! (cut.)

무백	(불안한, 마음의 소리 E) 아는가? 날 시험하려는 건가..? 허면 말해야 한다..!
타곤	(계속 웃으며) 솔직히 말해봐라.. 설렜지? (하고 웃는다)
무백	(웃음기 사라진다. 표정 군는) 저.. 타곤님 사실은..
타곤	(말 끊으며, 웃음 멈추고는) 군검부 수장을 맡아줘.
무백	...!!!
타곤	안 된다고 하지 마! 생각해본 적이 없다고 하지 마.

너무 갑작스런 제안이라서 놀랐다고도 하지 마.
(몸에 기합 넣으며 딱딱하게 무백 흉내 내는) 전 천성이 전사라서 싸움터에
있어야지, 군검부 같은 나라를 다스리는 일은 맞지 않습니다..
이렇게도 얘기하지 마.

무백   ... (듣다가 피식)

타곤   (얼굴 가까이 들이밀며 장난스럽게 조르는) 응? 한다고 해..
아니 적어두.. 일단 생각해보겠다고 해.. 그 정도는 해줘.. 응?

무백   (이제야 미소 지으며) ... 예, 타곤님.. 아니 니르하.. 생각해보겠습니다.

타곤   좋아 좋아! (기분 좋게 술 마시며) 무백이 생각해본다고 했으면,
반은 성공이지!

무백   ... (난감한 듯 미소 짓는데)

타곤   일단 내일부터 매일 군검부로 나와. 돌아가는 꼴을 보라고.
그러다 보면 결정이 될 거야. 내가 잘.. 할 수 있겠다. 딱 맞는다 (미소) .. 응?

이때, 길선이 황급히 들어온다.

길선   (무백을 보더니 살짝 경계하는) 아, 말씀 중이셨군요.. 다시 오겠습니다.

타곤   아니, 얘기해. 무백은 내 형제야.
숨겨야 할 일 같은 건 없어. 무슨 일인데?

길선   저... 장터에 난리가 났습니다. 상황이 심각합니다..

무백   ...?

타곤   ...?

S#31. 연맹궁 위병 총관실(낮)

타곤, 심각하게 흰별삼광새의 푸른 깃털을 보고 있다.

길선   (심각하게) 사람들이 미쳐 날뛰다가는 갑자기 쓰러집니다.
온몸엔 열이 펄펄 끓고, 푸른 반점들이 생겨나는데..
돌림병 같지는 않습니다. 더구나 이 새...! 나그네새인...

	흰별삼광이 푸른 빛깔의 옷을 입었으니.. 왜 예언이 있지 않습니까?
타곤	(그런 길선 보다가) 이 일들이 오늘 갑자기 다 벌어졌단 말이지?
길선	(조심스럽게) 또 하나가.. 있습니다.
타곤	...?
길선	막치산 중간 산기슭에 호랑이 시체가 있었는데..
타곤	(불길한) 근데..
길선	칼에 당한 흔적이 없습니다. 게다가.. 시체에 커다란 구멍이 뚫린 채 배 속이 다 파헤쳐져 있고, 심장과 간이 없구...
타곤	....?
길선	호랑이의 발톱에 푸른 피가 있습니다..!
타곤	(놀라) ...!!!! 뇌안탈이라도 나타났다는 거야?
길선	모두 불안해하고 있습니다. 아스달에 재앙이 왔다면서...
타곤	(혼잣말) 아사론...
길선	예?
타곤	아사론의 동태를 알아봐...!
군중	(E) 아사론 니르하시여..!

S#32. 대신전 건물 앞(밤)

대신전 앞으로 몰려든 군중들, 대신전에 바치기 위해 챙겨 온
곡물 자루와 어린 염소, 비단 등등을 들고 있는 사람들도 보인다.
"대제관 아사론 니르하시여! 아스달을 구원하소서!" 하고 외친다.
이때! 군중들 틈에 섞여 있던 환각을 보는 미친 자의 목소리!

환각남	아스달에 저주가 내렸다...!!! 우린 모두 죽는다..!!!

그러자 더욱 공포에 사로잡히는 군중들,
"아사론 니르하!! 우리를 구해주십시오!!!" 외친다.
급기야 신전 문을 두드리며, 신전 안으로 들어가려 한다.
당황한 제관들이 그 앞에서 군중을 막고 있다.

S#33. 불의 방(밤)

춤을 추며 신탁을 받고 있는 아사무.
아사론은 심각한 얼굴로 그 앞에 있는데, 옆에 미홀과 여비도 있다.

아사욘   (뛰어 들어와서) 대제관 니르하! 연맹인들이 신전 앞으로 몰려와..!
아사론   (OL) 기다리거라!
          지금 신탁을 받고 있지 않느냐!
아사욘   ... (다급함에 발만 동동 구르는데..)

아사론, 다시 고개를 돌리다 미홀과 시선이 마주친다.
서로 의미심장한 눈길을 주고받는데..

S#34. 대신전 건물 앞(밤)

앞선 상황보다 더 불어난 군중들,
"아사론 니르하! 제발 저희를 구해주십시오!" 외치며
불안감으로 모두 아우성치는데..
드디어 대신전 문이 열리며 아사욘이 나온다.

아사욘   (큰 소리로 외치며) 연맹인들이여!
          대제관 아사론 니르하께서 신탁을 받으셨으니, 너희는 모두 받들라!
사람들   (일순 조용해지며 무릎을 꿇고 예를 취하는) ...
아사욘   신께서 말씀하시기를, 20여 년 전! 우리가 몰살시킨 뇌안탈과 이그트의
          고살(자막: 원혼 혹은 원귀)이 아스달을 범했다!고 이르신다!
사람들   (경악!!!)
아사욘   하여 뇌안탈과 이그트의 고살을 위로하는 토우을 만들어,
          재앙을 막을 것이니, 연맹인들은 대신전에 정성을 바치고 그것을 얻어,

집 앞에 세우고, 그들의 넋을 달래도록 하라!

S#35. 사야의 집 부엌 안(밤)

탄야, 돌절구에다 횟가루를 빻으며 사야와 이야기하고 있다.

사야　고살?
탄야　(빻으며) 예... 다들 그런대요... 이그트랑.. 뇌안... 탈?
　　　　뭐 그런 것들의 고살이 아스달을 범했다고...
사야　그래서 그 고살이 호랑이 심장을 빼 먹었고? (피식) 말도 안 돼...
　　　　하.. 뱀 같은 아사론이 또 아버지를 칠 방법을 생각해냈군..
탄야　(빻다가 멈추고) 그게요? 그게 왜요?
사야　아버지가 다 죽인 것들이잖아... 그 고살이 누구 책임이겠어...
탄야　...!

S#36. 연맹궁 대접견실 앞 복도(밤)

타곤, 심각한 얼굴로 양차와 거매, 홍술을 대동한 채 걷고 있다.
연맹궁 대접견실 문을 열고 들어간다.

S#37. 연맹궁 대접견실(밤)

타곤이 들어오자 시끄럽던 대접견실이 조용해진다.
모두 예를 갖추고 타곤은 자리에 앉는다. 뒤에 서는 양차, 거매, 홍술.
대대는 옆에서 기록한다. 태알하, 초발, 쿵퉁, 다와 등등이 있다.

쿵퉁　이 무슨 해괴한 일이랍니까..!
태알하　.... 다른 건 모르겠지만, 고살(자막: 원혼 혹은 원귀)이 호랑이를 죽이고

	시체를 파헤쳤다는 건 이상한 일입니다. 누군가의 음모일 수 있습니다..!
쿵퉁	허나.. 대신전의 신탁으로는...

이때 문이 열리고 아사욘이 만장을 들고 들어온다.
뒤따라 제관들 열 명이 들어온다. 놀라는 타곤. 놀라는 모두.

아사욘	(근엄하게) 횐산의 주신이며 잠들지 않는 어머니, 이소드녕의 뜻입니다..!

좌솔들 모두 아사욘에게 고개를 조아린다.
타곤은 노려보다가, 결국 일어나 고개를 숙인다.
아사욘, 만장을 제관에 넘기고 얇은 가죽 두루마리를 펴 읽는다.

아사욘	이소드녕의 뜻을 내리노라.
모두들	이소드녕의 뜻을 받듭니다.
아사욘	아뜨라드에서 죽은... 뇌안탈과, 이그트의 고살이 아스달의 검은 땅과 푸른 바람을 범했으니, 그 고살을 달래어, 있던 곳으로 돌려보내려 한다. 연맹장 타곤은..!
타곤	(고개를 숙인 채) ...!
아사욘	아뜨라드와 아스달에 푸른 피와 보랏빛 피를 넘쳐흐르게 했으니, 마땅히! 그 고살을 풀어야 할 것이다. 대신전에 나서 이소드녕의 새남사니를 받들라..! (자막: 새남사니: 원혼이 된 자의 넋을 좋은 곳으로 인도하는 의식)
쿵퉁	...!
초발	...!
태알하	...!! (타곤을 걱정스럽게 보며) ...
타곤	(고개를 숙인 채 이를 악물며 작은 소리로) 아사론..

S#38. 대신전 내부 복도(밤)

아사론과 미홀이 걸어가고 있고, 연맹인들이 바친 비단과 곡물,

청동괴 등등을 대신전 안 방으로 옮기는 제관들의 모습이 보인다.

미홀   타곤이 이를 갈겠군요...
아사론   깨닫겠지.. 연맹장이라는 지위.. 대칸이라는 강대한 무력..
          총명함과 뛰어남. 그 무엇으로도
          이 아사씨의 신성 하나를 어찌하지 못한다는 것을..
          (운반하는 제관들을 보며) 보시게... 연맹인의 마음이 어딜 향해 있는지.
미홀   새는 언제부터 준비하셨습니까?
          아마도 새의 깃털을 뽑은 자리에 두꺼비 독을 발라..
아사론   (OL) 나와 함께 가려 한다면...!
미홀   ...?
아사론   아사씨에 대해 너무 많이 알려고 하지 말게..
미홀   (고개 숙이며) 예 알겠습니다, 니르하..

S#39. 연맹궁 대접견실 앞 복도(밤)

웅성이며 나오는 좌솔들.

초발   (다와에게) 그래서 이게 다..
          타곤 니르하가 연맹장이 되어 생긴 일이라는...

          하면 이때, 노려보던 태알하와 눈이 마주치는 초발.
          헛기침하며 빠르게 지나간다. 분한 태알하의 표정에서 dis.

S#40. 연맹궁 전경(낮)

S#41. 연맹궁 앞 일각(낮)

맨발로 걷고 있는 타곤의 발 클로즈업.

타곤, 흰옷을 입고 터벅터벅 걷고 있다.

타곤 앞에는 아사욘과 제관들이 향불을 흔들며 걷고 있고

뒤에는 무기가 없는 대칸들과 사람들이 엄숙히 따른다.

분노를 억지로 참아보려는 타곤의 표정.

타곤, 주위를 둘러본다. 기도하는 사람, 울고 있는 사람 등이 보인다.

가는 타곤. 사람들 속에 섞여 그런 타곤을 바라보는 태알하의 표정.

S#42. 대신전, 8신전(낮)

대신전으로 들어오는 타곤. 타곤의 시선으로 앞쪽에 서 있는 아사론과

제관들이 보인다. 타곤을 보며 보일 듯 말 듯 미소 짓는 아사론.

타곤의 뒤에는 태알하를 비롯한 어라하들, 연맹인들이 서 있고

몇몇은 이미 기도를 하고 있다.

타곤, 걸어와 단 위에 있는 아사론 앞에 선다. 보는 타곤.

아사론, 보일 듯 말 듯 타곤에게 미소를 지어 보인다.

타곤, 분노와 치욕을 느끼며 아사론 앞에 천천히 무릎을 꿇는다.

아사론, 물에 젖은 금은화로 타곤의 머리와 어깨를 순서대로 친다.

S#43. 숲길 일각(밤)

사야와 탄야, 숲길을 오르고 있다. 사야는 작은 보따리를 들었고

탄야는 횃불과 조금 더 큰 보따리를 들었다.

사야   (주변을 보더니) 그래.. 여기가 좋겠다. 넌 누가 오나 잘 보고.

하고는 앉아서 자신의 작은 보따리를 푸는 사야.

보따리 안에는 횟가루와 분, 나뭇가지, 꽃가지 등이 있다.

탄야	(보따리 풀어 청동거울을 사야 앞에 놓아주며) 그러니까... 그게 왜... 타곤 니르하가 당한 건데요..?
사야	(거울 보며 횟가루를 얼굴에 칠한다) 이 저주 같은 일들이 모두.. 뇌안탈을 몰살시킨 아버지가 연맹장이 돼서 일어났다는 거지.. 뭐.
탄야	아.. (고개를 *끄덕끄덕*하다가는 분장하는 사야를 보더니) 근데 지금 뭐하시는 거예요?
사야	야, 누가 오는지 잘 보고 있으랬지!

탄야, "예.." 하면서 다시 주변을 경계하며 사야를 보지 않는다.

사야	(계속 분장하며) 아사론은 보이려는 거야. 타곤이 살아 있는 뇌안탈을 죽일 수 있을지는 몰라도.. 죽은 뇌안탈의 고살(자막: 원혼 혹은 원귀)은.. 오로지 자기들 아사씨만이 해결할 수 있다..! (비웃듯) 아사신의 직계도 아니면서.. 자기도 곁쪽(자막: 방계 혈족) 주제에.. (피식) 그러니 그 뱀 같은 혀를 놀려서.. 이게 천년을 이어온 자기들 힘이다.. 과시하는 거지...
탄야	(주변을 경계하며) 힘... 그런 것도 힘이 돼요..?
사야	사실 제일 큰 힘이지. 아버지도 무릎 꿇릴 수 있는 힘..
탄야	(마음의 소리 E) ... 그게 힘이.. 된다고?
사야	(나뭇가지 등으로 장식하고는) 그리고 나한텐 드디어 기회가 온 거야. 아사론이 죽은 뇌안탈과 이그트들을 다시 살려주셨으니..! (하고는) 다 됐다. (하더니 일어난다)
탄야	(그제야 돌아서 사야를 보며) 그게 왜.. 주인님한테 기회...

하다가 사야를 보고 얼어붙는 탄야.
보면 사야가 와한족 정령제 때의 분장을 하고 있다!

사야	(탄야 보며) 그게.. 뭐..?
탄야	(너무 놀란 마음의 소리 E) 이건.. 우리 와한의 꽃.. 꾸밈...!
사야	그게 왜 날 도와주는 거냐고?

탄야	(얼이 빠진 채, 사야를 보며) .. 예..
사야	그건.. (빙긋) 갔다 와서 알려줄게. 여기서 기다리고 있어.

하고는 숲속으로 가버리는 사야.
탄야, 너무 놀라 멍한 얼굴로 사야가 간 쪽을 바라본다.

S#44. 대신전, 8신전(밤)

대신전 가운데서 무릎을 꿇은 채 기도하는 타곤의 모습.
양쪽으로 서 있는 제관들도 엄숙한 분위기로 기도를 한다.
타곤, 기도를 하다 눈을 살짝 떠서 이소드녕 조각을 노려본다.

타곤	(노려보며, 마음의 소리 E) ... 이소드녕...!

S#45. 숲길 일각(밤)

여전히 멍한 탄야.

ins.cut.) 2부 26씬 중,
은섬이의 얼굴과 가슴에 분을 발라주고 있는 탄야. (cut.)

탄야	(마음의 소리 E) 어떻게 된 거지..? 어떻게 저애가 우리 꾸밈을 알지?

이때, 사야가 분장을 지운 채 돌아온다.

사야	가자..!
탄야	(놀라서) 예? 예..

사야, 먼저 간다. 횃불을 들고 따르는 탄야.

멍한 탄야, 힐끔힐끔 사야를 본다. 미치겠다.

사야	아까 왜 아사론이 나를 도와주는 거냐고 물었지?
탄야	(멍하게) 예...
사야	사람은 두려워하는 걸 섬기게 돼..
탄야	(힐끗 보며 마음의 소리 E) 뭐야? 대체 넌?
사야	옛날엔.. 강하고 무서운 뇌안탈을 섬기는 사람들도 있었대.. 근데 지금은 그런 사람 아무도 없어. 왜일까..?
탄야	....
사야	뇌안탈은 다 죽었고 더 이상 두렵지 않으니까.
탄야	(마음의 소리 E) 와한의 꾸밈도 꿈에서 본 거야?
사야	(즐거운) 그런데 아사론이 뇌안탈의 고살을 불러온 거야..! 두렵지 않았던 뇌안탈을 다시 두렵게 만든 거지..!
탄야	(사야의 말이 들어오지 않는) 아.. 예...
사야	(얘기하려다 슬쩍 보고는) 너, 내 말 듣니?
탄야	(사야 멍하니 보다가) 아.. 사실.. 무슨 말인지 하나도 모르겠어요.
사야	(멈추고 피식) 이제부턴 아스달에서 가장 강력한 신이 움직일 거야.
탄야	... 어떤 신이요? 이소드.. 녕? 아니면 다라.. 부루?
사야	아니, 수천의 입과 귀를 가진, 신. 바로 소문.. 소문이야.
울백	(깊은 한숨 E) 아휴...

S#46. 바치두레 건물 안(밤)

가운데 화로를 중심으로 사람들이 모여 술을 마시고 있다.

울백	사람의 고살도 무서운 건데.. 뇌안탈의 고살이라니.. 끔찍하구만..
트리한	고살이 될 만은 하죠... 아뜨라드의 붉은 밤 그때.. 병 걸리게 해, 불 질러.. 한 마리씩 쫓아가서 죽이고... 아주 몰살을 시켰으니까..
울백	어쩌겠어 그럼? 뇌안탈 그놈들 사람이고 짐승이고, 만나면 심장부터 빼 먹어,

빠르긴 좀 빨라? 도망은 생각도 못하고 보면 그냥 죽는데..
그것들 다 잡아 죽이고, 맘이 편했는데, 인제 젠장맞을 고살이라니...

트리한　그 고살을 잘 달래야 한다는데, 왜 욕을 해요..

울백　아이구.. 그렇지 참..

트리한　난 뇌안탈은 모르겠는데.. 이그트는 좀 억울할 거 같애.

라임　뭐가 억울해요? 뇌안탈이나 이그트나 똑같은 괴물이지.

트리한　아냐... 나 어렸을 때.. 우리 집에 이그트 하호 하나 있었는데, 괜찮았어.

라임　이그트랑 어울려 살았단 말이에요?

울백　하긴, 라임 넌, 멀리서 와서 모르겠구나... 옛날엔 그랬지.. 근데 아뜨라드의
붉은 밤 전에, 그것들이 뇌안탈이랑 짝짜꿍할지 모른다고 다 죽였어.

라임　그런 것들이랑 어떻게.. 에이..!

트리한　아니, 막상 지내보면 괜찮았다니까..

라임　괜찮거나 말거나..! 기분이 나쁘잖아요!
아휴.. 그 보랏빛 입술에.. 피에.. 등에는 흉한 상처에..

울백　하긴 나두 그래. 이그트, 그것들은 괜히 슬까스럽더라구.
(자막: 슬까스럽다: 비위를 거스르다)

연맹인2　(목소리 낮추며) 그.. 있잖아.. 아라문 해슬라가 이그트란 얘기도 있었잖아..

트리한　와.. 그 얘기 진짜 오랜만에 듣네. (피식)

울백　그래, 그.. 흰산의 심장인가 걔들 얘기잖어,
이그트가 신성하다고... 에이 미친놈들..!

연맹인2　아니, 이그트가 신성하다는 게 아니라..!
아라문 해슬라가 이그트였다는 거고..
이그트도 사람이랑 똑같은 생명이다.. 뭐.. 그런 얘기더라고..

트리한　이거 수상하네, 그 헛소리하는 놈들을, 뭘 이렇게 자세히 알어?

연맹인2　(작은 소리로) 헛소리가 아니라, 그럴듯해요..
그.. 아라문의 두 개의 목소리.. 그게 뇌안탈이랑 섞여서 그런 거라고..
(더 작게) 더구나 금은화가.. 원래 뇌안탈 시체 덮는 꽃이래요..

울백　(버럭) 거 쓸데없는 소리 마쇼!!
지금 타곤 니르하.. 고살 때문에 밤새 기도 중이신데..!

S#47. 대신전 전경(낮)

S#48. 대신전, 8신전(낮)

타곤, 기도가 끝난 듯 일어선다. 절뚝이며 일어나 돌아서 나간다.
가는 타곤을 뒤에서 보는 제관들과 아사온.
이때, 타곤의 곁에 아사론이 다가온다. 함께 걷는 둘.

아사론	(작은 소리로) 모든 상황을.. 내가 꾸민 것을 알고 있을 것이다.
타곤	(절뚝이며 걷는다) ...
아사론	이제.. 아스달 사람들은 뇌안탈과 이그트를 위로하는 토우를 집집마다 둘 게다. 니가 죽는 날까지 짊어질 네 부담이 되겠지...
타곤	(걸으며 이를 악문다) 해서.. 대신전에서 그 토우를 팔기까지 하십니까?
아사론	하.. 어쩌겠는가? 신탁으로도, 기도로도 재물은 내려오지 않으니. (피식)
타곤	......
아사론	내가 사람들의 마음을 쥐고 있는 한.. 어쩌해도... 넌 내 아래야. (찍어 누르듯) 네놈이 아스달 사람을 모두 죽이고.. 폐허의 아스달에서 그 '왕이라는 것'이 될 게 아니라면.. 허나.. 넌 못해... 미홀이 그러더구나. 니놈은 사람들의 마음을 너무나 바란다고..
타곤	(걷다가 멈추며) 아직... 안 끝났습니다, 니르하.. 제가 이기기 위해 뭐까지 할 수 있다고 생각하십니까?
아사론	(미소로) 글쎄...? 궁금하구나...

타곤, 분노로 아사론을 보다가 절뚝이며 신전을 나간다.

S#49. 대제관의 집무실(낮)

흐뭇한 표정으로 의자에 앉는 아사론. 앞에 아사온과 아사못 있다.

아사욘	니르하... 고생하셨습니다..! 갈황빛 미치광이버섯이며 흰별삼광새의 깃털..!
아사못	더구나 어느새 호랑이까지 준비를 해두셨습니까?
아사론	...! 무슨 소리냐? 호랑이는 너희들이 한 것이 아니냐?
아사못	(당황하여) 예..? 저희는 (아사욘 보며) 아닙니다..
아사론	...?!!!
하림	(E) 눈이라도 좀 붙여요.

S#50. 하림의 약초방 안(낮)

침상에 있는 눈별이 땀을 흘리고 있고, 하림의 처인 감실이
눈별의 식은땀을 닦아주고 있다. 하림도 옆에 있다.

감실	난 괜찮아요.. (하고는 눈별 땀을 닦아주며) 당신이 데려왔을 땐..
	정말 눈앞이 깜깜해서 나쁜 생각도 했는데..
하림	....
감실	너무 고운 아이예요.. 착하고..

하는데, 이때 눈을 뜨는 눈별. 눈앞의 감실을 보자,
"엄마.." 하며 안긴다. 감실, 역시 "눈별아" 하면서 따듯하게
안아주고는 다시 눈별을 눕히려 하는데

하림	다행이다.. 며칠을 누워 있었다.
눈별	.. (하림 보자) 아버지... 제가..
하림	.. 니 잘못이 아니다. 몸도 성치 않은 너에게 맡긴 게 잘못이지.
눈별	봤어요...
하림	뭘...
눈별	그 와한 사람들 찾다가.. 장터에서...
감실	...?
눈별	뇌안탈을 봤어요...

하림	..!! 뭐. 뭐...?
눈별	분명 그들이었어요.. 느낄 수 있었어요...
하림, 감실	(경악한 표정으로) ..!!!

S#51. 숲속 일각1(낮)

편편한 돌 위에 붉은 꽃잎이 잔뜩 놓여 있고 그것을 다른 돌로
짓이기는 누군가의 손이 보인다. 그리고 뭔가 가루를 섞더니
물을 조금 부어 다지고 뭉친 후, 손가락에 발라 자신의 입가에
가져간다. 푸른색 입술이다..!! 입술을 칠하더니, 일어나는 로띱.
길가로 나가려는 로띱.

이쓰루브	(작은 소리로) 로띱..!

로띱, 멈추고 보면, 언덕 아래 길에서 누군가 지나간다.
채은과 무백이다. 나가지 않고 주시하는 이쓰루브와 로띱.

S#52. 숲 사이 아래 길(낮)

채은과 무백이 걷고 있다.

채은	왜.. 은섬일 구하셨어요? 아사혼님 아들인 거 알기도 전에.. 왜 이그트를....?
무백	...
채은	뭘 하시려는 거예요...?
무백	...... 바로... 잡으려는 거다.. 모두 다..
채은	... 정말로.. 타곤님이 산웅 니르하를... (멈칫) 그래서.. 그러시는 거예요?
무백	(멈추며) ... 채은아.. 너희 가족에게 해가 되는 일은 없을 거다..
채은	(OL) 우리 가족 때문에 묻는 게 아니에요...
무백	...

채은	은섬인 저라도 찾을 거예요.
	아사혼님의 아들까지 잘못되게 하면.. 그건 너무한 거니까..
	하지만 타곤 니르하께 반기를 드는 건 다른 문제예요.
무백	...
채은	제가 알기론, 그런 일은 때론 거짓말도 해야 하고, 가짜 눈물도
	흘려야 하고, 비열하고 염치없는 일도 해야 하고...
무백	...
채은	그런 거... 못하시잖아요.

무백, 괴로운 표정으로 간다. 보는 채은.

ins.cut.〉 숲속에서 보고 있는 이쓰루브와 로띱.

S#53. 필경관 2층 복도(낮)

해투악, 해가온, 해흘립 등 해족의 가신들이 태알하의 뒤를
따라오며 보고하고 있다. 태알하 심각하다.

해가온	갈황빛 미치광이버섯입니다. 말려서 가루를 내고 우물에 푼 것 같습니다.
태알하	(걸으며, 앞만 보고) 그래서 사람들이 미쳐 넘어갔다..?
해가온	예, 며칠 있으면 제정신으로 돌아올 겁니다, 어라하.
태알하	그 새는...?
해흘립	(앞으로 나서며) 레마한전서에서 찾았습니다. 깃털을 뽑고, 뽑은 자리에,
	두꺼비 독을 바르고 시간이 지나면 푸른 깃털이 자란답니다.
	아마도 오래전부터 준비한 것 같습니다, 어라하..
태알하	(걷다 서며) 하.. 아사론.. (돌아서 사람들보며) 이런 게 얼마나 준비돼 있을까?
	또 우리 해족은... 앞으로 이런 일에 어떻게 대응해야 할.. 까?
모두들	...!!!
태알하	다음엔 그런 것에 대해서 보고받겠습니다.
모두들	예..! 어라하..!

하고는 태알하, 해투악은 가고 모두들 고개를 숙이고 있다.

S#54. 연맹장의 집무실(낮)

태알하, 문을 열고 들어오는데 타곤이 탁자를 뒤엎었고,
여러 물건들이 어지럽게 흩어져 있다. 놀라는 태알하.
타곤, 충혈되어 있는 눈으로 태알하를 본다.

타곤 괜찮아. 아무 일도 아냐.

태알하 왜 나한테 힘든 걸 숨기려고 해...? 괜찮을 리가 없잖아.
      그런 똥 같은 일을 당했는데..!! (눈물이 날 것 같다)

타곤 (숨 고르며) ...

태알하 다 아사론이 꾸민 일이야.! 미치광이버섯을 우물에 풀었어! 또 그 새는..!

타곤 (OL) 어찌했는지 알아내도 소용이 없어...

태알하 ...!!! 그럼 고살 맞은 걔들 다 죽여버리자!

타곤 ...!

태알하 그럼 아사론이 했던 거.. 다 헛것이 되는 거잖아..

타곤 그것도... 소용이.. 없어..!

태알하 ... 아, 타곤..

타곤 그런 것들이 모두 소용이 없다는 게 날 미치게 해..
      내가 아사론의 방법을 알아낸다 해도, 그들을 죽인다 해도!
      그런 일이 생기면 연맹인들은 또! 아사론의 대신전으로 달려갈 테니..!

태알하 (괴로운 듯 눈을 감았다 뜨고는 다가간다) ...

타곤 (다가온 태알하에게) 신성.. 신성이라는 거대한 언덕...!
      난 어떻게 해도 그걸 넘을 수 없는 걸까..

      ins.cut.) 8부 24씬 중,

사야 아라문 해슬라가 신이 된 건 아사씨가 인정했기 때문이에요. (cut.)

타곤	(괴로운 듯 이를 악물며) 결국 아사씨를 이길 수 없다는 걸까...!
	무엇을 해도..! 어떻게 해도...!
	위대한 어머니 아사신의 직계도 아닌 것들이!
	방계 나부랭이가..! (씹어뱉듯) 결국 지들도 버금바리인 것들이...!
태알하	(두 손으로 타곤의 양볼을 감싸며) 타곤... 진정해... 끝나지 않았어..
	아무것도 끝나지 않았어. 아무도 끝낼 수 없어.
타곤	(태알하를 보며) ...
태알하	오직... 오직... 우리가 끝낼 때, 그때 끝나는 거야..
타곤	(거친 숨을 몰아쉬며 태알하를 본다) ...
태알하	진정해... 가라앉혀...
타곤	(조금 진정된 듯 태알하의 손을 잡아 내리며) .. 아사론만이 문제가 아냐.
태알하	...?
타곤	(한쪽으로 가서 물을 마시며) 무백이..
태알하	...?
타곤	아사사칸을 만났어.
태알하	?? 무백이.. 흰산에 갔었다고? 왜?
타곤	무백이.. 딴생각을 하고 있어.
태알하	...!! 무백이 아사론한테 붙었다고?
타곤	몰라. 하지만 날 속이고 있어. 분명해.
태알하	...! (급히 타곤의 앞으로 가며) 타곤, 이건 정말 위험한 일이야.
	대칸의 반은 무백을 위해서 죽을 사람들이야. 그냥 두면 안 돼...!
타곤	...
태알하	최대한 빨리 알아내야 돼.
타곤	.. 그래야지.. 아주 쉽고..
태알하	.. 단순한 방법으로...!

S#55. 필경관 작은 연구방(밤)

열손이 무릎을 꿇고 있고 그 앞에 무백이 있다.

무백	네놈이 너희 와한의 씨족아버지라 하지 않았느냐?
	헌데.. 너희들의 처음을 몰라..?
열손	(무서워하며) 우.. 우리 와한은 씨족의 핏줄이..
	어머니에서 어머니로 내려옵니다.. 제가 아는 건,
	그저... 오래전 흰늑대할머니께서 대흑벽에서 내려오셔서.. 시작되었다고..
무백	...! 허면 너희 씨족어머닌 누구냐? 어디 있느냐..
열손	(슬퍼지며) 주.. 죽었습니다..! (울먹) 죽이시지 않았습니까..
무백	..!!! 후계자가 있을 것 아니냐? 씨족의 어머니를 이을 자!!
열손	...! (머릿속이 복잡하다) ...
무백	그년도 죽었느냐?
열손	....
무백	말하지 않을 것이냐?
열손	... 어찌 물으십니까? 말씀해주시지 않으면 절 여기서 죽이신다 해도..
	말할 수 없습니다.
무백	(자세를 낮춰 열손과 눈을 맞추며) ... 해를 끼치려는 것이 아니다..
	너희를 구하고, 세상을 구하려 한다... 진심이다..

그런 무백을 떨리는 눈빛으로 보는 열손.

S#56. 아스달 길 일각1(밤)

탄야와 사야가 걷고 있다. 사야는 전처럼 쉬마그로 얼굴을 가린 채
작은 보따리를 들었고 탄야는 횃불과 큰 보따리를 들었다.

탄야	(사야를 힐끔 보며, 마음의 소리 E) 그날 밤 그리고 어딜 갔던 걸까?
	지금도.. 거길.. 가는 건가?

이때, 쉬마그로 얼굴을 가린 채 앞에서 오는 두 명의 사내.
이쓰루브와 로띱이다. 사야, 탄야 일행과 스쳐 지나가는데,
사야, 이때 뭔가 오싹한 기분이 든다.

이쓰루브도 지나치면서 뭔가 이상한 것을 느낀다.

지나친 후, 고개를 돌려 보는 이쓰루브. 뭔가 싶어 보는 로땁.

로땁이 고갯짓하자, 서둘러 다시 가는 이쓰루브.

이번엔, 사야가 멈춰 서서 뒤를 돌아본다. 이쓰루브와 로땁의 뒷모습.

탄야 왜.. 그러세요...?

사야 (마음의 소리 E) 뭐지? 이 느낌은 뭐지...?

S#57. 아스달 길 일각2(밤)

무백, 심각한 얼굴로 간다. 그 위로,

ins.cut.〉 9부 55씬 중,

열손 오래전 흰늑대할머니께서 대흑벽에서 내려오셔서.. 시작되었다고.. (cut.)

무백 (마음의 소리 E) 그 흰늑대할머니가 위대한 어머니 아사신이라면...!
그 신성한 핏줄이 씨족어머니로 내려오고 있었다면...!!

ins.cut.〉 새로 찍는 회상, 9부 55씬 연결.

열손 제 딸 탄야입니다... 씨족어머니 후계자였어요.. (cut.)

골똘히 생각에 빠져 가는 무백을 부감으로 보는, 나무 위의 시선.

가던 무백, 뭔가 이상한 것을 느끼고 나무 위를 본다. 없다.

이때, 무백의 앞에 나타나는 양차! 말없이 공격한다.

무백, "이게 무슨 짓이냐!!?"라고 외치지만,

말하지 못하는 양차는 공격만 할 뿐이다.

어쩔 수 없이 무백도 공격하는데, 우열을 가릴 수 없는 백중세!

이때, 어둠 속에서 누군가가 끼어들고, 무백이 서너 합을 막아내지만

결국 무백의 목에 두 개의 칼이 들어온다.

무백, 비로소 끼어든 누군가를 본다. 타곤이다!

타곤	(양차에게) 아직 무백은 혼자선 버겁지?
양차	.....
무백	(놀라) .... 니르하...
타곤	(무백에게) 승부를 보라고 한 건 아냐.
	너랑 얘길 하려면 절차가 좀 필요한 거지.
무백	.....

S#58. 숲길 일각(밤)

43씬과 같은 장소. 탄야와 사야가 있다.
와한의 꽃꾸밈을 마친 사야. 탄야는 횃불을 들고 있다.

| 사야 | 여기서 기다리고 있어. 오늘은 조금 더 걸릴 거야.. |

탄야, 공손히 "예" 하고 사야는 간다. 사야가 가고 나자,
눈빛을 빛내는 탄야. 조심스럽게 사야를 쫓기 시작한다.

S#59. 장터 3층 건물 안(밤)

결박당한 무백이 무릎을 꿇고 있고 그 앞에 타곤이 있다.

무백	어찌 이러시는 겁니까?
타곤	군검부엔 왜 안 나와? 내가 매일 나오라고 했지..?
무백	(황당) ... 그것 때문에.. 이렇게까지 하신다구요?
타곤	아니. 날 왜.. 속이는 건지 궁금해서...
무백	...!!!
타곤	속이지 않았다고, 그런 적 없다고 하지 마. 뭘 속였냐고 반문하지도 마.
	오해라고 하지도 말고, 무슨 말인지 모르겠다고도 하지 마.

무백	...
타곤	왜? 그런 건 무백이 아니니까..
무백	(망설이며 타곤 보다가 결심한 듯) ...... 예... 속였습니다.
타곤	그래.. 그게 무백이지.
무백	...
타곤	무백.. 난 결코.. 니가 내 적이 되도록 두지 않아.
	내 적이 되기엔 넌 너무 소중하고.. 또 너무 강력해..
	자 다음 질문. 왜 속였지?
무백	...
타곤	오늘.. 내가 소중한 동무를 잃게 하지 않으려면..
무백	...!
타곤	잘 대답해야 될 거야, 무백.
무백	(긴장감으로 보는) ...

ins.cut.〉 9부 52씬 중,

| 채은 | 그런 일은 때론 거짓말도 해야 하고, 가짜 눈물도 |
| | 흘려야 하고, 비열하고 염치없는 일도 해야 하고... (cut.) |

무백	(마음의 소리 E) 할 수.. 있을까..?
타곤	대답 안 할 거야..?
무백	(OL) 산웅 니르하를..!! (잠시 멈췄다가는) .. 죽였습니까, 이곳에서...!?
타곤	...!!!
무백	만약 죽였다면, 답하지 말고 내 목을 치시오..!!
타곤	...
무백	(이를 악물며) 죽였습니까..?
타곤	...
무백	(노려보며) ...
타곤	(한숨 쉬며) ... 아.. 그것 때문이었나... 검흔을 본 모양이구나...
무백	(OL) 죽였소..!!!??
타곤	..... 사고.. 였다..
무백	...!!!

타곤	그 두즘생은 너무 빠른 놈이었어. 너도 겪었으니 알겠지...
	셋이 엉키는 난전이었다... 그 와중에... (울컥) ...
무백	...
타곤	(한숨, 눈물 삼키고) 내 칼에... 그리되신 것이 맞다.. 아니 사고였다 해도...
	내 칼이 아니라, 그 두즘생한테 그리되셨다 해도...
	구하러 간 내가 아버지를 지키지 못했으니... 내가 죽인 것이.. 맞다..
무백	...
타곤	이게... 그날의 진실이야. 믿지 못하겠다면... 아니, 믿지 못한다 해도..
	믿는 척해...
무백	...!
타곤	.... 그리고, 훗날 날 죽이면 될 테니까..
무백	(타곤 보며) ...
타곤	...
무백	...
타곤	...
무백	믿겠습니다.
타곤	고맙구나..
무백	이제.. 이것 좀 풀어주십쇼..
타곤	(피식) 바로 날 죽이려고...?
무백	(피식) ...

S#60. 숲속 일각2(밤)

탄야가 횃불을 든 채, 주위를 두리번거리며 숲속을 걷고 있다.
그러다 한쪽을 바라보고 멈춘다. 시선 따라가면 동굴 입구가 보인다.

타곤	(E) 니 차례다.

S#61. 장터 3층 건물 안(밤)

결박에서 풀린 무백과 타곤이 있다.

타곤   왜.. 아사사칸을 만났어?

무백   ...

타곤   솔직히 얘기해도 돼. 날 치려고 만났어도 괜찮아. (피식)

무백   (마음의 소리 E) 그래.. 타곤을 지팡이로 삼아보자.. (하고는)
       이아르크에서 제가 본 걸 확인하고 싶었습니다.

타곤   ...? 뭘 봤는데..?

무백   아사론을 쓰러뜨릴 수 있는 무기...!

타곤   뭐... 뭐..?

무백   산웅 니르하께선 항상 아사씨들 때문에 괴로워하셨죠.
       제가 도움이 되고 싶었습니다. 근데 돌아와보니, 니르하께선...
       하늘에 오르셨고 저는 타곤님을 의심했으니, 말할 수 없었습니다.

타곤   (흥분) 그.. 그게 무슨 소리야? 뭘 봤는데? 아사론을 쓰러트린다고?

무백   칼로도.. 재물로도.. 해족의 기술로도.. 어찌할 수 없는 아사가문..
       허나 위대한 어머니 아사신의 핏줄은 끊겼고
       남은 자들은 결국 방계일 뿐이지 않습니까?

타곤   ...!! 해서?

무백   아마도... 그 옛날, 아사신께서 이르신 곳이...

타곤   (흥분으로) ...!

무백   이아르크고..

타곤   (경악) ...!

무백   그 핏줄이 이어진 것이.. 와한족인 것 같습니다..!

타곤   (경악) ...!!!

S#62. 까치동굴 앞 일각(밤)

동굴 앞에서 서성이고 있는 탄야. 주위를 두리번거리다,
결국 결심한 듯 그 안으로 들어간다.

S#63. 까치동굴 안(밤)

탄야, 횃불을 들고 들어가는데, 저 앞쪽에 불빛이 보인다.
그쪽으로 다가간다. 동굴 아래쪽을 보고는 놀라는 탄야.
동굴 아래쪽 꽤 넓은 평지에 사람들이 원형으로 앉아 있고
그 가운데는 대신전의 '꺼지지 않는 불' 같은 것이,
바닥에서 타오르고 있다. 몇몇의 사람은 북을 치고 있다.
그러다 불빛에 비친 사람들의 모습을 보고 경악하는 탄야!
의식을 치르는 모두가 와한의 꽃꾸밈을 하고 있다.
이때, 한 사람(꽃꾸밈을 한 모명진)이 '휜산의 심장' 문양을
새긴 깃발을 들고 들어온다.
그러자 모두 무릎을 꿇는다. 탄야, 더욱 놀라운 눈으로 본다. 그 위로,

ins.cut.〉4부 22씬 중,
초설이 힘겹게 바닥에 뭔가를 그린다. 휜산의 심장 문양이다.

현실의 탄야, 경악하여 문양을 본다.

ins.cut.〉새로 찍는 회상, 이아르크 일각(낮)
탄야, 수풀에서 나무 채반을 들고 산열매를 따고 있다.

초설   왜 이러는 게냐? 춤도 익혀야 하고, 수련도 더 열심히 해야 한다 하지 않았어!
탄야   (열매 따며 일부러 더) 싫어요. 전 안 할래요. 씨족어머니 안 할 거예요!
초설   사명은 어쩌구? 네 예언은 어쩌구!
탄야   몰라요. 사명이고 예언이고 다 싫어요. 배운 것도 다 까먹을 거예요.
    (하고는 말 안 듣는 아이처럼 고개를 마구 돌리며 '에에에에' 한다)

탄야   (회한의 표정으로 마음의 소리 E) 어머니.. 초설어머니..

ins.cut.〉 새로 찍는 회상, 위의 회상과 연결.

초설   아무리 니가 사명을 거부해도.. 니가 사명을 잊어도...

현실의 탄야, 흰산의 심장 깃발을 보는데, 그 위로,

초설   (E) 사명이 널.. 잊지 않는다.

그런 놀라움과 신비함으로 보고 있는데, 이때 뒤에서
그런 탄야의 입을 막는 누군가의 손!

S#64. 장터 3층 건물 안(밤)

타곤이 놀란 표정으로 무백을 보고 있다.

무백   와한의 씨족어머니 후계자..!!!
타곤   (놀라서 보며)
무백   어쩌면... 그 후계자가 위대한 어머니 아사신의 직계 혈통일지도 모릅니다..!

S#65. 까치동굴 안(밤)

탄야, 놀라서 보면 사야다.

탄야   (작은 소리) 주.. 주인님..
사야   (작은 소리) 주인이라면서 내 말을 어겨? 태알하가 시켰어?
탄야   ...! (당황, 작은 소리) 아, 아니에요.. 그게 아니라...
       그게 아니라.. 너무 궁금해서..
사야   (그런 탄야를 살핀다) ...
탄야   정말이에요.. 궁금해서예요. 다른 건 없어요. 정말.
사야   (살피듯 보다가) .... 정말.. 궁금했나 보네...

탄야	죄송해요.
사야	아니다.. 언젠가 데려오려고 했어..
탄야	여기 대체 뭐하는 곳이에..

하는 순간 북소리가 멈추자 사야가 쉿! 하고 탄야는 자기 입을 막는다.

타곤	(E) 탄야?

S#66. 장터 3층 건물 안(밤)

타곤	타.. 탄야라고 했어?
무백	예, 와한의 씨족어머니 후계자, 탄야입니다.

경악하는 타곤. 그 위로,

ins.cut.〉 3부 13씬 중,

기토하	저기 이상한 애들 보이시죠. (cut.)
기토하	쟤들, 우리말 써요! (cut.)

ins.cut.〉 2부 37씬 중,

연발	아라문 해슬라 전설에서 보면, 아버지 리산과 위대한 어머니 아사신이 도주한 곳이 이아르크일 수도 있다잖아요. (cut.)

ins.cut.〉 4부 19씬 중,

탄야	나는.. 와한의 탄야... 껍질을 깨는 자. 나는 와한의 씨족어머니 후계자, 깨어 있는 모든 정령과, 깨어날 모든 정령들과 이어진 와한의 당그리. (cut.)

타곤, 흥분과 경악의 표정이다.

S#67. 까치동굴 안(밤)

동굴 바닥에서 사람들이 모두 일어나 천천히 어떤 몸짓을 하고
불을 향해 경배하는데, 탄야가 보면 사야도 같은 몸짓을 하고 있다.
탄야, 이게 뭔가 싶어 어리둥절하며 사람들 쪽을 본다.

사야   (경배하며, 마음의 소리 E) 해슬라의 아라문이시여!
이그트로 오시고, 바람으로 하늘에 오르신 아사신의 사자여.

탄야   (고개를 휙 돌려 보며) 아라문이... 이그트라구요?

사야   ...!!!

사야, 경악하여 멍하게 탄야를 본다.

ins.cut.〉 9부 66씬 연결.

무백   탄야라는 아이가, 정말 아사신의 후예라면, 진정한 영능은..!
그 아이에게 있을 겁니다.

흥분된 얼굴의 타곤!
탄야를 보며 경악한 사야!
그리고 아무것도 모르고 멀뚱멀뚱 그런 사야를 의아하게 보는 탄야!
3분할 END.

"흰산의 심장" from 흰산의 심장 교인들

블랙 화면에 북 치는 소리가 들리고, 웅성거리듯 기도하는
목소리가 들린다. 화면 점차 밝아지고 드러나는 까치동굴 벽화.
아사씨의 시조(아사초하수니)가 만들어지는 벽화 모습. 그 위로,

가　(NA.) 천년 전, 흰머리산 깊은 바닥의 이소드녕께서는 자신의 심장을 넣어
한 여인을 빚으셨고, 그 여인을 바람에 실어 지상으로 올려 보내셨습니다.

땅 위로 올라온 아사초하수니가 세상을 일구는 벽화 모습. 그 위로,

나　(NA.) 그 여인은 이 땅에 처음 오신 흰산족의 어머니, 아사초하수니이시며,
그분께서 뜨거운 물기로 가득한 세상을 일구시니..
불과 연기밖에 보이지 않던 흰머리산에, 드디어 하늘못이 떠올랐습니다.

아사씨들이 꽃의 정령제를 하고 있는 벽화 모습. 그 위로,

다　(NA.) 아사초하수니께선 꽃의 정령과 어울리듯, 이소드녕을 만나셨고,
그분의 그 맑고 깊은 영은 흩어지지 않고 흘러, 그 수백 년, 몇 대를 거쳐,
그분의 진정한 후예, 아사신께 이르렀습니다.

아스달 부족들 간의 전쟁 벽화 모습. 그 위로,

라　(NA.) 그러나 땅은 혼란하고 사람은 어지럽고 싸움이 끊이지 않아

그 맑은 영을 담기에, 세상은 탁하였으니,
아사신께선 결심을 하기에 이르렀습니다.

아사신이 아스달을 떠나는 벽화 모습. 그 위로,

라   (NA.) 아사신께선 초하수니로부터 전해지는 별방울을 대신전에 숨기시고
붉은 피로 얼룩진 이 땅을 떠나셨습니다.

전화에 휩싸인 아스달의 벽화 모습. 그 위로,

라   (NA.) 우린 끝이 보이지 않는 참혹한 나락 속에서
아사신께서 돌아오시기만을 간절히 바랐습니다.

아라문 해슬라가 아스달에 등장하는 벽화 모습. 그 위로,

마   (NA.) 우리의 기도가 비로소 닿아, 아사신께서는 자신의 사자를 보내어

아라문 해슬라가 연맹을 결성하는 벽화 모습. 그 위로,

마   (NA.) 진동하는 아스달을 잠재우고, 다시 평안케 하셨습니다.

흰산동굴의 마지막 벽화가 보인다. 그러나 먹물이 번지듯 검은
반점들이 가득 채우고, 다시 서서히 드러나는 마지막 까치동굴 벽화.

가   (NA.) 해슬라의 아라문이시여!

나	(NA.) 우리는 당신께서 방계 아사씨의 칼에 의해 하늘에 오른 것을 압니다.
다	(NA.) 우리는 그 칼에 흐른 피가 보랏빛임을 압니다.
라	(NA.) 우리는 아사신께서 숨겨놓은 별방울을 찾는 자가 나타날 것을 압니다.
마	(NA.) 하여, 그자가 당신을 이 땅에 다시 부를 것을 압니다.
가	(NA.) 우리의 목소리는..
+나	(NA.) 작고 미천하여 이 땅에서 외면받으나,
+다	(NA.) 마르지 않는 하늘못처럼 끝없이 이어져..
+라	(NA.) 끝내 빛으로 떠오를 것을 압니다..
+(all)	(NA.) 이실로브 디케바..

세상 모든 전설의 시작

10 부

S#1. 9부 엔딩 하이라이트 몽타주(밤)

#. 까치동굴 안(밤)

사야   (경배하며, 마음의 소리 E) 해슬라의 아라문이시여!
        이그트로 오시고, 바람으로 하늘에 오르신 아사신의 사자여.
탄야   (고개를 휙 돌려 보며) 아라문이... 이그트라구요?

사야, 경악하여 멍하게 탄야를 본다.
탄야를 보며 경악한 사야! 그런 사야를 의아하게 보는 탄야!
(9부 엔딩 지점)

사야   뭐라고?
탄야   아라문이라는 자가 이그트냐구요?
사야   내가.. 그런 얘길 했어?
탄야   (의아) 해슬라의.. 아라문이시여...
        이그트로 오시고... 바람으로 하늘에 오르신... 뭐.. 그러셨잖아요?
사야   (그런 탄야를 보며 놀라는데) ...!!

S#2. 장터 3층 건물 안(9부 66씬과 같은 곳, 밤)

타곤, 흥분된 표정으로 무백을 보며 속사포처럼 묻는다.

타곤   넌 그곳이 아사신께서 갔던 곳이란 걸 어떻게 알았지?
무백   와한족의 신성꾸러미에.. (별다야를 꺼내 타곤에게 주며) 이것이 있었습니다.
타곤   (받아 보며 경악) .. 아사신의.. 별다야..?!!!
무백   예.. 그런 것 같습니다.

타곤이 별다야를 돌려 뒷면을 보면, 발 모양 그림과 흰산의 심장
문양이 있다. 흰산의 심장 문양 클로즈업. 놀라는 타곤.

무백   와한족은 분명.. 아사신의 후손들입니다..!!
타곤   .. 탄야... 그 씨족어머니의 후계자가. 탄야라고...?
무백   예.. 탄야입니다... (타곤의 표정을 살피며) 근데.. 어디로 사라졌는지
       알 수가.. 없습니다..

충격으로 생각에 골똘한 타곤. 그 표정을 면밀히 살피는 무백.

S#3. 까치동굴 앞 일각(밤)

탄야와 사야, 나오고, 다른 사람들도 모두 나오는 분위기다.
혼자만 꾸밈을 하지 않은 탄야를 사람들이 힐끔힐끔 본다.
탄야는 얼이 빠져 있다. 이때, 장로(꽃꾸밈한 모명진)가 다가온다.
사야 보더니, '흰산의 심장' 식 인사를 한다. 사야도 똑같이 한다.
모명진, 꾸밈 하지 않은 탄야를 보더니, 채은에게 눈짓한다.

사야   (탄야에게) 아까 거기 가서 잠깐 기다려. (하고는 모명진을 따라간다)

하면 탄야 역시 그 사람들을 흘끔흘끔 보며 간다. 따르는 채은.

S#4. 숲속 일각(밤)

9부 60씬과 같은 장소. 탄야, 멍하게 내려온다.

탄야　(마음의 소리 E) 분명 우리 와한의 꾸밈인데... 그 그림이 어떻게..?
채은　(E) 누굽니까..?

탄야, 놀라 돌아보면 채은(꾸밈 상태)과 눈별(꾸밈 상태)이 있다.

채은　(경계하며) 어째서... 꾸미지 않고.. 이곳에 있죠?
탄야　(당황한 듯) 아.. 전... 오늘이 처음이라...
채은　(경계) ... 혼자 왔어요..?
탄야　(당황) ... 그게... (둘러대는) 아까 그 동무랑...
　　　아!! 지금 누구랑 얘기하고 있어요. 곧 올 거예요.
채은　(그런 탄야를 살피듯 보다가 미소) ... 알겠어요. 겁먹지 마요.
　　　(하고는) 다음부턴 꼭 꾸밈을 하고 오세요. (미소)
탄야　아.. 예... 근데 저.. 그 꾸밈이요.. 왜 하는 거죠?
채은　(친절하게) 환산의 시조부터 아사신에 이르기까지 하시던 꾸밈이래요.
　　　이 꾸밈을 200년 전, 지금의 아사씨들이 없애버렸어요.
탄야　(마음의 소리 E) 정말.. 흰늑대할머니가 아사신?
채은　그리고 우릴 잡으려고 해요. 우린 그냥 좋은 가르침을 나누는 거뿐인데..
사야　(하는데 어느새 와서는 탄야 보며) 제 동뭅니다.
채은　예.. 들었어요. 궁금한 게 많은 듯하니 잘 알려주세요.

하고는 사야와 채은, 눈별이 '환산의 심장' 식 인사를 하고는
채은, 잠시 사야와 눈이 마주치는데, 좀 이상한 느낌.
사야는 그냥 가고, 따라가는 탄야.

눈별　(채은이 사야를 계속 보자) 언니... 왜..?

채은　(의아하지만) 아.. 아냐.. 말이 안 된다.. (하고는) 가자..

S#5. 아스달 거리 일각1(밤)

타곤, 걷고 있다. 뒤엔 양차, 거매, 홍술이 따른다.
심각한 얼굴의 타곤. 그 위로,

ins.cut.〉 7부 24씬 중,

태알하　그.. 그런 일이 있었어.. 쟤가 절대로 알 수 없는..
나랑 해투악밖에 알 수 없는.. (cut.)

타곤　(놀라운, 마음의 소리 E) 탄야가 끊어진 아사신의 곧쪽(자막: 직계 혈족)...

사야　(E) 끊겼어.

S#6. 냇가(밤)

탄야, 광목수건을 든 채, 옆에서 얼굴을 씻고 있는 사야를 보고 있다.

탄야　(수건을 내밀며) 핏줄이 끊겨요?

사야　(수건 받아 닦으며) 웅. 아사신께서 사라진 후에 끊겼어.
지금 아사씨들은 그 곁쪽(자막: 방계 혈족)이야.
곧쪽이 있었다면 아무것도 아닌 것들이지.

탄야　(수건 받으며) 그럼.. 아사신이란 분은 사라진 뒤엔, 다신 안 나타나신 거예요?

사야　웅. 대신 자신의 사자를 보냈어.

탄야　...??

사야　그게 아라문 해슬라야..

탄야　...!!! (마음의 소리 E) 아라문..
(사야에게) 근데 진짜 아라문 해슬라라는 사람이 이그트였어요?

사야	(마음의 소리 E) 정말 내 마음을 들은 거야? 아님 모른 척하는 거야..?
	정작 자긴 모르는 건가?
탄야	(사야의 이상한 시선을 느끼며) 왜... 그러세요?
사야	(탄야 보다가는) ... 어.. 200년 전의 진실을 어찌 알겠어. 하지만 날 살린 게
	이 모임의 가르침이야. 저주라고 생각했던 게.. 여기선 축복이었으니까..
	(하다가) 아 물론, 그 사람들도 내가 이그튼 건 몰라.
탄야	(마음의 소리 E) 아사신이란 사람이 정말 횐능대할머니라면...
	아사신의 곤쪽(자막 : 직계 혈족)은.. 나잖아..!
사야	(돌아보며) 빨리 안 와?
탄야	예..! (따라가며, 사야에게) 만약에.. 아사신의 곤쪽이 살아서 아스달에 온다면..
사야	(OL) 대제관이 되겠지. 아니.. 어떡하든 대제관을 만들겠지. 타곤이..
탄야	(경악 마음의 소리 E) .. 대제관이 된다고?!!

S#7. 불의 성채 청동관 안(밤)

열손이 무릎을 꿇은 채 앉아 있다. 보면, 앞에 미홀과 여비 있다.

미홀	(열손에게) 무백이 널 만나러 왔었다고?
열손	(불안한) .. 글쎄.. 그분의 이름은 제가.. 잘..
미홀	무슨 얘기를 했느냐?

이때, 태알하가 해투악, 해가온과 함께 문을 벌컥 열고 들어온다.

태알하	(열손 보고는 미홀을 보며) 해투악.. (열손 턱짓하며) 데리고 나가.
해투악	(여비 한번 째려보고는) 예.. (하고는 열손을 일으켜서 데리고 나간다)
태알하	(미홀 보다가 뒤돌아 나가려는데)
미홀	결국 타곤이 아사론 앞에 조아리더구나 그것도 맨발로.
	그놈의 맨발 자주도 보지... (미소)
태알하	(휙 뒤돌아 노려본다) ...
미홀	원래대로 하자, 난 아사론에게 걸 테니.. 넌 계속 타곤 옆에 잘 붙어 있거라.

| 태알하 | 허튼 짓.. 어리석은 짓.. 이제 그만두세요... |
| | (얼굴 가까이 하며) 그나마 청동바치로 떨어지고 싶지 않으시면..! |

하고 뒤돌아 가면 해가온 따라 나간다.

| 미홀 | (가는 태알하 보며 여비에게) 태알하의 움직임은 잘 감시하고 있겠지? |
| 여비 | (끄덕이며) 물론입니다. |

S#8. 사야의 집 1층 거실(밤)

들어오는 사야와 탄야. 놀라 보면, 타곤이 거실 의자에 앉아 있다.
사야, '아버지' 하며 타곤 보는데, 타곤은 흥분되어 탄야를 본다.
사야, 그런 타곤의 시선을 보고, 탄야 역시 그런 타곤을 보는데
cut. to.
타곤과 불안한 표정의 탄야만이 있다.

타곤	.. 와한의 시조가 누구지?
탄야	...!! (갑자기 왜 묻지 싶어 망설이다가) .. 흰늑대.. 할머니요..
타곤	흰늑대할머니.. 그분에 대해 좀 듣고 싶구나.
	이아르크로는 언제 왔는지.. 어떤 일을 했는지..
탄야	제가 씨족어머니께 그걸 자세히 들어야 하는 날.. 쳐들어오셨잖아요...
타곤	..... (보다가는) 와한의 씨족어머니는 어디 있니?
탄야	(원망으로 보며) .. 죽이셨죠, 그때. 기억.. 안 나세요...?
타곤	... (생각이 나고) ... 그럼 넌 와한의 신성꾸러미도 받지 못한 것이냐?
탄야	.. 전부 짓밟아버리셨으니까요.. 받을 수도 없었죠...

타곤, 더 이상 묻지 못하고 탄야를 보다가는
거실 한쪽으로 가더니, 뭔가를 그린다.

| 탄야 | (마음의 소리 E) 뭔가를 알아낸 건가...? 어쩌지? 얘길 해야 하나? |

하는데, 타곤이 탄야의 앞에 '흰산의 심장' 문양을 그린 나무토막을 내민다. 순간 변하는 탄야의 눈빛! 놓치지 않고 보는 타곤!

타곤   (이미 안다는 걸 느낀 상태로) 이걸 알아?

탄야   (긴장, 뭐라고 하지?) ...

타곤   (탄야 살피는) ...

탄야   .. 아뇨.. 처음 보는데요...

타곤   (확신의 미소) ... 그래? 그래.. 알겠다. (하고는 나간다.)

나가는 타곤을 보는 탄야. 그 위로,

ins.cut.) 10부 6씬 중,

사야   아니.. 어떡하든 대제관을 만들겠지. 타곤이.. (cut.)

S#9. 사야의 집 마당(밤)

타곤, 문을 열고 나가려는데

탄야   (E) 저기..!

타곤   (돌아보는) ...

탄야   혹시 더 생각나는 게 있으면 찾아뵈어도 되나요?

타곤   (보다가) 언제든지..! 해투악한텐 내게 허락받았다고 해.

하고 타곤 나가면, 탄야 긴장이 풀리며 숨을 몰아쉬는데,
이때 야외 계단에 서 있는 사야.

사야   아버지가 뭘 물으시디?

S#10. 사야의 집 2층 사야의 방(밤)

달이 보이는 창가 옆 동그란 탁자에 탄야와 사야가 앉아 있다.

사야	(의아한) 와한족? 와한족의 뭘..?
탄야	그냥 우리의 기원이 뭔지.. 우리의 시조이신 분들 그런 걸 물어봤어요..
사야	... 왜..?
탄야	글쎄.. (슬쩍 시선 피하며) 저도 잘 모르겠어요.
사야	(시선 피한 탄야 의심스럽게 보다가) .... 아버진 널 왜 살려주셨을까?
탄야	...!
사야	태알하는.. 왜... 갑자기 널 몸종으로 들였을까?
탄야	(긴장) .....
사야	...... 너두... 몰라..?
탄야	... 제가 꿈을 만나서요.
사야	(놀라) 꿈? 너도 꿈을 만난다고?
탄야	(자신 없는 말투) 예.. 전 와한의 씨족어머니 후계자였어요. 수련을 했으니까.
사야	니가 꿈을 만난다고 널 살려두진 않았을 텐데..
탄야	꿈에서... ...주인님을 봤어요...
사야	...!!!
탄야	꿈에서... 흰늑대할머니가... 주인님을 지키라고 그러셨어요...
	그걸 말씀드렸더니... 죽이지 않으신 거 같아요...
사야	....!!!
탄야	(거짓말이라 찔려서) 안 믿으셔도 좋아요. 제 착각일 수도 있고.. 또..
사야	(날카로운) 근데 왜 죽으려고 했어?
탄야	...!
사야	시조께서 꿈으로 내린 사명을 내팽개치는 후계자는 없어..
	(비웃듯 노려보며) 근데 동무 하나가 죽었다고 죽으려고 해?
탄야	(당황) .. 그 그.. 래서 못 죽었나 보죠.. 주인님 지켜야 해서.. 모르겠어요..
사야	(보는) ...
탄야	.....
사야	(설레는 마음의 소리 E) 나만 꿈에서 널 본 게 아니었구나..! 너도 날 봤어..

탄야	(사야의 눈빛을 보다가는 문득) ...!

ins.cut.〉 2부 26씬 중,
탄야의 분장한 모습을 하나하나 설레는 눈빛으로 보던 은섬의 얼굴.

탄야	(은섬과 같은 눈빛에 당황) 어.. 이제 주무셔야죠! 제가 얼른..
사야	(OL) 넌..
탄야	....
사야	넌.. 날 처음 봤을 때부터 나를 아는 눈빛으로 봤어.
탄야	.. (당황했지만) 예.. .. 저.. 꿈에서 본 사람이니까..
사야	니 꿈속에 난, 어떤 사람이었어?

ins.cut.〉 새로 찍는 회상, 필경관 탑 꼭대기 방(밤)
어둠 속 탑 방에 갇혀, 바들바들 떠는 어린 사야.
혼자 앓아누워 아파하는 어린 사야.
책을 들고 혼자 대화하는 어린 사야. 그 위로 탄야의 목소리 흐른다.

탄야	(E) 가족도.. 동무도 없이.. 혼자.. 아프고.. 혼자 말하구..
	외롭고.. 쓸쓸하게 그저.. 참아내는...
사야	.. (스스로에 대한 연민이 생기며 아주 살짝 눈가만 붉어지는) ....
탄야	(연민의 눈빛으로 사야를 보며) ... 빛으로 나가고 싶은 사람..
사야	....!!

탄야, 말을 하고 나니 사야에게 연민이 느껴진다.
사야, 그런 탄야의 한 손을 잡아, 자신의 빰에 댄다.
사야, 눈물이 그렁하다. 탄야, 당황해서 그런 사야를 본다. 불쌍하다.

사야	(눈물 그렁해, 떨리며) 이젠... 너한테 다... 얘기할래...
탄야	......
사야	(간절) 들어.. 줄래...?
탄야	....

사야	.....
탄야	(마음의 소리 E) 내가 정말 이 아이를 도구로 삼아도 되는 걸까?

S#11. 하림의 약전 안(밤)

감실과 무백 있는데, 얼굴을 씻은 채은이 들어온다.

감실	무백님이 한참 기다리셨어! 밤늦게 어딜 다니는 거야?
채은	.. 무슨 일이세요?
무백	부탁이 있어서.. 해족의 해투악 알지?
채은	예.. 태알하님네 하호..
무백	해투악의 주변에 와한족 계집 노예가 하나 있을 게다.
	이름은 탄야. 찾거든 나를 좀 만나게 해다오. 중요한 일이다.
채은	(보며) 예.. 알아볼게요...

S#12. 연맹장의 집무실(밤)

타곤, 생각에 빠져 있다.
카메라 팬 하면 무광, 거매, 홍술이 타곤의 눈치를 보며 있다.

무광	저어... 니르하... 시킬 게 있으면..
타곤	무광! 홍술! 거매!!
무광	예!
홍술	예!
거매	예! 니르하!
타곤	날 믿어?
모두	....?
타곤	대칸과 아스달과 나를 위한 일이다. 하겠느냐?
무광	예, 물론입니다.

홍술   당연합니다.

거매   (고개 *끄덕끄덕*하는데)

타곤   (그런 그들을 의미심장하게 본다)

S#13. 아스달 민가 일각(밤)

가르간이 술에 취해 흥얼거리며 걷고 있다.
그렇게 걷다가 뭔가 이상한지, 뒤를 돌아본다. 아무것도 없다.
그러자, 다시 가려고 도는 순간! 갑자기 휙 나타나는 무광!
순식간에 가르간을 낚아채서 기절시킨다.
그러자 나타나는 홍술과 거매. 거매가 가르간을 들쳐 업고 끌고 간다.
이때, 이 광경을 보고 있는 또 다른 누군가의 시선.

S#14. 약전 가는 길 2층 구름다리 일각(밤)

거매가 가르간의 목을 걸어 2층 구름다리에 매달고 있다.
자살한 것으로 위장하려는 듯, 매단 줄을 낑낑대며
'왜 이렇게 무거워' 하고 혼잣말하며 잡아끌어서 고정하고 있다.
이때, 뒤에서 느껴지는 음산한 기운. 이쓰루브다.
거매, 뭔가 느껴져서 뒤를 보는데

이쓰루브   (뇌어 E) 무슨 짓이냐..?

거매   (경악한 마음의 소리 E) 뇌안탈말..!!!??

하며 거매, 품에서 청동검을 천천히 뽑으며 긴장한 채 돌아서는 데서

S#15. 아스달 전경(동틀 녘의 새벽)

S#16. 약전 가는 길 2층 구름다리 일각(14씬과 같은 곳, 새벽)

라임이 하품과 함께 기지개를 켜며 울백과 걸어오고 있다.

울백   가르간 그놈.. 어젠 혼 빠졌던데, 이젠 멀쩡하더라구.
라임   역시 아사론 니르하의 영능이 대단하시네요!
    (하다가는 말을 뚝 멈추고는 두려운 듯 어딘가를 보며) 저기.. 저..
    가르간.. 아니에요?

하고 보면 구름다리 천장에 목을 매단 가르간이 보인다.
경악하는 라임과 울백!! 놀라서 소리를 지르는데!!!

S#17. 사야의 집 2층 사야의 방(새벽)

창밖으로 동이 터오는데, 탄야와 사야가 그 자리에 그대로 앉아 있다.

탄야   그럼.. 타곤 니르하가 그때 사야님을 데리고 오신 거예요?
사야   내 추측이야. 내 나이로 봤을 때 뇌안탈 대사냥 시작한 지
    1, 2년 후에.. 데려온 거 아닌가 싶어..
탄야   (조심스럽게) 근데.. 왜 데려오신 거래요?
사야   (피식 웃으면서) 글쎄.. 그건 나도 모르지. 졸리지 너두 이제?
탄야   (피식 웃으며) ...

하는데, 이때 쿵쿵거리며 해투악이 천천히 올라오는 소리가 들린다.
문 쪽을 보는 사야와 탄야. 이때 아주 조심스럽게 문이 열린다.

사야   야.. 그렇게 쿵쿵쿵 올라오면서 문만 살짝 열면 다냐?
해투악   (긴장했다 둘이 같이 있는 걸 보고 놀라) 어...? 아... 같이.. 계셨구나...
사야   왜?

해투악	아뇨.. 재가 없길래.. 어디 갔나 해서요..
사야	왜? 탄야가 나 감시 잘하나.. 감시하러 왔어, 새벽부터?
해투악	(당황) 아뇨.. 그게 아니라.. 뭔 일 나서요.. 태알하님한테.. 보고하고 오다가..
사야	뭔 일? 무슨 일 났는데?

S#18. 약전 가는 길 2층 구름다리 일각(14씬과 같은 곳, 아침)

지나가던 사람들 예닐곱 명이 모여서 웅성이고 있고,
길선과 위병단 4명이 있는데, 무백, 무광, 연발, 홍술 등 대칸들이
급히 온다. 가서 보면, 목을 매단 가르간이 있다.
놀라는 무백과 연발. 놀라는 척하는 무광과 홍술.

무백	(길선에게) 어떻게 된 거야?
길선	나도 모르지. 와보니까 (시체 보며) 보시다시피..

하는데, 기토하와 박량풍이 급히 뛰어온다. 모두, 보는데

기토하	도기 공방 노인네도 죽었어요. 자기 가게서요..
길선	(놀라) 뭐? 왜?
기토하	자기 목을 칼로 찔렀어요.
박량풍	닭전의 여인네도. 우물에 빠져서..
길선	아이 씨.. 뭔 일이야, 대체?

하면 다들 술렁이는데 이때 홍술이 무광에게 슬쩍 입과 눈짓으로
하라는 제스처를 한다. 이상하게 보는 무백.

무광	(눈치 보며 연기하듯) 아니 그럼 결국 고살(자막: 원혼 혹은 원귀) 맞은 사람들은 다 죽은 거잖아요.

하면, 주변에 있던 사람들, 두려워하며 쑥덕거린다.

그런 무광과 사람들의 반응을 보는 무백.

연발	그렇네. 뇌안탈의 고살을 못 막았다는 거잖아?
무광	(나서며, 큰 소리로) 아니 그거 막는다고.. 타곤 니르하께서도 대제관이 하라는 대로 다 했는데, 이게 뭐예요, 대체!
사람들	(놀라 두려운 얼굴) ...
무백	(무광 보며, 마음의 소리 E) 설마 타곤이 시킨 것인가...?
홍술	(기토하에게 슬쩍) 근데.. 형님.. 거매 못 보셨어요?
기토하	거매? 어젯밤에 무광이랑 너랑 셋이 나갔잖아. 왜 나한테서 찾나?
홍술	아.. 예.. (중얼) .. 어디 간 거야?
연발	(무백에게) 형님.. 이건 얼른 연맹장 니르하께 보고해야 하지 않아요?
길선	어.. 내가 갈게. (하고는 간다)
무광	(짜증 E) 아 왜 또?

S#19. 군검부, 무백의 집무실(아침)

무백이 무광을 벽에 밀쳐놓고는 무광의 눈을 똑바로 보며

무백	설마.. 니들이 죽인 거냐? 그 고살 맞은 세 명..?
무광	(눈 피하며) .. 아냐.
무백	똑바로 얘기해!
무광	뭐? 뭐? 그래서 뭐? 그 세 명 먼저 미치게 만든 게 아사론 그 늙탱인데! 그래서 타곤 니르하 무릎까지 꿇렸잖아!
무백	그래서.. 그래서.. 아무 죄도 없는 연맹인들을 죽였어? 대칸이란 새끼가!
무광	(더 삐딱) 왜 안 돼? 왜 안 되는데? 난 타곤 니르하가 하라는 건 형을 죽이래도 할 거야!!!
무백	(그 말에 간절하게 설득) .. 무광아.. 안 돼. 아사론과 타곤 니르하는.. 권력을 갖기 위해 무슨 짓이든 할 거야. 아니 이미 하고 있고..! 너... 그 싸움 맨 앞에서 그리 칼춤을 추다가는.. 니가 젤 먼저 죽어..
무광	아니.. 그런 소리 자꾸 했다간 형이 젤 먼저 죽어.. (하고 나간다)

무백   (그런 무광 보며 참담하다) …

S#20. 연맹궁 일각(아침)

심각한 태알하, 위병들의 호위를 받으며 오고 있다.

S#21. 연맹궁 내부 뜰(아침)

대대가 밀납 판서대를 들고는 보고하고 있다.

대대   오늘 지축방 좌솔, 초발의 아비인, 토후의 장례가 있습니다.

보면, 타곤은 여유롭게 새장의 새에게 먹이를 주고 있다.

타곤   보리 열 항아리와 청동 한 괴를 보내라.
대대   예. (하고는 뭔가 쓰고는) 아고족의 서른 개 씨족의 움직임이 심상치 않답니다.

이때 태알하가 씩씩대며 급히 오는 것이 보인다.

타곤   (그런 태알하 보며) 아고족이 왜?
대대   벽씨족이 이나이신기의 영광을 되찾자며 씨족장회의를 소집했답니다.
타곤   (피식) 이나이신기… 아직도 헛꿈을 꾸고 있네..
         (오는 태알하 보며) 다시 갈라놔야겠군. 붉은발톱에게 전갈을 넣어..

하는데 태알하가 다 왔다. 타곤, 대대에게 턱짓하자, 대대 빠진다.

타곤   (나가는 대대에게) 여기 사람을 들이지 마라.
대대   (나가며) 예.
태알하   (날카로운) 보고받았어?

타곤	아직 안 받았지만 니 얼굴만 봐도 뭔지 알겠는데?
태알하	뭐?
타곤	궁리방 좌솔이 빠르네. 위병 총관보다도 먼저 오고...
태알하	진짜 뭔지나 알고 하는 소리야?
타곤	알고 말고가 없지. (하고는 확 다가가 귓가에 속삭이며) 내가 했으니까.
태알하	(하자 얼른 떨어져 타곤 본다)
타곤	(피식) ...
태알하	왜? 내가 그 사람들 죽이자고 했을 땐 안 된다면서?
	그래봤자 결국은 사람들이 아사론을 찾아갈 거라고.
타곤	.. 그랬지..
태알하	그랬는데? 그새 뭐가 달라진 거야?

S#22. 대신전, 8신전(낮)

대신전 안에 열 명 정도의 제관들이 꿇어앉아 석상들을
바라보고 있고, 맨발 차림의 아사론이 대신전 부조석상을 정성스레
닦다가 말고는 날카롭게 본다.

아사론	세 명이 다?
아사욘	예.. 세 명이 다 스스로 죽어 있었답니다!
아사론	(경악) ...!
아사욘	(쭈뼛거리며)사람들은 뇌안탈과 이그트의 고살이 살아 있다며..
	니르하께서 신들께 받은 공수(자막: 신의 소리를 전하는 일)가
	모두 쓸모가 없었다고 두려워하고 있습니다.

아사론, 생각에 잠기며, 손에 지니고 있던 석상을 닦던 수건을
근처의 제관에게 건네주고는 맨발로 걷기 시작한다.

아사론	애초에 고살이 없었으니 고살이 그런 짓을 했을 리는 없어.
	그럼 무엇이겠느냐..?

아사욘	타곤이 한 짓이라고 생각하시는 겁니까?
아사론	그걸 모르겠구나. 내 공수가 다 틀렸다 해도
	연맹인들은 타곤을 찾진 않아.
	그들은 결국 대신전으로 몰려와 또 나를 찾게 되어 있어.
아사욘	예, 물론입니다.
아사론	(걸어가며 마음의 소리 E) 이런 일에 있어, 아스달에서
	나를 대신할 수 있는 건 없다... 대체 왜..?
태알하	(E) 뭐냐니까!

S#23. 연맹장의 집무실(낮)

들어오는 타곤, 짜증내며 따라 들어오는 태알하.
타곤, 들어와서는 여유롭게 물 한 잔을 따른다.

태알하	(더 못 참고는) 타곤!!! (하다가 깨달은 듯) 뭔가.. 아사론을 대체할 걸 찾았어..?
타곤	(물을 마신다)
태알하	근데, 그런 게 어떻게 있어? (타곤의 물잔 뺏으며)아 진짜, 속 터지게..!
타곤	아사론은.. 위대한 어머니 아사신의 방계야.
태알하	누가 몰라? (하고 물 마시다가 순간 깨닫고는, 놀라 물을 약간 뿜으며) ...!!!
타곤	(그런 태알하를 본다) ......
태알하	(쿵) 아사신의 직계..?! 직계를 찾았어?
타곤	실제로 있냐 없냐는 중요하지 않잖아.
태알하	(궁합이 척척) 물론 연맹인들이 믿을 만하냐가 중요하지. 계속해봐
타곤	(다시 태알하의 손에 있는 물잔을 들어 마시고는) 멀고 먼 이아르크에..
	와한이란 두즘생들이 있었다...
태알하	....?
타곤	근데 그들은 너무도 신기하게.. 우리 아스말을 쓰고 있다..
태알하	(경악하며 눈빛이 빛난다) ....!!
타곤	그리고 그 마을엔.. 흰산의 심장 문양이 그려진 아사신의 별다야가 있었다.

태알하	(점점 빠져들며) .. 정말..?
타곤	그걸 가져온 자는 그 누구도 아닌.. 우직함의 상징이자 정직의 씨앗인.. 무백!
태알하	...!!! 뭐?
타곤	(고개를 끄덕)
태알하	리산과 아사신이 도망간 곳은 남쪽...
	그게 이아르크고 와한이었다고..? 그럼 걔네 시조가 아사신이고?
타곤	와한의 시조는 흰늑대할머니라는 사람이었는데..
	아사신으로 추정되는 흰늑대할머니의 핏줄인, 씨족어머니 후계자는...
태알하	(기대하며 침을 꼴깍 삼킨다) ....
타곤	(보고) ..
태알하	(완전 집중) ...
타곤	그 씨족어머니 후계자는... 태알하와..
태알하	.. 나..?
타곤	해투악밖에 알 수 없는, 새나래와 사야의 일을 맞췄.. 다..!
태알하	(경악) ......!!! ... 타 탄야라고..?

S#24. 약전 가는 길 2층 구름다리 일각 (14씬과 같은 곳, 낮)

뭔가를 보고 있는 탄야와 사야. 누군가의 울음소리가 번진다.
목을 매단 가르간의 시신이 내려와 있고, 수레에 실린다.
아들인 듯 보이는 남자가 울고 있다. 보는 탄야와 사야.
수레가 지나가자 모여 있던 사람들, 웅성거린다.

울백	뇌안탈의 고살이 아직 안 떠난 거야...!
라임	아사론 니르하 말씀대로 집집마다 뇌안탈 토우도 다 모셔놨는데..
	다 헛일 아니요?

그런 그들의 대화를 듣고 있는 사야와 탄야.

| 사야 | (마음의 소리 E) 이걸 의도한 거라면 이건 분명 아버지가 한 일이다.. 왜..? |

S#25. 연맹장의 집무실(낮)

(23씬 연결)

태알하 (흥분, 심각) 아사신의 후예를 인정받으려면 대신전의 별방울을 찾아야 해.
탄야가 알까?

타곤 알면 좋겠지.. 하지만 몰라도 방법은 있어.
먼저 소문부터..! 슬슬 무대를 만들어가야 하니까.

태알하 (생긋 웃으며) 아스달 연맹 소문방 좌솔이 있다면 누구겠어? 해투악이야..!

S#26. 장터 일각(낮)

장터 곳곳에서 사람들이 삼삼오오 웅성이며 모여 있는 가운데,
생각하며 걷는 사야와 그 옆으로 걷는 탄야.
지나가는데 해투악의 움직임이 보인다. 보는 사야와 탄야.

ins.cut〉골목 안 일각
해투악이 해족1, 2, 3, 4와 함께 있다가, 해투악이 눈짓하자,
해족1, 2, 3, 4가 사람들 사이로 스르륵 스며들어간다. (*해족 복장 아님)

트리한 뭔가 부정 타는 짓을 했겠지..!

라임 세 명이 다요..? 고살 받은 넷 중에 셋이나 죽었는데..?

트리한 (심기 불편) ...

해족1 (어느새 옆으로 와서) 안 그래도.. 그 대신전에서 나눠주는
뇌안탈 토우가..! 오히려 뇌안탈의 고살을 부르는 게 아니냐며..
없애버리는 사람들이 생겼대요..

라임 (처음 보는 여인을 보며) 예? 진짜요?

트리한 아니 누가 그런 불경한 짓을..

해족1   가족의 죽음을 겪으면 그리될 수도 있겠죠.
라임   (한숨) 허긴 타곤 니르하께서 그 고생을 하셨는데
        오히려 이런 일이 벌어졌으니..
트리한   아무리 그래도 그렇지!!

하는데 해족2, 슬며시 트리한 쪽으로 가며,

해족2   맞소. 아사론 니르하는 최선을 다하셨소.
해족1   아니 그럼 왜 사람들이 그리됐답니까?

주변으로 사람들이 더 모이며 해족1, 2의 대화를 집중해서 듣는데

해족2   곧쪽이 아니시니... 그 정성이 이소드넝께 미치지 못한 것이 아니겠소?
사람들   ...!!!
트리한   정말 큰일 날 소리를..!!

ins.cut.〉 골목 안 일각
해투악, 이 모습들을 예의주시하며 보고 있는데

여비   (뒤에서 E) 뭐하니?
해투악   아이구 깜짝이야!
여비   (그런 해투악 보는데)
해투악   무슨 상관이야? 내가 뭘 하든.. (하며 간다)
여비   (소문내는 사람들을 예의주시해서 본다)

그런 모든 상황들을 보며 걸어가고 있는 탄야와 사야. 그 위로,

사야   (마음의 소리 E) 아버지가 소문의 신을 움직였다.
        이제 소문은 날개를 달고, 밤에도 자지 않고, 수많은 귀와 혀를 데리고
        다니며, 어느 날, 하늘에 닿을 만큼 커져 있겠지.. 하지만..!

S#27. 사야의 나무집 아래(낮)

탄야는 나무 아래 서 있고, 사야는 나무를 돌며 얘기하고 있다.

사야   사람들은 불안한 마음에, 알 수 없는 속삭임을 멍청하게 믿고,
            허무하게 기뻐할 수는 있어도!
            소문에 의지해서 경솔하게 행동하지는 않아..!
탄야   (시선은 나무를 도는 사야를 따라가며) 왜요?
사야   소문은 소문일 뿐... 아사론 대신, 믿을 사람을 보여주진 않으니까!
탄야   타곤 니르하를 믿으라는 거 아닐까요?
            아라문 해슬라의 공수도 받으신 적이 있다면서요?
사야   아라문이 신이 된 것도 아사씨들의 인정이 있었기 때문이야.
            그래서 공수를 받아도 신이 아닌 거야... 지금의 아사론을 대체할 수가 없어.
탄야   그럼.. 타곤 니르하께서 하신 일이 아니겠죠..
사야   아니. 아버지야...
탄야   대체할 사람이 없다면서요..
사야   ...!!! 찾은 걸까...?!! 아사론을 대체할 사람을..!
탄야   (마음의 소리 E) 아사론 대신 믿을 사람..? (멍해지며 E) 설마...
사야   (옆에 있는 줄도 모르고 나무를 돌며) 누굴까 그게?
            고작 하루 사이에 아사론을 대체할 뭔가를 찾았어..! 누구지?

하며 나무를 도니, 사야의 앞에, 생각하고 있는 탄야가 있다.
사야, 그런 탄야가 비현실적으로 보이며, 그 위로,

사야   (E) 아버지가 뭘 물으시디?
탄야   (E) 그냥 우리의 기원이 뭔지.. 우리의 시조이신 분들 그런 걸 물어봤어요..
탄야   (E) 혹시 더 생각나는 게 있으면 찾아뵈어도 되나요?

이때, 생각에 빠져 있던 탄야가 고개를 돌려 사야를 본다.

사야	(싸늘하게 탄야 보며) 내가.. 모르는 게 뭐지?
탄야	..... 예?
사야	.. 너와 아버지는 알고 난 모르는 게 있어..
탄야	무슨... 말씀이세요?
사야	(꿰뚫듯 보더니) 날.. 날... 속였구나...
탄야	(당황) 뭐... 뭘요...!?
사야	(천천히 다가가며 무섭게 조곤조곤) 아버진.. 널.. 만나고 생각을 바꿨어!
탄야	그.. 그런 거 없어요.
사야	...!! (나무로 몰아붙이며) 내가 널 다 믿은 거 같애!?
탄야	...!!
사야	(더 몰아붙이며) 날 속여 넘긴 거 같애!?
	날 들이받고 그 난리를 쳤던 년이, 내 앞에서 무릎 꿇고..!
	힘을 다해 모신다고! 주인님이라 부르면...!
	내가 그런가 부다 하고 다 속아?!!
탄야	(당황) 아.. 아니에요...!
사야	(진심으로 분노, 슬픔) 널 진심으로 좋아하고 바랬어..!
탄야	...!!
사야	근데 넌 날 이용했구나..! 그 죽은 동무의 복수를 하려고 했어..!??!
탄야	...
사야	내가 널 좋아하니까! 니가 숨을 쉬는 거야!
	내가 널 바라니까! 니가.. 살아 있는 거야..!! 알아..!!??
	근데 왜! 왜..!!?
탄야	(놀란 눈으로 사야 보며) ...
사야	(숨을 몰아쉬며 눈이 벌게져 노려보며) ... 날 속였지..? 왜 그랬어...
탄야	... (눈물이 그렁해지면서) 그래야... 그래야... 알 수 있다면서...?
사야	뭐?
탄야	니가 그랬잖아!!
	어느 자리까지 올라오지 않으면 도저히 알 수 없다고!!
	힘을 가져보지 않으면! 우리가 왜 그렇게 당했는지!
	(울컥) 은섬이가 왜 죽었는지 알 수가 없다면서!?
사야	...

탄야	그래서 그랬어!! 너를 이용해서 힘을 갖고 싶었어!!!
	그래서 그러려고 했어!! (울먹) 근데... 후회해!!
사야	... (보다가) .. 왜..?
탄야	... (눈물 흐르고) 다 엉망이 되어가는 것 같아.. 그래서...... 후회해
사야	왜 후회하냐고! 뭘 후회하냐고!
탄야	니 얼굴 볼 때마다........
사야	볼 때마다 뭐..?
탄야	볼.. 때마다...
사야	....
탄야	....
사야	....
탄야	널 만나지 말았어야 해..
사야	....
탄야	....
사야	....
탄야	....
사야	(탄야 보며, 가라앉히고) 나는 모르고.. 아버지와 너만 아는 게 뭐야..
	왜 널 만나고 아버지가 생각을 바꿨어...?
탄야	난... 와한의 씨족어머니 후계자고 흰늑대할머니의 곧쪽이야.
사야	그래서..?
탄야	흰늑대할머니가....
사야	...
탄야	하... 흰늑대할머니가.. 아사신인가 봐...
사야	(경악하여) .....!!! 뭐... 뭐???
탄야	내가 아사신의 직계인 것 같다고! 내가..!!!
사야	(경악하여) 니... 니가.. 아사론을 대체할 사람이라고...???

S#28. 돌담불 전경(낮)

목책으로 둘러싸인 돌담불 입구의 모습. 그 위로,

빠르고 강한 리듬의 북소리가 들린다.

S#29. 돌담불 지상 몽타주(낮)

점점 커지는 북소리 계속해서 이어지며,
#. 한쪽에 높이 쌓여 있는 거대한 진흙더미의 모습.
#. 진흙더미의 진흙을 중앙에 있는 진흙탕으로 분주히 나르는 노예들.
지상 노예들은 모두 발에 나무족쇄를 찼고, 나무족쇄 한쪽은
다른 노예의 나무족쇄 한쪽과 등나무줄기로 묶여 있다.
#. 4mx4m 정도의 사각 진흙탕에서 5~6명의 노예가
큰 대나무 채반을 들고 물에 흔들며 뭔가를 걸러내고 있고,
채찍을 든 채 이들을 감시하는 4~5명의 수하들.
#. 진흙탕 주변으로 보이는 여러 개의 깊은 구덩이 모습.
#. 구덩이 위에 있는 도르래를 힘겹게 돌리는 노예들과
이들에게 소리 지르는 수하들의 모습.
#. 높은 곳에서 북을 치고 있는 3~4명의 북 노예들.
#. 이 리듬에 맞춰서 도르래를 돌리는 노예팀,
진흙을 나르는 노예팀 등 팀별로 분주하게 일하는 모습 컷컷.
#. 이때 북을 더욱 세게 치기 시작하는 북 노예들.
#. 더욱 분주하게 일하는 노예들 틈으로 발이 묶인 달새가
다른 노예와 수하1 사이에서 통역하며 걸어온다.
그러다가 슬쩍 한 구덩이에 시선이 멈추는 달새,
걸음을 늦추며 구덩이 안의 깊은 어둠을 멍하니 바라본다.

달새   (마음의 소리 E) 견뎌.. 견뎌내... 은섬아...

하자 카메라, 그 구덩이 안으로 내려간다.

S#30. 돌담불 은섬네 깃바닥(낮)

구덩이 끝까지 내려온 카메라의 시선으로, 위에서 들리는 아득한
북소리에 맞춰 사트닉, 잎생, 차나라기가
채반으로 진흙을 푼 뒤, 그것을 들고 뛰어오고 있다.
군데군데 횃불이 비추고 있지만 누가 누구인지 분간이 되지 않는다.
뛰어오던 사람들이 구덩이 아래쪽에 다다르자,
지상에서 들어오는 햇빛에 살짝살짝 얼굴이 드러난다.
북소리 이어지는 가운데, 뒤이어 채반을 들고 뛰어오는 누군가.
햇빛이 빠르게 그의 얼굴을 스치자, 보이는 얼굴.. 은섬이다!
감정 없이 채반을 들고 뛰는 은섬, 아무런 의욕이 없는 듯
총기를 잃은 눈빛이다.
채반에 담긴 진흙을 도르래와 연결된 큰 광주리에 부어 넣고, 다시
빈 채반을 들고 왔던 곳으로 뛰는 사트닉, 잎생, 차나라기, 은섬.(1조)
동시에 맞은편에서 바도루, 올마대, 노예1, 노예2(2조)도
진흙이 담긴 채반을 들고 광주리로 뛰어온다.
1, 2조 교차로 진흙을 푸고, 뛰어오고, 광주리에 넣고,
이를 반복하며 계속해서 정신없이 왔다 갔다 하는 모습.
이때, 뛰던 사트닉의 다리가 꺾이며 맥없이 쓰러진다. 엎어지는 진흙.
뒤에서 달려오던 차나라기가 분노를 삭이는 듯 한숨을 내뱉고는
엎어진 사트닉의 진흙 채반을 낚아채, 급히 광주리 쪽으로 달려간다.

S#31. 돌담불 지상 은섬네 구덩이 입구(낮)

와비족1과 다른 노예들이 힘겹게 도르래를 돌리고 있다.
계속해서 돌리자, 구덩이에서 흙이 담긴 큰 광주리가 올라온다.
옆에 있던 수하2가 광주리를 확인하고 "일흔둘이요!!" 외치자,
수하1이 "일흔둘!" 따라 외치며 바닥에 작대기를 하나 긋는다.
그러자 함께 보이는 빽빽한 일흔한 개의 작대기들.

S#32. 돌담불 지상 진흙탕 일각(낮)

진흙탕에서 채반에 담긴 흙을 흔들어 돌과 보석을 일차적으로
걸러내고 있는 노예들. 그 옆에서 진흙탕에서 걸러진 돌이 담긴
채반을 놓고 쭈그려 앉아 보석을 골라내고 있는 쇼르자긴.
쇼르자긴의 손가락이 돌들 사이를 왔다 갔다 하며 그 속에서
형형색색의 여러 보석들을 노련하게 골라낸다.
그중 보잘것없는 보석들은 신경질적으로 내던지는 쇼르자긴.
그러다가, 가장 빛나고 큰 보석을 찾는다!
빛나는 눈빛으로 보석을 보다가, 슬쩍 주변을 보니, 거한이
매서운 눈으로 쇼르자긴을 보고 있다. 곱게 내려놓는 쇼르자긴!
그러나 다시 거한의 눈치를 살피고는 재빨리 그 옆의 보석 하나를
자신의 소매춤에 몰래 넣으며 일어난다!
그리고는 한 손을 이마에 짚고 태양을 보는 쇼르자긴.
이내 기분 좋은 듯 양팔을 흔들며 북소리를 느낀다.
일하고 있던 노예들, 그런 쇼르자긴을 보는데
이때, 쇼르자긴이 허공에 흔들던 양팔을 갑자기 정지하자,
딱! 멈추는 북소리! 북소리가 멈추자, 모두 하던 일을 멈춘다.

S#33. 돌담불 은섬네 깃바닥(낮)

북소리가 멈추자, 전원 하던 일을 멈추고, 햇빛이 쏟아지는
구덩이 아래로 급히 모여든다. 긴장된 표정으로 위를 올려다보는데..
은섬만 홀로 구석에서 계속 진흙을 파고 있다.

S#34. 돌담불 지상 구덩이 일각(낮)

쇼르자긴이 구덩이 사이를 걸어오며 "아침 일 끝!" 외치자,
곳곳의 수하들이 "아침 일 끝!!" "끝!!!" 하며 여기저기서 복창한다.

이때, 쇼르자긴이 한 구덩이 앞으로 가니,
구덩이 앞의 수하2가 쇼르자긴에게 "여든셋이요!" 보고한다.
쇼르자긴, 흡족한 듯 "들여보내!" 하자,
뒤따라온 다른 수하들이 광주리에 끼니를 담는다.
도르래를 돌려 광주리를 내려보내는 노예들.
쇼르자긴, 구덩이를 둘러보다가 이내 은섬네 구덩이 앞으로 온다.
수하1, 은섬네 구덩이 옆 바닥에 그어진 작대기를 보고는

수하1   일흔일곱이요!

쇼르자긴   일흔일곱..? (피식) 아.. 이 새끼들.. 용감하네.. 기개가 있어, 웅!
한 끼쯤은 굶어도 좋다! 웅? (수하1에게) 야 이쪽 구덩이 새끼들 낮끼 없어!

하자, 쇼르자긴의 주변에 있던 수하들, 은섬네 구덩이에 대고
"낮끼 없어! 낮끼 없어!" 하고 외친다.

S#35. 돌담불 은섬네 깃바닥 (낮)

지상을 보며 구덩이 아래에 모여 있던 6명, '낮끼 없다'는 소리에
망연자실하여 그 자리에 주저앉는다.
구덩이로 내리쬐는 햇빛에 거친 숨을 몰아쉬는 6명의 얼굴이
군데군데 드러난다. 참담하고 절망적인 모습이다.
무거운 침묵이 내려앉은 가운데, 빛 속으로 절뚝이며 오는 누군가.
아픈 모습이 역력한 사트닉이다.

사트닉   (절뚝이며) 미안.. 미안... 해요.. 저 때문에..

모두들 어둠 속에서 사트닉을 노려본다. 사트닉은 미안한 듯 서 있고
그 너머엔 묵묵히 일만 하는 은섬의 모습이 보인다.

차나라기   알아? 미안한 줄은 알아? 올마대! 아.. 진짜 쟤 어떡할 거야..!!

올마대는 한숨 쉬고, 차나라기는 사트닉의 다리를 걸어차버린다.
그러자 은섬의 앞으로 나가떨어지는 사트닉.
주저앉아 있는 모두들, 그 광경을 그저 건조하게 바라보고만 있다.
은섬, 사트닉이 나가떨어지든 말든 계속해서 묵묵히 채반의 흙을
광주리에 담는다. 바도루, 그런 은섬을 보다가는

바도루   (일어서서 은섬에게 다가오며) 야..
은섬   ... (계속해서 흙을 광주리에 담는다)
바도루   (갑자기 은섬의 먹살을 잡고) 이그트 새끼면, 혼자서..
        (주먹을 날리고) 스무 광주리는 해야 되는 거 아냐?
잎생   (벌렁 드러누우며, 툭 던지듯) 쟤 지 몫은 다 했어.

넘어진 은섬, 그냥 다시 일어서서 떨어진 채반을 줍는데

바도루   (은섬의 채반을 발로 걸어차는) 뭐야? 무시해? 아니면 왜 참아?
        너 맘만 먹으면 여기 사람들 다 때려죽일 수 있는 이그트 아냐?
은섬   (채반을 재차 주우려는데)
바도루   (은섬을 잡아 세우며) 근데 뭐야? 벌써 정신 나간 거야?
잎생   (누워서 발랄하게) 내 말을 제대로 알아들은 거지..
        여기 있는 놈들 다 때려죽이면 결국 혼자서 여덟 명 몫을 하다가
        굶어 죽는다는 걸..
바도루   하.. 더러운 이그트 새끼..

물끄러미 바도루를 보는 은섬의 멍한 시선 위로,

ins.cut.〉 9부 19씬 중,
터대   (점차 흥분) 너는 그냥 어떤 더러운 것과 짐승보다 못한 뇌안탈이 붙어먹어서
        나온 이그트고! (cut.)

현실의 은섬, 멍한 표정이다. 이때, 일어나는 올마대.

올마대   이러다 밤끼까지 걸러.. 다들 채반 들어.

하자, 다시 채반을 들고 올마대를 따라 터벅터벅 가는 노예1, 노예2.

잎생   (일어나 천천히 다가오며) 어이 이그트.. 입 닫고 일 열심히 하는 건 좋은데...
      너무 그러면 힘들다, 너?
은섬   ....
잎생   약한 건.. 더 짓밟고 싶은 거거든.. (하고 간다)
사트닉 (은섬에게 다가가서) .. 미안해요....

은섬, 감정 없이 물끄러미 사트닉을 본다.
은섬, 사트닉을 물끄러미 보다가는 다시 어둠 속으로 걸어간다.

S#36. 돌담불 지상 일각 (낮)

쇼르자긴, 닭다리를 게걸스럽게 먹고 있는데, 뒤에서
수하2, "쇼르자긴님" 하고 오더니 귀엣말을 한다.
표정이 일그러지고 뼈를 툭 뱉는 쇼르자긴.

S#37. 돌담불 지상 골두의 막사 (낮)

긴장한 채 들어오는 쇼르자긴, 막사 안의 테이블에는
각종 최상급 보석들이 놓여 있다. 그 앞에 앉아 있는 골두.

골두   (보석을 햇빛에 투과시켜 보며) 이그트를 데려왔다고?
쇼르자긴 (비굴하게 웃으며) 아 예, 골두님..! 뭐.. 어차피 깃바닥에 던져놨으니까..
      살아서 올라오지 못할 거구. 죽이면 아깝잖아요. 보석이 몇 갠데..
골두   (갑자기 일어나 낄낄거리며 장난치듯 쇼르자긴 뺨 툭툭 치며) 아까워?

니 동생 이그트한테 죽었잖아?.. 근데 죽이기 아까워? 손해는 못 보겠다..?

쇼르자긴　(비굴하게 웃는) ... 다.. 골두님 재산이니까.. 흐...

S#38. 돌담불 은섬네 깃바닥(낮)

흙구덩이에서 손으로 진흙을 퍼 채반에 담는 사람들의 모습.
잎생과 은섬도 한쪽 구석에서 흙구덩이를 파고 있다.
은섬, 기계처럼 손으로 진흙을 퍼서 채반에 담고 있는데
이때, 진흙 속에 손을 집어넣은 잎생이 "어!?" 하더니,
손을 더욱 깊숙이 집어넣는다.

잎생　(흥분한) 어?! 이거.. (손을 더욱 뺄으려 안간힘을 쓰는) 좀만.. 더.. 좀만!!
은섬　(아랑곳 않고 다시 진흙 담는)
잎생　어..? 어?! 그렇지!

잎생, "됐어!!" 하고 무언가를 끄집어내더니 입에 넣는다.
그리곤 쪽쪽 빨아서 침을 퉤 뱉더니, 입에서 조심스럽게 꺼낸다.
보면, 잎생의 손에 들려 있는 영롱한 보석이다!

잎생　(보석 보이며) 야.. 봐, 봐! 이게 진짜 어마어마한 거거든?!
아스달 연맹궁 옆에 으리으리한 집 한 채는 거뜬히 살 수 있지..!
은섬　(잎생 보는) ....

잎생, 조심스럽게 품에서 작은 천을 꺼내 펼치자
비슷한 보석이 다섯 개 더 있다. 은섬 앞에 들이대며

잎생　저 위로 올라가기만 하면! 떵떵거리면서
대칸들을 호위무사로 거느리고 살 수 있는 거야. 대칸 알아? 대칸!
은섬　.....
바도루　(지나가다 비웃으며) 미친놈... 올라가야 말이지.

아스달 전체를 살 수 있는 보석이 있음 뭐해? 평생 깃바닥 신세일 텐데..
낮끼도 굵은 새끼가 깡지랄한다.. (하고 가는데)

잎생   (가는 쪽 보더니) 아니, 사람이 희망을 가져야지, 희망을. 응?

은섬   (마음의 소리 E) 희망..

잎생   저 새끼하고 나하고 벌써 다르잖아?
        쟤는 쇼르자긴한테 이미 길들여진 거지. 짐승처럼..

ins.cut.〉 9부 19씬 중,

터대   나는 짐승 같은 두즘생이고! (cut.)

잎생   야, 이그트. 넌 이름이 뭐냐? 진짜 보래는 아닐 거 아냐?

ins.cut.〉 9부 19씬 중,

터대   너한텐 그 잘난 이름이 다다 이거지? (cut.)

터대   그래.. 잘났다 이 새끼야.. (cut.)

은섬, 멍하게 있다가 채반 들고 가자, 잎생 쫓아간다.

잎생   야.. 내가 이런 얘기 안 할라고 했는데.. 나.. 사실 (주변 살피고) 탈출할 거야..

은섬   (일하며) ..

잎생   어떻게 할 거냐면.. 아, 그것까지는 지금 말 못하고..
        내가 너.. (속삭이듯) 같이 데리고 갈 수도 있어, 단, 너 하는 기 봐서...

은섬   ...

잎생   이 새끼 이거.. 귀 안 들리나?

S#39. 돌담불 전경(밤)

지상에 막사 군데군데 횃불이 몇 개 있고
널브러져 자는 수하1 등이 보인다. 은섬네 깃바닥 구멍엔
격자로 된 나무창이 단단히 잠겨 있다. 그 앞엔 의자에 앉은

칼을 찬 수하2가 졸고 있다.

S#40. 돌담불 은섬네 깃바닥(밤)

모두가 잠든 듯 고요하다. 카메라, 한 명 한 명씩 훑고 지나가는데
은섬이 보이지 않는다. 카메라 더 깊이 들어가면,
어두운 한구석 벽에 기대앉은 은섬의 멍한 모습, 그 위로,

터대   (E) 그래.. 잘났다 이 새끼야.. (cut.)

ins.cut.〉 9부 19씬 중,
자신의 목젖 아래를 확! 찌르는 터대! (cut.)
은섬, 터대에게 손을 뻗으며 (cut.)
터대, 결국 은섬 앞에 고꾸라진다. (cut.)

ins.cut.〉 새로 찍는 회상, 9부 19씬 연결.

은섬   (울부짖으며, 손을 더욱 뻗어보려) 터대야..!! 안 돼..!!
               (줄을 끊으려 안간힘쓰며 울부짖는) 으아악..!! 터대야..!!

이때, 다가오는 쇼르자긴, 죽어 있는 터대의 시신을 발로 툭툭
걷어차 확인해보더니 낭패라는 듯 "젠장!" 소리 지른다.

은섬   (터대 보며 악을 쓰듯) 나는..!! 나는..!! 보래입니다!!!
               (더 악을 쓰듯) 나는! 어떤 더러운 것과..!! 괴물 새끼 뇌안탈이 붙어먹어서!!
               나온 이그틉니다...!!! 나는..!! 이그틉니다!! 보래입니다!! 나는..!! 더러운..!!!

쇼르자긴, 은섬이 악을 쓰며 울부짖는 모습을 보더니
어이없다는 듯 피식 웃는다.
계속해서 악을 쓰며 울부짖는 은섬의 모습.

초설   은섬이 니가... 우리 와한에 길한 사람이 될지...
       아니면 와한에 불길한 사람이 될 것인지는 알 수 없지. (cut.)

초설   넌 절대 와한의 사람이 될 수 없어. 돼서도 안 되고.. (cut.)

ins.cut.〉 8부 51씬 중,

뭉태   .... 그래봤자... 뭐 안 되잖아...
       (그런 은섬 보며).. 너두.. 우리 구한답시고.. 그런 짓 하다가.. 결국은..
       우루미 누이도 죽고.. 돌돌이도.. 오류이도 죽고.. 어차피.. (울컥) 안 되는 거야..

현실의 은섬, 넋이 나간 사람처럼 멍하고,
보면, 이를 덜덜 부딪치며 떨고 있다. 숨이 거칠어지며 눈을 감는다.
아득해지는 느낌. dis.

S#41. 은섬의 꿈, 사야의 나무집 아래(낮)

27씬과 같은 상황. 은섬(사야)이 탄야를 몰아붙이고 있다.
사운드 아웃되어 소리는 들리지 않는다.

ins.cut.〉 현실의 은섬, 아까 그 자리에서 뒤로 기댄 채
자고 있는 모습. 악몽을 꾸는 듯, 몸을 경련한다.

은섬(사야)이 더욱 탄야를 몰아붙인다.
악몽을 꾸며 경련하는 은섬의 괴로운 표정과
은섬(사야)이 탄야를 몰아붙이는 장면이 어지럽게 교차로 보여지다가,

탄야   .... 후회해..! (cut.)

탄야   널 만나지 말았어야 해.. (cut.)

S#42. 돌담불 은섬네 깃바닥(밤)

덜덜 떨던 그 자리에서 헉..! 하는 느낌으로 일어나는 은섬.
주변을 보면, 역시 어둠과 널브러져 자는 사람들이다.
멍하다가 숨이 거칠어지면서 두 손으로 얼굴을 감싸고
괴로워하는 은섬, 눈물이 흐른다. 흐느끼는 소리가 번지지만
잎생과 몇몇 살짝 눈떴다 전혀 상관 않고 다시 잔다. dis.

S#43. 거치즈멍 전경(낮)

S#44. 거치즈멍 앞 광장(낮)

부감으로 거치즈멍과 광장이 보인다.
광장의 한 곳에 사람들 웅성이며 모여 있고, 사람들 계속 몰려드는데,
아직 무슨 일이 일어났는지는 보이지 않는다.

S#45. 아스달 거리 일각2(낮)

대칸 두엇의 호위를 받으며 급히 가고 있는 타곤과 태알하.

S#46. 거치즈멍 앞 광장(낮)

위병단, "돌아가시오!" 소리를 지르며 사람들을 통제하고 있지만,
사람들 점점 더 모여든다. 이때, 타곤과 태알하가 급히 오자,
"니르하시다..!" 하면서 모여 있던 사람들, 갈라진다.
그들 사이로 가는 타곤과 태알하. 순간, 앞의 무엇을 보고는
굳은 표정이 되는 타곤, 경악하는 태알하.

죽어서 피 흘리며 누워 있는 제관! 그리고 카메라 부감으로 올라가면
죽은 제관 주변 어마어마하게 큰 흰산의 심장 문양이 흰색 천 줄로
만들어져 있고, 그 문양 밑의 하얀 천에,
'아사신께서 아라문을 보낸 뜻을 알라'라는 뜻의 갑골문이
붉은 피로 쓰여 있다.

태알하   이.. 이게.. 도대체..
기토하   (다가와서) 니르하..! 오시기 전까지 건들지 않았습니다. 치울까요..?
타곤   ...

이때, 반대편에서 달려온 아사론과 아사욘도 너무 놀란 채,
문양을 보고 있다. 타곤, 아사론과 서로 눈이 맞는다.
아사론은 타곤을, 타곤은 아사론의 표정을 살피는데

ins.cut.〉 군중 속에서 타곤의 표정을 살피는 사야.

S#47. 연맹궁 내부 회랑(낮)

호위를 받으며 급히 가는 타곤과 태알하.

S#48. 대신전 내부 복도(낮)

호위를 받으며 급히 가는 아사론과 아사욘.

S#49. 대제관의 집무실(낮)

아사론, 문을 벌컥 열고 들어온다. 아사욘, 따라 들어온다.

아사욘	(흥분) 감히 대신전의 제관을 살해하다니요!!!
아사론	(앉으며 책상에 있는 향불에서 나는 연기를 보며 잠시 숨을 들이켠다)
	.. 타곤이라고 생각하느냐?
아사욘	그럼 누구겠습니까..! 타곤 이놈이 전쟁을 하자는 겁니다..!
아사론	허나.. 타곤이..! 이리도 무모한 짓을.. 할 리가.. (하다가 멈칫)

ins.cut.) 9부 48씬 중,

아사론	내가 사람들의 마음을 쥐고 있는 한.. 어찌해도... 넌 내 아래야. (cut.)
타곤	제가 이기기 위해 뭐까지 할 수 있다고 생각하십니까? (cut.)

아사론	...!!! (의미심장한 마음의 소리 E) 타.. 곤..!
아사욘	(놀란 표정의 아사론을 보며) 어찌 그러십니까, 니르하...
아사론	(다시 한 번 연기 보며 크게 들이켜고는 결심한 듯) 모두 모이라 해라...
아사욘	...? 모두.. 라고 하셨습니까?
아사론	이 짓을 타곤이 저질렀다면! 올림사니보다 더 큰 죄를 지은 것이다!
	아니라 해도.. 이것으로 판을 다시 뒤집을 수 있다..!
아사욘	판을 뒤집는다 하심은...?
아사론	이제 아사씨의 권능을 의심하는 자들은 모두!
	흰산의 심장이다..! (차가운 미소)
아사욘	...!!!
타곤	(E) 난 아니야..!

S#50. 연맹장의 집무실(낮)

타곤, 태알하 있다.

태알하	그럼... 정말 흰산의 심장, 그놈들이 그랬다는 거야?
	8년 전에.. 아사론이 다 때려잡았었잖아?
타곤	8년 전에 그놈들이 뛰쳐나왔을 때도 사람들은 같은 얘길 했었지.
	20년 전에 다 때려잡지 않았었냐구..

태알하	아.. (미치겠다) 가늠이 안 되네. 이게 유리한 거야, 불리한 거야.
타곤	유불리가 문제가 아니야, 이건 우리한텐 엄청난 일이야!
태알하	하지만 걔들... 아라문이 이그트였다고 하고 다니는 놈들이잖아. 그럼.. (가까이 와서 작고 차분하게) 사실 너한텐 잘된 거 아냐? 비록 희생은 치르겠지만.. 연맹인들에게 그들의 생각이 퍼지는 게..
타곤	그래서 그놈들이 아사론을 이길 수 없는 거야.
태알하	..!
타곤	아라문은 영웅.. 이그트는 괴물.. 연맹인들이 받아들일 수 있을까?
태알하	....
타곤	근데 내가 거기에 모든 걸 걸어? 그럴 수 없어.
태알하	...
타곤	제관까지 죽었으니 아사론은 일을 최대한 키울 거야. 직계가 아니라서 고살을 못 막았다는 소문은 잠재우고.. (하다가는) 하... 어쩌면 아사론 스스로 일을 벌였을지도 모르겠군..
태알하	좋아, 이제 어쩔 거야?
타곤	우리가 먼저... 흰산의 심장.. 그놈들을 잡아야지...!

S#51. 연맹궁 대접견실(낮)

문이 거칠게 열리며 타곤이 들어온다.
무광, 연발, 양차, 홍술 등의 대칸들 도열하며, "니르하!" 한다.

타곤	흰산의 심장을 칠 것이다..!
모두	...!!!
타곤	가장 최근에 잡힌 흰산의 심장이 누구야.
연발	8년 전, 돌담불로 끌려간 올마대라는 놈일 겁니다.
타곤	그놈을 고신하면 바른 말이 나올 것이다. 연발! 7조 몇 명을 데리고 돌담불로 가서 그놈을 데려온다, 즉시!
연발	예..! 지금 출발하겠습니다.! (하고는 나간다)
타곤	3조는 대신전의 움직임을 주시하고.. (하다가) ... 거매가 왜 안 보여?

홍술	(쭈뼛거리며) 저어.. 니르하. 사실 그날부터 거매가.. 보이지 않습니다.
타곤	그날..?
홍술	(눈치 보다가) 그.. 명을 내리셨던..
타곤	...! (보다가) .. 무백.. 무백은..?

S#52. 하림의 약초방 근처 일각1(낮)

무백, 걷고 있는데 저 앞에 부러진 대칸의 칼이 보인다.
무백, 다가가 "이게 왜...?" 하고는 칼을 줍는다. 앞으로
떨어져 있는 핏자국. 무백, 이어진 핏자국을 따라간다.

S#53. 하림의 약초방 근처 일각2(낮)

무백 '거.. 거매..!' 하며, 심장이 뚫린 채 처참하게 죽어 있는
거매의 시신을 경악하여 본다.

무백	(시신을 살피다가, 마음의 소리 E) 뇌.. 뇌안탈..!

S#54. 대신전, 8신전(낮)

많은 수의 흰산의 제관들이 서 있다. 문이 열리며 아사론이 들어오고
아사욘이 따라 들어온다. 모두, 갈라지며 "대제관 니르하"를 외치고.
아사론을 중심으로 원으로 둘러선다.
아사론, 원의 중심에 서면, 모두 무릎을 꿇어앉는다.

아사론	우리의 형제가, 우리의 제관이 죽었다.. 흰산의 심장 놈들에게..
모두들	.....
아사론	뇌안탈의 고살을 받아, 신음하던 자들을 이소드녕께서 일으키셨으나,

모두들	...
아사론	휜산의 심장..! 그것들이 주저앉히고 짓밟아, 죽였다..!
모두	...!!!
아사론	우리 휜산을 욕보이기 위해! 아사씨를 모독하기 위해..!
모두들	...
아사론	이제.. 아사씨를 위하여! 휜산을 위하여! 연맹을 위하여...! 그들과의 긴 역사를.. 끝내려 한다..!
모두들	니르하..!! 명하소서..!!
아사론	(눈을 꾹 감으며 읊조린다) ... 이실로브.. 헤지마 (자막: 신의 분노여!)
모두	이실로브 헤지마..!
아사론	(목소리 커지며) 이실로브 로테사..! (자막: 신의 응징이여!)
모두	이실로브 로테사..!!
아사론	(눈을 반짝 뜨며 결연) 가라..! 휜산의 딸이여, 아들이여..!

S#55. 장터 제화단 앞(낮)

모명진과 채은, 눈별이 이야기하고 있다. 옆에 도티도 있다.

채은	(작은 소리로) 우리가 한 게 아니라구요?
눈별	그럼.. 누가.. 그런 짓을...?
모명진	모르지.. 우리 중 누군가일 수도 있고.. 우릴 이용하려는 자일 수도 있고.. 오늘 밤, 모임이 있을 것이다..

채은, 눈별이 모명진의 얘기에 집중하는 사이, 도티가 재미없는지,
주변을 살피다, 장신구 가게를 보고 그리로 쪼르르 간다.
이때, 제화단 앞으로 아사욘과 제관들이 만장을 들고 온다.
사람들, 우르르 제화단 앞으로 모인다. 제화단 위에 서는 아사욘.
채은과 눈별, 모명진도 그쪽으로 간다. 이때, 한쪽에서 물건을
사고 있던 탄야, 어리둥절하다가 사람들을 따라 제화단 쪽으로 간다.

아사욘	연맹인들은 들어라..!
	훤산의 주신이며 잠들지 않는 어머니, 이소드녕의 뜻이다..!
모두	(웅성웅성)
아사욘	훤산의 심장이라 불리는, 삿된 무리가 감히 제관을 살해하고!
	거치즈멍을 더럽히고! 연맹을 저주하였다!
	대제관 니르께서는 이 재앙을 물리치기 위해
	사흘의 낮과 사흘의 밤 동안 식음과 소금을 끊고, 대기도에 들어가신다.
트리한	아사론 니르께 힘을 주소서!
아사욘	하여, 연맹인들은 다음 세 가지 대신전의 명을 따라야 할 것이다!
채은	(긴장하여) ...
아사욘	첫째, 마음가짐을 바로하고 필요한 말 외에 입에 올리지 마라!
	둘째, 자신이 믿는 신에게 아스달의 평안을 간구하라..!
눈별	(긴장하여) ...
아사욘	셋째, 훤산의 심장을 찾아내 고하라!
탄야	...!!
채은	..!!
아사욘	아라문 해슬라가 이그트라는 망령된 소리를 하는 자!
	신성한 아사씨의 핏줄에 대해 논하는 자! 그들이 훤산의 심장이다..!!
제관들	찾아내 고하라!
트리한	찾아내 고하라!
모두	고하자! 고하자..!
아사욘	이 자리에도 훤산의 심장이 있다..!
탄야	...!!!
채은	...!!!
아사욘	앞으로 나서라..! 이소드녕의 눈은 잠들지 않으니! 숨을 수 없으리라!
채은	(긴장하여) ...
눈별	(완전 긴장) ....

모두 조용해진다. 서로를 본다. 아사욘, 제화단에서 내려와
눈별이 있는 쪽으로 점점 다가간다. 제관들도 그 뒤를 따른다.
완전 긴장하는 채은, 눈별, 모명진. 사람들, 겁먹은 채 길을 비켜준다.

이윽고 누군가의 앞에 서는 아사욘과 제관들.
보면 크게 당황한 연맹인2(9부 46씬에 있던)의 앞에 있다.

제관1   네놈은 휀산의 심장이다.

연맹인2 예에? 제가요?

제관1   네놈은 사람들에게 아라문 해슬라가 이그트라는 허황된 말을 하였다.

연맹인2 아.. 그건 그냥.. 그런 소문이 있었다고.. 그냥..

하면, 제관들 갑자기 뱀으로 꾸며진 청동봉을 꺼내 연맹인2를
때리기 시작한다. 사람들, 비명 지르고 점점 피투성이가 되는
연맹인2. 채은과 눈별, 모명진, 모두 경악하여 이를 본다.
탄야도 너무 놀라 그 광경을 바라본다.

ins.cut.〉 5부 20씬 중,
와한족이 연맹인들에게 구타를 당하던 모습.

탄야, 공포에 사로잡히는데 이때, 급히 나타나는 채은.

채은   (속삭이며) 자리를 피하세요.

탄야   (너무 놀라서) 누.. 누구..?

채은   동굴 앞에서 이야기 나눴던 사람이에요. 꾸밈을 하고 있었어요..!
        오늘 밤, 급히 모임이 있을 겁니다. 동무께도 전해주세요..!

탄야   아, 예.. 알겠습니다..

ins.cut.〉 근처 일각.
탄야와 채은이 함께 있는 것을 보고 있는 누군가의 시선. 도티다.

도티   (너무 놀라) 탄야.. 탄야 언니!!!

도티, 군중을 뚫고 그쪽으로 가려 한다.

S#56. 불의 방(낮)

아사론이 심각한 얼굴로 '꺼지지 않는 불'을 주시하고 있다.
제관2가 신난 표정으로 들어온다.

제관2   (신나서) 니르하..! 장터 분위기가 바뀌었습니다..!
         죽은 자들의 이야기는 쏙 들어갔구요...!
아사론   한심한 놈..!
제관2   ...?! 예에..?
아사론   무엇이 그리 신이 나더냐.. 모르겠느냐? 우린 지금
         아사씨의 명운이 걸린, 싸움을 시작한 것이다.
         혀를 깨물고 피를 토할 지경이거늘..!
제관2   (무릎 꿇으며) 제가 몸가짐이 가벼웠습니다..! 하.. 하오나..
         우리가 질 리가 없지 않겠습니까..
아사론   없지. 허나.. 지금 벌어지는 이 일엔.. 내가 모르는 뭔가가 있다.. 뭔가가..!
제관2   ...?
제관3   (들어와서 예를 취하며) 니르하, 손님이 오셨습니다...

아사론 보면, 불의 방 입구 쪽에 미홀이 고개를 숙인다.

아사론   무슨 일인가...
미홀   드릴 손시시(자막: 선물)가 있습니다. 작으나마 도움이 될까 합니다, 니르하.
아사론   손시시...?
미홀   (뒤에 대고) 들어와라.

하면, 여비가 포박한 해족1(26씬에 있던)을 데리고 들어온다.
의아하게 보는 아사론.

S#57. 하림의 약초방 근처 일각3(낮)

무백, 칼을 뽑은 채 주변을 경계하며 숲속을 걷고 있다.

무백   (마음의 소리 E) 누가 죽인 것인가..? 정말 뇌안탈이..?

하면서, 숲을 헤치며 가는 무백.

S#58. 장터 제화단 일각(낮)

55씬에서 제관들에게 폭행당하던 연맹인2가 실신해 있다.
채은을 비롯한 사람들 놀란 채로, 그저 바라보고만 있다.

아사혼   '흰산의 심장' 이들을 알고도 숨기거나 동조하는 자에겐, 모두
    신성을 범한 죄를 물을 것이다. 신의 분노를 받으리라...

하고는 아사혼과 제관의 무리들이 연맹인2를 개 끌듯 끌고 돌아간다.
채은, 멍하게 놀란 눈으로 보는데, 이때,

도티   (E) 언니!
채은   어, 도티야..
도티   (다급) 여기 있었는데, 있었는데..!
채은   여기? 뭐가?
도티   탄야 언니..! 좀 전에 탄야 언니랑 얘기하고 있지 않았었어?
채은   그 사람을 알아?
도티   분명 탄야 언니였어..! 언니랑 얘기하던 사람!
    은섬 수수가 그렇게 구해내려던 사람...!
채은   ...!!! (마음의 소리 E) 그 애가 와한이었다고..? 와한이.. 와한이 어떻게.
    우리 모임에 들어왔지..?! (도티에게) 이름이 뭐라고?
도티   탄야..!

놀란 채은. 그 위로,

ins.cut.〉 10부 11씬 중,

무백   (E) 이름은 탄야. 찾거든 나를 좀 만나게 해다오.

탄야   (놀라 E) 뭐?

S#59. 사야의 집, 1층 거실(밤)

열기를 내뿜는 벽난로 옆에 탄야와 사야가 서 있다.

탄야   (화가 나) 니가 그런 거라고? 니가 죽였다고?

사야   (아무렇지도 않게) 응.

탄야   (그런 사야 놀라서 보다가 차가워지며)
    우리 둘이 높낮음 없이 함께하는 거랬잖아? 같이 결정한다고 했잖아..!

사야   (왜 화내는지 전혀 이해 못하고) 그랬지. 그래서 말도 놓기로 했고, 또..
    넌 일단 날 믿고, 날 따른다고도 했어,

탄야   사람을 죽인다고는 하지 않았어...!

사야   (황당) ...? 그게 왜?

탄야   뭐어...?

사야   어제 밤새 얘기했잖아. 난 혼돈을 바란다고...

탄야   하... 장터에선 어떤 사람이 너 때문에 엄청 맞고 끌려갔어.
    어쩌면 너네 무리일지도 모르는 사람이 그 꼴을 당하고..!
    어떤 사람은 영문도 모르고 자기 시신이 그렇게 모욕당했어! 이게 맞아?!

사야   맞아! 혼돈! 혼란! 어지러움! 난장판! 그게 내가 원하는 거야.

탄야   ...!!! (진짜 모르겠다) 왜.. 왜? 어째서...?

사야   아스달은 치밀하고 빈틈없이, 아주 단단하게 세워졌어. 너 같은, 혹은 나 같은
    맨 밑바닥 돌은 이 판을 흩트려놓고, 어지럽히고 혼란스럽게 하지 않으면
    올라갈 아무런 기회가 없어..!

탄야   ...!

사야   힘이 갖고 싶다며? 엉망으로 만들어봐야 기회가 생겨..!

탄야	(황당하게 사야를 보다가) …… 그럼.. 그만둘래.
사야	…!!!
탄야	너랑 안 해. 차라리 타곤에게 가겠어. (하고 돌아서 간다)
사야	타곤은 다를 거 같애!
탄야	(확 뒤돌며, 이를 악물며) 넌 같이 결정하자고 해놓고 이미 약속을 어겼어!
	타곤은 적어도 아직은 내게 그런 적이 없지. (하고 돌아서 가는데)
사야	(매우 당황해서 쫓아가며) 뭐.. 뭘 해줄까? 뭘 주면 되겠어? 응?
탄야	(사야의 말에 황당해서 멈추며) 하… (돌아서 사야를 경멸하듯 본다)
사야	(그 눈빛에 더 당황)
탄야	(다시 확 돌아서 간다)
사야	(당황해서 어쩔 줄 모르며) …..
탄야	(성큼성큼 걸어가서 문 열려는데)
사야	(버럭 E) 어떡해야 돼!!!??
탄야	(멈칫)
사야	어떻게 해야 되냐고! 너 잡으려면..! 못 가게 하려면 어떡해야 돼!?
탄야	(돌아서 본다)
사야	(정말 당황해서 어쩔 줄 모르는) 나, 나두… 너한테 많이 알려줬잖아.
	(간절하지만 화난 듯) 그니까 너두 알려줘! 어떡해야 돼, 나 지금!!!?
탄야	(황당한 듯, 물끄러미 본다) ……
사야	(씩씩거리며 본다) …
탄야	몰라…?
사야	책에 안 나와. (미리 얘기한다) 웃지 마.
탄야	(황당) 하..
사야	.. 난.. 병법을 상상할 때도, 이럴 때도, 모든 경우를 헤아려.. 근데.
	이건 헤아리지 못한 경우야. 알려줘.. 못 가게 하는 방법이 뭐야..?
탄야	(천천히 다가와) 좋아, 알려줄게… 돌이킬 수 없는 일을 할 때, 내게 묻는다.
사야	…
탄야	사람의 목숨을 무겁게 여긴다.
사야	…
탄야	자 이제 (단호) 고개 끄덕이면서, 알겠다고 해.
사야	… 고개 끄덕이면서.. 알겠.. (아. 이거 아니지), (고개 끄덕이며) 알겠어.. 그럴게.

탄야	('고개 끄덕이고'라고 따라 할 때, 웃음 참다가 피식 터진다)
사야	된 거지?
탄야	(다시 표정 단호) 그래.
사야	너, 뭐 이렇게 복잡해?
탄야	내가 자란 곳에서 받은 가르침이 있으니까.
사야	뭐라 배웠는데?
탄야	세상을... (하다가) 관두자. 넌 또 말도 안 되는 소리라고 하겠지.
	(탁자에 편지 집으며) 이거, 염색 공방 그 사람에게? 맞지?

하고는, 확 나가는 탄야. 보는 사야.

S#60. 사야의 집 앞(밤)

탄야, 나오다 말고 멈칫하고는, 거리 한쪽 끝의 광경을 본다.
태알하와 해투악 앞에, 아사욘과 흰산의 제관들,
그리고 소당과 무장 위병들이 있다. 태알하, 해투악, 놀란 표정이다.

아사욘	대신전으로 모시겠습니다. 태알하 좌솔님.
태알하	(당황했지만 침착) 제가 왜요..? (미소) 지금은 좀 바빠서..
아사욘	가셔야 할 겁니다. (하며 소당과 위병들을 보자 위병들이 포위한다)
태알하	(둘러보며) 이분들이 우리 해투악을 잘 모르시네..
해투악	우리 태알하님은 더 모르구요.. (칼에 손 얹으며) 될 거 같애요?
소당	(나서며) 따르시지요, 태알하님.
태알하	(피식) 소당.. 이거 연맹장이 다 아시니..?
소당	(괴롭지만) 저희 위병은 대신전과 연맹궁의 명을 모두 받듭니다.
	대신전의 명이니, 어쩔 수 없습니다.
아사욘	예, 태알하님께선 거짓 소문을 퍼트려 신성을 모독한 죄로 발고되셨습니다.
태알하	...!!!
해투악	예에? (경악하여 말더듬으며) .. 시.. 신.. 신성모독이요?
아사욘	신성에 관한 죄는 대신전에서 다루는 걸 아시지 않습니까?

아, 해투악님도 물론 함께구요.

태알하   ...!!

해투악   ...!!

태알하   (붉으락푸르락, 이를 악물며 미소) ... 하.. 이렇게 나오셨다..?

제관들이 다가와 태알하의 팔을 잡자, 태알하 빠른 솜씨로,
제관의 팔을 꺾고 위병의 칼을 빼앗아 목에 겨눈다.
위병들, 일제히 칼을 뽑고, 해투악도 칼을 뽑는데,

태알하   갈 거야. (미소) 근데 내 몸에 손은 대지 마. (하고는 칼을 땅에 꽂는다) 가자.

하고는, 앞장서 가는 태알하. 당황하여 따르는 해투악.
포위하고 가는 위병들, 제관, 아사온.

ins.cut.) 집 앞에서 놀란 얼굴로 보는 탄야. 어느새 사야가 나와 있다.

탄야   이게.. 무슨 일이야..?

사야   넌 염색 공방 갔다가 바로 나무집에 가 있어. 내가 갈 때까지 절대 나오지 마..
    (마음의 소리 E) 아사론... 생각보다... 빠르군... 그럼 이제 내 차례다..!

길선   (E) 니르하..!

S#61. 연맹장의 집무실(밤)

초조한 표정의 타곤. 그 앞에 길선이 있다.

길선   태알하님을.. 이대로 두실 겁니까..! 대신전에 연금될 겁니다..!!!

타곤   너라면... 어쩌겠어?

길선   (침 꿀꺽) ... 잘은 모르겠습니다. 하지만.. (결심한 듯) 전쟁 아니겠습니까?

타곤   여기서 내가 아사론을 치면, 내가 환산의 심장이 돼!

길선   ...!!!

타곤	아사론의 목적은 확실해졌다.. 날.. 횐산의 심장.. 그들의 배후로 모는 거야.
길선	... 그럼.. 대체.. 어찌해야 합니까. 이대로 당합니까?
타곤	횐산의 심장.. 그놈들을 잡아야 해. 그래서... 모든 일을 되돌려야 한다.
길선	(OL) 하지만..!
타곤	(OL) 협상하겠다. 내일 새벽 일찍 아사론에게 연통을 넣어라..!

S#62. 아스달 길 일각1 (밤)

어떤 여인이 돌돌 말린 얇은 가죽 묶음을 들고 걷고 있다.
얼굴은 보이지 않는다.

S#63. 염색 공방 일각 (밤)

탄야, 모명진에게 편지를 전달한다.
그리고는 긴장된 얼굴로 주위를 살피며 간다.
오던 채은, 멀리서 탄야의 뒷모습을 발견한다. 급히 따라가는 채은.

S#64. 연맹궁 내부 회랑 (밤)

타곤, 심각한 얼굴로 가고 있다. 그러다 뭔가를 보고 경악!
보면, 갑골자가 적힌 얇은 가죽이 벽에 붙어 있다.
"연맹장 니르하시여, 이그트로 오신 아라문이시여!
우릴 이끌어주소서." 끝에는 횐산의 심장 문양!
타곤, 정말 입을 쩍 벌리고 경악하여 그것을 보다가,
갑자기 주위를 급히 살피고 재빨리 얇은 가죽을 떼서 구겨버린다.

타곤	(당황한, 마음의 소리 E) 횐산의 심장...!!! 이것들이.. 어떻게. 어떻게..! 내 정체를..!

S#65. 아스달 길 일각2(밤)

길을 걷는 어떤 여인. 손에는 두루마리가 없다.
보면, 여장을 한 사야다. 차갑게 미소 짓는다.

사야 (마음의 소리 E) 아버지.. 얼마나 혼란스러우실까요...
태알하는 대신전에 끌려가고 흰산의 심장은 아버지를 지목했습니다.
어쩌시겠습니까? 누굴 적으로 삼으시겠습니까?
여전히.. 이그트라는 게 부끄럽기만 하십니까...!?

가는 사야의 뒷모습.

S#66. 하림의 약초방 앞 일각(밤)

하림과 무백이 급히 걷는다.

하림 뇌안탈이라니요?
무백 대칸 한 놈의 가슴뼈를 부수고 심장을 꺼냈소..!

하다가, 앞을 보면, 눈별이 약초방 마당 약탕기 앞에서
뒤로 넘어져 있고, 그 앞에 이쓰루브와 로땁이 서 있다.
아직 못 알아보고 의아하게 보는 무백, 하림.

하림 눈별아..! (하고 앞서 나가는데)

S#67. 사야의 나무집 앞 일각(밤)

불안한 표정의 탄야, 가고 있다. 은밀히 쫓고 있는 채은.

무백   (E) 뇌안탈이요..!!

S#68. 하림의 약초방 앞(밤)

하림이 눈별에게 다가가다 무백의 소리를 듣고
멈춰 서 돌아보는데 이미 무백, 칼을 뽑았다. 다시, 앞을 보는 하림.
이때, 하림의 시선으로 퀵 줌 되는 이쓰루브의 푸른 입술!!!
하림, 놀라서 뒤로 주저앉아버린다. 놀라서 이쓰루브를 보는 눈별!
초긴장하여 이쓰루브를 노려보는 무백!

S#69. 사야의 나무집 안(밤)

탄야, 따라 들어온 채은을 보고 있다.

탄야   어? 여길 어떻게...?
채은   당신이 탄야예요..?
탄야   .. 제 이름을 어떻게 아세요?
채은   너... 혹시 은섬이를 알아...?
탄야   ...!!!

S#70. 엔딩 몽타주(밤)

\#. 약초방 앞, 이쓰루브의 푸른 입술을 보는 눈별의 두려운 눈빛!
\#. 나무집 안, 탄야 혼란스러운 표정으로 채은을 본다.
\#. 미소를 지으며, 길을 걷는 사야
\#. 약초방 앞, 긴장하여 두려운 눈빛. 그 위로,

무백   (공포로, 마음의 소리 E) 뇌안탈이.. 아스달에.. 왔다..!!

        #. 연맹궁 내부 회랑, 얇은 가죽을 꾸긴 채, 그 자리에 얼어붙어
        혹시 다른 데도 이런 것이 있나 싶어
        주변을 이리저리 둘러보는 타곤의 당황한 표정!
        #. 무백, 탄야, 타곤 3분할 엔딩. 그 위로,

사야   (E) 혼돈..! 일단 즐기시길..!
        흔들리는 모든 것은 결국 멈추는 법이니..!

        END.

"흰산의 심장, 기원" from 채은

흙바닥 위에 나뭇가지로 사각형을 그리는 누군가의 손.
네 모서리에서 뻗어나간 직선들의 끝이 곡선으로 휘어지더니
흰산의 심장 문양이 된다.

채은   (NA.) (은밀하게) 흰산의 심장이.. 어떻게 생겨났냐구요? 일단 이건..
    (흙바닥의 흰산의 심장 문양을 황급히 지우는 손) 지우고 시작하죠.
    전해지는 이야기는 이래요..

방계 아사씨들이 잠든 아라문을 둘러싸고 창으로 곳곳을 찌르자,
상처에서 보라색 피를 내뿜으며 벌떡 일어나는 아라문 해슬라.
힘겹게 저항하지만 결국 이곳저곳에 칼을 맞고 쓰러지는 아라문.
모두들 보라색 피에 경악한다. 위 화면 위로,

채은   (NA.) 아라문 해슬라께선 연맹을 이루고... 하늘로 승천하신 것이 아니라,
    아사씨들에게 살해...당했어요.. 놀라운 건... (보라색 피에 놀라는 모습들)
    아라문이 사실은 이그트였다는 거죠.
    그럼 아사씨들은 왜 그랬을까? 그건 전해지지 않아요.
    그들이 아사신의 곧쪽이 아니었기에, 권력을 잃을까 불안했단 얘기도 있고..

바위 기둥 뒤에 몸을 숨긴 필경사가 자신의 입을 틀어막고 있다.
햇불과 칼을 든 채 숲을 수색하는 방계 아사씨들의 모습.
쉬마그로 얼굴을 가린 필경사, 어딘가로 사라진다. 그 위로,

채은   (NA.) 그걸 목격한 필경사가 하나 있었죠..
       아사씨들은 뒤늦게 그 사실을 알고는 그 필경사를 죽이려 했지만
       찾지 못했어요. 어디로 갔을까요?

       홀로 까치동굴에서 벽화를 그리는 필경사.

채은   (NA.) 그 필경사는 어느 동굴에 숨어 살면서 자기가 본 것들,
       그리고 지금의 방계 아사씨들이 없애버린 아사신의 꽃꾸밈과 가르침들..
       그 모든 걸 기록으로 남겼어요. 그게 바로 까치동굴에 있는 벽화들이에요.

       벽화를 처음 발견한 사람들이 놀라운 눈으로 벽화들을 보고 있다.

채은   (NA.) 세월이 흘러, 누군가에 의해 그 동굴이 발견됐구..
       그 발견자들은 아사신의 진정한 가르침을 따르면서, 아라문의 진실을
       후대에 전했어요..

       사람들이 벽화에 그려진 아사신의 꽃꾸밈을 따라서 한다.
       꽃꾸밈을 한 수백의 무리가 까치동굴을 가득 채우고 경배한다.

채은   (NA.) 그게 바로 흰산의 심장이에요.

       장터 거리, 흰산의 심장 깃발을 든 6인이 비장하게 걷는다.
       제관들에게 폭행당하는 6인과 짓밟히는 흰산의 심장 깃발.
       장터 광장, 무릎 꿇려진 채 참수당하는 6인의 흰산의 심장.

연맹인들, 6인의 머리가 꽂힌 장대들을 두렵게 올려다본다.

채은   (NA.) 그동안 용기 있는 몇몇이 흰산의 심장 문양을 들고 나와
        방계 아사씨들의 신성은 가짜고, 아사신의 진정한 가르침을 잇자 했지만,
        당연히 아사씨들은 그걸 부정했고, 결국 신성모독의 죄로
        잔혹한 탄압을 받았어요. 그렇게 끝났을까요? 그렇게 끝났다면
        저는 어떻게 이 얘길 아는 걸까요?

        장터를 오고 가는 사람들.
        그들 속에서 삼삼오오 은밀히 귓속말을 주고받는 이들이 보인다.

채은   (NA.) 사람이 사는 곳엔 수많은 이야기가 떠돌기 마련이죠.
        어떤 신도 소문의 신을 막을 수 없어요. 이실로브 세그마..!
        이야기는 이어진다..! 이 또한 신의 뜻이니, 어쩔 수 없는 거죠..

세상 모든 전설의 시작

11부

S#1. 10부 엔딩 하이라이트

#. 연맹궁 내부 회랑
"연맹장 니르하시여, 이그트로 오신 아라문이시여!
우릴 이끌어주소서." 끝에는 횐산의 심장 문양! (cut.)

타곤 (당황한, 마음의 소리 E) 횐산의 심장...!!!
   이것들이.. 어떻게. 어떻게..! 내 정체를..! (cut.)

#. 아스달 길 일각2
여장한 사야, 차가운 미소로 간다. (cut.)

#. 사야의 나무집 안
탄야 .. 제 이름을 어떻게 아세요?
채은 너... 혹시 은섬이를 알아...? (cut.)

무백 (E)뇌안탈이요..!!

S#2. 하림의 약초방 앞(10부 68씬 연결, 밤)

하림의 시선으로 퀵 줌 되는 이쓰루브의 푸른 입술!!!
하림, 놀라서 뒤로 주저앉아버린다. 놀라서 이쓰루브를 보는 눈별!
초긴장하여 이쓰루브를 노려보는 무백! (10부 엔딩 지점)
무백, 칼을 잡은 채 일촉즉발의 긴장 상태다!

무백   (마음의 소리 E) 하림과 눈별.. 둘 다 구해낼 수 있을까..?
로띱   (무백 본다. 알겠다)
이쓰   (무백을 보는데, 얼굴을 알겠다, 뇌어로) 널.. 기억한다..
무백   ... (긴장 상태로 자세 잡은 채 보며, 뇌어) ... 대칸이 죽었다.. 너희들 짓인가..?
이쓰   (뇌어) 그놈이 누군가를 죽였고, 먼저 우릴 공격했다.
무백   (뇌어) .. 그 말을 믿으라고?
이쓰   (뇌어) 아뜨라드의 그날부터.. 만테이브의 그날까지.. 우린 너희 사람을..
          먼저 공격한 적이 없다. 지금도 누가.. 이를 드러내고 으르렁거리는가?
로띱   (뇌어) 아뜨라드... 아사혼은 끝까지 믿지 못했다.. 네가 맨 앞줄에 있다는 걸..
무백   .. (쿵) ..!!!
하림   (뇌어는 몰라도 '아사혼'은 들었다) ...!!!
무백   (긴장 늦추지 않으며, 뇌어) .. 아스달엔 왜 오는가?
로띱   (뇌어) .. 누굴.. 찾으러 왔다.
무백   (뇌어) .. 찾았나..?
이쓰   (눈별을 슬쩍 보고는, 뇌어) 찾겠지.. 곧...
무백   ...
이쓰   (눈별 보며 혼잣말처럼 슬쩍, 뇌어) 다시 만나자. (하고 가려는데)
무백   (뇌어) 아니. 아스달에 다신 발을 들여선 안 된다.
이쓰   (그런 무백을 한 번 보고는 간다)

눈별, 긴장하자, 무의식적으로 목의 한 부분이 푸르게 도드라진다.
이쓰루브와 로띱은 무백의 시야에서 사라진다. 무백 안도하며 칼을
칼집에 집어넣는데.. 하림, "눈별아.. 괜찮으냐?" 하며 달려가 눈별을
안는다. 무백, 무심하게 그런 하림과 눈별을 보는데!

눈별의 목덜미 한 부분이 푸르게 도드라져 있다. 경악하는 무백!

하림　(눈별의 여기저기를 보며) 다친 데는 없어? .. 무서웠지..?

순간, 눈별에게 확 달려든 무백, 눈별의 머리를 숙이더니,
순식간에 눈별 옷의 등 부분을 찢어낸다. 드러나는 눈별의 하얀 등!
그리고 영롱한 뇌안탈의 푸른 반점!!!! 경악하는 무백!!!!!!!
급히 칼을 뽑으며 뒤로 넘어지듯 물러나는 무백..!!!

하림　(다급하게) 내.. 내가 자세히 말하겠소..!!
무백　(칼 든 채, 눈별을 경계하며, 흥분) 이게 무슨 말이 필요해!!! 뇌안탈이라니..!!
하림　들어보시오..! 들어주시오!! 제발...!
무백　(보다가) .. 뭐요, 대체 뭐요? 어떻게 된 거요...?!!
하림　만테이브 전투였소! 약바치로 내가 따라나섰지 않소? 그때... 길을 잃었는데..

S#3. 회상 몽타주

#. 만테이브 숲 일각(낮)
다리가 푹푹 들어가는 눈이 덮인 겨울 침엽수림 속,
젊은 하림이 경악한 채 누군가를 보고 있다.
수풀 속에 상처 입은 어린 뇌안탈 소녀가 두려움 가득한 눈으로
숨어서 하림을 보고 있다. 하림, 급히 칼을 뽑는데!
소녀의 가슴 속에서 비집고 나오는 작은 새끼 사슴. 다쳤다.
순간, 다친 새끼 사슴을 구해준, 작고 약한 소녀를 어찌할 바를
모르고 보고 있는데, 이때! 그 소녀가 울컥 푸른색 피를 토한다.

감실　(E) 미쳤어요!!

#. 하림의 약초방 안(밤)
"죽여야 해요" 하며 들어오는 젊은 감실. 다급히 따라 들어오는 하림!

감실, 당황해서 보고, 하림도 뭔가 싶어 보면
자신의 어린 딸 채은이 눈별의 이마를 짚어주며 간호하고 있다.
옆엔 다친 새끼 사슴까지 누워 있다.

채은   (눈별 보며 미소 지으며) .. 어떻게 이렇게 예뻐요.. 제 동생 할래요..

눈별   .. (무서워하는데) ..

채은   (쓰다듬으며) 괜찮아... (하고는) 눈이 너무 예뻐요... 눈 속에 별이 있어..
니 이름은 이제부터 눈별이야.. 내 동생 눈별이.

하림, 감실   .....!!

S#4. 하림의 약초방 앞(밤)

하림의 얘기를 다 들은 무백. 그 위로,

ins.cut.〉 7부 39씬 중, 무술을 연습하던 눈별의 모습. (cut.)

무백   검술..!! 검술은 어찌 된 거요?

하림   ..!!!

무백   뇌안탈은 피가 다르고 숨의 움직임이 달라,
사람의 검술을 배울 수 없소! 헌데 어떻게..?

하림   혈맥을 다 끊었으니까요!!

무백   ....!!!

하림   뇌안탈이 사람과 살게 되면, 그 힘과 빠르기가 문제를 일으키겠지요...!
그래서 8대 혈맥을 모두 끊었소..! 힘을 못 쓴다고...!

무백   ....

하림   바위는커녕 쌀 반 섬도 들지 못합니다...!
하루에 사백 리를 달리기는커녕, 약초 캐러 산 타는 것도 힘겨워합니다.
아무런 힘도, 아무런 위협도, 되지 않아요!
그저 자기 몸 하나 지키는 데 도움 돼라... 가르쳤소...

하자, 무백, 이걸 믿어야 하나 싶은 '하..' 소리가 절로 나오며,
눈별을 본다. 그리고 순간! 칼을 들고 눈별에게 달려드는 무백!
하림은 "안 돼!" 비명 지른다.
눈별, 나름 빠르게 옆에 있던 목검을 잡아 막아내는데,
역시 한 합에 눈별의 목검은 부러지고, 무백이 다음 공격을 하자,
멋있게 그 공격을 피해낸 뒤 눈별이 특정동작 A로 공격한다.
무백, 막아내고 칼잡이로 가슴을 치니, 그대로 완전히 나가떨어진다.
가슴을 부여잡고 헉헉거리며 괴로워하는 눈별. 당황한 하림이 얼른
눈별에게로 가, 괜찮은지 살피며

하림	(급히 다가가 살피며) 보시오..! 우리 눈별인 사람보다도 힘이 없어요..
무백	(믿는다는 의미로 하림을 보고는 눈별에게) .. 뇌안탈은 왜 왔다더냐..
눈별	(가슴을 부여잡은 채) 같이... 가자구...
하림	....!
눈별	그.. 그냥 생각해보라고 했어요. 근데 전 가기 싫어요.
	언니, 아부지, 어무니.. 헤어지기 싫어요...
하림	(눈별을 안으며) 그래, 그래.. 절대 널 보내지 않는다...
	(그리고는 무백 보며) 제발.. 제발.. 입을 닫아주시오...
	(간절하게) 무백님도 이그트를 살리지 않으셨소?

하면, 하림과 눈별을 애틋하게 보던 무백, 뒤돌아 간다. 보는 하림.

S#5. 다른 일각(밤)

하림과 무백이 나란히 서 있다. 침묵이 이어지다 하림이 말을 뱉는다.

하림	역시.. 아사혼이.. 그들과 함께.. 했었군요...
무백	(밀려오는 감정을 외면하려) 뇌안탈이 아스달에 온 건 숨겨야 하오.
하림	.....
무백	연맹장이든 대제관이든 알게 되면.. 또.. 어찌 이용할지 모르니..

하림	예.. (하고는 한숨) ... 결국 아사혼의 마지막이 우릴 이리 만들었나 봅니다.
무백	....
하림	전 뇌안탈을 키웠고.. 무백님께선 이그트를 살리셨으니..
	하지만 무백님.. 그 이그트를 살린 건 다른 문젭니다.
	대체 뭘 하려는 거요...?
무백	(하림 보며) 내가 어처구니없게도.. (피식) 잘못된 세상을 바로잡으려 합니다..
하림	세상을 바로잡아요...?
무백	(결연) 가짜 신성을.. 바로잡고, 아비를 죽인 연맹장을 벌할 겁니다.
하림	(더욱 놀라) 아니.. 어떻게요?
무백	우선은, 타곤과 함께 아사론을 쓰러뜨려서, 아사신의 직계가 신성을
	되찾게 할 것이오! 그다음엔 아사신의 직계와 함께 타곤을 쳐야지요.
하림	.. 아사신의 직계? 그럼 근래의 휜산의 심장도 무백님과 관련이 있는 겁니까?
	제관도... 혹시.. 무백님이 죽인 것이오?
무백	그건 내가 아니오...
사야	(E) 제가 죽였습니다.

S#6. 염색 공방 안 은밀한 방(밤)

경악한 모명진과 사야 있다.

모명진	(경악하여) 니.. 니가 제관을 죽였다고..? 대체 왜?!
사야	때가 됐으니까요.. 이제 아스달인들은 저 가짜들을 몰아내고
	진정한 아사신의 가르침을 따를 때가 됐습니다.
모명진	(버럭) 많은 사람이 다치고 죽는다.!! 8년 전, 올마대 장로님 때,
	고작 그림을 돌리고 그 난리가 났어! 헌데 제관을 죽여..!?
사야	이길 수 있습니다..!!!
모명진	무슨 재주로..?!!
사야	세 가지 이유가 있습니다, 첫 번째!
모명진	(보는데) ....
사야	.. 위대한 어머니..! 아사신의 곧쪽이 돌아왔습니다..

모명진 　　.. (경악) ...!!!!!

S#7. 사야의 나무집 안(밤)

탄야, 채은을 경악한 채 보고 있다.

탄야 　　당신이.. 은.. 은. 은섬이를 어떻게 알아요?
채은 　　....
탄야 　　(가슴이 벌렁벌렁하며) 어떻게 알아요, 은섬이?
채은 　　은섬이가 너를 구하러 아스달에 왔을 때.. 처음 만난 게 나야.
　　　　난 약바치 채은이라고 하고.. 내가 은섬일 도와줬어.
탄야 　　(눈물이 왈칵) .. 그 그럼.. 은섬이가. (힘들게) .. 죽을 때도.. 보셨어요..?
채은 　　(그런 탄야 보며 마음의 소리 E) 은섬이가 죽은 걸로 알고 있구나..
탄야 　　(울던 탄야가 놀라 채은 보며 마음의 소리 E) 무슨 소리지?
　　　　이 사람은 입을 닫고 있는데.. 난 무슨 소릴 들은 거지?
채은 　　.. 그날 죽은 건 은섬이가 아니야.
탄야 　　.. (놀라) .. 네에? (떨리며) 그럼..? 어디 있어요? 은섬이 어딨어요!?
채은 　　(주저하며) ... 그건 몰라, 하지만.. 그날 죽지 않은 건 확실해.
탄야 　　(믿을 수 없어) 어딨는지도 모르면서, 그날 죽지 않은 건 어떻게 알아?!
채은 　　그 가짜가 죽던 날, 은섬인 우리 약초방에 있었으니까!

하는 순간, 탄야, 스르르 바닥으로 주저앉아서는 채은의 다리를
붙들고 어린아이처럼 울기 시작한다.
살짝 당황스런 채은, 그냥 그러고 있는데,
탄야, 울다가는 갑자기 채은의 다리에 대고 연신 '고맙습니다'
'고맙습니다' 하며 인사를 해댄다.
채은, 그런 탄야를 짠하게 보다가, 앉아서 탄야를 안아준다.

모명진 　　(E) 뭐라고?

S#8. 염색 공방 안 은밀한 방(밤)

모명진, 이미 이야기를 들은 듯

모명진	(어이없어) 와한족이 우리말을 쓴다..? 그래서 그곳이 해슬라고, 와한족의 씨족어머니 후계자가 아사신의 곤족이다!?!
사야	예에.. 그러니 우린 밖으로 나가, 연맹인들에게 외쳐야 합니다! 아사신의 곤족이 돌아왔다고..! 물론 핍박을 받겠죠, 하지만! 대안이 없을 때와는 다릅니다! 연맹인들은 기델 곳이 생겼으니까요.
모명진	(어이없이 보다가 뭔가 깨달은 듯) ...! 혹시.. 그 후계자라는 자가.. 아사신의 별방울이 있는 곳을 알고 있다더냐..?
사야	..... 모를 겁니다...
모명진	(실망) ...! 아사신의 곤족이라고 나섰다가, 그걸 찾지 못하면 그 아이는 죽어! 그리고 흰산의 심장은 그것으로 끝이다! 헌데 뭐?
사야	우린 그런 걸 찾을 필요가 없습니다..! 아라문이 신물을 찾아서 아라문이 됐습니까?
모명진	아라문은 힘이 있었어! 현실적인 힘이!! 우리가 무슨 힘이 있어?!
사야	힘! 끌어들일 겁니다. 그게 두 번째입니다. 아스달에서 가장 강력하고 현실적인 힘..
모명진	그게... 무엇이냐?
사야	.. 연맹장 타곤...!
모명진	(어이가 없어서 피식 냉소가 터진다) .. 네놈이 타곤 니르하를 알기나 하느냐?
사야	독대하게 해드리겠습니다! 타곤 니르하와..!!!
모명진	(경악) ....!!! (놀란 눈으로 보다가) 넌.. 내게 해족의 필경사라 하였다. 넌, 그걸 믿지 않을 수 없을 만큼 아는 게 많았고.. 믿음 또한 신실했다.
사야	....
모명진	어차피 불의 성채는 내가 들어갈 수 없는 곳이니.. 내가 캘 수도 없었다만.. 실은 널 굳게 믿었기에.. 깊숙이 받아들였다. 이제 묻겠다..
사야	...
모명진	(나지막이, 단호하게) 누구냐.. 너...

S#9. 연맹궁 전경(낮)

S#10. 연맹장의 집무실(낮)

양차 한쪽에 서 있고, 타곤은 밤을 새운 듯 고민 중이다.

ins.cut.〉새로 찍는 회상, 연맹궁 궁문 앞(밤)

소당   어떤 여인이 왔다 갔습니다.
          얇은 가죽 두루마리를 들고는 청원부에 간다면서요..

타곤   (마음의 소리 E) 여인...? 여인이라니... (모르겠는 듯 머리를 흔들며) 하..
길선   (들어오며) .. 저.. 니르하.. 대신전에 연통을 넣어두었는데.. 아니 가십니까..?
타곤   .. 가야지..

S#11. 대신전 지하 계단 감옥 앞(낮)

횃불을 든 미홀이 문 앞에 서 있고, 앞의 위병이 문을 연다.

S#12. 대신전 지하 계단 감옥(낮)

끼이이익 문소리가 들리고,
횃불을 든 미홀이 들어오자 어두웠던 곳이 밝아진다.
경사진 좁은 계단 끝에 작은 구덩이가 있다.
구덩이 구석에 등을 대고 서 있는 태알하. 초췌한 모습이다.
태알하, 빛이 들어오는 쪽을 본다. 역광 때문인지, 누구인지 안 보인다.
태알하의 시선으로 계단을 내려오는 누군가! 아직 모르겠다.

이제 보인다. 미홀이다. 경악하는 태알하!!

미홀   (쯔쯔 혀를 차며) 밤새 한잠도 못 잤겠구나..

미홀의 횃불로 밝아지자, 주변이 보인다.
바닥엔 물이 발목까지 있고 주변은 거미줄, 벌레 등으로 더럽다.

태알하   (기가 막힌) 아버지였어..? 아버지가.. 나를...!
미홀   (주변 벽횃대에 불을 붙이며) 이 감옥이 그렇다더구나..
           앉지도 눕지도 못하고 서서 몇 날 밤을 새며 버티다가..
           결국 더럽고 차가운 물에 주저앉게 되고, 눕게 되어 굴복하게 된다지.
태알하   그래요? (하곤 철푸덕 앉으며) 아시잖아요?
           저 더러운 거 엄청 잘 견디는 거. 그렇게 기르셨잖아요? 더럽게..!
미홀   ...... 니르하께선 한 가지만 인정하면 된다.. 하셨다.
태알하   ...!
미홀   고살을 맞았던 자들을 죽이고..
           불경한 소문을 내라 지시한 자는 타곤이다..! 타곤은 흰산의 심장이다..!
           그럼 너의 신성재판은 없어지고, 타곤의 신성재판이 열릴 거야.
태알하   ...!
미홀   이미 해투악의 지시로 소문을 퍼뜨렸다는 사람의 증언이 있어.
           매혼제를 먹이면.. 해투악은 당연히 너의 지시라 할 테고..
태알하   (미치겠는) ...
미홀   아사론은 아직 매혼제를 몰라. 안다면 너부터 먹이려 할 테니까..
태알하   ....
미홀   타곤만... 쳐내면 된다. 넌 너무도 소중한 나의 딸 아니냐.
태알하   싫어요. 안 해요. 난 타곤도 쳐내지 않고! 당신의 소중한 딸도 안 해요..!
미홀   너도 알고 나도 알고.. 타곤도 아는.. 너희들의 비극은.. 결국..
           그 누구도.. 아사씨의 신성을 대체할 수 없다는 것! .. 아니겠니..?

S#13. 반디숲 어라아지장(낮)

타곤, 의자에 앉아 있고 뒤에는 양차와 홍술이 있다.
이때 아사론과 아사온 등이 걸어 들어온다. 일어나는 타곤. 그 위로,

타곤	(보며, 마음의 소리 E) 아사론은 아니야. 내가 이그트인 걸 안다면 이럴 필요도 없지.
아사론	(앉으며) 전 연맹장 니르하께서 무릎을 꿇고 있을 거라 생각했습니다만..
타곤	(보다가 앉으며) 좌솔 태알하를 풀어주시지요.
아사론	(피식) 언제부터 연맹장께서 신전의 일에 관여하셨는지요..
타곤	....
아사론	태알하님은 신성모독의 죄를 지었습니다. 편을 드셨다가는, 괜한 오해를 부르십니다.
타곤	(이를 악물고) .. 니르하.. 모든 것을 원래대로.. 돌리겠습니다.
아사론	.. 원래대로.. 원래대로라.. (하고는 일어나더니 내려다보며) 그러세요.. 난 대제관으로서 원칙대로 하지요. (하고 가려는데)
타곤	(앉아서 그런 아사론 보며) 원칙대로.. 태알하를 단죄하시겠다..?
아사론	(본다)
타곤	(무섭게 이 악물며) ... 제가.. 그렇게 두겠습니까.. 니르하..
아사론	...!
타곤	태알하를 죽여 대제관께서 얻는 것이 무엇입니까.. 갈갈이 찢겨진 연맹..? 폐허가 된 아스달..?
아사론	폐허..? 네놈이 그럴 수 있느냐? 그럴 수 있었다면 이미 오래전 대칸을 이끌고 와 반란을 일으켰겠지..!!
타곤	...!!!
아사론	(단호한) 그믐날 신성재판 때까지다..! 내가 원하는 답이 태알하 입에서 나오면 니놈이..! 아니면.. 태알하가..! .... 발목이 잘려 네발로 추방당할 것이다..!!
타곤	태알하의 발목이 잘리면..!
아사론	...
타곤	(씹어뱉듯) 제가 무슨 짓을 저지를지.. 저도 궁금합니다. (하고 일어나는데)

아사론	(타곤의 뒤에 대고 미소로) 미홀이 그러더군..
	자기 딸년은 누구를 위해 죽을 아이는 아니라고..
타곤	(돌아보며) ...!
아사론	(피식) 태알하를 얼마나 믿는가..?
미홀	(E) 타곤을 믿어..?!

S#14. 대신전 지하 계단 감옥(낮)

태알하, 미홀 있다.

미홀	타곤을 얼마나 믿느냐?!
태알하	...!!
미홀	타곤이 널 위해 전쟁을 일으킬까?! 그럴 수 있는 놈이야?!
	결국 널 버리고 아사씨와 혼인했어..!
태알하	....
미홀	타곤은 네 편에 서지 않아..
	오히려.. 좌솔들을 모아 놓고 얘기하겠지 '난 상관없는 일이다..!'
	'나도 놀랐다..!' 언제나처럼 거짓말을 해대겠지!
태알하	....
미홀	너희 둘 다 그런 것들이니.. 서로 어울렸겠지?
태알하	...
미홀	니가 그랬었지.. 타곤은 산웅의 인정을 받으려 안간힘을 쓴다고..
	바로 보았다. 타곤은 그런 놈이야. 이제.. 산웅이 죽었다..
	타곤이 누구의 인정을 받고 싶을 것 같으냐..
태알하	....
미홀	(피식) 너일까..? 정말 그게 너라고 생각하느냐..?!
태알하	...
미홀	연맹이야..! 연맹인들이라고, 이 맹추야!!
	그런 놈이.. 연맹인들을 쥐고 흔드는 아사씨를 칠 수 있을 것 같아?!
태알하	(슬프게 본다) ... 아버지는..

미홀	...?
태알하	왜... 이렇게까지 하세요?
미홀	...!
태알하	제가 아버지 자리를 빼앗아서요..?
	... 제가.. 아버지한테.. 대들어서요..?
미홀	...
태알하	왜... 딸과.. 딸이 그토록 바라는 사람을 밀어주지 않으세요..?
	우리가 이길 수 있는데.. 왜..! 왜..!!!
미홀	아니 나도 같은 이유다. 타곤은... 이길 수가.. 없다...!
태알하	...!!!

S#15. 반디숲 길 일각(낮)

걷는 타곤. 뒤엔 양차와 홍술이 호위하며 걷는다.

타곤	(마음의 소리 E) 나를 위해.. 태알하가 목숨을 건다..?
	그런 여자였다면.. 애초에 바라지도 품지도 않았다..
	태알하는 나를 버릴 수 있어.. 태알하는 그럴 수 있다...
태알하	(E) 타곤은 그럴 수 있어..

S#16. 대신전 지하 계단 감옥(낮)

태알하, 홀로 웅크리고 앉아 있다.

태알하	(마음의 소리 E) 날 버릴 수 있어.. 물론 나도 타곤을 버릴 수 있고..
	이런 나를 타곤은 안다.. 나도 타곤이 안다는 걸 안다.. 우린. (회상에 빠지는)

S#17. 반디숲 일각(회상, 밤)

소년 타곤과 어린 태알하. 서로를 안고 있다.

태알하   (품에서 나와 타곤의 얼굴을 잡고 흐느끼며) 우리 너무 불쌍하다..
타곤   (눈물이 흐른다) ....
태알하   자기 권력을 위해서 아들을 죽이려는 아버지..
타곤   ...
태알하   자기 권력을 위해서 딸을.. 권력자의 여마리로 만드는 아버지.. (슬픈 미소)
타곤   ....
태알하   (이를 악물며) 우린 절대.. 서로를 위해 목숨을 걸지 말자.
타곤   (떨어져서 보며) ...!
태알하   맹세해줘. 어떤 경우에도 날 위해서 죽지 않겠다고..
타곤   어떤 경우에도... 널 위해 죽지 않겠어.. 너두 맹세해..
태알하   (눈물 왈칵 쏟아지며) ... 그.. 그렇게.. 널 위해 죽지 않을게. (타곤을 안는다)

S#18. 대신전 지하 계단 감옥(낮)

생각에서 빠져나온, 태알하의 눈에서 눈물이 흐르고 있다. 그 위로,

태알하   (마음의 소리 E) 우린.. 서로 버릴 수 있어.. 그러기로 했으니까.
             그럼 결국 승산이다! 이길 수 있다면 우린 서로를 버리지 않아..!
미홀   (E) 너희들의 비극은.. 결국..
             그 누구도.. 아사씨의 신성을 대체할 수 없다는 것! ..아니겠니..?

ins.cut.〉 10부 23씬 중,

타곤   와한의 시조는 흰늑대할머니라는 사람이었는데..
             아사신으로 추정되는 흰늑대할머니의 핏줄인, 씨족어머니 후계자는... (cut.)
태알하   (경악) ......!!! ... 타 탄야라고..? (cut.)

태알하   (마음의 소리 E) 하.. 타곤이 저지를까..? 타곤이 저지르지 못하면 끝이다..

S#19. 연맹궁이 보이는 일각(낮)

4부 8씬과 같은 장소. 타곤, 연맹궁을 바라보고 있다. 그 위로,

아사론   (E) 그믐날 신성재판 때까지다..!

타곤, 깊은 고민을 하고 있는데 이때, 길선이 다가온다.

길선   니르하..!
타곤   (여전히 연맹궁을 보며) 돌담불에 있다는.. 그 흰산의 심장 장로...
길선   올마대 말씀이십니까?
타곤   언제쯤 올까..
길선   연발이 빠른 말을 타고 갔지만 돌담불까지 다녀오려면... 아무래도..
타곤   (마음의 소리 E) 그걸 기다릴 순 없다.. 그래.. 결정을.. 해야 한다..! 결정을..!

S#20. 돌담불 전경(낮)

S#21. 돌담불 은섬네 깃바닥(낮)

진흙을 큰 광주리에 붓고, 다시 진흙을 담으러 가는 은섬. 그 위로,

ins.cut.〉10부 41씬 중,

탄야   .... 후회해..! (cut.)
탄야   널 만나지 말았어야 해.. (cut.)

은섬   (일하며, 마음의 소리 E) 맞아.. 탄야야.. 안 만났어야 돼.. 잘 버렸어...
잎생   (E) 보래!

은섬	(본능적으로 고개를 돌린다. 잎생이다. 그리고는 마음의 소리 E) 보래..?
	그래.. (하고는 피식 웃으며 마음의 소리 E) 난 보래야.. 보래..
	아무도 못 구하고.. 탄야한테도 버림받은 내가.. 은섬..? 와한의 꿈... 아니..
	(피식 미소, 마음의 소리 E) 보래.. 보래지..
잎생	어..! 어! 너 웃었어?! 웃었지?

하면, 은섬, 그냥 무시하고 광주리 쪽으로 가는데, 잎생 따라붙는다.
다른 사람들은 모두 좀비처럼 조용히 일만 하는 모습.

잎생	이 자식, 아직 가능성이 있어..! 응?
	(다가가 작은 소리) 같이 탈출할래...?
은섬	(멍하니) .. 이제 나가도 할 게 없어.. 할.. 수 있는 게. (하고는 다시 일하는데)
잎생	왜 없어? 할 건 만드는 거지..
	내 말은... (하다가 보면 은섬은 자길 안 본다) 이 자식이 어딜 보는 거.. 야?
	(하고 보면 채반을 든 사트닉이 뒤에 와 있다)
사트닉	(헉헉거리며, 은섬에게) 저기.. 어젯밤에 봤어.. 요.. 죄지은 사람처럼 우는 거..
잎생	얘 울디?
사트닉	근데... 세상에 죄는 하나밖에 없댔어.. 그니까.. 그러지 마요. (하고 간다)
잎생	(가는 사트닉 보며) 뭐래는 거야, 저 반푼이가..
은섬	...
잎생	아, 하던 얘기 계속하면..! (진지하고 작게) 사실 타곤이... 우리 형이야..
은섬	(놀라) ...!!
잎생	(피식) 들어는 본 모양이네. .. 뭐 사실 타곤 형이.. 머리가 잘 돌아가는 거지
	몸은 약했거든. 맨날 맞고 다니고 코피 터져서.. 내가 닦아주는 게 일이었어.
은섬	피...?
잎생	그래 피. 피 몰라? 빨간 피.

하는데 이때, "어?!" "똥벌레!!" 소리가 들린다. 보면 사트닉이 피를
토하다가 결국 쓰러진다. 은섬과 잎생, 그쪽으로 급히 간다.
모두 사트닉에게 다가간다. 쓰러진 사트닉을 살피는 올마대.

올마대	... 피피병이야..
모두	...!!
은섬	...?

S#22. 돌담불 지상 막사 뒤쪽 일각(낮)

달새, 똥을 누는 듯 쭈그리고 앉아 힘을 주고 있다. 이때,

스천	(작은 소리 E) 와한..!
달새	(놀라 본다) ..!
스천	(수풀 속에서 나오며) 은섬이 여기지? 살아 있어?
달새	(너무 반가워 쭈그리고 앉은 채 끄덕끄덕) ...
스천	그럼 됐네..
쇼르자긴	(멀리서 다가오는 듯한 E) 야! 다 쌌으면 빨리 안 튀어와? 별로 처먹이지도 않는데.. 왜 이렇게들 똥을 싸대..!

달새, 그 소리에 너무 놀라서 스천에게 빨리 가라는 손짓하는데
스천, 아랑곳 않고 수풀 속에서 나오더니, 오는 쇼르자긴을 보며

스천	야..! 쇼르자긴!
달새	(너무 놀라) ...!!
쇼르자긴	(두리번거리며) 어떤 놈이 내 이름을 감히..! (스천을 발견한다) 어?
스천	그래! 임마! 나 스천이다!
쇼르자긴	(다가오며) 임마..?! 이게 어디서..!
스천	너 그래봤자, 나랑 같은 하호야.
쇼르자긴	아스달에서나 그렇지 여기선 내가 니르하야!

달새, 앉은 채 놀란 눈으로 그런 둘을 본다.

| 쇼르자긴 | (E) 누구? |

S#23. 돌담불 지상 막사 안(낮)

쇼르자긴과 스천 있다.

스천   이름이.. (하며 무백의 말 떠올린다)

ins.cut.〉새로 찍는 회상, 9부 17씬 연결.

무백   절대 은섬의 이름은 말해선 안 된다!

스천   이름은 모르고.. 이그트야.

쇼르자긴   ...!! 아아.. 보래..? 걔 니가 어떻게 알어..?

스천   (가죽 주머니 내놓으며) 너 무백님 알지? 무백님이 와한 애들 다시 사 오래..

쇼르자긴   그래? (신나서 주머니 열어보고는 실망하며) ... 장난해..?

S#24. 돌담불 은섬네 깃바닥(낮)

모두 앉아서 곡식가루를 부친 '난' 형태의 음식을 먹고 있다.
사트닉은 한쪽에 멍하게 누워 있다.

잎생   피괴병이면.. 그나마 서너 광주리 하던 것도 못해.

           먹을 것만 축내고.. 빨리 죽지도 않고.. (하며 다른 사람들 보면)

모두들   (서로 눈빛 주고받으며 은섬 쪽 가리킨다. 그리고 서로 *끄덕끄덕*하는)

은섬   (아무것도 모르고 물끄러미 사트닉을 본다) ...

올마대   (그런 은섬의 시선 느끼며) 돌림병은 아니야..

바도루   차라리 돌림병이면 좋겠네.. 싹 다 뒤지게..

노예1   쇼르자긴이 곱게 죽게 놔두겠수? 우리가 재산인데..

차나라기   (피식) 나 저쪽 깃바닥서.. 돌림병 돌아서.. 노예가 반이나 죽었거든.

           위에서도 돌림병인 거 알고 못 내려오더라구.. 근데..

은섬	.... (마음의 소리 E) 돌림... 병..
차나라기	쇼르자긴 그 새끼만 내려와서 시체는 다 올려 보내고, 나머질 살리는 거야.
	(흉내 내며) 보석이 몇 갠데! 누구 맘대로 죽어!! 그거 보석에 미친 놈이야.
은섬	(이야기를 들으며 알 수 없는 표정이 되는) ...
잎생	(은섬의 남은 음식만 보고 있다가) 야. 너.. 이리 와봐.

하면서 잎생, 은섬을 끌고 간다. 구석에서 뭔가를 꺼내는 잎생.
부서진 채반이다. 안에는 그동안 모아둔 보석이 가득하다.

잎생	죽이지..? 쫌 줄까? 아 여기선 소용없고. (다가가 작은 소리로) 나가면.
은섬	(물끄러미) ...
잎생	일단 너 (음식 가리키며) 그거 좀 줘봐.. 백 배로 갚을게.
은섬	(순순히 음식을 준다)
잎생	(급히 음식 먹으며) 야.. 너..! 역시 희망을 버리지 않았구나..!

은섬, 보석을 멍하게 본다.

차나라기	저 아고족 새끼한테 속지 마..! 여기선 그딴 거 물 한 모금이랑도 안 바꿔!
잎생	(음식 우걱우걱 먹으며) 열 내면 힘 빠져.. 조용히 해.
은섬	(보석 보며) 재밌네...
잎생	뭐?
은섬	(마음의 소리 E) 탄야야.. 나 정말.. 무슨 병인가 봐... (짜증스럽게 E) 재밌네..!

S#25. 장터 일각(낮)

긴급하게 달리는 기토하와 무광, 대칸들.
사람들 사이로 시끄럽게 "비켜!" "비켜!" 하면서 급히 지나간다.
장터 사람들, 달려가는 대칸들을 보며 "무슨 일이야..?" 웅성거린다.

S#26. 염색 공방 앞 염색터(낮)

각종 염색 재료들이 가득 담긴 대바구니들과 항아리 등이 있다.
그 안에 각각, 색색의 염색료가 들어 있고, 주변엔 천을 넣었다가
빼며 염색을 하는 사람, 염료를 젓는 사람 등이 분주하게 일하고
있다. 이때, 기토하와 무광, 대칸들이 우르르 온다. 일하던 사람들,
놀라서 이들을 본다.

무광　　여기 바치 어딨어..?!
일꾼1　　(공방 가리키며) 저.. 저기..

염색 공방 안으로 급히 들어가는 대칸들.

S#27. 염색 공방 안(낮)

문이 벌컥 열리며 들이닥치는 무광과 기토하를 비롯한 대칸들!
안에서 염색한 옷감들을 정리하던 사람들이 놀라 본다.

기토하　　누가 모명진이야?!
모명진　　(긴장하여 일어나며) .. 예.. 접니다만.. 무슨 일로..
기토하　　(OL) 뒤져!

하면 염색 공방을 샅샅이 들쑤시며 수색하는 대칸들. 모두 긴장!

모명진　　(애써 침착함을 유지하며) 대체 무슨 일로 이러시는 겁니까!

이때, 뒤늦게 도착한 길선이 안의 상황을 살피며 들어선다.

길선　　야, 기토하! 위병 총관인 나에게 보고도 않고 이게 뭐하는 짓거리야?
무광　　이년이 훤산의 심장 장로래요.. 밀고가 들어왔소!

모명진	(들켰구나..!) ...!!!!
길선	(놀라 모명진 보며) ...!!!
초리곤	저.. 별게 없는 거 같은데요..
모명진	(그 말에 짐짓 크게) 그 무슨 말도 안 되는..! 휜산의 심장이라뇨! 누굽니까! 절 모함한 사람이!

한가운데 서서 수색 과정을 지켜보던 기토하, 날카로운 시선으로
공방 안을 쓱 훑더니, 흙을 따로 덧바른 것 같은 벽에 시선이 멈춘다.
벽 앞으로 가더니 귀를 댄 채 주먹으로 여기저기를 똑똑 두드려본다.
긴장한 채 보는 모명진, 길선과 무광, 그런 기토하를 의아하게 본다.

무광	왜요?
기토하	(벽에 귀를 댄 채 시끄럽다는 듯 손짓하며) 가만있어봐..!

기토하, 문 쪽의 커다란 벽을 보고는 다시 그 벽을 살피는 기토하.
문밖으로 나간다. 또다시 들어와서는 벽 주위를 살핀다.
씨익 미소 짓는 기토하, 느닷없이 청동추로 벽을 꽝 하고 내려친다.
벽이 부서지며 숨겨져 있던 작은 공간이 드러난다. 놀라는 모두들.
들어가 보면, 조그마한 나무제단이 있는 작은 기도실이다. (6씬과
같은 장소) 기토하, 제단 위에 놓인 얇은 가죽 책 하나를 집어 든다.
펼쳐보면 표지 안쪽 면에 새겨져 있는 휜산의 심장 문양!

기토하	딱 걸렸어! 딱 걸렸어! 와.. 이런 걸 만들어놓고.. (하며 모명진 보는데)

순간 모명진, 밖으로 뛰는데.. 문 앞에 선 길선이 건 발에 넘어진다.

S#28. 연맹장의 집무실(낮)

타곤 있는데, 길선 급히 들어온다.

길선	니르하..! 흰산의 심장 장로를 잡았습니다..!!!
타곤	...! 확실해?
길선	예, 밀고가 있었답니다..!
	(책표지 안쪽의 흰산의 심장 문양을 보여주며) 이게.. 나왔습니다..
타곤	밀고..? 흰산의 심장 밀고가 대신전이 아니라.. 연맹궁으로 들어왔다고..?
길선	예. 저도 이상하긴 한데..
타곤	.....!!!! 지금 어디 있어?

S#29. 연맹궁 지하 복도(낮)

복도를 따라 대칸들에게 끌려가는 모명진. 햇빛도 잘 들어오지 않는
으슥한 곳으로 깊이 들어갈수록 모명진의 눈빛이 불안해진다.
그러다 어떤 문 앞에 선다. 문을 여는 대칸.

S#30. 연맹궁 지하 고문실(낮)

모명진, 들어온다. 무시무시한 고문실의 풍경.
작두와 집게, 채찍, 몽둥이, 압슬 등 여러 고문기구들이 보인다.
대칸들, 모명진의 발에 나무족쇄를 채우고는 모두 나간다.
모명진, 어둠 속에 앉아 있는 누군가를 발견하고 놀란다. 타곤이다!

타곤	(위엄 있는) 나에 대해 말하라..
모명진	.. 연.. 연맹장이신 타곤 니르하 아니십니까..
타곤	.. 또..?
모명진	(두렵고 의아해서 생각하다) 전 연맹장 산웅... 니르하의 아들이시고..
	아뜨라드 붉은 밤의.. 영웅..
타곤	.. 또...
모명진	.. 또.. 이아르크를 정벌하신.. (하다가)
타곤	그거 말고.. 나에 대해 허황된 얘기를 들은 적이 있느냐?

나에 대해 지난 며칠 동안, 누군가와 말을 나눈 적이 있느냐?

모명진　...? 대체 무슨 말씀이신지.. (하다가)...!!

ins.cut.〉 11부 8씬 중,

사야　독대하게 해드리겠습니다! 타곤 니르하와..!!! (cut.)

모명진　(경악, 마음의 소리 E) 이것인가?! 그놈이 어찌..!

타곤　말할 게 있느냐?

모명진　(결심한 듯) 일 년 전쯤.. 우리 모임에 한 젊은이가 왔습니다..

타곤　...!

모명진　아주 신실했습니다.. 특히, 위대한 어머니 아사신께서.. 이그트를
　　　사자로 보내신 그 뜻에, 크게 감화된 듯 보였지요...

타곤　...!!!

모명진　그자가 제관을 죽였습니다...

타곤　그놈이 혼자 벌였다..?

모명진　예. 그렇습니다. 그리고는 저를 부추기더군요..
　　　드디어 휜산의 심장이 세상 밖으로 나갈 때가 되었다고..

타곤　...

모명진　제가 거절하니, 니르하와의 독대를 주선하겠다 했습니다.
　　　그리고 제 생각엔.. 지금 이 자리가 바로 그 자리가 아닌가 합니다.

타곤　...!!!!! (약간 흥분) 그자가 누구냐..!!!

모명진　해족의 필경사라 하였으나.. 거짓인 듯합니다.

타곤　(한 손으로 모명진의 턱을 잡아 힘을 주자, 모명진 고통)
　　　내가.. 그놈이 주선한 이 자리에서.. 네년의 혀를 뽑는 건 일도 아니다..

모명진　(고통으로 신음하며) 그자가 이리 말했습니다..
　　　니르하를 뵈면 전해달라고...

ins.cut.〉 새로 찍는 회상, 염색 공방 안 은밀한 방(밤)

사야　아사론의 힘은 사람들의 믿음 위에 있는 가짜 힘...! (cut.)

모명진　(고통) 타곤 니르하의 힘은, 그야말로 진짜 힘..! 그 힘을 보태신다면..

타곤	그럼 뭐가 달라지는데? 지금 아사론이 그 자리에 있는 건!
	사람들이 그가 방계라는 것을 모르기 때문이 아니다..!
모명진	(고통을 참으며) 그자는 이리 말했습니다.
	아사신의 진짜 후계가 나타났다..! 그리고...
타곤	(경악) ...!!!
모명진	연맹장 니르하께서도.. 알고 계시다고 했습니다..!
타곤	...!!! (경악과 분노) ...... (모명진의 턱을 놓으며)....

S#31. 연맹궁 복도(낮)

타곤, 당혹과 분노로 어찌할 바를 모르며 나와 걷는다.
기토하와 무광, 그런 타곤을 보고는 다가온다.

무광	어찌 그러십니까, 니르하?
타곤	따라오지 마! (하고는 간다.)

기토하와 무광, 그런 타곤을 의아하게 본다.

S#32. 사야의 집 2층 사야의 방(낮)

타곤, 문을 부술 듯이 쾅! 걷어차고 들어온다. 사야는 없다.
탁자에 펼쳐진 많은 죽간과 가죽 두루마리들을 확 집어 읽어본다.
여러 장의 가죽 두루마리에는 진법에 대한 그림이 무수히 그려져 있다.
타곤, 분노하여 다른 곳도 뒤진다. 사야가 써놓은 죽간들이 있다.
빠르게 눈으로 읽다가 던진다. 그러다가 옷장을 여는 타곤.
숨겨진 보따리를 발견하고 풀어헤치는데 여자 옷이다!

ins.cut.〉 새로 찍는 회상, 연맹궁 궁문 앞(밤)

소당	어떤 여인이 왔다 갔습니다.

얇은 가죽 두루마리를 들고는 청원부에 간다면서요..

타곤   (마음의 소리 E) 사야.. 사야였어..!

타곤, 옷을 거세게 집어 던지는데, 이때, 문이 열린다.
사야가 천천히 들어온다. 타곤, 놀라 본다. 사야. 뛰어온 것도 아닌데,
심장이 터질 것처럼 두근거려서 숨이 거칠고 가쁘다.
타곤, 사야를 노려본다.

타곤   (애써 분노를 억누르며) 너... 지금 여기서 죽을 수 있다는 걸 알아..?
사야   (두근거림을 가라앉히려 심호흡) 예에.. 아니까.. 이렇게.. 진정이 안 되네요..
타곤   왜 이러는 것이냐..?
사야   (두근두근, 흥분) 지금이니까.. 지금이 아니면...!
             여기서 망설이면.. 후회할 거 같으니까.. (침 꿀꺽) 저두. 목숨 걸고 왔어요...
타곤   (칼을 뽑는다) ....
사야   ...!! (뒷걸음치며) 탄야...!
타곤   (멈칫) ...
사야   위대한 아사신의 후예께서 어딨는지 모르시잖아요...?
타곤   ...! 탄야를 숨겼구나... (이를 악물며) 어딨어...?
사야   어딨을까요?

타곤, 눈을 빛내며 사야에게 확 달려든다.

S#33. 사야의 나무집 안(낮)

혼자 눈물콧물 다 흘리며 좋아하는 탄야.

탄야   (눈물콧물을 쓱쓱 닦아내며) 은섬이가 날 두고 죽을 리가 없지..

ins.cut.〉 11부 7씬 중,

채은	(그런 탄야 보며 마음의 소리 E) 은섬이가 죽은 걸로 알고 있구나..

현실의 탄야, 아무래도 의아하다.

탄야	(마음의 소리 E) 잘못 들은 게 아니었는데...
타곤	(E) 탄야 어딨어..!!!

S#34. 사야의 집 2층 사야의 방(낮)

타곤이 사야를 벽에 밀어붙여 제압한 채 목에 칼을 겨누고 있다.

타곤	탄야를 데려와...
사야	이러면.. 아사신의 후예는 영원히 못 봐요..
	그럼 아버진 평생 아사론 밑에서...
타곤	닥쳐..!!! 네놈 따위가, 뭘, 뭘 어쩌려는 거야..
사야	(지지 않고 노려보며) 아버진 뭘 어쩌시려구요?
	태알하 발목이 잘려 죽으면..! 죽어서도 그 혼이 네발로 기어 다닌다던데..!
	어쩌시려는 거예요!!

타곤, 미치겠는 마음에 "으아..!!!" 소리 지르며,
칼을 사야 옆의 벽에 확 꽂는다.

사야	내가 말해볼까요? 아버진 기껏해야. 아사론보다 먼저 흰산의 심장을
	소탕해서, 일이 커지는 걸 막고, 아사론과 협상한다..
타곤	...
사야	그거죠? 언제까지 그런 싸움을 반복하실 거예요? 우리랑 손을 잡아요.
타곤	내가 흰산의 심장과 손을 잡는다 치자.. 그럼 그다음은?
사야	우리가 세상에 나가겠죠..! (설명하면서 점점 흥분되는) 아사신의 후예가
	드디어 아스달에 왔다! 거짓을 쓰러뜨리고 진실을 세우자..!
	저 방계들을 내쫓고 진정한 아사신의 후예에게 대신전을 돌려주자..!

타곤	....
사야	그때 아버지께서 대칸들과 대신전을 쓸어버리는 거죠!
	그리고 아버진 왕을 선언하고 나는 후계가 되고, 새로 대제관이 된 탄야는..!
	그걸 인정하고... 마지막으로 우리의 피를 세상에 드러내는 겁니다..!
타곤	(보다가) ... 넌 미쳤어.
사야	(OL) 그럼!! 날 왜 살렸어요?
타곤	...!!
사야	왜? 이그트인 게 너무 부끄럽고, 너무 수치스러워서 아스달의 이그트들을
	다 죽여버리고 나니까 하나쯤은 살려두고 싶었어요?
타곤	....
사야	(터지며) 난!! .. 난.. 그런 당신 때문에.. 왜 숨어 지내야 하는지!
	왜 사람을 만나면 안 되는지! 암것도 모른 채 갇혀서, 주는 대로 먹고,
	주는 대로 입고, 주는 대로 읽으면서 살았어. 개돼지처럼...!
타곤	....
사야	그 깜깜한 굴속에서 내가 나인 이유를 스스로 찾아야 했다구.
타곤	(보다가) .. 니가 너인 이유? 그게 이그트야...?
	이그트인 게 자랑스러운 거냐, 넌?
사야	자랑스러웠으니까 죽지 않았어요...!
타곤	...!!
사야	이그트인 타곤은 아스달의 영웅이다..! 흰산의 심장이 이르길,
	아라문 해슬라는 이그트였고, 저 방계들에 의해 살해됐다..! 그래..!
	이그트인 나는 지금...! 비록 쥐새끼처럼 어둠 속에 있지만,
	타곤이 오는 날..! 빛 속으로 당당히 나갈 거다...!
	그게 타곤이 이그트인 날 살린 이유다..!!
타곤	...
사야	근데 아니었던 거지.. 처참하게도...
타곤	...
사야	...
타곤	넌... 너무 편하게 자랐어.. 이그트인 주제에..
사야	(발끈) 뭐요?
타곤	(OL) 일곱 살 때였지.. 내 아버진.. 내 목을 졸랐어..

사야	...!!
타곤	아들이 아버지에게 목이 졸리는 거.. 그게... 이그트로 자란다는 거다!
사야	... 먼저 죽이면 되잖아요..! 이그트를 멸시하는 누구든 죽이면!
	그러면, 이그트는 불길한 존재가 아니라, 무서운 존재가 되는 거니까..!
타곤	무서운 존재는 되겠지, 하지만! 니가 모두 죽이면 된다는 사람들은..
	나와 함께한 대칸들과 새녁족.. 그리고 연맹인들 모두야...!
사야	...!
타곤	그리고 그들은 자기들의 왕이 이그트이길 바라지 않아...
사야	(OL) 물어봤어요? 물어보지도 않고 그걸 어떻게 알아!
타곤	...!
사야	연맹인들은 그런 걸 상상해본 적도 없고, 고민해본 적도 없어!
	자신들을 이끄는 사람이 이그트이길 바라는지 안 바라는지 어떻게 아냐고!
타곤	(OL) 그럼 넌 알아!? 연맹인들이 이그트 왕을 어찌 여길지..!
사야	(금으로 된 얇은 펜던트 장식을 꺼내 보이며) 아라문 해슬라 장식이에요..
	앞면엔 화합을 상징하는 금은화가.. 뒷면엔 징벌을 상징하는 바람의 망치가
	새겨져 있죠. (앞면을 보이며) 사느냐.. (뒷면을 보이며) 죽느냐..
	이걸 던지면 어느 면이 나올지 아세요?
타곤	....
사야	전 몰라요! 누가 알겠어요! 하지만 앞면이든, 뒷면이든
	아이루즈께서 결정해주시겠죠! 아버지같이 사느니, 전 이걸 던져보겠어요!!!
타곤	난 신 따위에게 내 운명을 걸지 않는다..!
사야	예, 그러시겠죠. 하지만 이제 결정하셔야 돼요.
타곤	.....
사야	저와 함께할 건지.. 아버지가 그리도 아끼시는 연맹인들과 함께할 건지..
타곤	....!!
사야	결정... 하세요. (하고 나가려는데)
타곤	널 보내줄 것 같으냐..? (하고 막아서려는데)
사야	(옷 속에 호리병 따서는 입에 댄 채로) 비취산이에요.
타곤	...!!!
사야	한 발자국만 움직이면, 그대로 들이킬 겁니다.
타곤	니가 죽을 수 있을까...?

사야   애기했잖아요. 목숨을 걸고 왔다고. 뒷면이면... 죽는 거죠.

하고는, 뒷걸음치며 나가는 사야. 쥐고 있던 펜던트를 휙 던진다.
반사적으로 붙잡는 타곤. 망연자실한 얼굴로 가는 사야를 본다.

S#35. 아스달 길 일각(낮)

사야, 분을 삭이며 결연한 얼굴로 걷고 있다.

S#36. 사야의 집 2층 사야의 방(낮)

손에 쥔 펜던트를 보며 괴로운 듯 눈을 감는 타곤.

감실   (E) 이게 대체 뭐야?

S#37. 하림의 약전 안(밤)

화난 감실 앞에 당황한 채은이 서 있고, 하림은 고개를 숙이고 있다.
던져져 펼쳐진 얇은 가죽 책의 표지 안쪽에 흰산의 심장 문양이 있다.

감실   (걱정, 불안) 너... 흰산의 심장, 그것들이랑 어울리니?
채은   저기.. 어머니 그게..
감실   염색전 모명진이가 잡혀갔어.. 알아?
채은   (놀라) ...!!!
감실   거기서 흰산의 심장 문양이 나왔어...
채은   (억울) 하지만.. 저희는..
하림   (OL) 뇌안탈이 왔었다.
채은   (경악) 예...?!!!

하림	눈별이를 찾아와서, 같이 떠나자고 했대. 눈별이는 안 가겠다고 하고..
채은	그... 그게.. 무슨 소리예요? 뇌안탈이요? 눈별이요?
하림	눈별일 데리고 일단 알섬으로 가 있거라. 쉽게 찾지 못할 거다.
감실	눈별이, 니가 살린 니 동생 아니냐... 또 누가 뭐래도 이젠 내 딸이야.. (가죽 책을 들고, 간절하게) 이런 것들이랑 어울릴 때가 아니야..!
채은	...... (어째야 할지 고민스러운데...)

S#38. 연맹궁 지하 고문실(밤)

묶인 채로 앉아 있는 모명진, 문이 벌컥 열리고 타곤이 들어온다.

타곤	(대뜸) 너희와 함께하겠다.
모명진	...!!!???
타곤	그 아이는 준비가 된 거 같은데, 넌 준비가 됐나? 네놈들은 준비가 됐어..!?
모명진	진정.. 이십니까?
타곤	준비가 됐냐고 물었다..!
모명진	(긴장) ...
타곤	하겠느냐..! 할 것이냐..!

S#39. 까치동굴 앞 일각(밤)

사야, 와한의 꽃꾸밈을 한 채 가고 있다. 동굴 안으로 들어간다.

S#40. 까치동굴 안(밤)

다른 때와 달리, 꽃꾸밈을 제대로 하지 않은 채
천으로 얼굴을 가린 사람, 쉬마그를 쓴 사람, 탈을 쓴 사람 등
삼삼오오 불 주변에 모여 웅성거리고 있다.

이때, 들어오는 사야. 사람들을 지나 가운데 있는 불 앞에 서자,
사야에게 이목이 집중되고, 웅성거림은 잦아든다.

사야   (결연) 모명진 장로님께서 잡혀가신 소식은 모두 들으셨을 겁니다..!

하며 불빛에 비친 사람들을 차례로 보는 사야.
그러다가, 쉬마그를 쓰고 있는 누군가를 스치듯 본다.
묘한 느낌에 놀라는 사야, 쉬마그 속의 눈빛을 보는데.. 타곤이다..!

S#41. 까치동굴 외곽(밤)

사야, 놀란 표정으로 타곤을 보고 있다.

사야   대체 어떻게 여길...
타곤   모명진한테 들었다.
사야   ...!! 고문을 했다 해도, 장로께서... 이 까치동굴을 말할.. 리가. (깨달은 듯) ..!!
타곤   맞아.. 함께하기로 했으니.. 얘기해준 것이지..
사야   (눈빛이 빛나며 흥분된 표정으로 타곤 보는) .... 아버지..!
타곤   (보다가 다가가서 아주 작게) 단, 이그트를 밝히는 건 나중이다.
    (펜던트 돌려주며) 몇 번을 던져도 바람의 망치 대신에
    큐은화가 나오도록 만든 연후에..!
사야   (한숨 섞인 웃음) 결국 연맹인들에게 달렸다는 말씀이시군요..
타곤   (긍정의 미소 지으며 뒤돌아 가려는데) ...
사야   (타곤의 뒤에 대고, 차분하게) 그리하겠습니다. 고맙습니다. 아버지..
타곤   (뒤돌아 사야 보며) 미안했다..

하고는 가는 타곤, 그런 타곤을 보며 미소 짓다 가는 사야.

ins.cut.〉 가는 사야를 나무 위에서 보고 있는 무광의 시선 컷.
(*사야의 뒷모습이나 정수리만 보이는 위치로 얼굴은 보이지 않음)

S#42. 염색 공방 앞 일각(밤)

타곤, 심각하게 걷고 있다. 아무도 없는 조용한 거리.
그러다 난장판이 된 염색 공방 앞에 멈춰 선다. 안으로 들어가는 타곤.

S#43. 염색 공방 안(밤)

타곤, 어두운 공방 안으로 들어온다. 카메라 팬 하면,
타곤의 앞에 길선, 무백, 기토하, 양차, 박량풍, 초리곤, 대칸 3~4명이
일제히 긴장된 표정으로 도열해 있다. 그런 그들을 보는 타곤.

S#44. 숲길 일각(밤)

가는 사야. 그 뒤로 사야를 몰래 쫓고 있는 무광과 홍술. 그 위로,

ins.cut.〉 11부 41씬 중,

사야	(E) 고맙습니다. 아버지.. (cut.)
무광	(마음의 소리 E) 아버지라고...?

S#45. 사야의 나무집 안(밤)

탄야, 한쪽 구석에 고개를 파묻은 채 쭈그려 앉아 있다.

탄야	(마음의 소리 E) 분명.. 들렸어.. 정말 나한테 영능이..?

하는데, 갑자기 눈앞이 확 흐려지며 '스악' 소리와 함께

짙푸른 오로라 같은 현상 또는 군무를 추는 새 떼의 모습이 눈앞에
나타나 탄야에게 뭔가 말해주는 것 같다.
다시 눈앞이 또렷해지고, 일어나서 밖을 살피는 탄야.

S#46. 사야의 나무집 앞(밤)

나무집으로 들어가는 사야. 쫓고 있는 무광과 홍술, 서로 눈짓한다.

S#47. 사야의 나무집 안(밤)

사야, 들어왔는데 아무도 없다. "탄야야..!" 하며 나무집 안을
둘러보다가 없자, "어?!" 하며 다시 밖으로 뛰쳐나간다.

S#48. 사야의 나무집 앞(밤)

무광의 시선으로 나무집 안에서 튀어나오는 사야!
"탄야야!" 하며 이리저리 찾는 사야의 모습.

홍술   (보며) 어..? 그년은 없나 본데요..
무광   여길 지키고 있어.
홍술   예..!
타곤   (E) 목표는..

S#49. 염색 공방 안(밤)

타곤 있고, 그 앞에 대칸들 긴장된 표정으로 도열해 있다.

타곤	대신전이다..!
모두	(경악하여 서로 보며) ...!!!
무백	.. 아사론입니까?
타곤	대칸을 완전히 무장시켜, 즉시 동원할 수 있는 상태를 유지한다!
무백	예.. 니르하.!!!
양차	....
타곤	기토하!
기토하	예, 니르하..!
타곤	유황과 석청을 오십 근 이상 준비해라. 내 명령이 떨어지면 언제든..!
	그 즉시...! 아스숲 까치동굴을 (이를 악물며) 다 태워버릴 수 있도록..
무백	...!
기토하	까치동굴을요...?
타곤	물론.. 그 안에 있을 수많은 사람과 함께다.. 시신도 흔적도 남기지 말고..
기토하	...! 예.. 니르하..
타곤	위병 총관, 대신전 감옥에 들여보낼 죄수 하나를 찾아봐라..
	노래를 잘하는 놈이면 좋겠다..
길선	예..? (하다가) .. 예..!!

이때, 무광이 들어온다. 타곤, 무광 본다.

무광	지금은 그 계집이 없습니다. 홍술을 남겨놓고 왔습니다.
타곤	기다리고 있을 수만은 없지.
	박량풍! 그 아이의 얼굴을 그려서 찾아야겠다.
박량풍	(의아) 그 아이라뇨? 누굽니까?
타곤	무광에게 물어. 무광을 저주한 아이가 있어.
박량풍	아, 그년이요...?!
무백	(놀라, 마음의 소리 E) 탄야? 탄야를 타곤이 데리고 있는 게 아니었어?
타곤	찾는 걸 방해하는 자가 있다면.... 죽여.
무광	(타곤 주시하며) ....
타곤	(무광에게 시선 멈추며) .. 그 누구라도..
무광	...!! 예, 니르하! (마음의 소리 E) 하... 아들까지..?!! 역시...!

S#50. 사야의 나무집 안(밤)

거친 숨소리를 내며 확 들어오는 사야. 미치겠는 표정이다.
안절부절못하다가는 나무집 벽을 주먹으로 꽝 치며 씩씩대는데
이때, 나무집 한쪽에 숨어 있던 탄야가 나온다. 놀라는 사야.

사야	너..! 뭐야!!
탄야	(밖을 경계하며 쉿! 하는 모션)
사야	(의아해서) 계속 여기 있었어?! 근데 왜!!
탄야	(재차 쉿! 하는 모션) 밖에 누군가가 있어..!
사야	(점차 가라앉으며) 누구?!
탄야	(심각) 몰라.. 그냥... 그런 느낌이 들어서...
사야	(탄야 보다가 긴장이 풀리는 듯 주저앉는) 하...
탄야	(답답) 분명.. 누군가 있다니까..!
사야	(실소) 너 찾겠다고 이 주변을 몇 번이고 돌았는데, 다른 누군가는커녕.. 개미 한 마리도 안 보였어.. (탄야의 손을 잡아당기며) 좋은 소식이 있어.
탄야	(앉으며) ....
사야	아버지가.. 함께하실 것 같아.
탄야	...! 타곤 니르하가..?
사야	이제 흰산의 심장이 가짜를 내쫓고 진정한 주인에게 대신전을 돌려주게 될 거야..
탄야	(OL) 진정한 주인이 누군데..?
사야	(미소) 내 앞에 있잖아. 바로 탄야.. 탄야 대제관 니르하..!
탄야	(놀란) ....!!! 내가 흰늑대할머니의 핏줄인 건 맞는데.. 흰늑대할머니가 정말.. 아사신인지 어떻게 알아..? 사람들이 믿을까..?
사야	아사신의 후예로 인정받으려면 아사신의 별방울을 찾아야 하는데.. 혹시.. 알겠어...?
탄야	별.. 방울?
사야	아사신께서 아스달을 떠나실 때, 대신전 안에 감춰둔 방울이야..

탄야	(황당, OL) 별방울이고 대신전이고 처음 들어보는데 내가 어떻게...
사야	(고개 끄덕이며) 그래.. 그렇겠지. 괜찮아, 그런 상황을 만들진 않아. 아버지가 함께하면 돼.
탄야	.. 근데.. 내가 대제관인가가 되면.. 정말 힘을 가져?
사야	.. 응..
탄야	노예로 사는 와한족들도 구할 수 있고?
사야	물론..
탄야	멀리 끌려간 노예도?
사야	니 말 한마디면.. 바로 데려올 수 있어.
탄야	...!! (기대에 차서 설레는 느낌)

S#51. 돌담불 전경(밤)

바도루	(E) 니 차례야...

S#52. 돌담불 은섬네 깃바닥(밤)

바도루가 은섬에게 뾰족한 나무칼을 건네고 있다.
보면, 사트닉을 뺀 모두가 은섬을 둘러싸고 있다.
잎생은 괜히 딴 데 보고 올마대는 침통하다.

차나라기	우리도 예전에.. 다 한 거야...
은섬	....
바도루	어쩔 수 없어.. 우리가 아무리 열심히 해도 한 명이 아무 일도 못하면 매번 여든 광주리를 못 맞춰.
은섬	...
바도루	그럼 우린 계속 굶게 돼. 그래서 결국...
올마대	.. (기도하듯, 신음하듯) 아.. 아사신이시여, 어머니시여... 우리를..
바도루	아! 노인네! 쫌..! (하고는 은섬에게) 알아들었어?

은섬   ....

바도루, 다시 은섬 앞에 나무칼을 들이민다.
칼을 보던 은섬, 칼을 드디어 받아 쥔다. 그리고는 사트닉에게로 간다.
모두, 은섬을 본다. 무표정하게 사트닉에게로 가는 은섬.
은섬, 아직까지는 큰 표정 변화 없이 천천히 사트닉의 목젖에
나무칼을 들이댄다. 그 위로 들리는 터대의 목소리

터대   (E) 그냥 말해..

ins.cut.〉 9부 19씬 중,
은섬의 목젖에 나뭇가지를 들이댄 터대의 눈빛. (cut.)

은섬   (처음으로 은섬의 눈빛이 흔들린다)
바도루   (뒤에서 E) 빨리 해. 망설이면 더 힘들어.

은섬, 다시 사트닉의 목젖에 칼을 갖다 대자, 사트닉은 눈을 감는다.

터대   (E) 그냥 저 새끼들이 하라는 대로 해...

은섬, 사트닉의 목젖에 칼을 들이댄 자신의 팔과 손을 본다.

차나라기   (뒤에서 E) 빨리 해 새꺄!!
노예1   (뒤에서 E) 야!! 그냥 해! 한 번에 하라고!!

은섬, 고개를 돌려 그들을 본다. 험악한 얼굴로 서 있는 서너 명과
벽 보며 기도하는 올마대 등의 모습이 괴기스럽게 바뀐다.

ins.cut.〉 9부 12씬의 플래시컷들.
"나는 두즘생이다!"를 외치며 나오는 두즘생들.
물을 마구 핥아 먹는 두즘생들. 그 위로,

쇼르자긴 (E) 봤지? 저게 짐승이라는 거야. (cut.)

쇼르자긴 (E) 어떤 더러운 것 (cut.)

쇼르자긴 (E) 괴물 새끼 뇌안탈 (cut.)

"빨리 하라"며 소리를 질러대는 차나라기와 바도루 등등
이제는 흐느끼며 우는 사트닉의 모습. 그 위로,

북쇠 (E) 은섬인 머리가 고장 났다. 하는 말도 생각도 다 괴상하다.

초설 (E) 넌 절대 와한의 사람이 될 수 없어.

달새 (E) 은섬인 거짓말쟁이에!

탄야 (E) 사실은... 막.. 재밌는 거지?

(E) 너 죽을 수도 있다고! 이 머저라!!

등등, 괴기스럽게 보이는 사람들의 모습과 과거의 말들이,
어지러운 음악과 함께, 어지럽고 괴기스럽게 편집되던 끝에!

사트닉 (E) 형 잘못이 아냐...

은섬 ...! (놀라 본다) ...

사트닉 지금 날 죽이는 거... 형한테 예전에 있었던 일들.. 그런 건 다 죄가 아니야...

은섬 (떨리는 눈빛으로 보며) 그럼.. 뭐가 죄야...?

사트닉 ...

은섬 이런 게 죄가 아니면... (점점 크게) 이런 짐승만도 못한 짓이! 죄가 아니면...!
뭐가 죄야?!!! 나한테 어떤 일이 있었는지 알아?! 내가
무슨 짓을 저질렀는지 알아..!? 니까짓 게 뭘 안다고!

사트닉 (OL) 뭐든...! 무슨 일이 있었든. 정말 벌을 받게 되는 죄는 하나밖에 없어.

잎생 뭐래는 거야, 쟤 또.. 그래 뭔데? 그 하나밖에 없는 죄가...?

사트닉, 은섬의 귓가에 다가가 속삭인다.

사트닉 (은섬의 귓가에 대고) 힘없고... 약한.. 죄..!

은섭	(놀란 표정으로) ...!!!
사트닉	그것만이 죄야.. 그러니까.. 어서 해. 나두.. (눈물, 미소) 죗값 받는 거야..

은섭, 그런 사트닉을 멍하게 본다. 잎생, 뭔가 싶어 둘을 보는데,
바도루와 차나라기, 노예1 서로 보며 황당하고 짜증스러운 표정이다.
은섭, 한숨처럼 신음처럼 '아..' 하는 소리를 내더니 일어서서
나무칼을 부러뜨린다.

차나라기	(놀라서) 이 새끼가 뭐하는 거야..!
은섭	나 못해, 이런 짐승만도 못한 짓..
바도루	(황당) 너 여기 들어올 때..! 나는 짐승이다! 짐승만도 못하다!
	그렇게 외치고 들어오지 않았어? (모두 보며) 여기 모두..!
	그렇게 했어! 그래서 이렇게 더럽게 살아 있는 거잖아!
은섭	그랬지..나도.. '나는... 어떤 더러운 것과 괴물 새끼 뇌안탈 사이에서 나온
	짐승만도 못한 이그트다.' 그랬어..
바도루	근데 왜 깡지랄이야?
은섭	(OL) 그래서 짐승처럼 지냈어. (점점 흥분하며) 아무것도 바라지도,
	생각하지도 않고..! 그저 숨이 쉬어지니까 쉬고..!
	그저 눈이 떠지니까 일어나고..! 그저 씹히니까..!
	아무거나 처먹어대는 짐승!! (비웃듯, 나지막이) 너희들처럼...
바도루	...!! (달려들며) 이 괴물 새끼가..!

바도루가 나무칼을 들고 달려들고 차나라기와 노예1도 동시에
은섭에게 달려든다. 사람으로서는 믿어지지 않는 동작과 힘으로
셋을 순식간에 제압하는 은섭! 모두 나가떨어진다.

잎생	(깜짝 놀라서 보며, 사트닉에게) 아니 너 얘한테 뭐라고 했길래 이래!
바도루	(고통을 참으며 신음) 야.. 그럼 어떡해..? 응? 짐승 말고 사람답게 사는 게..
	(사트닉 가리키며) 저 새끼랑 같이 굶어 죽는 거야?
	그리고.. 니가 사람이야? 너 사람도 아니잖아..!
은섭	나가자.. 여길..

모두들	...!!!
은섬	너흰 사람처럼, 난 괴물처럼.. 나가자..!
노예1	무.. 무슨 수로?
은섬	(잎생을 확 보며) 쟤가 나가는 방법을 알아..
잎생	...!!!
모두	(잠시 놀랐다가 낄낄대기 시작한다)
바도루	(깔깔대며) 저 새끼 말을 믿었어? (표정 변하며) 아고족 새끼 말을 믿어? 같은 핏줄끼리 치고받고 싸우고 속이는 저런 새끼들 말을 믿어!?!
은섬	(잎생 보고) ...
잎생	(당황, 쭈뼛대며) 아니.. 뭐.. 방법이 있긴.. 있는데..
은섬	그럼 내 방법으로 해보자.. (잎생 보며) 난 거짓말이 아냐.
잎생	아니, 나두 거짓말은 아니지이..! (괜히 세게) 야! 너 나가도 할 게 없대매!
은섬	해볼 게 생겼어. 아직 방법은 모르지만.
모두	(은섬 보며) ...
올마대	(차분하게) 나가는 방법이라는 게.. 뭔가...?
은섬	(모두 보며) 다들 며칠이나 굶을 수 있어?
모두들	(의아하게 보는데) ...
바도루	(의아하지만 설레는 듯) 정말.. 방법이.. 있어??

S#53. 아스달 전경(낮)

박량풍	(E) 앨 알아?

S#54. 군검부 앞(낮)

채은, 놀란 얼굴로 박량풍이 건넨 그림을 본다. 탄야다.

박량풍	(그런 채은 보며) 알아?
채은	아.. 아뇨.. 처음 보는데..

박량풍 두즘생 노예다. 혹시 보면 즉시 군검부로!

하고, 가는 박량풍과 대칸들. 채은, 눈치를 살피고는 뛰어간다.

ins.cut.〉일각
이 모습을 보고 있는 여비.

S#55. 대신전 지하 계단 감옥 앞(낮)

위병이 문을 열자, 감옥 안에서 나오는 태알하, 결연하고 비장하다.

S#56. 대신전 어느 방(낮)

들어오는 태알하. 앞엔 미홀이 있다.

미홀 결심이 섰니?
태알하 ...... 타곤을 친 뒤에.. 난 어떻게 되죠? 어라하 자리를 내려놓나요?
미홀 ...!! 이제야 내 딸 같구나..
태알하 어떻게 되냐구...!
미홀 내가 어라하 자리에 다시 올라가는 것은 우스운 일이다.
넌 계속 그 자리에 있을 게야. 다만 궁리방 좌솔은 아니겠지.
그런 체계가 없어질 테니.. 잘 생각했다...
태알하 ...... (괴로운 듯) ...

이때, 문밖에서 들리는 아뜨라드의 붉은 밤 허밍 소리..!

ins.cut.〉대신전 어느 방 밖 복도
잡혀온 신성 죄인 한 명이 복도를 지나가며
아뜨라드의 붉은 밤을 허밍한다.

태알하, 경악하며 문 쪽을 바라보고 미홀, 그런 태알하 보는데

여비	(급히 들어오며) 미홀님..! 잠시...
태알하	(그런 여비를 보는데)
미홀	(E) 노예?

S#57. 대신전 은밀한 방(낮)

미홀이 놀란 얼굴로 여비를 보고 있다.

여비	예.. 와한족 노예 계집이라는데.. 대칸들이 전부 나서서.. 찾고 있습니다.
미홀	...?! 이런 상황에 노예 계집을 찾아? 대칸을 동원해서?
여비	뭔가 중요한 물건을 가지고 도망쳤거나.. 그런 거라 생각했는데.. 그 도망친 노예의 애비가 열손입니다...
미홀	...!!

ins.cut.〉 10부 7씬 중,
미홀	(열손에게) 무백이 널 만나러 왔었다고?

여비	일전에 무백님이 노예 놈을 일부러 찾아온 것도... 대칸들이 그 노예 놈의 딸년을 찾는 것도 이상하지 않습니까? 더구나.. 와한들이 우리말을 쓰는 것에 대해서.. 그때 흘립님께서..

ins.cut.〉 새로 찍는 회상, 필경관 어라하의 방(낮)
해흘립과 미홀이 있다.

미홀	(놀라) 이아르크 놈들이 우리랑 같은 말을 쓴다고?
해흘립	아마도 이곳에서 오래전에 넘어간 사람의 후손 아니겠습니까.

미홀, 뭔가 이상한 듯하다가 설마 하는 표정으로 놀란다.

S#58. 불의 성채 청동관 안(낮)

열손과 여러 사람들이 땀을 흘리며 일하고 있다.
이때 문이 쾅 하고 열리며 미홀과 여비가 들어오자,
모두들, 미홀에게 예를 취한다.

미홀   모두 나가거라..! (열손 보며) 네놈만 남고..!
열손   ...!

모두 나가자 미홀, 열손에게 위압적으로 다가온다.

열손   (고개를 조아리며, 겁먹은 듯) 어르신, 어찌 그러십니까..
미홀   잘 들어. 니 딸년.. 생사가 걸렸다. 거짓을 말하거나 답을 안 하거나,
         답이 늦으면, 니 눈앞에서 니 딸년을 삶아서 죽일 것을,
         아스의 모든 신 이름으로 맹세한다..!
열손   (경악하여) ...!!! 아이구.. 어르신.. (무릎 꿇으며) 무슨 말씀이십니까..
         살려주십쇼... 뭐든지 물으십쇼...
미홀   무백이 와서 무엇을 물었느냐?
열손   (바로) 우리 씨족의 처음을 물으셨습니다!
미홀   처음이 무엇이냐.
열손   (바로) 흰늑대할머니가 대흑벽을 내려오셔서 시작되었다 전해집니다!
미홀   ...! 언제..? 언제 그 할멈이 내려왔다더냐..
열손   이백 년쯤 됐다고 들었습니다요!
미홀   (경악) ...!!! (약간 떨리며) ... 혹시.. 니 딸년이 그 할멈의 곧쪽이냐..?
열손   ... (침 꿀꺽 삼키고) 예에... 씨족어머니가 될 아이였으니..
미홀   ...! (마음의 소리 E) 타곤.. 이놈이 황당한 생각을 하고 있구나..!

미홀, 그대로 휙 돌아서 나가고 여비 따라간다.
열손, 두려운 눈으로 미홀의 뒷모습을 본다.

S#59. 대신전 어느 방(낮)

태알하, 생각에 잠겨 있다. 그 위로,

ins.cut.〉11부 56씬 중,
태알하, 미홀 있는데 밖에서 들리는 허밍 소리.

태알하	(마음의 소리 E) 설렌다.. 설레고 있구나, 타곤...
	저지르려는 거야? (씨익 미소가 지어지며) 그렇다면...!

이때 문이 열리고 아사론과 아사욘이 들어온다.

아사론	생각을 마쳤느냐? 마음이 맺어지더냐?
태알하	예, 니르하.. 흔들리던 마음이 맺어지더이다...
아사론	역시 애비가 설득하니, 그 마음이 가닿은 모양이구나.
	모두의 앞에서 너의 죄를 고백하고, 타곤의..
태알하	아닙니다.
아사론	...?
태알하	저의 신성재판을... 요구합니다..!
아사론	..!!!
아사욘	..!!!
태알하	어떠한 경우에도...! 어라하의 신성재판 요구는 거부될 수 없는 것!
	받아들이실 수밖에 없습니다..!
아사론	(확 다가가 태알하의 먹살을 잡으며) ... 이년..!
	무슨 수작이냐..! 신성재판은 어차피..!
태알하	(노려보며) 예에! 신성재판은 대제관 니르하의 뜻대로 결판이 나겠지요..!
아사론	해서... 스스로를 버리시겠다..? 타곤 그따위 것을 위해!

태알하   (노려보며 미소, 마음의 소리 E) 그래, 하지만... 그때 대제관은
당신이 아닐 수도 있지!

S#60. 연맹궁 내부 회랑(낮)

타곤과 무백이 걷고 있는데

무백   탄야를 데리고 계신 게 아니었습니까?
타곤   태알하와 해투악이 데리고 있었는데, 둘이 추포된 뒤에 사라졌어.
도망친 걸 수도 있고, 납치된 걸 수도 있어.
무백   저도 알아볼 데가 있으니.. 찾아보겠습니다.
해투악   (비명소리 E)

S#61. 대신전 은밀한 방(낮)

의자에 묶여 억지로 입 벌리고 있는 해투악. 여비가 매혼제를 먹인다.
미홀이 본다. 해투악, 몸을 떨다가 고개를 젖히고 숨을 몰아쉰다.

미홀   그 탄야라는 년, 알지?
해투악   (멍하게) 압니다...
미홀   ...! 그래.. 좋아.. 그년이 숨었다. 어디 있겠느냐?
해투악   (멍하게) 아마도.. 달래언덕에... 커다란 나무.. 그곳에 움막이...
미홀   ...!

S#62. 사야의 나무집 앞(낮)

홍술, 수풀 속에서 나무집 앞을 주시하고 있다.
뒤에서 뭔가 인기척이 있는 듯하여 휙 돌아보지만 아무도 없다.

수풀 속에 숨어 이런 홍술을 보는 누군가의 시선.
홍술, 뭔가 느낀 듯 확 돌며 칼을 뽑는데, 더 빨리 홍술의 목을 긋는
칼날. 홍술 절명. 여비다.
그리고 수풀 속에서 미홀이 눈을 빛내며 나온다.

S#63. 불의 성채 앞(낮)

주변을 살피다가 아무도 없자, 확 뛰어나오는 열손.
미친 듯이 달린다. 그 위로,

미홀	(E) 니 눈앞에서 니 딸년을 삶아서 죽일 것을, 아스의 모든 신 이름으로 맹세한다..!

ins.cut.〉 새로 찍는 회상, 9부 55씬 연결.

무백	무슨 일이 있거나 전할 것이 있거든, 장터 약전에서 채은이란 사람을 찾거라.
열손	(마음의 소리 E) 탄야야.. 탄야야..

S#64. 하림의 약전 안(낮)

채은, 도티 싸 놓은 짐 앞에 있는데, 눈별이 짐을 들고 안에서 나온다.

눈별	언니, 미안해... 괜히 나 때문에..
채은	아냐. (하고는 손을 잡으며) 얼마나 무서웠어...?
눈별	무섭진 않았어.. 오히려 상냥했어.. 근데 따라가긴 싫었어...
채은	그래 고맙다, 눈별아...
눈별	... 무백님한테 탄야라는 애 어디 있다고 얘기는 해주고 가야지..
도티	걱정 마 언니들. 내가 꼭 전할게.
채은	부탁한다 도티야.. 내가 탄야한테 무백님 얘기는 해뒀으니까,

하는데, 문이 열리며 열손이 헐레벌떡 들어온다. 놀라 보는 채은, 눈별.

열손   채은..! 채은님이 누구요..!
채은   전데요? 무슨..
열손   무백님께 전해주시오...! 내 딸이 죽을지도 모른다고..
도티   씨족아부지..! 열손아부지 맞죠?
열손   아이구.. 도티야.. 도티야..! (하고 가서 얼싸안는다)
채은   무슨 일이에요? 딸이라뇨?
열손   내 딸이요.. 탄야요.. 탄야 좀 살려주세요. 무슨 일이 생긴 거 같아요!
채은   ...!!!
여비   (E) 탄야..?

S#65. 사야의 나무집 안(낮)

탄야, 놀란 얼굴로 입구를 보고 있다. 그 앞에 칼을 든 여비가 있다.

여비   맞느냐..?
탄야   (긴장) ...!!!

S#66. 사야의 나무집 앞(낮)

무광이 오고 있다. 두리번거리며 홍술을 찾는데 안 보인다.
고개를 갸우뚱하는데, 그러다 핏자국 발견. 가보면 홍술의 시신이다.
긴장하는 무광. 칼을 뽑고, 나무집을 본다.

S#67. 달래언덕 길 일각(낮)

팔이 뒤로 묶인 탄야를 여비와 미홀이 끌고 가고 있다.

미홀   (마음의 소리 E) 타곤.. 이런 황당한 짓을 벌이려 하다니.. (탄야 한번 보고)
아사신의 곧쪽...? (어이없다는 듯) 하..!

이때, 그 앞에 나타나는 무광. 놀라는 여비. 미홀.

미홀   아니 대칸 아니신가..? 어인 일인가?
무광   방해하는 자는 누구든 죽이라는 명을 받았습니다, 그 계집... 내놓으시지요.
미홀   ...!! (피식) 우리 해족이 조용히 격물에만 힘써와서, 네놈들이..
여비를 잘 모르는 게지.

여비, 칼을 뽑는다. 무광, 역시 칼을 뽑는다.
달려드는 둘. 격렬하게 싸운다. 여비가 뒤지지 않는다.
그걸 바라보는 미홀. 탄야, 상황을 살피다가 미홀을 들이받는다.
놀라는 여비! 탄야, 묶인 채 산쪽 수풀 언덕 아래로 몸을 던진다.
무광을 경계하며 보는 여비! 놀라는 미홀! 이때 달려드는 무광.
다시 칼을 부딪치다가 무광, 여비의 칼을 피하면서
탄야가 간 쪽을 향해 몸을 날린다. 여비, 당황하고
미홀, "쫓아!!" 하자 여비도 달린다.

S#68. 갈대밭(낮)

언덕 아래로 굴러 떨어지는 탄야, 그리고는 일어서서 갈대숲으로 확
들어가는데 이때, 그 앞에 나타나는 누군가. 탄야 놀라 비명을
지르려는데 보면, 눈별과 채은이다.

탄야   채은님..!
채은   (빠르게 탄야의 묶인 줄 풀며) 빨리, 빨리 가자! (끌고 가려는데)
눈별   (소리를 집중하더니) 저쪽에 누가 와! 이쪽!

하고, 반대방향으로 뛰는 눈별, 채은, 탄야.

ins.cut.〉 눈별이 누가 온다는 방향 쪽에서, 여비가 오고 있다.

갈대밭 속으로 뛰는 눈별과 채은, 탄야. 정신없이 뛰는데
이때 누군가 옆에서 날아오는 느낌. 무광이다. 점프해서 그들 앞을
막아선다. 놀라는 모두들.

무광   (눈별과 채은 보며) 뭐야..? 이것들은?

탄야의 머리채를 거칠게 잡는 무광. 탄야, 무광을 들이받고,
채은과 눈별도 달려든다. 간단하게 막아내는 무광. 내동댕이쳐지는 채은.
무광, 탄야의 머리채를 잡은 채, 탄야를 본다.

무광   하! 나한테 또 잡혔네!
탄야   (본다)
무광   왜? 니가 그렇게 저주했는데 멀쩡하지?
          그동안 초승달이 몇 번을 떴다 졌는데도 아무 일 안 나더라구! (희번덕) 응?

탄야, 그런 무광을 증오의 눈으로 보는데, 이때 '스악' 하는 소리와
함께 순간 무광의 뒤로 보이는 이상한 기운!
(짙푸른색 오로라 또는 군무를 추는 새 떼가 말을 하는 것 같은)

탄야   (멍하게 무광을 보며) .. 늦었어....
무광   뭐?
탄야   '늦었어'... 이게 당신이.. 당신 인생 마지막 듣게 될 말이야..
무광   (탄야 말에 열받아) 이 미친년이!

하고는 무광, 칼을 쳐들자, 이때, 눈별, 무광에게 달려들며
특정동작 A을 한다.

무광, 탄야의 머리채를 잡은 채, 눈별의 공격을 막아낸다.
그러나 살짝 스쳤는지 상처를 입었다.
더 화가 난 무광, 쓰러진 눈별을 죽이려 칼을 드는데, 이때!
채은, "안 돼!" 하다가 갑자기 표정 굳고, 탄야도 뭔가를 보고 굳는다.
무광, 그런 채은과 탄야 보면서 이상하다. 아직 무광은 뒤돌지 않은
상태에서 뒤로 보이는 이쓰루브의 푸른 눈빛!

S#69. 사야의 나무집 앞(낮)

사야, 놀란 얼굴로 보고 있다. 홍술의 시체다..!
여기저기 핏자국이 있다. 나무집 안으로 뛰어 들어가는 사야.

S#70. 사야의 나무집 안(낮)

사야, 다급히 들어온다. 아무도 없다.

사야 탄야..! (밖으로 뛰어나가며)

S#71. 사야의 나무집 앞(낮)

뛰어나오는 사야. 황망히 두리번거리며 외친다.

사야 탄야야! 탄야!!! 탄야..!!!

사야, 홍술의 시신 앞에 이르러, 홍술의 소매를 걷자
대칸의 팔찌가 보인다.

사야 (마음의 소리 E) 대칸..! (이를 악물며 E) 타곤.. 타곤...!!!

분노로 몸을 떠는 사야의 얼굴에서. END.

"칸모르" from 도우리

(8부 54씬 중) 쇼르자긴 일당에게 맞고 있는 은섬.

수하2　　이그트다!! 이그트!!!
도우리　　....

그런 은섬을 보고 있는 도우리.

도우리　　(NA.) 견뎌라... 그리고 강해져라.

하고는 천천히 돌아서 가는 도우리. 컷.
우물우물 뭔가를 씹으며 터덜터덜 초원을 가는 도우리.
아스달 성문에 다다르자, 어떤 남자 옆에 괜히 서서는 일행인 척
들어가는 도우리.
아스달 장터 곳곳에서 두리번두리번거리며 누군가를 찾는 도우리.
거리에 널어놓은 호박고지를 쫙 훑어 먹는 도우리. 주인이 소리치자,
얼른 도망가는 도우리. 그 위로, (NA.)

도우리　　(NA.) 칸모르란 세상 모든 말 중의 으뜸!
아라문이 그랬듯이, 그대도 스스로 자격을 갖춰야 한다.
그날이 되면, 날 부르지 않아도 난 그대 앞에 있을 것이다.
기다리겠다..

도망가다가 놀란 듯 고개를 돌리며 멈춘다.

탄야다. (10부 26씬, 장터를 걸어가는 탄야와 사야)

도우리   (마음의 소리 E) 내게 첫 이름을 주었던 그 아이와 함께...

탄야가 간 쪽으로 따라간다. (도우리, 아직 사야는 못 봄)
사야의 나무집 아래(10부 27씬 상황).
도우리가 오고 있다. 도우리의 시선으로 탄야가 보인다.
이때, 누군가(사야)가 탄야에게 윽박지른다.

사야   (더 몰아붙이며) 날 속여 넘긴 거 같애!? (cut.)
              내 앞에서 무릎 꿇고..! 힘을 다해 모신다고! 주인님이라 부르면...!
              내가 그런가 부다 하고 다 속아?!!

놀란 도우리, 탄야를 도와주러 가려다가 경악한다!
도우리의 시선으로 보이는 것은 사야다!!
도우리, 그런 사야를 계속 보며 놀라움과 의아함을 감추지 못하는데.

도우리   (놀란, 마음의 소리 E) 어떻게 된 거지? 어떻게 여기에...!?

거치즈멍(밤, 10부에 사야가 죽인 제관 상황 묘사한 것)
조용히 오는 제관 한 명. 아라문 해슬라 동상 앞에서 기도를 하고는
양쪽에 꽂혀 있던 횃대의 횃불을 끄려는 순간, 뒤에서 끈으로 목을
확 조르는 사내. 사야다. 결국 제관은 목이 힘없이 툭 떨어진다.
사야, 그제야 긴장이 풀려서는 잠시 바닥에 주저앉았는데,

도우리   (놀란 E) 누구냐.. 넌...!

경악한 사야, 보는데, 어둠 속에서 천천히 스으윽 나타나는 도우리.
도우리, 사야를 본다. 사야, 역시 도우리를 본다. 근데 사람은 없다.

사야   (E) 뭐지? 분명 소리를 들었는데..?

도우리, 그런 사야를 의미심장하게 본다.
사야, 다시 도우리를 유심히 보다가 경악한다.

사야   (도우리에게 다가가며, 놀라운) 맞지? 너.. 내 꿈에 나타났던.. 맞지...? 그치?

도우리, 그런 사야를 보다가, 휙! 하고 돌아서서 달린다.
사야, 놀라서 쫓으려다가 멈추고 달리는 도우리의 뒷모습을 본다.
달리는 도우리. 그 위로,

도우리   (마음의 소리 E) 그가... 아니다... (약간 겁먹은 듯 위기감으로 한마디씩 천천히 고조되면서)
         같지만.. 다른... 한없이... 위험한.. 사내다...!

세상 모든 전설의 시작

12부

S#1. 11부 엔딩 하이라이트(낮)

#. 갈대밭

탄야　　'늦었어'... 이게 당신이.. 당신 인생 마지막 듣게 될 말이야.. (cut.)

#. 갈대밭
더 화가 난 무광이 쓰러진 눈별 죽이려 칼을 드는데, 이때!
채은, "안 돼!" 하다가 갑자기 표정 굳고, 탄야도 뭔가 보고 굳는다.
(cut.)

#. 사야의 나무집 앞
뛰어나오는 사야. 황망히 두리번거리며 외친다.

사야　　탄야야! 탄야!!! 탄야..!!! (cut.)

#. 사야의 나무집 앞
사야, 홍술의 소매를 걷자, 대칸의 팔찌가 보인다.

사야 　　(마음의 소리 E) 대칸..! (이를 악물며 E) 타곤.. 타곤...!!! (cut.)

S#2. 갈대밭1(낮)

(앞부분 생략)
표정이 굳어 있는 채은과 탄야.
무광, 그런 채은과 탄야 보면서 이상하다.
아직 무광은 뒤돌지 않은 상태에서 무광의 뒤로 보이는 이쓰루브!
(탄야의 11부 엔딩 지점)
무광, 이상한 기운을 느끼자, 긴장! 심호흡하고는 확 돌아서며
뒤를 공격하려는데, 눈 깜짝할 사이에, 누구한테 당하는지도 모르고
일격에 기절! 놀라서 보는 탄야. 채은. 눈별!
이때 이쓰루브의 푸른 입술이 햇빛에 선명하다. 놀라는 탄야!
채은과 눈별 역시 놀라지만,
탄야, 그런 눈별을 보고, 이쓰루브와 번갈아 본다. 이상하다.
채은, 그런 탄야를 보다가 눈별을 보는데 눈별 흥분했는지,
목에 푸른 기운이 도드라지는 듯한 느낌이다.
놀란 채은이 얼른 일어서서 탄야와 눈별 사이의 시선을 가리며,

채은 　　(다급히) 탄야야.. 약전에 가면 열손아부지 있어!
　　　　아부지가 무백님을 아셔! 무백님도 오실 거야!!
탄야 　　(놀라면서도 못 가고 이쓰루브를 흘낏 보는데)
채은 　　우린 괜찮아.. 걱정 마. (망설이는 탄야 보며) 어서..!

하면, 채은이 탄야를 향해 고개를 끄덕하고,
탄야는 보다가 수풀 속으로 뛴다. 그걸 보는 누군가의 시선.

S#3. 갈대밭2(낮)

탄야, 뒤를 돌아보며 빠르게 걷다가 뛰기 시작한다.

탄야　(마음의 소리 E) 푸른 입술... 저게.. 그럼....!

이때, 달리는 탄야의 덜미를 잡는 누군가, 탄야 헉 놀라면서 cut.

S#4. 멋있는 일각(저녁)

석양을 뒤로한 채, 눈별과 이쓰루브가 얘기하고 있다.
로띱은 조금 떨어져 그런 둘을 보고 있다. (셋 모두 뇌안탈어로 대화)

눈별　가지.. 않겠어요...
이쓰　(잠시 보다가는) .. 알겠다. (하고는 돌아선다)
눈별　.. 저기..!
이쓰　(돌아 눈별을 본다) ..
눈별　.. 어떻게.. 됐어요? 우리.. 뇌안족은..?
이쓰　(보다가) .. 대부분이 죽었고 나를 포함해서 다섯을 찾았다..
눈별　(이쓰루브에게 다가서며) .. 나를 왜 데려가려고 했어요?
이쓰　.. 넌, 우리니까..
눈별　....
이쓰　다시 우리에게 돌아와서 좋은 사내를 만났으면 했다.
　　　모두 변변찮은 놈늘뿐이지만.. (피식 웃는데)
눈별　....
이쓰　....
눈별　여자 뇌안탈이... 없군요.. 나 말고는..
이쓰　그래. 하지만 우린 사람과 달라. 해야만 하는 것도, 바쳐야 하는 것도 없다.
　　　우린 스스로 말미암고, 스스로 우뚝 서서 자기 길을 정한다..
　　　너의 뜻은 언제나 모두의 뜻보다 위에 있다.. 그게 우리다.
눈별　....
이쓰　(눈별의 짐꾸러미를 보며) 그러니 우리 때문에, 니가 떠날 필요는 없다.

눈별   .... 호.. 혹시 당신들을 다시 만나려면...

이쓰   ...... 여우꽃이 피고.. 첫 번째 초승달이 뜨는 날.. 만테이브..

하고 가는 이쓰루브, 로띱 쪽으로 온다. 같이 걸어가는 둘.

로띱   (피식) 거봐.. 괜히 왔지.

이쓰   로띱! 웃음이 나오나? 이제 우리의 푸른 피는 끝났다..!

로띱   우리가 끝나는 건 아니지.

이쓰   넌 사람들에 대해 화가 나지 않나?

로띱   얼마나 많은 호랑이와 곰들이 우리에게 화가 났었을까?

이쓰   ....

로띱   하지만 그 호랑이와 곰들은 죽었고 우린 살아 있잖아.

그렇게 가는 둘을 보는 눈별.

무백   (흔들어 깨우는 E) 무광아!!! 무광아!!!

S#5. 갈대밭1(밤)

눈을 번쩍 뜨며 깨어나는 무광, 일어나 앉으며 '어찌 된 거지!' 싶어
둘러보면, 무백과 채은이 앞에 있다.

무광   형님이 어떻게...? (채은 보자 바로 멱살을 잡아서는) 탄야 어딨어?

무백   (그런 무광을 뜯어말리며) 탄야는 여비한테 쫓긴 거야! 채은인 구하려 한 거고!

무광   (멍하다가는) 그럼 탄야는..!?

채은   (울상) 탄야를 먼저 보냈는데... 잡힌 거 같아요...

무광   ...!! 이런.. 여비 그년이겠네..!!

S#6. 아스달 길 일각(밤)

사야, 씩씩대며 어딘가로 가고 있다.

S#7. 연맹궁 궁문 앞(밤)

소당과 편미가 문 앞에서 경계근무를 하고 있고,
길선이 안쪽에서 소당, 편미 쪽으로 걸어 나오고 있다.

길선 무광, 이 자식 못 봤나?
소당 못 봤는데..?
길선 못 봤는데? 이게 조장 주제에 위병단 총관한테..! (하며 시비 붙으려는데)
편미 (얼른 분위기 바꾸려) 어? 저거 누구죠?

하면, 길선, "이것들이!" 하고, 인상 쓰며 오는 사람 본다. 사야다.

사야 (화난) 연맹장 니르하 보러 왔다.
편미 (황당) 뭐?
소당 (웬 미친놈인가 싶어) 연맹장이 니 애비냐, 보러 오면 볼 수 있게 돼 있나?
사야 (버럭) 타곤 니르하께 전해!!! 니르하 아들이 왔다고!!!!
길선 ...!!! 이런 미친놈! 체포해! 어디서 말도 안 되는 헛소리를!
소당 (하는데 이때 딴 데 보며) 니르하!!

하고 보면, 놀라 사야를 보고 있는 타곤!
사야는 타곤을 노려보고 있다.
그런 둘의 분위기를 살피는 길선, 소당, 편미.

S#8. 연맹궁 지하 고문실(밤)

사야의 머리채를 끌고 들어오는 타곤. 들어오자마자 사야를 구석으로

팽개친다. 그리고는 화난 얼굴로 말없이 돌아 나가려는데,

사야   (벌떡 일어나 확 다가와서는 씩씩 대며) 날 미행했죠? 탄야 어쨌어요?

타곤   (뒤돌아 다시 벽에 확 밀어붙이고는 살벌하게) 탄야가 니 손아귀에 없다면,
        내가 널 죽일 수 없는 이유가 뭐지?

사야   .. (살벌함에 움츠러드는데) ..

타곤   (무섭고도 차갑게 바라보다가는 나간다)

S#9. 연맹궁 지하 고문실 앞 복도(밤)

문을 닫고 나오는 타곤, 문을 잠그는데..

사야   (안에서 E) 만약.. 탄야가 잘못되면.. 용서 안 할 거예요!!

하는데, 아랑곳하지 않고 가는 타곤.

S#10. 연맹궁 내부 회랑 일각(밤)

길선, 소당, 편미가 기토하, 양차를 추궁 중이다.

기토하   (놀라) 뭔 소리야? 아들이라니!

소당   너도.. 몰랐다고?

편미   난 웬 인숭무레기(자막: 어리석어 사리를 분별 못하는 사람)인가
        했는데.. 지금 타곤 니르하고 독대 중이야.

소당   아사못 마놀하일 리는 없고.. 그럼 태알하님?

길선   그러기엔 나이가 너무 많아.

기토하   아니 진짜로 아드님이 나타났다고?

길선   아니 그러니까 너도 몰랐냐고?

소당   딱 봐도 금시초문인데, 뭐. (양차 보며) 얘는 안 놀래는 게 알았던 거 같구.

기토하	(양차에게) 너 알았어? 알았어? 아니 고개를 끄덕일 수는 있잖아!!

하는데, 이때 무광이 헐레벌떡 뛰어온다.
기토하, 그런 무광을 막아서며,

기토하	야.. 무광아.. 너!
무광	타곤 니르하 안에 계시오?
기토하	야. 놀라지 마라. 지금 안에... 타곤 니르하.. 아들! 하고 같이 계시대...!
무광	(놀라) 뭐요? 여길 와 있다고? (하고는 급히 뛰어 들어간다)
기토하	.. (충격) ...!!!
모두들	.....!!!!
편미	아니.. 무광 저놈은 아네.
기토하	.. (2차 충격) ...!!!!
소당	내가 보기엔.. 기토하 얘만 모르네. (양차 보며) 얘도 알고..
길선	하.. 참 나, 기토하! 넌 도대체 아는 게 뭐냐? 대칸들 다 알고 있는데!
기토하	아니.. 진짜.. 그럼..! 나만.. 나만.. (억울해 미쳐 눈물이 흐른다)

S#11. 연맹궁 복도(밤)

타곤이 가고 있는데, 이때 급히 뛰어오는 무광.

타곤	(걸으며) 탄야는... 잡아놨어?
무광	아뇨.. 그게 아니라..
타곤	..!! (멈추고 무광 보며) 아니라니..?
무광	.. 그게... (미치겠다) 미홀 쪽에서.. 탄야를 데려갔습니다.
타곤	...!!!
여비	(E) 탄야라는 아이를..

S#12. 대신전 내부 복도(밤)

미홀과 여비가 걷고 있다.

여비　어찌... 아사론 니르하게 얘기.. 안 하십니까?

미홀　마음이 복잡하구나.. (마음의 소리 E) 아사신의 곧쪽이라고..? (피식)

S#13. 대신전 지하 계단 감옥(밤)

태알하, 계단 감옥에 꼿꼿하게 선 채 생각에 잠겨 있다. 그 위로,

ins.cut.〉 11부 56씬 중,
태알하, 미홀 있는데 밖에서의 허밍 소리.

태알하, 마치 타곤과 같이 부르듯, 아뜨라드의 붉은 밤을 허밍하며

태알하　(마음의 소리 E) 타곤.. 니가 설렌다면.. 내, 기꺼이.. 함께해줄게.

하는데, 이때 문이 열리고, 횃불을 든 미홀이 들어온다.

미홀　탄야라는 아이.. 아니?

태알하　...!!! (최대한 태연하게) 타... 뭐요? 타.. 탄야..?

미홀　(피식 웃으며) 너나 타곤이나 거짓꾸밈이 아주 오달졌지.

태알하　(당황) ...

미홀　고작 그런 계집을 믿고.. 신성재판을 요구해?

태알하　... (보다가) ... 어찌 아셨는지 몰라도... 그래도 찾진 못하실 거예요...

미홀　이미 여기 와 있다.

태알하　(피식 실소를 터트리는데) ..

미홀　못 믿겠어?

태알하　아버지 같으면 믿겠어요?

S#14. 대신전 내부 복도(밤)

여비가 포박된 태알하를 끌고 간다. 앞에는 미홀이 걷고 있다.
긴장한 모습의 태알하, 가는 미홀의 뒷모습을 본다.

S#15. 대신전 은밀한 방(밤)

창이 없어, 빛이 전혀 들어오지 않는 어두운 방.
둥근 항아리 화로의 불만이 방 안을 밝히고 있다.
화로 옆에 묶여서 의자에 앉은 탄야, 곤두선 채 주변을 둘러보며..

탄야   (차분, 마음의 소리 E) .. 해족의 여비가 날 잡았는데.. 끌고 온 곳은.. 대신전..
아사론은.. 타곤의 적인데..? 여비는 미홀의 사람.. 미홀은 태알하의 아버지..
태알하의 배신? 아니면.. 미홀과 태알하가 적...? 하.. 모르겠다..

ins.cut.〉 11부 50씬 중,

탄야   .. 근데.. 내가 대제관인가가 되면.. 정말 힘을 가져?
사야   .. 응.. (cut.)

탄야   (마음의 소리 E) 하... 정신 차리자.. 은섬이가 살아 있어.. 구해야 돼...!
흰늑대할머니, 제발.. 별 같은 지혜를 주세요.. 답을 주세요..!

이때, 문이 열리며 태알하와 미홀, 여비가 들어온다.
놀라서 보는 태알하, 역시 놀라 보는 탄야.

S#16. 연맹궁 지하 고문실(밤)

문이 열리고 타곤이 들어온다. 보면 탁자에 고개를 처박고 앉아 있던 사야가 고개를 든다. 보는 타곤. 보는 사야.

사야   .. 죄송해요.. 제가 흥분해서.. 잘못 생각했네요.
타곤   .....
사야   .. 탄야를 숨겨놓은 곳에 대칸의 시신이 있었어요.
타곤   ......
사야   그 애긴.. 탄야를 대칸이 아니라..
       아사론이 데려갔다고 판단하는 게 맞는 거겠죠. 그렇다면..
타곤   ...
사야   아사론은 모든 걸 알고 있는 겁니다.. 언제 탄야를 죽여도 이상하지 않아요.
       대신전을 쳐야 돼요.
타곤   태알하는 네가 냉정하고.. 똑똑하다고 했었는데 말야.
사야   .. 평소엔 그렇죠.. 하지만 지금은 예사롭지 않은 상황이잖아요..
타곤   예사롭지 않다.. 내가 널 속여서?
사야   .....
타곤   아니면.. 탄야라는 아이를 좋아하는 거냐?
사야   ....
타곤   그것도 아니면.. 흥분한 척.. 아들인 걸 알리고 싶었던 거냐?
사야   (보다가는) .. 셋 다요. 날 속인 거에 분노했고, 좋아하는 탄야를 뺏긴 거에
       화났고, 그래서.. 화난 김에 대칸들에게 아들이라는 걸 알리자...
타곤   왜?
사야   ... (침 꿀걱) ...
타곤   내가. 널 봐주질.. 않으니까..?
사야   ...!!!
타곤   연맹궁에 벽서를 걸어놓고.. 모명진을 내게 보내고..
       니 방에 끌어들여, 니가 준비한 많은 것들을 보게 하고..
       (알았다는 듯이 피식) ... 내가.. 널 써주질 않을 것 같으니까...
사야   (정곡을 찔렸지만 당황한 티 안 내며 고개 돌리며) ... 들켰네요...
타곤   (OL, 비아냥) 올림사니 때! 그 많은 반딧불도 (비웃는 미소로)
       그리 정성스럽게 준비했는데!
사야   (충격) !!! (놀라 고개 돌려 타곤을 본다. 왠지 더 커 보이는 타곤) ...

타곤	(차가운 미소로) 억울했니..?
사야	(당황하여 말 돌리며) 하... 이럴 여유가 없어요..
	(타곤에게 날을 세우며, 이를 악물고) 아사론이 탄야를 죽이면...!
타곤	날 용서하지 않겠다고?
사야	...
타곤	세상 어떤 일을 당해도, 힘이 없으면 용서하게 돼.
	내가 힘을 키우기까지 얼마나 많은 걸 용서해왔을까... (피식)
사야	...... (보다가는) ... 잘못했어요.. 용서해주세요.
타곤	.. 내가 왜 그래야 하지..?
사야	.. 아깝잖아요..
타곤	....?
사야	제 방에 있던 것들 보셨다면서요? 아버지를 위해서 갈고닦은 무기예요..!
	해족 필경관의 모든 책을 다 읽고, 있을 수 있는 모든 상상을 다 하면서요..
	아버지를 위해서 쓰일 거예요. 저도, 탄야도..!
타곤	(사야를 한참 보다가) 그래.. 이제 니놈이 어떤 놈인지..
	내 마음에 잘... 새겨졌다..
사야	....
타곤	하지만 앞으로 (힘주어) 니가 나 모르게.. 혼자서.. 날 속이고..
	자길 봐달라며.. 철없는 짓을 하다가.. 일을 망친다면..
	(나지막이 무섭게) 용서하지 않는다는 게.. 정말 어떤 건지.. 알게 될 거야..
사야	... (타곤의 눈빛을 보니, 무섭다) .. 예.. 알아.. 들었어요...
타곤	대신전을 칠 준비는 이미 되어 있다.
사야	...!
타곤	너도 내 명령을 기다려.
미홀	(E) 아사신의 직계?

S#17. 대신전 은밀한 방(밤)

여비는 문 앞에 있고, 미홀과 태알하는 서서 얘기하고 있다.
묶인 채 앉아 있는 탄야, 상황을 파악하려 미홀과 태알하를 본다.

미홀	(버럭) 니가 미치지 않고서야 저따위 두즘생을 믿고 신성재판을 요구해?!
	다행히 아사론은 모른다. 아직 늦지 않았어..!
태알하	.....!!!
탄야	(마음의 소리 E) 아사론은 아직.. 모른다.?
태알하	우리가 이길 수 있어요..! 타곤은 저지를 거예요!
미홀	(날카롭게) 이젠 못 저지른다! 저년을 빼앗겼으니..!
태알하	(한숨) ... 아버진.. 애초에 왜 아사론이 아니라, 산웅을 택하셨어요?
미홀	...!
태알하	우리가 아스달에 와서 돌을 녹여서 청동을 만들었어요..!
	아스달 사람들에게 그건, 영능이고 신성이었다구요..!
미홀	....
태알하	그래서 아사론은 우릴 두려워하고! 싫어하고! 멀리했죠!
	자신의 신성을 약화시키니까..!
미홀	...!
태알하	근데 아사론이 지금 아버지와 왜 함께해요? 오로지 타곤 때문이에요!
	근데 타곤을 쳐내면.. 그럼 우린 뭐가 될까요?
탄야	(태알하 보다가는 바로 미홀을 본다. 설득될 것인지) ...
미홀	뭐가 되든, 우린 살아남아야 해..
	우린 사명이 있다.. 우리의 고향, 레무스를 무너뜨린 그들이..!
태알하	(OL) 사명! 사명..!! 제발 좀 그만하세요! 그들은 안 와요!!!!
미홀	무엇보다..! (노려보다가는) .. 타곤은.. 이길 수 없어..! (하고 나가려는데)
태알하	아사신의 별방울..!!
미홀	(멈칫하고 뒤를 돌아 태알하를 본다)
태알하	저애가. 그걸 찾을 수 있다면요..!
미홀	(경악하여) ...!!
탄야	(경악하여 흔들리는 미홀의 눈빛을 본다) ....!
태알하	그 옛날.. 아사신이 대신전에 숨겨둔 신물.
	그 별방울을 찾는 자는 아사신의 곤쪽. 대제관에 오르게 돼요..
탄야	...!
미홀	(태알하 보고 탄야를 보며 초긴장) .. 그.. 그게.... 어디에 있는지를... 안다고..?

탄야	(마음의 소리 E) 사야가 말했던.. 그 별방울..!
미홀	(여비를 보며 긴장) 나가.. 있거라.

여비, 나가고. 미홀, 탄야에게 천천히 다가온다.

미홀	(다가가며) 니가... 별방울이.. 어디 있는지 알아..?
태알하	(간절하게 탄야를 보며 마음의 소리 E) 무조건 안다고 해! 무조건..! 제발...!
탄야	... 몰라요... 하지만 알 수도 있어요..
태알하	.....!
미홀	.. (탄야를 압박하며) 어떻게? (더 압박하여 다가오며) 어떻게 알 수 있지..?!!!
탄야	... 별다야..!
미홀	....?
탄야	.. 그게 있으면..
태알하	...!!
탄야	와한의 시조이신 흰늑대할머니로부터 전해지는 물건이에요..
	정말.. 할머니가 아사신이 맞다면.. 그 별다야에 답이 있을 거예요.
미홀	(긴장하여) 그 별다야는.. 어디에 있지..?
탄야	(마음의 소리 E) 이아르크에.. 하.. 어찌해야 하지..
태알하	(E) 타곤에게 있어요.
탄야	.. (놀라 태알하 본다) ..!!
미홀	(역시 태알하 보며) 거짓말..!!!!
태알하	(피식) 하늘도 우리 편이네요.
미홀	....
탄야	....
태알하	무백이 이아르크에서 가져왔어요. 흰산의 심장 문양이 그려진 별다야..
탄야	.. (흥분되며) 맞아요 그거..!!!!
태알하	맞겠지. 그것 때문에 니가 아사신의 직계인 것도 알게 됐으니까.
미홀	(의심스럽게 본다) ...
태알하	못 믿겠으면 저한테 매혼제를 먹이세요. 그럼 아시겠죠..!
미홀	... (생각하는데) ...
탄야	(살짝 흥분되어 미홀과 태알하를 보는데) ...

태알하	(단호하게) 저애가 그걸 찾으면... 타곤이 이겨요!
미홀	(생각) ...
태알하	(간절하게 보는) ...
탄야	(보는) ...
미홀	타곤을 만나겠다.
태알하	...!!
미홀	만약.. 저 아이가 별방울을 찾을 수 있다면.. 니 말에 따르겠다.
	허나, 만약 못 찾는다면.. 넌 두말없이 타곤을 버린다..! 하겠느냐?
태알하	(신중하고 무겁게) .. 예... ...그럴게요..!!
탄야	(마음의 소리 E) 찾을 수... 있을까, 내가...?
태알하	(그런 탄야를 본다) ..

S#18. 연맹궁 소회의실(밤)

타곤, 무백이 있다.

무백	대칸은 전원 준비됐습니다.
타곤	그 전에 날랜 대칸 다섯을 추려. 대신전에 잠입할 놈들로..
무백	...!!
타곤	대신전을 치더라도 태알하와 탄야를 먼저 구해내야 한다. 할 수.. 있겠나..?
무백	(결연) 물론입니다, 니르하..!
무광	(급히 들어오며) 니르하..! 밖에 미홀이..!
타곤	...!!??

S#19. 연맹장의 집무실(밤)

타곤, 미홀 있다. 뒤에는 미홀의 해족 호위무사가 있다.

타곤	... 정말 모르겠군요..

미홀	...
타곤	탄야까지 잡아가신 마당에.. 미홀님이 저를 만날 이유를요..
미홀	아직 저만 알고 있다면요?
타곤	아직 미홀님만 알고.. (피식) 대제관께서 모르신다..?
	그래서.. 미홀님이 저와 함께하겠다.. 그 말입니까..?!
	자기 딸까지 계단 감옥에 처넣으신 분이요?!
미홀	그때와는 상황이 변했으니까요.
타곤	...?
미홀	전 니르하가 아사신의 곧쪽을 데리고 있는지 몰랐고..
	그 곧쪽이.. 아사신의 별방울을 찾아낼 수 있는지도 몰랐습니다..!
타곤	(경악하여) ...!!
미홀	물론 못 찾을 수도 있지요.. 저도 대제관께 고할지도 모르고..
타곤	....
미홀	허나, 제가 타곤 니르하 편에 섰을 때의 대가가 있다면.. 해보려 합니다..
타곤	... 뭘 원하십니까?
미홀	별것 없습니다. 아사못을 내치고 태알하와 혼인한다..
	또한, 청동의 비밀은 오직 해족의 것이다..
타곤	.. (보다가) .. 제가 동의한다면요?
미홀	.. 별다야.. 그걸 주시지요.
타곤	.. 별다야..?
미홀	태알하가 그러더군요. 무백이 가져왔다고..
타곤	그건.. 왜요..?
미홀	탄야라는 아이가, 별다야를 보면 별방울을 찾을 수 있을 거라.. 합니다.
타곤	....!!!
미홀	(보는) ...
타곤	(고민) ...
미홀	어차피 니르하께선.. 아사신의 곧쪽도 태알하도 없습니다.
	다른 어디에 걸어볼 데도 없지 않으십니까..?
타곤	.. 좋습니다. 단, 태알하가 직접 쓴 글발을 원합니다.
	또한 태알하가 쓸 때 해투악이 보게 하고, 오실 때 해투악을 데려오십시오.
미홀	...

| 타곤 | 그럼.. 별다야를.. 드리겠습니다. |
| 미홀 | .... |

S#20. 몽타주(밤)

#. 대신전 은밀한 방
태알하, 초조한 표정으로 앉아 있다. 여비는 문 쪽에 있다.

| 태알하 | (마음의 소리 E) 하.. 타곤.. |

#. 연맹장의 집무실
타곤, 별다야를 탁자 위에 놓고 깊은 고민을 하고 있다.

#. 사야의 나무집 안
사야, 미치겠는 표정으로 안절부절못하고 있다.

| 사야 | (마음의 소리 E) 탄야야.. 버텨.. 기다려.. 탄야.. |

#. 대신전 은밀한 방
묶여 있는 탄야의 모습. 간절하게 두 손을 모은다.

| 탄야 | (마음의 소리 E) 은섬아.. 내가 할 수 있을까...? |

#. 돌담불 은섬네 깃바닥
모두 초췌하고 멍한 표정인데, 은섬만 눈빛이 반짝 빛난다.

은섬	(마음의 소리 E) 해야 돼.. 할 거야! 해낼 거야!
	이제 후회하기 싫어, 날 미워하기도 싫어.. 재밌는 것도 싫어..
	너 보고 싶어.. 살고 싶어.. 살아서.. 너에게.. 가고 싶어...

이런 5명의 모습이 몽타주로 편집되어 나오다가 은섬의 모습 위로,

(E)   (북소리)

S#21. 돌담불 지상 은섬네 구덩이 입구(낮)

북소리 들리는 가운데, 노예들이 도로래를 돌려 광주리를 올린다.
광주리 클로즈업. 텅 비어 있다. 수하1, 광주리 확인한다.

수하1   (깃바닥에 대고 짜증스럽게) 야! 니네 미쳤어?
쇼르자긴   (다가오며) 하나도?! 하나도 안 올라왔다고?!

ins.cut.〉 근처 일각
걱정스런 표정으로 보고 있는 달새.
괜히 일터를 어슬렁거리던 스천도 본다.

쇼르자긴   (깃바닥에 대고 소리치는) 이 새끼들아!! 밥 처먹기 싫어?! 야!!!

S#22. 돌담불 은섬네 깃바닥(낮)

은섬, 잎생, 차나라기, 노예1, 2는 퀭한 눈빛으로 소리를 듣고 있다.
바도루는 진흙을 자기 옷으로 싸서는 그릇에 물을 짜내고 있다.
숨을 헐떡이는 사트닉은 올마대의 무릎을 베고 누워 있다.
이때 위에서, "야! 다 뒈졌어??" 하는 소리가 들리고, 좀 이따 이어서
왠지 자상한 "괜찮은 거니?" 하는 쇼르자긴의 외침이 작게 들린다.
그 소리에, 심각하다가 다들 살짝 웃음이 터진다.

바도루   아, 쇼르자긴 진짜 다정하네. 우리 어무니인 줄..
모두들   (힘든 상태로 웃는다, 사트닉도 누워서 큭큭댄다)

차나라기	(웃으며) 야야.. 배고파 죽겠는데 웃기지 마...
은섬	(같이 웃다가 사트닉에게) 괜찮아..? 어때..?
사트닉	(숨찬 상태로 웃으며) 아.. 안 괜찮아.. 힘들어요. 그래도 버틸 거예요.
	어쩌면 나가서 바다를 보고, 바다에서 죽을 수도 있는데..
은섬	아니.. 왜 그 뜨거운 데서 죽는다고 해?
잎생	바다가 왜 뜨거워?
은섬	우리 이아르크에 눈물의 바다는 펄펄 끓는데?
잎생	대흑벽 아래는 모르겠고, 바다란 건.. 그니까.. 크으으은 물이야.
	엄청 차갑다고!
바도루	야! 니가 바다를 보기나 했어!
잎생	바다가 얼마나 먼데! 당연히 못 봤지.
바도루	(잎생 째려보고는) 그래, 뭔 사연인지 몰라도 그 멀리서 여기까지 끌려와서..
	(사트닉에게) 저기.. 내가... 내 맘은 아녔어. 미안해..
사트닉	(그런 바도루 보며 미소) ...
잎생	야, 옛날부터 궁금했던 건데, 너네 모모족 겨느랑이에 지느러미 있냐?
	너네 물속에서도 숨 쉰다매? 어디 봐봐. (하며 사트닉의 옷을 들추는데)
사트닉	(헉헉) 아, 하지 마요.. 힘들어.
은섬	어? 애 짜증냈어. 성격 있었네..
사트닉	젠장, 그럼 죽어가는 마당에..! 모모족 건들지 마쇼!
모두들	(빵 터지며 웃는다)
사트닉	(자기 때문에 웃는 모두 보며 눈물이 글썽) .. 다들 형제 같애.. 사는 것 같아..
은섬	.....
사트닉	(모두에게) 우리 계획대로 쇼르자긴이 내려오면 살았나 죽었나..
	분명 칼로 찔러볼 거야.
모두	.....
사트닉	그러니까 혹시 나 죽으면 제일 앞에다 놔줘요..
바도루	너 안 죽어 새꺄.. 물이나 처마셔. (하며 다시 물을 짜러 가고)
사트닉	(미소) 예에.. 혹시 죽으면.. 죽기 싫어요. 모모족이 바다는 보고 죽어야지.
차나라기	우리도 물이나 짜보자.. (하며 바도루 있는 곳으로 간다)

그런 그들을 보는 은섬.

바도루	야, 사트닉, 근데 모모족은 바다 밑에서 걸어 다니며 사냥한다며?
	그건 그짓말이지? 사람이 어떻게 그렇게 하겠어?
사트닉	... (미소) 우리 모모족은 물에만 들어가면 사람이 아냐

S#23. 돌담불 지상 은섬네 구덩이 입구(낮)

(21씬 연결)

수하1	혹시... 돌림병 돈 거 아닐까요?
쇼르자긴	(침 퉤 뱉고는) 자꾸 재수 없는 소리 할래?!

ins.cut.〉 근처 일각
달새와 스천, 돌림병이란 소리를 듣고 걱정스럽게 보고 있다.

쇼르자긴	(짜증) 비가 마지막으로 온 게 언제야?
수하1	사흘 전에 한번 왔었죠..
스천	(어느새 와서는) 너 개 죽으면 책임질 수 있어? 무백님이 데려오랬는데!!
쇼르자긴	(짜증) 아이.. 새끼.. 너 아스달 안 가냐?!!
	(하고는 수하에게) .. 내일 낮까지만.. 기다린다.

S#24. 연맹궁 전경(낮)

S#25. 연맹장의 침소(낮)

양팔을 벌리고 서 있는 타곤. 아사못이 옷을 입혀주고 있다.

아사못	제가 아사론 니르하의 마음을 움직이겠습니다..

타곤	... 무슨.. 말씀이시오..?
아사못	신성재판에서 태알하가 횐산의 심장이라는 증언을 하십시오..!
타곤	...!!
아사못	태알하도 그리 말하겠지요. 타곤 니르하께서 횐산의 심장이라고..!
	아사론 니르하께서는 신께 물으실 테고, 둘 중 거짓을 가려낼 겁니다.
	당연히.. 신의 답은... 태알하가 거짓이다..!
타곤	...!
아사못	라고 답하시도록, 만들겠습니다..!
타곤	(묘하게 보며 마음의 소리 E) 아사론은.. 정말.. 탄야에 대해선 모르는가..?
아사못	조건은 하납니다. 어라아지에서, 이후 연맹의 모든 일은
	대제관 니르하께 물어, 신의 뜻으로 행할 것이다.. 라는 선포..!
타곤	(살피듯 보며)
아사론	(E) 잘 되어가는가..?

S#26. 대신전 내부 복도(낮)

글발을 손에 든 미홀과 해투악, 가다가 아사론과 마주쳐 있다.

미홀	예.. 태알하를 바로 돌려놓을 것이니, 심려 마십시오, 니르하.
아사론	(웃으며) 그래.. (하다가는) 웬 노예 년을 잡아들였다고...?
미홀	(약간 당황) 아.. 예. 몸종인데, 태알하를 설득하는 데 필요해서요..
아사론	그런가.. (하고는 고개를 주억거리며 간다)
미홀	(그런 아사론을 보는) ....
해투악	휴.. 조마조마했습니다... 대제관 니르하께 걸렸나 싶어서..
미홀	(목소리 낮추어 꾸짖는) 닥치거라. 일을 망칠 셈이냐! (하고 가는)

S#27. 연맹장의 집무실(낮)

태알하의 글발이 탁자 위에 펼쳐진다.

글발을 읽는 타곤을 해투악과 미홀이 지켜보고 있다.

타곤   (보고는 해투악을 보며) 태알하가 직접 쓰는 것을 보았느냐?
해투악   (해맑) 예.. 니르하.. 또한 태알하님께서 믿으라 하셨습니다.
타곤   (그런 투악을 보고는 천천히 품에서 별다야를 꺼내 탁자 위에 놓는다)
미홀   ...!!! 이것이..! (하고 집으려는데)
타곤   (막으며) ... 만약.. 그 아이가 못 찾는다면...?
미홀   ... 니르하와 저.. 그리고 태알하..
          굳이 우리 모두.. 나락으로 떨어질 필요는 없지 않겠습니까..?
타곤   (손을 치우며) ... (피식) 그렇게 말씀하시니... 오히려 믿음이 가는군요..
미홀   (별다야를 집어 들고 이리저리 살피는) ...
타곤   그걸로.. 정말 아사신의 별방울을 찾을 수 있답니까?
미홀   그 아이가 보면 알게 되겠지요.. (별다야를 챙겨 일어서며)
          이 일이 잘 되면.. 그간에 있었던 일은 잊어주십시오 니르하..
타곤   .. 예.. 그래야지요.. (미소)

해투악, 타곤에게 해맑게 인사하고는 미홀을 따라 나간다.
금세 입가의 미소가 사라지는 타곤. 잠시 뒤, 길선이 들어온다.

타곤   어찌 되었느냐..?
길선   한 놈을 구해냈습니다.. 허나 장담은 못합니다..
타곤   .... 알겠다. 가보거라.

하고는 길선 나간다. 그러자 타곤, 길선이 나간 문 쪽을 본다.
이때 뒤쪽 커튼이 열리고 사야가 나온다.

타곤   들었지, 다..?
사야   예.. 들었습니다...
타곤   이제 움직이거라...
사야   예. (하고는 나간다)

S#28. 대신전 은밀한 방(낮)

여비, 꼿꼿이 서서, 묶인 채 앉아 있는 탄야와
초조한 듯 자리에서 일어나 서성이는 태알하를 감시하고 있다.

태알하	(휙 여비 돌아보며 짜증) 세숫물 갖다 달란 지가 언제야?
여비	(표정 없이) 곧 옵니다.

이때, 문이 열리고, 물이 담긴 큰 토기를 들고 오는 위병4.
탁자에 토기와 수건을 놓고 나간다. 탁자 앞에 앉는 태알하.
물에 수건을 적셔 물기를 짜고는, 얼굴을 닦으며 짜증낸다.

태알하	천하의 태알하가 이게 무슨.. (하다가는 탄야 노려보며) 야! 너 별다야 있음 찾을 수 있는 건 확실해?
탄야	(그냥 보는) ..
태알하	(짜증 섞인) 확실하냐구?
	(여비는 안 보이게 탄야에게 입모양으로만) 싸우자..
탄야	.....?? (입모양) 싸우자고?
태알하	(과장해서 화내고 짜증내며) 얘 봐? 왜 답이 없어?
	난 니 말을 믿고, 다 걸었는데? 만약 니가 못 찾으면 난 내가 바라고 품었던 남자를 버려야해. 찾을 수 있어, 없어?
탄야	(일단 태알하에 맞춰주는) 저도 몰라요.. 그냥 그게 있으면.. 찾을 수 있을지도 모른다는 거지.. (큰 소리로) 저도 모른다구요!! 저도 봐야 안다구요..!!
여비	(그런 둘을 불안하게 보는데)
태알하	(경악한 듯 크게) 너 이제 와서 그게 무슨 소리야? 그런 거면 아까 얘기했어야지!! 너 미쳤어? (탄야에게 다가가) 너 나하고 타곤한테 복수하려고 그런 거지? 응!
탄야	예!!! 생각해보니 그것도 괜찮네요!! 이러든 저러든 타곤 그 사람은 우리 와한 사람들 죽인 대장이었으니까!!!

여비   .. 이 미친년이!..!!!

하는데 벌써, 태알하, 탄야의 멱살을 쥐고 흔들려는데
탄야, 지지 않고 그런 태알하를 머리로 들이받는다.
그러자 뒤로 밀쳐지며 넘어지고 마는 태알하.

여비   (둘 사이로 끼어들어 말리며) 어디 두즘생 따위가 감히..!
        (뒤로 돌아서며) 아가씨도 이제 그만하십시오!

태알하, 이미 화가 머리끝까지 난 듯, 물수건을 탄야에게
집어던지더니, 아예 토기를 들어 물을 확 끼얹는다!
그러자 쏟아진 물이 여비 얼굴을 정통으로 맞히며,
그 옆의 화롯불을 꺼트려버린다!
완전히 깜깜해진 방 안. 잠시 정적. 정적 속에서,

여비   (E) 불을 가져올 테니, 제발.. 얌전히 계십시오. (하고는 급히 나간다)

ins.cut.〉 대신전 은밀한 방 앞 복도
급히 나오는 여비. 경비를 서고 있는 위병4, 5 옆에 걸려 있던 횃불을
들고 재빨리 방 안으로 들어가는 여비. (*10초도 안 되는 짧은 시간)

여비, 들어와 곧장 항아리 화로에 다시 불을 밝히면,
탄야와 태알하, 서로 씩씩대며 노려보고 있다.

                    S#29. 대신전 내부 복도(낮)

미홀, 걷고 있고, 그 뒤를 해투악이 따르고 있다.

해투악   전 정말 걱정했는데.. 미홀님과 태알하님.. 두 분이 함께하시니..
        정말 좋습니다..

미홀	너에겐 미안하구나... 매혼제를 두 번이나 먹게 하고..
해투악	그까짓 게 뭐라구요.. 괜찮습니다.
미홀	(인자한 미소로) 그래 그래...

S#30. 대제관의 집무실(낮)

미홀이 들어오고, 뒤따라 들어오는 해투악. 이상하다.
이때 창가에서 뒷짐 지고 서 있던 아사론이 돌아본다.
놀라는 해투악. 다시 주위를 보면, 방 안에 칼 든 제관들도 있다.

아사론	어찌 되었는가..
미홀	(별다야를 꺼내어 탁자 위에 놓으며) 예, 니르하.. 드디어 가져왔습니다..!
해투악	(경악) .. 미... 미홀님..!!!

하는데, 뒤에서 칼 뽑는 소리가 들린다.
해투악, 번개같이 칼을 뽑으려는데, 해투악의 목에 들어오는 칼!

미홀	내가 아까.. 복도를 걸어오면서 이미 말하지 않았더냐. 너에겐 미안.. 하다고..
해투악	(경악) 태.. 태알하님을 배신하시는 건가요?
미홀	애초에 배신은 태알하가 했지..
해투악	(경악한 채로 보는) ...

S#31. 까치동굴 안(낮)

동굴 안 가득, 꽃꾸밈도 하지 않은 휜산의 심장 사람들이
웅성이고 있다. 이때! 비장하게 단상 위로 오르는 사야.
사람들, 조용해지며 사야 본다. (*채은, 눈별은 없음)
사야, 사람들을 보다가, 손에 쥔 아라문 해슬라 펜던트를 본다.

사야	(결연하게, 마음의 소리 E) 앞면이면 살고, 뒷면이면 죽는다....
	걸어보자.. 탄야야. (소리 내어) 모명진 장로님의 말씀을 전하겠습니다.
모두	(긴장하여 보는데)
사야	위대한 어머니의 진정한 후계자이신, 아사신의 곧쪽께서..!
	바로 이곳.. 아스달에 오셨습니다..!
사람들	(모두 경악) ...!!!!!

S#32. 대제관의 집무실(낮)

아사론, 별다야를 살펴보고 있다.

아사론	이거란 말이지... 위대한 어머니 아사신께서 숨겨두고 가신..
	그 별방울을 찾을 열쇠가..! (묘하게 본다)
미홀	허나... 이걸로 찾을 수 있을지는 모릅니다.
아사론	(픽 웃으며) 왜.. 찾을까봐 불안한 겐가? 이제라도 타곤의 편에 서시게..
미홀	아니오. 타곤은 제가 원하는 것을 주지 못합니다.
아사론	나에게선 받을 수 있는가..?
미홀	예.
아사론	... 무엇인가?
미홀	연맹장의 자리..
아사론	...!!!
미홀	니르하께선 이제 연맹장 따윈 필요 없으십니다.
아사론	...
미홀	탄야란 계집이 별방울 있는 곳을 안다면... 신성재판은 필요 없겠지요.
	니르하께선, 조용히 별방울을 취하시고, 그 계집만 없애버리면 됩니다.
	그럼 그간 아사씨를 괴롭혀왔던 혈통 문제는 말끔히 사라지고,
	타곤은 니르하의 상대가 되지 못할 겁니다. 내치시면 됩니다..
아사론	그 아이가 별방울이 있는 곳을 모른다면..?
미홀	신성재판를 열어야지요. 태알하가 타곤을 발고할 테구요. 허면,
	타곤은 두 발목이 잘려 추방당할 테니, 그 자리가 비지 않겠습니까?

아사론	그러니 그 연맹장 자리를 미홀 그대에게 달라..?
미홀	(미소 지으며 고개를 숙이는) ..
아사론	(호호 웃으며) 어느 쪽이든.. 미홀 그대가 이기는 판이로군?
미홀	(미소 지으며) 니르하께서도 함께 승리하는 판이지요..
아사론	(가만 보는) ....
미홀	니르하... 전 다른 마음이 없습니다. 그저... 저희 해족을 지키고, 격물을 발전시키려는 것뿐입니다. 그러기 위해...
아사론	(OL) 그리하겠네.
미홀	(무릎 꿇고 절하며) 니르하... 이소드녕의 영광을 받으소서..!
아사론	(별다야를 주며) 가보게. 가서... 아사신의 별방울을 찾으시게...!
미홀	(고개를 들고 보며) 예, 니르하..!

S#33. 대신전 내부 복도(낮)

미홀, 흥분된 표정을 감추지 못하고 걷고 있다.

미홀	(마음의 소리 E) 찾아도 못 찾아도 상관없다..! 어느 쪽이든... 아스달이 이 미홀의 손 안에 들어올 것이니..!!

S#34. 대신전 은밀한 방(낮)

문이 열리고 미홀이 들어온다. 여비가 예를 취한다.
이제는 진정이 된 듯한 탄야와 태알하, 미홀을 살피며 긴장한다.

태알하	어찌 되셨어요? 찾으셨어요?
미홀	(탁자 위에 별다야를 놓으며) 여기 있다...!
태알하	...!!!
탄야	...!!!
탄야	(마음의 소리 E) 저게... 별다야...

미홀, 탄야에게 별다야를 건네주고, 탄야 떨리는 손으로 받는다.

S#35. 장터 거리(낮)

채은과 눈별이 장터를 걷고 있다.

채은   탄야는 괜찮을까..? (한숨) 무백님은 얼굴조차 뵐 수가 없고..
눈별   언니.. 우리 흰산의 심장은 어떻게 되는 거야..? 오늘 모임 있다고 했는데..
채은   넌 당분간 가지 마.
눈별   왜애? 왜 언니만 가고.. 난.. (하다가 뭔가를 발견하고) ...!

채은, 눈별의 시선에 의아해서 돌아보는데, 같이 얼어붙는다.
높이 솟은 흰산의 심장 문양 깃발! 다가오고 있다!
장터 사람들, 모두 그쪽을 보면서 웅성거린다.

울백   (경악하여) 아니 저... 저.... 저게 뭐야..!!!

역시 이를 발견하고 경악한 위병들!
깃발의 뒤로 수많은 흰산의 심장 무리들이 오고 있다. 비장하다.
위병들, 얼이 빠져서 말도 못하고, 황당해서 보고 있는데...

위병2   뭘 넋 놓고 보고 있어? 저 새끼들 당장 체포해..!
위병6   예! (하고는 창을 드는데, 이때..!!!)
심장1   (큰 소리로 외치며) 위대한 어머니 아사신의 곧쪽이 돌아오셨다...!!
모두들   (경악) ....!!!

사람들, 여기저기서 "뭐? 뭐가 돌아와? 뭐라고?"
점점 여기저기서 사람들이 그 깃발을 따른다. 당황하는 위병2, 6!!
한 명이 외치자 모두들 따라 한다.

"위대한 어머니의 피를 이어받은 후계자가..! 대신전에 계신다!"
군중들 더 모여들고 경악해서 "뭐! 뭐라고?" 여기저기 난리인데.
군중 속에서 결연한 미소로 그들을 보는 사야의 얼굴.

S#36. 대신전 은밀한 방 (낮)

탄야, 별다야를 요모조모 살피는데, 앞면에는 하늘을 묘사한 듯
해와 달과 별이 그려진 문양이, 뒷면에는 불 그림과 3개의 발 그림,
그리고 한쪽 구석에 그려진 흰산의 심장 문양이 있다.
태알하와 미홀, 여비 모두 그런 탄야를 긴장된 얼굴로 보고 있다.

탄야   (살피며, 간절한 마음의 소리 E) 어머니, 도와주세요. 은섬이 구하게 해주세요.

ins.cut.〉 4부 22씬 중,

초설   이 그림이 새겨져 있는 신물을 찾아, 가슴에 품어라...

탄야   (바닥의 그림을 본다) ... (cut.)

초설   그게... 너의 사명이다 ... (cut.)

뭔가 찾아내려는 탄야의 필사적인 얼굴 위로, 긴장된 음악이 흐른다.
'제발..!' 하는 간절한 심정으로 지켜보는 태알하!
역시 긴장해서 보는 미홀과 여비!
점점 빨라지는 음악과 함께 네 사람의 얼굴이 반복해서 교차되다가
탄야의 얼굴에서 멈추면서 사운드 아웃!

탄야   (탄식하듯) 모르겠어요..

태알하   ...!

미홀   ...!

탄야   미안해요... 모르겠어요.. 아무것도... (답답한 듯 입술을 깨문다)

미홀   (그런 탄야를 날카롭게 눈여겨보며) ....

태알하   (아... 하는 표정으로 실망한 듯 무너지는데) ...

미홀	여비야.. 매혼제!
태알하	...!!!
여비	예! (하고는 품에서 매혼제 병을 꺼내어 탁자 위에 놓는다)
탄야	...???
태알하	애가 우릴 속일 이유가 없잖아요? 군이 왜..?
미홀	타곤이 이 아이의 고향을 박살냈다. 하루아침에 터전을 잃고, 제 씨족들이 무참히 죽어나갔는데.. 이 아이가 사특한 꾀를 낸 걸 수도 있지!
태알하	(긴장) ...!
여비	먹어라..!
탄야	(어리둥절한 채 탁자 위의 매혼제 병을 보는) ...
미홀	먹어!

고민하던 탄야, 병을 집어 들고 마신다.
삼키자마자 바로 온몸에 전해지는 충격에 몸을 덜덜 떠는 탄야!
그러더니, 몸을 뒤로 확 젖혔다가 다시 고개를 숙인다. 태알하, 긴장!

여비	(탄야의 눈동자를 살피고는) 됐습니다.
미홀	(탄야 앞으로 가서) 자.. 니 이름이 뭐지?
탄야	(취한 듯 느릿느릿 나른한 목소리로) 나는.. 와한의 탄야...
미홀	그래.. 좋아.. 아사신의 별방울은 어디에 있지....?
탄야	....
태알하	(긴장) ....
탄야	.... 몰라요.... 어딘지 몰라...
태알하	(실망) ...!!
미홀	마지막으로 묻겠다.. 정말 그 물건이 어디에 있는지 모르느냐?
탄야	정말... 어디에 있는지.. 모릅니다...
미홀	(차가워지며) 결정이 났군.. (태알하 보며) 이제 니가 약속을 지킬 차례다. 난 최선을 다했어.. 헌데, 이 아이가 모른다.. 어쩔 것이냐...
태알하	(탄야를 노려보며) ......
여비	(그런 태알하를 보며) ...
미홀	....

태알하	(갑자기 벌떡 일어서며) 야! 너!! 진짜 몰라? 정말 모르냐고!!!

ins.cut.〉 대신전 은밀한 방 앞 복도
경비를 서는 위병4, 작게 들리는 태알하의 소리를 유심히 듣고 있다.

탄야	(취한 채로) 어디 있는지는.. 모르겠어...
태알하	(분에 겨워 눈물까지 고인) ...! (깊은 한숨) 하... 그래요.. 다 끝났네요.. 아버지 말대로 할게요..
미홀	(엄한 얼굴로) 신성재판에서 타곤의 죄에 대해 이야기해야 한다...
태알하	(그런 미홀을 마주 보며 결심한 듯) ... 그럴.. 게요..
여비	(다가와서 태알하 앞에 얇은 가죽과 먹이 담긴 토기, 필기구를 세팅한다)
태알하	(보고는) ...!
미홀	이제 문제는 타곤.. 신성재판 자리에 앉히기만 하면 돼.. 이렇게 써라.. 탄야 이 아이가 아사신의 별방울을 찾을 거다..!
태알하	(펜을 든다)
미홀	그러니.. 꼭 신성재판에 참석해라! 아사론을 끝낼 기회다..!
태알하	(글씨를 쓰려다 미홀을 보며) 그럼 이제 타곤은....?
미홀	드디어 그놈의 두 발목이 잘리겠지...!

S#37. 대신전 건물 앞 일각(낮)

깃발을 든 흰산의 심장 무리, 그 뒤로 연맹인들이 따르고 있다.
위병들도 수많은 인파를 어쩌지 못하고 그저 따라오고 있다.
채은과 눈별도 보이고, 군중 속에 숨은 사야도 보인다.
소란 소리에 나왔다가 이 광경을 보고 경악하는 아사못과 아사욘!
"위대한 어머니 아사신의 후예가 대신전에 계십니까! 답하소서!"
흰산의 심장 중 누군가(심장1)가 외치자, 군중들이 따라 외친다.
"답하소서..!!"

아사론	(놀란, E) 아사신의 골쪽이 있다...?

S#38. 대제관의 집무실(낮)

이미 소식을 들은 듯 놀란 아사론, 그 앞엔 아사욘 있다.

아사욘   예.. 모두들 그리 묻고 있습니다!

아사론   (위기감으로 나지막이) 숨어 있던 휜산의 심장 놈들이 모두 뛰쳐나왔다..?
(불안한 마음의 소리 E) 미홀은 어찌 소식이 없는 것인가..!

S#39. 대신전 건물 앞(낮)

휜산의 심장 깃발을 든 사람들과 흥분한 연맹인들이 여기저기서
"답하소서!!", "아사론 니르하시여! 답해주소서!!" 외치고 있다.
그중 몇몇은 무릎을 꿇은 채 자신의 두 손을 가슴에 모으고는
연신 머리를 조아리며 '를를를를' 주문을 외기 시작한다.
보고 있던 채은과 눈별도 따라서 절하자, 하나둘씩 무릎 꿇고
절하기 시작하는 연맹인들. 그들 사이에, 연맹인 옷으로 변복한
무백을 비롯한 대칸들이 긴장한 채 연맹인들을 지켜보고 있다.
따라온 위병들도 긴장한 채 보다가 몰래 입으로 주문을 외기도 한다.
이때, 기도하는 연맹인들 틈에서 간절하게 이를 악문 채
절하고 있는 사야가 보인다.

사야   (간절한 마음의 소리 E) 탄야야..! 살아야 해! (휜산의 심장 깃발을 보며)
아사신.. 당신의 곧쪽이잖아.. 핏줄이잖아... 탄야를 지켜줘! 제발!

S#40. 대제관의 집무실(낮)

아사론과 아사욘, 초조하게 있는데 이때, 미홀이 들어온다.

아사론	(초조) 지금 대신전 앞에 흰산의 심장 놈들이 몰려와
	아사신의 곧쪽이 이곳에 있다, 외치고 있네..!!
	그 계집을 조용히 죽일 수가 없게 됐어..!
미홀	(경악) ...!!
아사욘	(나서며) 그들만이 아닙니다. 연맹인들도 모두 따라 나왔습니다..!
미홀	니르하, 여덟 신의 보살핌이십니다! 차라리 잘된 일입니다.
아사론	!!
아사욘	(의아) ...???
아사론	허면...?
미홀	별방울은 얻지 못하시나, 타곤을 추방하고,
	흰산의 심장을 소탕하시게 될 겁니다. 더구나 제 발로 나왔다 하니..
아사론	그 아이가.. 모른다던가..?
미홀	예.. 니르하.. (품에서 별다야를 꺼내 아사론에게 건넨다)
아사론	(별다야를 유심히 살피다가 깨달은 듯) 그래, 맞아 해와 달.. 별.. 100년 전엔..
	이 대신전의 천장들에.. 이런 것이 새겨져 있었다더군... 하지만 그 위에
	새로운 문양을 조각해서 덮어버렸지..
미홀	아.. 그렇습니까, 니르하..
아사론	해서 (미소) 이것이 그 지도라 해도 찾을 수 없을 것이네. (하다가는) 아..
	(놀라움) 그렇다면.. 정말로.. 천장 어딘가 있단 말인가..?
미홀	...!! 니르하.. 신성재판이 끝나면, 찾아서 취하소서!
아사론	(미소 지어 보이고는 아사욘에게) 연맹인들에게 나아가 신성재판을 알리거라..!

S#41. 대신전 건물 앞(낮)

앞선 상황보다 더 불어난 연맹인들, 모두 들끓듯 웅성거리는데
이때, 대신전 문이 열리며 아사욘이 나온다.

아사욘	(큰 소리로 외치며) 내일 해가 연맹궁 위에 걸릴 때!
	태알하의 신성재판이 있을 것이오..!!

연맹인3	(아랑곳 않고) 아사신의 곧쪽이 대신전에 계십니까!!!
모두들	계십니까!!!
아사온	아사신의 곧쪽이라 주장하는 사람이 온 것이 사실이오..!
모두들	(일순 조용해지며 경악) ...!!!
아사온	그자는 와한족의 탄야. 그자가 신성재판에서 아사신의 별방울을 찾는다면..!
	오랜 예언이 이루어질 것이오...!

하자, 대신전 앞에 있던 모두들 환호한다.
그들 사이에 있던 무백, 아사온을 본다.
사람들 틈에 있던 사야, 긴장한 채 이를 보다가,
무백에게 시선이 잠깐 머문다. 뒤돌아 가는 사야.

타곤	(E) 확실해..?

S#42. 연맹장의 집무실(낮)

타곤 앉아 있고, 그 앞에 길선이 서 있다.

길선	예. 그 방을 지키던 위병 놈이 분명,
	방 안에서 태알하님이 외치는 소리를 들었답니다. 모른다고...
타곤	.... (심각)
길선	(타곤의 표정 살피며) ... 허면..
타곤	(OL) 알겠다. 그만 가봐..
길선	예.. (하고 나간다)
사야	(E) 이제 다른 방법이 없는 거 아니에요?

타곤 뒤돌아보면, 사야가 커튼 앞에 서 있다.
타곤, 그런 사야를 보는데 이때, 무광이 급히 들어온다.

무광	미홀이 왔습니다.

사야	탄야가 별방울의 위치를 모르는데, 미홀이 군이 그걸 알려주러 올 리가 없죠.
타곤	(고민) .....
사야	함정일 겁니다. 군사를 일으킬 거라면 여기서 미홀부터 잡아야 됩니다..!
무광	(갑자기 무릎 꿇으며) 니르하, 명대로 대칸은 모두! 준비되었습니다!!
	대신전 서쪽 숲! 대신전 앞 광장 곳곳에...! 매복하고 있습니다!!
	무백 형님 이하 대칸 전원은...!
	(나지막이 비장하게) 니르하의 명에 따를 것입니다..!
타곤	(괴로운, 마음의 소리 E) 결국 이렇게 되는가.. (술을 따르며 E) 결국...!
	그리도...! 연맹에서 피를 보지 않으려 했는데... 그리 애썼는데..
사야	(재촉하며) 아버지..!
타곤	(빈 잔에 다시 술을 따르며) 내가 잔을 쏟으면 미홀 호위무사의 목을 쳐라...
사야	...!!
무광	...!! 예, 니르하..!

하자 사야, 다시 커튼 뒤로 들어가고, 밖으로 나가는 무광.
"들어오라십니다" 하자, 무광을 따라 들어오는 미홀과 호위무사.

미홀	(미소) 기뻐하소서.. 니르하..! 이제 아사론은 끝입니다..!
	탄야 그년이 아사신의 별방울이 어디 있는지를 안답니다...!
타곤	...! 그랬습니까..!

ins.cut.〉 커튼 뒤의 사야, 이 모습을 몰래 보고 있다.

사야	(마음의 소리 E) 역시 함정이다..!

타곤	(반색) 결국 신이 아사론을 버리는군요.. (하며 잔을 든다)
미홀	예, 니르하.. (가죽 서찰을 내밀며) 여기.. 태알하의 글발입니다.

타곤, 한 손에 잔을 들고, 미홀이 건넨 글발을 펼쳐 본다. 그 위로,

태알하	(E) 탄야가 신물이 어디 있는지 알아. 걱정 말고 아버지를 믿어.
	우리가 이겼어! 타곤, 보고 싶어.. 다시 보면, 얼마나 좋을까..?

타곤	(허탈한 마음의 소리 E) 태알하.. 그래... 넌 그런 사람이지..
미홀	기쁜 마음으로 이 소식을 전했습니다.
	내일 신성재판에서 뵙겠습니다, 니르하...
타곤	예, 그리하지요.

하고 목례하는 미홀. 타곤, 눈을 감으며 잔 쏟으려는데,
옆에 있던 무광, 초초하게 그 모습을 보며 천천히 칼집 쪽으로
손을 가져간다.

ins.cut.〉 커튼 뒤의 사야, 긴장하며 보는데

타곤의 시선이 다시 한 번 태알하의 편지를 향하는데
무언가를 보고 놀란다..!! 잔을 쏟지 않는 타곤.
이때, 미홀, 뒤돌아 호위무사와 함께 나간다. 문이 닫힌다.

무광	(의아) ... 니르하, 어찌..?

타곤, 놀란 얼굴로 편지를 보고 있다. 커튼 뒤에서 나오는 사야.

사야	왜 그냥 보내셔요?!
타곤	(놀란 표정으로 태알하의 글발을 유심히 보는데)
무광	니르하, 때를 놓쳐서는 아니 됩니다..! 명을..!
타곤	(글발을 보는 채로) 명을 내린다.
사야	(긴장) ...
무광	(긴장) ...
타곤	대칸 모두.. 지금 자리에서 기다려라...!

S#43. 대신전 건물 앞(밤)

군데군데 횃불을 들고 모여 있는 많은 사람들.

"위대한 어머니 아사신이시여!!" "이소드녕이시여!!"
"아사신의 곧쪽이시여!!" 여기저기서 외치는 소리와 함께,
흰산의 심장 깃발에 연신 절하고 있는 흰산의 심장 사람들의 모습,
눈물을 흘리며 간절하게 기도드리는 연맹인들의 모습,
얼굴에 피 또는 회칠을 하고서 알 수 없는 말을 줄줄 외며
미친 듯이 기도하고 있는 몇몇 사람들의 모습이 보인다. 그들 사이에
변복한 무백과 대칸들이 긴장한 채 연맹인들을 지켜보고 있다.
분위기는 점차 고조되고, 연맹인들의 기도 소리는 더욱 커지는데

ins.cut.〉 대신전 어느 일각
기도하는 사람들을 보고 있는 아사론과 미홀.

S#44. 대신전 은밀한 방(밤)

대신전 밖에서 기도하는 소리가 웅웅거리며 들려오는 가운데
태알하와 탄야 있고, 여비가 이들을 감시하고 있다.
매혼제에서 깨어난 듯, 정신이 돌아온 탄야의 모습.
태알하, 그런 탄야를 보며 생각에 잠겨 있다.

탄야 (깊은 한숨 쉬며 마음의 소리 E) 은섬아... 은섬아...
은섬 (E) 똥벌레! 똥벌레!!

S#45. 돌담불 은섬네 깃바닥(밤)

은섬, 잎생, 올마대, 차나라기, 노예1, 2, 바도루 순서로 빙 둘러
앉아 있고 한가운데에 사트닉이 힘겹게 눈을 뜬 채 누워 있다.
숨이 넘어갈 것만 같은 사트닉을 걱정스럽게 보고 있는 사람들.

은섬 (사트닉의 어깨 움켜쥐며) 좀만 더 참아..! 내일이면 올라갈 수 있어..

죽더라도.. 그... 차가운 바다라는 건 보고 죽어야지!!

사트닉 (힘겹게 내뱉는) 그러게.. 모두에게 바다 보여줘야 하는데.. 미안해요..

바도루 무슨 소리야? 같이 나갈 거야 우리!

사트닉 (옅은 미소 지으며) '같이'란 말.. 참 좋다.. (하며 눈을 감으려고 하는데)

차나라기 야, 정신 차려 똥벌레..!

사트닉 (OL) .. 똥벌레가 아니야.. 난.. 사트닉이야. (하고는 칼로 자신의 머리카락을 묶은 장식띠째로 머리카락을 자르더니 은섬에게 건네준다)

은섬 (받는다)

사트닉 (헉헉) 여길.. 나가서.. 하시산을 넘으면 산 중턱에 주비놀이란 곳이 있어..

은섬 .....

사트닉 (헉헉) 거기에... 내 각시가.. 떠나지 못하고... 날 기다리고 있을 거야...
이걸 전해줘요.. 이제 그곳을 떠나라고.....

은섬 (눈빛이 떨리는) ...

모두들 (글썽이며 사트닉을 보는) ...

사트닉 (정신이 혼미하다) 난 모모의... 사트닉으로.... 죽었다고...

바도루 (울먹) 그.. 그렇게..

모두 .....

사트닉 (힙겹게) 각시가... 은혜를 갚을 거야.... 내 각시도... 모모족이니까.. (피식)

하고는 조용히 눈을 감는 사트닉, 보는 은섬과 사람들.
슬픔으로 숨이 거칠어진 은섬, 사트닉의 손을 잡은 채 고개를 떨군다.
잎생, 무거운 한숨을 내쉬고, 바도루, 탄식하며 벌떡 일어선다.
눈물이 그렁한 차나라기, 노예1, 2 망연자실하게 사트닉의 시신을 본다.
슬픔이 내려앉은 이때, 사트닉의 시신을 곱게 뉘어주는 올마대.
그리고는 눈을 감은 채, 한 손을 사트닉의 발끝에 가져다 댄다.

올마대 나 흰산의 올마대.. 약속한다. 모모족의 사트닉..!
(결의) 나는 반드시 저 위에 땅을 밟고 사트닉, 너의 바다를 볼 것이다..!

한쪽 구석에 서 있던 바도루, 그런 올마대를 보다가는
사트닉의 머리맡에 가 앉는다. 그리곤 눈을 감고 한 손을 사트닉의 이마에 갖다 댄다.

바도루   나 캐란의.. 바도루... 어둠을 밝히시는 이래신에게 원하니,
        모모의 사트닉이 가는 길을 밝혀주소서..
차나라기 (눈 감고 사트닉의 다리에 손을 대며) 나 물길족의 차나라기..
        (결의) 약속한다. 반드시 이곳을 나가 모모의 사트닉 이야기를 전하겠다..
잎생   (사트닉의 가슴팍에 손을 대며) 나.. 아고의 잎생..
        아고족에게 다시 오실 이나이신기께 사트닉의 바램을 함께 바라니,
        우리 모두 저 위로 나갈 것이고, 마침내 사트닉의 각시에게 닿을 것이다..!
은섬   나 와한의 은섬..

        ins.cut.〉 2부 39씬 중,
        확 끌려가는 탄야를 향해 뻗은 은섬의 손. (cut.)

        ins.cut.〉 9부 19씬 중,
        터대 시신을 향해 필사적으로 손을 뻗어보려는 은섬. (cut.)

은섬   (잡은 사트닉의 손을 더욱 꽉 쥐며 마음의 소리 E) 다시는.. 손을 놓지 않고...
        (현실 소리로) 여기 있는 손을 모두 잡고..! 모두 같이..! 모모의 사트닉 대신
        각시에게 소식을 전하고 그의 바다를 만날 것이다..!

        그런 은섬을 보는 모두들, 뜨거운 눈빛을 주고받는다.
        흐르는 눈물을 닦으면서도, 비장하게 보이는 모두들.
        사트닉의 시신에 각각 한 손을 얹고 있는 모두의 모습에서. dis.

(E)   (빠르고 강한 리듬의 돌담불 북소리)

S#46. 돌담불 지상 은섬네 구덩이 입구(낮)

쇼르자긴 있고 그 앞에 수하1, 2가 곤란한 표정으로 있다.

쇼르자긴　오늘도 안 올라왔어?

수하1　예.. 암것도 안 올라왔어요. 이거 분명 돌림병 돈 거예요, 또...

쇼르자긴　(심각) 아 이새끼들.. 이거 진짜...

ins.cut.〉 멀리서 달새와 스천이 걱정스러운 얼굴로 보고 있다.

수하1　어쩌죠..? (한발 물러서며) 전 싫어요. 안 내려가요...

쇼르자긴　(수하1 밀치며) 알아 이 새끼야..

하고 쇼르자긴, 입가리개를 하고 깃바닥으로 내려가는 큰 광주리에
올라타고는, 익숙한 듯 광주리와 연결된 줄로 몸을 묶는다.
수하1, 옆에 있던 수하2에게 횃불을 뺏어서 쇼르자긴에게 건넨다.

수하1　(도르래 돌리는 노예들에게) 내려!!!

노예들, 도르래를 돌리기 시작하고,
횃불을 든 쇼르자긴, 천천히 깃바닥으로 내려간다.

S#47. 돌담불 은섬네 깃바닥 통로(낮)

횃불을 들고 광주리에 탄 채 내려가는 쇼르자긴.

S#48. 돌담불 은섬네 깃바닥(낮)

광주리가 깃바닥에 닿자, 몸을 묶었던 줄을 푸는 쇼르자긴.
그리고는 횃불을 들고 어두운 깃바닥 안으로 걸어 들어간다.
횃불을 이리저리 비추자, 한쪽에 널브러진 사람들의 모습이 보인다.
모두 죽은 듯 미동도 없이 쓰러져 있다. 미치겠는 표정이다.

사트닉의 시신을 보더니, 꼬챙이로 푹 찌른다. 미동도 없다.

쇼르자긴   (혼잣말) 아이 씨... 정말 다 죽은 거야..?
　　　　　　보석이 몇갠데... 빌어먹을..!

이때 바도루, 살짝 눈을 뜨고 눈을 빛낸다.

S#49. 돌담불 지상 은섬네 구덩이 입구(낮)

수하1, 쇼르자긴이 내려간 어두운 깃바닥 구덩이를 보고 있는데,
거한이 자신의 수하들과 함께 다가온다.

거한   (수하1이 보는 깃바닥 보며) 뭐야? 무슨 일이야?
수하1 아 돌림병 같아요.. 쇼르자긴 형님이 내려갔어요.

그러자, 거한의 수하들이 웅성거린다. 달새, 스천도 뭔가 싶어,
가까이 다가온다. 스천, 눈치 없이 거한의 뒤에 붙어 구덩이를 본다.

거한   (노예들에게) 뭐 구경났어?!! 다들 일해!!!

하자, 달새와 다른 노예들, 재빨리 각자 위치로 흩어지는데,
스천, 걱정되는 듯 가지 않고 주변에서 어슬렁거린다.
거한, '이 새끼는 뭐야?' 싶은 눈빛으로 스천을 노려보자,
재빨리 다른 곳으로 움직이는 스천.

S#50. 돌담불 은섬네 깃바닥 안(낮)

쇼르자긴, 널브러져 있는 사람들을 살핀다.
분노로 이글거리는 쇼르자긴, 혼잣말로 '이런 젠장!' 하고는

죽은 듯한 은섬에게 가까이 가보는데 이때 눈을 확 뜨는 은섬!
기겁하는 쇼르자긴. 동시에 쇼르자긴 목에 들어오는 날카로운 나무!
바도루다. 누워 있던 사람들 모두 재빠르게 일어난다.

바도루   (쇼르자긴 목을 겨눈 채로) 이 개새끼야.. 반갑다..!
은섬   (미소 지으며 보며) 나두 반갑네.. 다신 못 볼 줄 알았는데.
쇼르자긴   하.. 이 미친놈들... 니네들.. 이런다고 여길 나갈 수 있을 것 같애?
차나라기   못 나가도 너만 죽이고 떠날 수 있으면 돼!

은섬, 일어서서 한쪽으로 가, 뭔가를 들고 오더니,
쇼르자긴 앞에 좌악 하고 쏟는다. 잎생의 보석 더미다. 모두 놀란다.
쇼르자긴, 눈이 휘둥그레진다. 영롱한 보석들이 빛나고,
쇼르자긴은 제정신이 아닌 듯 보석을 본다.

은섬   우리가 탈출할 수 있다면 이건 다 니 거다..
잎생   (보석 가로막으며, 진심으로 화나서) 뭔 소리야!! 누구 맘대로..?
바도루   이 새끼 인질로 잡아서 나가기로 했잖아!
은섬   이제 좀 알겠어. 이 새끼나 우리나 이 대흑벽 위에선 벌레만도 못한
          목숨이야.. (피식) 이 새긴 인질 따위도 못 돼.. 이거부터 죽일걸?
차나라기   그래서..? 그런다고 무슨 재주로 나가?
은섬   우린 다 죽었지. 그러니까 시체인 척 나갈 수 있어, 이놈이 도와준다면!
모두들   ...!!
잎생   그래서 내 보석을 얘 다 준다고??
은섬   (잎생 보며) 다른 방법 있어?
잎생   (미치겠는) 아이 씨... (하다가) 좋아! 못 나가면 (은섬에게) 넌 죽어..!
은섬   (잎생에게 고개 끄덕하고는 다가가 거칠게 쇼르자긴 잡으며) 어떡할래?
쇼르자긴   (보석 더미를 보고, 은섬을 보고) ...
은섬   저 보석 다 가질래? 아니면 그냥 함께 죽을래...?
쇼르자긴   (노려보다 미소 지으며) 첨부터.. 보래 니가 맘에 들었지... 그래.. 해보자!
모두들   !!!

S#51. 대신전 은밀한 방(낮)

태알하와 탄야가 단둘이 있다. 서로 보는 태알하와 탄야.
이때 문이 열리고, 여비가 신녀 둘을 대동한 채 들어온다.
신녀들은 태알하와 탄야의 신성재판 옷을 각각 받쳐 들고 있다.

S#52. 몽타주(낮)

#. 대신전 8신전
사람들이 꽉 차 있고, 웅성거리는데, 한쪽에서
탄야와 태알하가 제관들에게 끌려 나온다. 모두들 그쪽으로 몰려들고
어떤 사람은 "아사신의 후예시여" 소리 지르고, 어떤 사람은
"신성을 모독한 자에게 저주를!" 외친다. 소란스러운 대신전.

#. 깃바닥 안
쇼르자긴   (E) 거적이랑 줄을 내려보내!

광주리에 거적들이 담겨 내려오고, 쇼르자긴과 은섬 등이, 사트닉을
거적으로 감싸고, 바도루와 차나라기도 거적에 눕는다.
셋을 태우고 올라가는 광주리 cut.

바도루   (E) 이 벌레 같은 새끼를 어떻게 믿고!
은섬   (E) 허튼짓을 하면 모두 일어나서 소릴 질러. 저 새끼 허리에
　　　　보석이 매달려 있다고, 빼돌리려 한다고..!
쇼르자긴   (E) 나도 목숨 걸었어! 내가 보석을 못 갖게 되면...
　　　　니놈들 내가, 다 죽이고 말 거야..

#. 불의 방
사람들이 지켜보는 가운데, 탄야와 태알하가 들어온다.

타곤, 미홀, 아사욘, 아사못, 해흘립, 대대, 아사사칸 등등이 보인다.

#. 천천히 올라가는 광주리에 실린 또 다른 거적 둘. 거적에 싸인
올마대와 잎생이다. 긴장된 표정이다.

#. 불의 방
탄야와 태알하, 불의 방 마당에 무릎을 꿇고 있다.
아사론이 입장하자, 모두들 일어서서 예를 취한다.

#. 은섬과 쇼르자긴이 노예1, 노예2를 거적에 싸서 광주리에 눕힌다.

#. 대신전 내부 복도
복창꾼1이 뛴다.

#. 대신전 건물 앞
엄청난 군중이 운집한 가운데, 단상에 복창꾼들이 올라서 있는데,
달려온 복창꾼1이 복창꾼2와 터치하자 복창꾼2는 안으로
달려 들어가고 복창꾼1은 복창꾼들에게 소곤거린다. 그러자,
복창꾼들, 일제히 "지금 아사론 대제관 니르하께서 입장하셨다!"
"신성재판을 시작한다!!" 외치자 군중들 환호한다.

S#53. 돌담불 은섬네 깃바닥 통로(낮)

쇼르자긴이 광주리에 타 있고, 허리엔 줄이 매여 있다. 줄의 끝을
따라가면 보석이 가득 담긴 가죽 주머니가 달려 있다. 옆에는
거적에 싸인 은섬이 보인다.

쇼르자긴   (위에다 대고) 올려!!!

흔들흔들하며 올라가는 광주리. 깃바닥의 보석 주머니에 달린 줄이,

광주리가 올라감에 따라 따라간다. 거적 속 은섬의 긴장된 표정.
역시 긴장된 표정의 쇼르자긴. 그 위로,

쇼르자긴   (E) 아스달.. 이 보석이면 나도 아스달에 간다..!!
올마대   (E) 광산 서쪽 늪에 시체를 버리는 곳! 거기까지만 데려다주면 돼..

천천히 올라가는 광주리에, 침을 꿀꺽 삼키는 쇼르자긴과
입술을 깨무는 은섬.

S#54. 불의 방(낮)

태알하가 앞에 나서 있고, 좀 높은 곳에 아사론이 있고,
태알하 가까이에 아사못이 있다. 아사못을 보는 태알하.

아사못   해족의 어라하이자, 연맹을 이끄는 8방의 일원인 궁리방 좌솔, 태알하..
태알하   ...
아사못   그대는 수하들을 움직여, 감히 신성한 아사씨의 혈통을 문제 삼고,
삿된 거짓을 연맹인들에 퍼뜨린 죄로, 잠들지 않는 신, 이소드녕을
비롯한 아스달의 신들 앞에 나섰다. 맞는가..?
태알하   삿된 거짓에 대해 옳고 그름을 생각지 않고 그러한 일을 한 것이 맞습니다.
모두들   (웅성웅성)
태알하   허나 모두가 들은 이야기이니, 말한 자가 답해야 할 것입니다...
미홀   (미소) ...
아사못   누구인가..?
태알하   연맹장 타곤 니르하이십니다.
모두들   ...!!! (하고는 타곤을 본다)
아사론   (나서며) 타곤 니르하께선 신의 부름을 받으시오.

타곤, 결연한 표정으로 앞으로 나온다. 보는 사람들. 사야의 시선.

타곤	검은 땅을 달리는 새녘족의 자제이며, 연맹장을 맡고 있는 타곤,
	이소드녕의 이름 앞에, 아이루즈의 권능 앞에 나섭니다.
아사론	(역시 앞으로 나서며) 타곤 니르하시여, 니르하께선 흰산의 심장을 사주하고,
	태알하를 사주하여, 헛된 소문을 퍼뜨리고, 신의 권능에 맞선 죄로,
	이 자리에 섰습니다. 맞습니까?
타곤	...
사야	(긴장) ...
태알하	(긴장) ...
타곤	저는 이아르크의 한 부족이, 우리말을 쓰는 것을 보았나이다. 또한 물길족의
	무백은 칸모르를 보았고, 아사신께서 남긴 별다야를 보았나이다.
	하여..! 헛된 소문이 아니라, 신의 뜻을 전하려 했을 뿐..!
모두들	(웅성웅성)
아사론	신의 뜻이라, 신의 뜻이 무엇이오.
타곤	위대한 어머니 아사신의 곤족이 아스달에 왔으니, 그를 지키고 세워라..!
아사론	...!!
모두들	...!!!
미홀	(마음의 소리 E) 걸려들었다..!
아사론	(마음의 소리 E) 애처롭구나.. 결국 저 계집에게 목숨을 거는구나..!
타곤	예언에 이르기를! 어머니 아사신의 후예는 돌아올 것이니...!
	어머니 아사신이 남기신 별방울을 찾는 자를 신들께서 알아보시리라..!
탄야	(긴장, 침을 꼴깍 삼키고) ....
아사론	그다음 구절은 이렇지요. 신을 참람되이 일컫는 자는, 두 발목이 잘려
	네발로 기리라. 만약 저 여인이 아사신의 곤족이 아니라면, 니르하께선
	신성을 모독한 것입니다. 아십니까, 니르하.
타곤	이실로브... 세그마..! (자막: 신의 뜻이니, 어쩔 수 없다)
모두들	(여기저기서) 이실로브 세그마! 이실로브 세그마..!
아사론	저기... (탄야를 보며) 저 여인이 위대한 어머니의 후예다...
	그리 말하는 것입니까..
타곤	그렇습니다.
아사론	(미소 짓고는 모두를 향해) 흰산의 어라하이며, 대제관인 저 아사론..!
	아라문 해슬라께서 창건하시고, 여덟 신이 지키시는 아스달 연맹의

모든 연맹인들 앞에서, 저 여인의 신성을 살피고, 밝힐 것입니다...!

모두들 (환호한다)

S#55. 대신전 건물 앞(낮)

뛰어온 복창꾼2가 소곤소곤하자 복창꾼들 외친다.

복창꾼들 대신전에 숨겨진 아사신의 신물! 별방울을 찾는다면! 그분은 아사신의 후예!
찾지 못한다면..! 신을 참람되이 일컬은 자와 함께 네발로 추방당하리라...!

군중들 (환호한다)

S#56. 불의 방(낮)

긴장한 표정의 탄야. 주춤거리며 앞으로 나선다.
역시 긴장된 표정의 타곤, 태알하, 사야 등의 모습.
탄야, 침을 꿀꺽 삼키고, 덜덜 떨며 두리번거린다. 낯선 곳이다.
그런 탄야를 보는 아사론과 미홀의 보일 듯 말 듯한 미소.

아사론 위대한 어머니의 곧쪽(자막: 직계 혈족)임을 주장하는 여인이여,
어머니의 별방울은 대신전 어딘가에 있다. 찾아.. 스스로를 밝혀라.

탄야 (긴장) ...

아사론 (긴장한 탄야를 보고 다가가 시스트룸을 넘긴다. 미소, 작은 소리) 해보거라...

탄야 (받아 든다) ...

탄야, 다시 주변을 두리번거린다. 불안한 표정의 태알하.
탄야의 시선이 '꺼지지 않는 불'에서 멈춘다. 떨며 다가가는
탄야 불 앞에 선다. 주시하는 모두들. 그 와중에 의아하게 보는
아사사칸이 보인다. 뭔가 이상한 느낌. 탄야, 불을 바라본다.
얼어붙은 표정. 그러다 살짝 미소를 짓는 탄야. 그 위로,

ins.cut.〉 새로 찍는 회상, 12부 42씬 연결.

사야   왜 그냥 보내셔요?! (cut.)

타곤   (태알하의 글발을 보며) 태알하의 전갈이다.. 탄야는 알아..!

ins.cut.〉 12부 28씬 중,

태알하   너 나하고 타곤한테 복수하려고 그런 거지? 응! (cut.)

태알하, 아예 토기를 들어 물을 확 끼얹는다!
그러자 쏟아진 물이 여비 얼굴을 정통으로 맞히며,
그 옆의 화롯불을 꺼트려버린다! 완전히 깜깜해진 방 안. (cut.)
여비, 급히 나간다. (*여기서부터 감춰진 회상)

태알하   (탄야의 머리채를 잡고 흔들다가, 작은 소리로 빠르게) 아버질 믿지 마,
           무조건 모른다고 해! 안다면 입술을 깨물어!

탄야   ...!!!

ins.cut.〉 12부 36씬 중,

탄야   미안해요... 모르겠어요.. 아무것도...

(*여기서부터 감춰진 컷) 태알하, 절망스럽게 본다. 그러다가
태알하, 탄야를 보는데, 탄야, 입술을 깨문다. 놀라는 태알하! (cut.)
태알하, 편지를 쓰려는데, 매혼제에 취한 탄야가,
흐린 정신으로 태알하를 바라보며 안간힘을 써 입술을 깨문다.
놀라는 태알하. (cut.)

태알하   (편지를 쓰며 심각한 마음의 소리 E) 안다고? 어디 있는지 안다고?
           매혼제를 먹고서 모른다고 했는데..? (취한 탄야 보며) 어떻게 된 거지?

현실의 탄야, 불 앞에서 미소 짓는다.

탄야	(마음의 소리 E) 어떻게 되긴..! 난 정말 그 방울이 어디에 있는지 몰라.

탄야 (마음의 소리 E) 어떻게 되긴..! 난 정말 그 방울이 어디에 있는지 몰라. 지금 이 순간까지도..! 여긴 태어나서 처음 보는 곳인 걸? (미소 지으며) 하지만..!

꺼지지 않는 불, 그 위로,

탄야 (작고 은밀하게 E) 혹시.. 그곳에 불이.. 있어요?

태알하 (의아해하면서도 E) 있.. 지. 꺼지지 않는 불(자막: 천연가스).. 애초에 그거 때문에 거기에 신전을 지은 거니까.

탄야, 시스트룸을 흔들자, 고수(敲手)들이 눈치를 보더니, 북을 치기 시작한다. 탄야, 북소리를 들으며 리듬을 탄다. 그 위로,

ins.cut.〉 12부 36씬 중, (*감춰진 컷) 탄야, 별다야를 살피는데, 뒷면의 불 그림과 3개의 발 그림을 본다.

탄야 (마음의 소리 E) 이건 불... 이건 발.. 세 개...

ins.cut.〉 2부 16씬 중, 초설, 탄야 있다.

초설 불로부터 세 걸음...

탄야, 불로부터 뒤로 세 걸음을 걷는다.

현실의 탄야, 꺼지지 않는 불 앞에서 불을 보다가,

탄야 (결연한, 마음의 소리 E) 불로부터 세 걸음!

뒤로 세 걸음 물러서더니 춤을 추기 시작한다. 보는 사람들.
탄야, 새소리를 낸다. 북소리와 함께 어우러지는 새소리.

ins.cut.〉 새로 찍는 회상, 와한족 신성한 곳.
춤 연습하는 탄야. 그 앞에서 초설이 보고 있다.

초설　발걸음 사이가 너무 넓어! (탄야가 좁히자) 아니, 너무 좁혔어!
　　　정령의 춤은 백 번을 걸어도 똑같이 해야 하는 것이다..!

현실의 탄야, 춤을 추고 있다. 눈을 감아버린다. 계속 새소리를 낸다.
이때, 천장의 구멍으로 흰별삼광새가 날아 들어온다. 모두들 놀란다!
흰별삼광새가 여기저기를 날아다닌다. 사람들 이 이상한 현상에
어리둥절한데, 아사사칸은 뭔가 느낀 듯 공포스럽게 본다.
뭔가 불안하고 초조해지기 시작하는 아사론과 미홀.
이때, 북을 치던 사람 중 하나가 뭐에 홀린 듯 갑자기 일어서서
미친 듯이 열정적으로 북을 빠르게 치기 시작한다.
다른 북 치던 사람들도 뭔가 도취된 듯 동조하는데,

탄야　(춤을 추며, 마음의 소리 E) 환늑대할머니.. 정말 여기까지.. 내다보신 거예요?
　　　지금을 위해 200년이 넘는 세월이 존재했던 거예요?
　　　이 춤이 멈추는 곳에.. 그게 있어요?

탄야, 춤을 멈춘다. 북소리도 멈춘다. 흰별삼광새만이 빙빙 돌고 있다.
아름다운 자세로 눈 감은 채, 멈춰 있는 탄야. 정적만이 맴돈다. 그 위로,

ins.cut.〉 새로 찍는 회상, 와한족 신성한 곳.
같은 자세로 멈춰 있는 탄야의 모습. 그 앞에 초설이 있다.

초설　고개를 더 들어! 왼쪽 눈을 어깨선과 맞춰!
탄야　(자세를 취하며, 힘들어하며) 아... 힘들어. 이거까지 해야 해요?
　　　이거 안 맞추면 정령이 안 온대요?

초설   (피식) 글쎄다.. 난 그저 어머니에서 어머니로 전해진 걸 전하는 것뿐이야.

       탄야의 시선이 탄야의 어깨선에 맞춰져 있고, 드디어 감은 눈을
       천천히 뜬다. 탄야의 시선이 닿은 곳은 불의 방 천장 어딘가.
       아무 문양도 없는 빈 공간이다.

탄야   (흥분, 마음의 소리 E) 저긴가..? 저기에 있는 건가..? (불안 E) 아니라면...

       그 순간! 날던 흰별삼광새가 탄야가 보던 곳을 들이받자,
       천장의 그 부분이 살짝 부서지면서 새와 함께 떨어진다.
       새는 피를 흘리며 죽었다. 모두 놀라고, 탄야도 놀라 새를 본다.
       놀라고 불안한 표정의 아사론과 미홀.
       탄야가 고개를 들어 천장을 보자, 깨져 있는 안쪽에
       거북이 등껍질 문양이 드러나 보인다.

       ins.cut.〉 12부 36씬 중,
       별다야 앞면에 있던 거북이 문양 클로즈업.

탄야   (마음의 소리 E) 저 껍질! 껍질을 깨는 자, 푸른 객성과 함께
       (흰별삼광새의 푸른 깃을 보며, E) 죽음과 함께 (흰별삼광새의 피를 보며, E)
       오리라... (깨진 천장을 보며, E) 껍질을 깨는 자..! 이거였구나..!
아사사칸 (마음의 소리 E) 안 돼... 안 돼.. 막아야 해...! (하고 일어서려는데)
탄야   (E) 근데 너무 높아.. 저길 어떻게..
       (하다가, 깨달은 듯, 황당한 미소, 마음의 소리 E) 하... 세상에..!

       ins.cut.〉 새로 찍는 회상, 와한족 마을 일각.
       우루미와 슬링을 든 어린 탄야가 있다.

어린탄야 왜 이렇게 돌끈 던지기를 해야 해! 난 씨족어머니가 될 건데!
우루미   글쎄..? 그냥 다들 그렇게 했는데? 다른 씨족어머니들도 다 그랬어.

현실의 탄야, 자세를 풀고 옷을 찢는다. 즉석 슬링을 만든다.
이를 놀라운 눈으로 보고 있는 사야! 타곤! 태알하! 아사론!
미홀! 아사사칸!
탄야, 물에 깔린 돌 하나를 주워서 걸어서 돌리기 시작한다.

S#57. 돌담불 은섬네 깃바닥 통로(낮)

은섬의 눈 감은 시선. 까맣다가, 뭔가 밝은색으로 어른거린다.
드디어 눈을 뜨는 은섬. 눈 안에 들어오는 통로 끝 푸른 하늘!

S#58. 불의 방(낮)

탄야, 슬링에 걸린 돌을 그곳을 향해 던진다.
팍! 소리와 함께 깨지는 천장 부근. 그러자 그곳에서 뭔가가
슬로우로 천천히 내려오고 바닥에 부딪히자, 딸랑! 하고는
청명한 소리가 난다. 모두들 경악한다. 아사무가 한쪽 구석에서
이를 부딪히며 덜덜 떨기 시작한다.

타곤   ...!!!

사야   ...!!!

태알하   (흥분을 감추지 못하고 자리에서 일어선다) ...!!!

아사사칸 (마음의 소리 E) 아... 아사신.. 아사신께서.. 정말로...!

(＊여기서부터 교차로)
ins.cut.) 깃바닥 위로 올라오는 광주리.
눈을 감고 죽은 척하는 은섬의 거적때기.
이때, 살짝 눈을 뜨는 은섬.
다가가 떨어진 별방울을 줍는 탄야.

탄야   (E) 은섬아…

푸른 하늘을 보는 결연한 은섬,

은섬   (E) 탄야야…

별방울 줍고 확 돌아보는 탄야, 둘 동시에,

은섬, 탄야 (마치 아라문 해슬라 이중 음성처럼, 결연하게 E) 이제 널 구하러 갈 거야.

결연한 표정의 탄야와 이를 악무는 은섬의 2분할 END.

"아사신, 리산, 별방울" from 리산

블랙 화면

리산   (NA.) 나는 리산. 아사신의 연인. 우리의 철없는 행동이
우리의 의지와는 상관없이 훗날 아스 대륙의 역사를 바꾸게 된다..

블랙 화면 밝아지면, 화톳불이 타고 있고 빙 둘러앉아,
담소를 나누고 고기를 나누어 먹는 와한족들과 아사신이 있다.
모두 즐거운 표정이다.

리산   (NA.) 이곳은 이아르크... 내가 그리도 바라고 품었던
아사신과 도망쳐온, 대흑벽 아래 세상의 깊은 남쪽이다.
아... 아이루즈의 뜻은 무엇이었을까...

흰 늑대 머리 가죽을 뒤집어쓴 아사신이 강에서 그물을 가지고
고기를 잡고, 그 광경을 놀랍게 보는 와한족들의 모습.
리산이 슬링을 만들어 돌려서 새를 잡는 모습.
리산이 가느다란 나무를 나무에 비벼 불을 붙이는 모습.
움막에서 아사신이 사람들을 모아놓고 뼈바늘로 바느질을 하고
와한들이 배우는 모습.
아사신과 리산과 와한들의 즐거운 모습들.

리산   (NA.) 아사신과 난, 이곳에서 와한족이란 사람들을 만났고, 그들에게

그물로 고기를 잡는 법을 가르쳤고, 바느질과 돌끈 던지기를 가르쳤다.
난 활과 화살을 가르쳐주고 싶었지만 아사신은 반대했다...
난 그들에 씨 뿌리고 거두는 것과 동물을 길들이는 것을 가르치고 싶었지만
아사신은 반대했다..

대흑벽을 바라보며 홀로 근심 깊은 표정의 아사신.

리산   (NA.) 우리가 대흑벽 위에 만들었던 거대하고 빛나는 문명과 풍요...
하지만 그것은 사람 간에 높낮음을 만들었고 빼앗음과 빼앗김을 낳았다..
아사신은 영능을 가진 흰산의 후계자였고, 이미 깨달은 자였다...
아사신은 여기서 다시 시작하고 싶어 하는 듯했다.. 하지만...
아스달 문명은 언젠가는 이 대흑벽 아래로 내려올 것이다..
아사신은 언젠가 올 그날을 걱정하고 있었다.

리산이 움막에서 나무판에 신나서 글씨를 쓰고 있다.

리산   아사신은 흰산의 신성한 별방울을 대신전에 숨겨두고 왔다.
그 장소는 오직 아사신만이 알고 있었다. 그래.. 그 기록을 남기자..
언젠가 아스달 문명이 이 땅에 올 때, 여기에 아스에서 끊어진 신성한 핏줄이
이어지고 있음을 알게 하자..! 하여.. 그들이 올 때,
아사신의 깨달음과 가르침이 아스달에 이어지도록 하자! (신나서 쓰는 리산)

아사신이 들어와서 리산에게서 나무판을 빼앗아 불에 던져 넣는다.
놀라는 리산.

리산   아사신은 결코 글자는 전하지 않겠다 했다.. 그럼 대체 어떻게...
          우리의 아이가, 그 아이의 아이가... 우리의 후예임을 증명한단 말인가?
          말로 전할 수는 없다. 아무도 저 대흑벽 위의 세상을 몰라야 한다.
          말로 전하면 분명 누군가는 저 대흑벽을 오르려 할 것이다..
          그럼 대체 어떻게...?

          다시 화톳불에 둘러앉은 리산과 아사신과 와한들. 이때 아사신이
          뭔가 생각난 듯, 벌떡 일어난다. 화톳불 바로 앞으로 가는 아사신.
          의아하게 쳐다보는 리산.

아사신   리산... 이게 어떨까..

          리산 의아하게 보는데, 아사신 불 앞에서 춤의 자세를 잡는다.

아사신   (눈을 감으며) 불로부터.. 세 걸음...!